La philosophie véritable n'est pas un exercice abstrait. Depuis toujours, dès Platon, elle se dresse contre l'injustice du monde. Elle se dresse contre l'état misérable du monde et de la vie humaine. Mais elle fait tout cela dans un mouvement qui toujours protège les droits de l'argumentation et qui, finalement, propose une nouvelle logique dans le même mouvement par lequel elle dégage le réel du bonheur de son semblant.

Alain Badiou, *Métaphysique du bonheur réel*

Embracing time means believing that reality consists only of what's real in each moment of time. This is a radical idea, for it denies any kind of timeless existence or truth – wether in the realm of science, morality, mathematics, or government. All those must be reconceptualized, to frame their truth within time.

Lee Smolin, *Time Reborn*

2014

Dienstag, 18. November 2014

Marlene stand am Küchenfenster, trocknete sich die Hände. Sie blickte hinaus, um zu sehen, ob ihr Mann schon losgefahren war. Sie sah das Auto noch in der Einfahrt stehen, die Heckklappe geöffnet, sah ihren Mann eine Bierkiste in den Kofferraum des Wagens heben. Gut, dachte sie, dann kann ich ihn an die Milch noch erinnern. Und sie war dabei, das Fenster zu öffnen, als sie ihn zu Boden gehen sah, dann hinter dem Auto liegen sah, auf dem Asphalt. Sie erschrak. So sah kein Sturz aus.

Sie hastete die Stufen von der Eingangstür hinunter in die Einfahrt zu ihm hin. Sie fühlte nach dem Puls, ergriff zuerst das eine, dann das andere Handgelenk. Sie fühlte keinen. Sie begann zu zittern, sichtbar zitterten die Arme, als sie zurückstürzte ins Haus, zum Telefon im Flur. Sie rief die Rettung, lief dann zurück zu ihrem Mann, beugte sich wieder über ihn, begann damit, sein Herz zu massieren. Und sie fragte sich: Wie macht man das, wie geht das?, während ihre Hände auf den Brustkorb ihres Mannes drückten, kräftig, sie dachte: Ich darf nicht zu schwach drücken, und: Wann, wann endlich kommt die Rettung, es dauert so lange, es dauert viel zu lange, es dauert eine Ewigkeit.

Sie hielt inne, horchte, ob sie Hermann atmen hörte, seinen Brustkorb sich heben sah. Und als da nichts war, als sie nichts hörte und nichts sah, setzte sie die Herzmassage fort, drückte wieder mit ineinander verschränkten Händen auf den Brustkorb ihres Mannes, dachte: Nicht sterben, nicht sterben, du darfst nicht sterben, bitte, du darfst nicht sterben. Dann das Martinshorn, endlich das Martinshorn, Marlene spürte die Erleichterung, sie hatte durchgehalten, jetzt würde alles gut.

Als die Sanitäter bei ihr waren, richtete sie sich auf, trat zwei Schritte zur Seite und beantwortete die Fragen, die man ihr stellte, ließ den Blick dabei nicht von ihrem Mann, über dem jetzt der Arzt kniete. Sie sah ihm zu, sah den Sanitätern, die ihm assistierten, zu, hörte die Stimme des Notarztes, nervös klang das, dachte sie, nicht gut, das klang nicht gut.

Ein paar Augenblicke später saß sie im Rettungswagen, ohne Mantel, ohne Tasche, ohne Telefon, fiel ihr dann ein. Wieder hörte sie das Martinshorn, anders jetzt, ihr Mann auf einer Bahre, angeschlossen an Geräte, sie neben ihm, und in ihrem Kopf nur zwei Gedanken: Herzinfarkt. Und: Bitte, bitte nicht.

Im Krankenhaus saß Marlene in einem Sessel in einem Flur und wartete. Noch gab es Hoffnung, es gab die Hoffnung so lange, bis es keine Hoffnung mehr gab – immer wieder dieser Satz in ihrem Kopf: Es gab die Hoffnung. Dann kam der Arzt, sie sah ihn schon von Weitem und ihr fiel sein Name nicht mehr ein, sie kannte ihn doch, er kannte auch Hermann, seit Jahren, und sie stand auf und spürte weiche Knie. Und dann der Satz und noch ein Satz, und mehr hörte sie dann nicht mehr. Der Arzt sprach weiter, Marlene sah, wie sich sein Mund bewegte, aber sie hörte nichts, in ihrem Kopf nur die zwei Sätze von zuvor: Die Wiederbelebungsversuche waren erfolglos geblieben. Es tue ihm so leid.

Marlene stand in Hausschuhen und alleine vor dem Arzt. Peter hieß er, jetzt wusste sie es wieder. Seine Stimme kam zurück in ihren Kopf. Es tue ihm leid, sie hatten alles versucht. Es sei nicht geglückt. Es tue ihm so leid. Er schüttelte den Kopf.

Marlene sah ihn weiter an, auch als er wegsah, zu einer Schwester blickte. Dann eine Berührung an ihrem Arm. Und eine Stimme, die zu ihr sagte, sie solle sich setzen, und fragte, wen man anrufen könne, ob sie ihn jetzt sehen wolle, sie könne jetzt zu ihrem Mann. Marlene sagte nichts. Dann noch einmal die Hand der Schwester an Marlenes Arm, die Berührung stärker jetzt, und noch einmal die Frage, ob sie ihren Mann sehen wolle, sie brächte sie zu ihm. Und jetzt nickte Marlene.

Dann stand sie dort, am Totenbett ihres Mannes, und sah ihn an, sah sein Gesicht, die schmale Nase, den breiten Mund, die zwei Furchen auf der Stirn. Alles ihr so vertraut, so sehr vertraut. Sie stand vor ihm, blickte in sein Antlitz, dachte: Als ob er nur schliefe, dachte: Er schläft nur, er wacht wieder auf; es war unmöglich, dass er nicht aufwachen würde, unmöglich, er schläft doch nur. Und sie streckte ihre Hand nach seiner aus. Daraufhin: jäher Schmerz. Das war nicht seine Hand, die sie da hielt, nicht seine, wie sie sie kannte, wie sie ihr Körper kannte. Und sie begann zu weinen.

♦

Filippa griff nach ihrem Smartphone, sah die Sprachnachricht ihrer Tante. Sie dachte: ungewöhnlich, nahm zwei Bücher vom Tisch, um sie zum Stapel ungelesener Bücher neben dem Schreibtisch zu legen, sah auf die Uhr, dachte: Sie lag perfekt in der Zeit mit ihrem Aufräumprogramm, und begann, die Nachricht abzuhören.

Sie stand vor dem Schreibtisch, hörte die Stimme ihrer Tante, hörte, was sie ihr sagte, hielt immer noch die Bücher in der rechten Hand. Sie legte sie auf dem Schreibtisch ab, vor den Computer, langsam. Ihre Hand blieb auf den Büchern liegen. Aus dem Smartphone jetzt eine Stimme, die sagte:

»Si vous souhaitez réécouter le message, tapiez 1, si vous souhaitez archiver …« Filippas Daumen drückte eine Taste, die Stimme verstummte und es war wieder still in der Wohnung, nur von draußen entfernt Autolärm, Geräusche eines Vormittags mitten in Paris.

Ein Stundenplättchen der Tischuhr, bei der Plättchen nach vorne kippten, minütlich und stündlich, fiel geräuschvoll nach vorn. Filippa stand im Zimmer, regungslos. Wieder fiel ein Plättchen, diesmal leiser. Und Filippa stand wie angewurzelt da.

Dann plötzlich Hektik, ich muss nach Hause, sofort, ich muss zu Hause anrufen, dachte sie. Und während sie Kleidungsstücke aus der Kommode in ihren Koffer warf, hörte sie die Tante, und sie hörte auch die Mutter, sie hörte das Weinen ihrer Mutter. Es war gewiss, ihr Vater war tot. Sie sagte, sie käme mit dem nächsten Flieger, so schnell wie möglich, sie sei schon unterwegs.

Filippa schloss die Tür hinter sich, eilte die Treppe hinunter. Und in ihrer Wohnung fiel ein Minutenplättchen und Staubpartikel tanzten im Sonnenlicht, das durch das Fenster fiel, unbesehen, für sich.

Vergebens versuchte Filippa dann Anuk zu erreichen. Sie versuchte es dreimal, sie wusste, er konnte kaum schon wach sein, dort in Amerika, es war zu früh. Also schrieb sie ihm, er solle sie anrufen, sie schrieb *Dad has di* und sie hielt inne, sie wollte das nicht tippen, und tippte dann weiter, tippte ein *e* und ein *d*, und in dem hellen Display stand *died* und der Cursor blinkte dahinter auf, in kurzem, gleichmäßigem Intervall. Wie ein Herzschlag, dachte Filippa, und spürte Tränen kommen. Sie tippte weiter, tippte *heart* und in der Vorschlagsleiste erschien ein rotes Herz. Dann tippte sie ein *a*, ein *t* und noch ein *t*, wählte den Wortvorschlag *attack*, tippte schnell auf Senden und wischte mit der Rechten über ihr Gesicht.

Wenig später stand sie in der Schlange des Security Check, und sie hörte eine Stimme mit ihr reden, la carte d'embarquement verlangen, hörte sie nach liquides fragen, hörte eine andere Stimme, ein paar Augenblicke später, sie auffordern nach rechts zu treten, die Beine leicht zu spreizen. Und sie tat es und dachte dabei die ganze Zeit: Wann hatte sie den Vater zum letzten Mal gesehen? Wo war das gewesen? Und die letzten Worte? Der letzte Blick?

Im Flieger dann saß sie am Fenster und sie versank in ihrem Sitz, während die Stewardessen zeigten, wie der Sicherheitsgurt geschlossen und geöffnet wurde, und eine Computerstimme sagte: »In the unlikely event of a sudden loss of cabin pressure, oxygen masks will drop down from the panel above your head …« Und in ihrem Kopf nur der Gedanke: Papa tot. Und dann ein weiterer Gedanke: Arme Mama. Und dann sofort die Frage: Weiß es mein Bruder schon? Ist auch er jetzt unterwegs nach Hause, irgendwo in der Luft über Europa?

◆

Die Umarmung am Flughafen wortlos und unter Tränen, und das Weinen hörte während der Fahrt nicht auf. Tante Dodo fuhr und weinte, die Mutter saß am Beifahrersitz und weinte, und Filippa weinte, am Rücksitz hinter ihrer Mutter, streckte der Mutter ihre Hand nach vorn, versuchte sie von hinten zu umarmen, und sie spürte, wie fest sich die Hand der Mutter an sie klammerte, wie fest sich ihre Mutter an sie klammerte.

Später die Bitte der Tante, sie solle es bei Bob nochmals versuchen. Sie sei immer in der Mailbox gelandet und zurückgerufen habe er noch nicht. Die Mutter weinte auf dem Sofa, sie weinte laut, hörte nicht auf zu weinen.

Filippa ging ins Arbeitszimmer ihrer Mutter am Ende des Flurs, stand dort eine Weile reglos vor dem Fenster, das Smartphone in der Hand, vor ihr der kahle Strauch, in dem zwei Vögel saßen, dahinter alles bräunlich-grau.

Nach einer Weile dachte sie: Jetzt wird es gehen, ich bin ruhig genug. Dann wählte sie die Nummer ihres Bruders und spürte, wie alles in ihr sich sofort neuerlich zusammenkrampfte, wie wieder Tränen kamen, sie konnte nichts dagegen tun. Es tutete kein einziges Mal, alles, was sie hörte, war: »The number you have dialled is currently unavailable. Please try again later.« Bob hatte keine Sprachmailbox.

Sie schrieb an ihren Bruder eine Nachricht, schrieb: *Ruf mich an, wenn du das liest. Sofort. Egal zu welcher Zeit.*

Mittwoch, 19. November 2014

Bob erwachte. Er war müde, sein Nacken steif. Er brauchte einen Moment, um sich zu orientieren: Das hier war Frankfurt, gestern hatte er die letzte Tour beendet, war von Cape Town hierhergeflogen, heute ging es weiter ins Headquarter, dann nach Hause, endlich nach Hause. Er gähnte, griff nach seinem Smartphone, las die Nachricht seiner Schwester, sah ihre verpassten Anrufe. Was da los sein mochte, fragte er sich, sank zurück ins Kissen und dachte: Zuerst duschen.

Sein Smartphone vibrierte. Er sah den Namen seiner Schwester, er wunderte sich nicht und wunderte sich doch. Sie klang gereizt.

»Warum hast du nicht zurückgerufen?«

»Ist wer gestorben oder was?« So hart hatte er es nicht sagen wollen, es sollte eher scherzhaft klingen, dachte Bob, aber er war einfach sehr müde und kaum wach.

Filippa schwieg, und Bob setzte sich auf und lenkte den Blick in Richtung Fenster. Alles einförmig grau da draußen, und ein Flieger, der sich in den Himmel schraubte. Tatsächlich, etwas Schlimmes also, dachte Bob. Und er hörte seine Schwester sagen: »Papa«, und nach einer Pause: »Gestern.« Und etwas in ihm ließ ihn darauf sagen: »Willst du mich verarschen?« Das konnte doch nicht sein.

»Herzinfarkt. Mama war dabei.«

»Nein.«

»Gestern.«

»Nein. Das kann nicht sein.«

»Gestern Vormittag. Einfach zusammengebrochen, als er die Bierkiste ins Auto gehoben hat.«

Und als sie das sagte, hatte Filippa wieder das Bild der Einfahrt vor sich. Sie sah den Vater liegen, sah die Mutter über ihn gebückt, alles so, wie es die Mutter ihr geschildert hatte. Und sie wusste, gleich würde sie weinen, wieder weinen.

Bob sagte, er flöge heute von Cape Town zurück, morgen würde er kommen, morgen sei er da. Sie legten auf.

Da stand er jetzt in T-Shirt und Boxershorts, vaterlos. Er hatte gelogen und jetzt spürte er sein Gewissen. Es war ihm passiert, war keine Absicht gewesen. Er hätte heute hinfahren können. Etwas in ihm hatte dazu Nein gesagt. Jetzt war es so.

Wieder ein Flieger, der im Wolkengrau verschwand. Bob spürte, dass er Hunger hatte. Er hatte den Impuls Zoe anzurufen, aber ließ es bleiben. Sie würde bestürzt sein, vielleicht weinen, an seiner Stelle, der er jetzt nicht weinte, dachte er. Er fühlte sich ruhig. Er war wach, plötzlich hellwach, das ja, aber er spürte keine Tränen aufsteigen in sich, er war ruhig. Er traute dieser Ruhe nicht.

Jetzt hast du keinen Vater mehr, sagte er zu sich, als er dann ins Bad ging und die Dusche heiß aufdrehte. Was heißt das? Er sah ihn vor sich, und sah sich selbst an seiner Hand, als kleiner Junge, durch ein Gebäude gehen. Er sah seinen Vater auf ihn einreden und spürte seine Hand an seiner ziehen, gegen seinen Willen ihn weiterziehen und ihm dabei etwas erklären. Er wusste nicht, woher das Bild jetzt kam, aber es war ihm wohlbekannt. Es war eine der frühen Erinnerungen, sie kam zuweilen, wenn er an ihn dachte, und er schob das Bild rasch fort. Er stellte sich unter die Dusche, hielt Kopf und Nacken unter den Wasserstrahl, spürte die Wärme auf seinem Körper. Und er blieb lange so, reglos unter dem heißen Wasserstrahl.

Donnerstag, 20. November 2014

Bob sah seine Schwester schon von Weitem, sah sie neben dem großen weißen Auto stehen, klein, geradezu zerbrechlich sah sie aus. *Zerbrochen*, dachte er, aber das sagte man so nicht, als er auf sie zuging, ihr blasses Gesicht sah und die roten Augen. Sie umarmten sich wortlos und er spürte, wie ihm flau wurde im Magen.

Speiübel war ihm, als Filippa den Wagen startete. Und in ihm das Gefühl von Ausgeliefertsein, das er so hasste. Er wollte nicht ins Elternhaus, wusste nicht, wie der Mutter gegenübertreten. Was machte man mit weinenden Frauen. Unter anderen Umständen wäre er heute endlich nach Hause gekommen, dachte Bob, hätte mit Zoe geschlafen, im eigenen Bett geschlafen. Warum konnte es nicht so sein.

Als Filippa das Auto dann vor dem Elternhaus geparkt hatte, blieben beide stumm im Wagen sitzen.

»Da wären wir«, sagte Filippa.

»Da sind wir, ja.« Bob fuhr sich mit der Hand über das Gesicht.

»Noch fünf Minuten«, sagte er dann.

Er bat selten um etwas, dachte Filippa. Und ob sie ihm ihre Hand hinüberstrecken sollte, damit er sie nehmen konnte. Wann hatte sie das zum letzten Mal gemacht, die Hand des kleinen Bruders gehalten? Hatte sie das je einmal gemacht, seit sie keine Kinder mehr waren? Und wann zuletzt? Sie sah zu ihm, er sah nach vorn, er war nervös, dachte Filippa, sah dann auch nach vorn, sah zu der Lärche, die das Haus überragte und kahl jetzt auf winterliche Kälte wartete.

Sie schwiegen. Bob räusperte sich, als wolle er etwas sagen, sagte nichts. Filippa spürte, wie die Kälte von draußen langsam in das Auto kroch.

»Wie waren die Reisegruppen?«, fragte sie dann.

»Ganz okay. Eine Lehrergruppe. Anstrengend. Und geizig. Sonst okay. Der Rest: pensionierte Banker«, antwortete Bob. »Uninteressante Leute. Ultrakapitalisten. Erzkonservativ.«

Filippa nickte wieder und sie schwiegen weiter. Dann sagte sie: »Dass du das immer noch machst, du brauchst doch das Geld nicht mehr …«

»Das ist wie bezahlter Urlaub, mit Peter als Kollegen«, antwortete Bob, und nach einem kurzen Schweigen fragte er: »Warum hat er bitte dieses Auto gekauft?«

Filippa zuckte die Achseln.

»Es beschleunigt nicht einmal wirklich gut.«

»Man sitzt erhöht, steigt bequem ein.«

»Und der CO_2-Fußabdruck? Und die Ästhetik? Beides zum Kotzen. Einfach zum Kotzen ist das doch.«

Kurz lächelte Filippa, dann sofort wieder Traurigkeit. »Ich hab ihn zum letzten Mal hier gesehen, im Auto. Er hat mich zum Bahnhof gebracht. Wir haben uns flüchtig umarmt.«

Jetzt würde Bob ihr sagen, wann er ihn zum letzten Mal gesehen hatte, dachte sie. Aber es kam nichts, und Filippa spürte, dass sie gleich wieder weinen würde. Also öffnete sie dann doch die Wagentür und nach zwei, drei Augenblicken tat es ihr Bruder ihr gleich und sie gingen langsam die Stufen hinauf ins Elternhaus und Bob dachte: Ich habe ihn auch in dieser Scheißkarre zum letzten Mal gesehen. Aber ich habe die Tür hinter mir zugeknallt und mich auch nicht mehr umgedreht, nachdem er mir auf der ganzen Fahrt zum Flughafen auszureden versucht hat, mich auf die Stelle zu bewerben, und mir wieder einmal gesagt hat, dass ich mein Talent an dieser Universität vergeude und ich offenbar ein noch viel faulerer Sack sei, als er sich jemals hätte vorstellen können, ganz und gar unambitioniert und kurzsichtig oder einfach nur dumm oder heillos verliebt. Und dass ich irgendwann an ihn denken würde, irgendwann, wenn es zu spät wäre, und bereuen würde, nicht auf ihn gehört zu haben. Dass das die letzten Worte gewesen waren, vor Wochen, die der Vater zu ihm gesagt hatte, an die er sich so klar erinnerte, dass es jedes Mal wehtat, wenn er es tat, wie jetzt, als er die Worte wieder hörte, jedes einzelne, bis zum letzten Satz, als das Auto schon am Flughafen geparkt war, der Motor abgestellt: »Ich will dir doch nur helfen, merkst du das nicht?« »Danke fürs Herbringen«, hatte er daraufhin trocken erwidert, um dann die Tür hinter sich zuzuschlagen, wütend und gekränkt, und das zu Recht, dachte er jetzt. Und dann war er davongegangen, ohne sich noch einmal richtig umzusehen, nur das dicke weiße Auto hatte er aus dem Augenwinkel wegfahren gesehen, in dem damals sein Vater gesessen war, am Steuer, am Leben. Sie hatten danach nicht mehr miteinander telefoniert. Wie immer hatten sie geschwiegen, dachte Bob.

Nachts lagen alle drei wach in ihren Zimmern. Marlene lag auf dem Tagesbett in ihrem Arbeitszimmer. Unmöglich in das Schlafzimmer zu gehen, im Ehebett zu liegen. Sie nahm eine der Schlaftabletten, sie wehrte sich nicht mehr. Sie wollte nur noch schlafen, wollte, dass die wirren Gedanken, die ihren Geist durchzuckten, endlich verschwanden. Es galt an so vieles zu denken – die E-Mail-Adressen seiner Kollegen, auch international, das musste schnell gehen, und: Sie hatten nie darüber gesprochen, ob er verbrannt werden wollte oder in einem Sarg verrotten, das beschäftigte sie so sehr. Sie hatte das einfach entschieden, das Gespräch, an das sie gedacht hatte dabei, war Jahre her, die Erinnerung vage, warum hatten sie nie mehr darüber gesprochen, nichts geklärt, es war nichts geklärt …

Jetzt war es zu spät, dachte sie, zu spät, und das Weinen wurde stärker, wurde unaushaltbar, und in ihrem Kopf wieder nur der eine Gedanke, der unerträgliche, unmögliche, immer von Neuem mit immer neuer Wucht: Hermann tot, Hermann ist tot. Tot. Fort für immer. Kommt nicht wieder, nie wieder, gleich, was du tust, gleich, wie sehr du weinst, gleich, ob du betest, bittest, flehst, er kommt nicht wieder. Nie wieder. Und das Weinen wurde heftiger – bis die Tablette wirkte und ihr Bewusstsein schwand.

Einen Stock höher lauschte Filippa in ihrem Zimmer, die Tür einen Spalt geöffnet, in die Stille, ob sie ihre Mutter unten wieder weinen hörte. Sie lag in ihrem Bett und versuchte sich zu strömen, um ruhig zu werden. Sie hielt mit den Fingern der einen Hand nacheinander jeweils einen Finger der anderen, versuchte gleichmäßig zu atmen, sie musste schlafen, sie brauchte Schlaf. Aber immer kam ihr das Bild der Hauseinfahrt in die Quere, sie sah ihren Vater dort liegen, und sie sah die Mutter zu ihm hinstürzen, sie hörte die Rettung. Sie sah alles vor sich, wie es ihr die Mutter geschildert hatte, und sie spürte ihr eigenes Herz dabei, sie spürte es allzu deutlich, sie kam nicht herunter von dieser Erregtheit, die sie nicht einschlafen ließ. Und sie dachte: Was wird jetzt werden? Nichts hat mehr Gültigkeit, was bisher gewesen war. Alles wird jetzt anders sein, für immer anders sein. Und sie weinte um ihren Vater. Warum war er tot. Warum.

Bob starrte an die mit Formeln vollgekritzelte Wand, und auf die Plakate, die dort immer noch hingen. Blass beschienen vom Mondlicht sahen ihm dort Paul Dirac und Ayrton Senna dabei zu, wie er nicht schlafen konnte. Auch zwei Tote, dachte er, und er wünschte sich zu weinen, er spürte, dass er weinen wollte und dass ihn das quälte, dass etwas nicht hinaus konnte aus ihm, das hinaus musste, das er loswerden wollte, sofort und auf der Stelle. Er hätte allen Grund zu weinen, er sollte weinen, alle weinten, den ganzen Tag weinten sie und er stand daneben und ihm war schlecht und er weinte nicht.

Freitag, 21. November 2014

Am Frühstückstisch die Frage, welche Kleidung sie zum Bestatter mitnehmen sollten. Welches Hemd. Pullover oder Sakko. Keinen Anzug, er hatte nur einen getragen, wenn es sein musste. Und es musste selten sein. Wie viele Entscheidungen noch, fragte sich Marlene, die zu treffen waren, von ihr, die auf sie warteten, die ihr unmöglich waren, und sie wollte wieder zurück in ihr Zimmer laufen und die Tür hinter sich zuschlagen, sich im Bett verkriechen, noch eine Tablette nehmen, schlafen, immer schlafen.

Das Telefon klingelte schon wieder. Es stand im Flur. Sie telefonierte im Stehen, dort am Ende des Flurs. Wieder war es ein Bekannter, der es in der Zeitung gelesen hatte. Die Todesanzeige war veröffentlicht. Viele würden zum Begräbnis kommen, dachte sie, als sie sich wieder an den Küchentisch setzte, ihr Mann war bekannt. Sie nahm einen Schluck Tee. Etwas an den Anrufen tat ihr gut, zu reden tat ihr gut. Sie atmete tief durch. Der Einzige, der nicht redete, war ihr Sohn.

Er lehnte gegen die Arbeitsplatte und trank seinen Kaffee, schweigend, der Platz ihr gegenüber war leer und er würde leer bleiben, dachte Marlene, er würde jetzt leer bleiben.

Bob blickte auf die aufgeschlagene Zeitung links von ihm, in der die Todesanzeige abgedruckt war, und Marlene fragte sich, was er fühlte, jetzt gerade, er zeigte keine Regung wie so oft, und sie sagte in seine Richtung: »Aber den Pullover ziehst du nicht an zum Begräbnis.« Ihr Sohn blickte sie an.

»Wieso nicht?«, fragte er und es klang ehrlich verwundert für Marlene.

»Er hat ein Loch.«

»Wirklich?«

»Am Ärmel.«

Bob überprüfte es und fragte: »Schlimm?«

»Vielleicht hast du ja auch ein Hemd. Und ein Sakko.«

Bob schwieg. Er hatte natürlich nichts dergleichen hier, wie auch, er kam nicht von Zuhause, er kam von drei Wochen Reisegruppen auf Fahrrädern durch ein fremdes warmes Land führen. Und Marlene dachte, ihm war elend, niemals sonst hätte er so kleinlaut reagiert auf ihre Stichelei, und dass es ihr selber gelungen war, ihre Aufmerksamkeit auf ihn zu richten, auf den Moment, auf ein Detail darin. »Das blaue Hemd mit den weißen Streifen, das japanische?«, fragte Marlene dann zu ihrer Tochter gewandt und schon war die Kontrolle wieder fort, sie musste weinen, stemmte sich dagegen. Es blieb bei einem Wimmern.

Filippa nickte. Sie musste das graublaue meinen mit den sehr feinen gebrochen weißen Streifen, das er ständig getragen hatte, jahrelang. »Aber es ist geflickt, oder?«

»An den Ärmeln. Und hinten am Kragen. Sieht man nicht. Im Sarg.« Marlene holte ihr Stofftaschentuch aus dem linken Ärmel hervor und schnäuzte sich.

Bob hörte zu und ihm war elend. Er spürte Wut, er fühlte sich hilflos, er wollte gehen, den Raum verlassen, wenigstens die Zeitung zuschlagen, aus der ihm das Gesicht seines Vaters entgegenblickte. Aber er wagte es nicht. Und er konnte auch nicht wegsehen. Er hatte die Zeitung nicht aufgeschlagen, sie war schon offen dagelegen, und dann hatte er hingeblickt und den Namen gelesen, das Foto gesehen, den abgedroschenen Spruch von Einstein gelesen: *Für uns gläubige Physiker hat die Scheidung zwischen Vergangenheit, Gegenwart und Zukunft nur die Bedeutung einer, wenn auch hartnäckigen, Illusion.* Was für ein Blödsinn, dachte Bob. Dann las er wieder seinen eigenen Vornamen, neben dem der Schwester, hinter dem der Mutter. Es gab zwei Anzeigen – die der Universität war größer. Und jetzt fragte er sich, ob es einen Zusammenhang gab zwischen dem Loch am Ärmel seines Pullovers und dem geflickten Loch am Ärmel des Hemdes, mit dem sie den Vater begraben wollten. Er trank einen Schluck Kaffee. Er hörte die Mutter fragen: »Pullover oder Sakko?«, und die Schwester antworten: »Sakko. So wie er zur Arbeit gefahren ist. Oder?« Die Mutter sagte: »Und dazu Jeans.« Er hörte sie wimmern. Unerträglich. Es war unerträglich. Was konnte er tun. Wie verhielt man sich in diesem Fall? Er trank noch einen Schluck Kaffee. Ihm war übel.

Filippa berührte ihre Mutter sachte am Arm und Marlene griff nach der Hand ihrer Tochter und beruhigte sich wieder.

»Dann fahren wir. Du kommst nicht mit, oder?«, fragte Marlene in Bobs Richtung.

»Soll ich?«

»Wie du willst. Du musst nicht.«

Bob blickte sie einen Moment stumm an. Dann trank er seine Tasse in einem Zug leer und sagte: »Ich fahre«, und ging in den Flur, um sich die Schuhe anzuziehen.

Im Vorbeigehen stellte die Mutter ein Paar Schuhe des Vaters heraus, dann ging sie nach oben, hinter ihr Filippa, und Marlene war froh, die Tochter hinter sich zu spüren, als sie das Schlafzimmer betrat, den Schrank fixierte und schnell das Hemd vom Bügel nahm, und frische Unterwäsche, Socken und noch ein zweites Hemd, zur Sicherheit. Den Rest würde sie unten finden, in der Garderobe, dachte Marlene, und sie war froh, aus dem Zimmer wieder hinauszukommen, am ungemachten Bett vorbeigesehen zu haben, auf dem sein Pyjama lag, der nach ihm roch, stärker als sein Lieblingshemd, das sie jetzt nach unten trug.

Bob stand in seinen Schuhen bereit vor der Garderobe, vor sich die Schuhe des toten Vaters, und das Paar abgetragener Hausschuhe, das da stand, wo es auch in seiner Kindheit gestanden war bei väterlicher Hausabwesenheit. Wie oft war das der erste Blick gewesen, wenn er zur Tür hereingekommen war, dachte er, nach den Hausschuhen der Eltern zu sehen, zu wissen, mit wem er zu rechnen hatte, ehe er nach einem Abstecher in die Küche hinauf in sein Zimmer verschwunden war, das nur betreten durfte, wem er es ausdrücklich erlaubte. Daran hatte sich der Vater nie gehalten, dachte Bob, er war schon mit dem Klopfen eingetreten, absichtlich, um ihn zu provozieren. Und das war ihm auch gelungen, nicht nur damit, bis zuletzt.

Beim Hinausgehen zum Auto streifte Bobs Blick den seiner Schwester, und er dachte an Zoe, an Zoe, wenn es ihr schlecht ging. Und er fragte sich, wie es seiner Schwester wohl gerade gehen mochte. Sie hatten noch gar nicht wirklich gesprochen.

Beim Bestatter standen sie dann zwischen Sargmodellen und Urnen, drei Särge waren aufgeklappt, um die Auswahl an Sarginnenausstattungsvarianten zu präsentieren, die Urnen standen in Regalen an der Wand, sortiert nach klassischen und ausgefallenen Modellen. Sie schwiegen, dann zeigte Marlene auf den einzigen schlichten hellen Sarg ohne ein Kreuz, blickte fragend zu Filippa. Sie nickte. Bobs Blick blieb bei den Urnen hängen. Er dachte: Es war absurd, völlig absurd, was den Menschentieren alles einfiel, Gefäße, nachempfunden einem Hundekopf, einem Bergschuh, einem Motorradhelm als Ort der sogenannten Ewigkeit für ein Häufchen Asche. Nie im Leben würde ihm das einmal widerfahren, ihn sollten Geier fressen, auf einem Berg, dachte er, und nickte dann auch, als ihn der Blick der Mutter traf.

Dann sollte sie noch das Sarginnenleben auswählen. »Zu gerüscht«, sagte die Mutter, und Filippa stimmte ihr zu. Die Bestattungsfrau sprach von Rosendamast und Gitterdamast und bedauerte, dass es die Wellensteppung leider nicht champagnerfarbig gäbe. Und Marlene spürte, wie sie es kaum noch aushalten konnte in dem Raum, und zeigte dann auf das Modell, das ihr am wenigsten glänzend vorkam. Die Frau sollte aufhören zu reden, sofort. Ihr Mann lag im Kühlraum, direkt unter ihr in diesem Haus. Er lag dort schon die ganze Zeit. Und sie fragte sich, ob sie das alles wirklich ertragen musste, ob es nicht einen Weg gab, es nicht ertragen zu müssen, und wenn es jetzt schon so unendlich schmerzhaft war, wie es dann erst sein würde, wenn alles vorüber wäre, das Begräbnis überstanden, die Kinder fort und sie allein in dem großen Haus. Panik bei dem Gedanken, eine neue Panik, vor dem, was dann kam, als sie das plötzlich vor sich sah – die Leere, die dann wäre, wenn all das Entsetzliche, das ihr jetzt bevorstand, vorüber war. Und sie sah vor sich die Schlaftabletten, die Packungen im Arzneimittelschrank im Bad, der

Vorrat, der noch von ihrer Mutter stammte, und zu dem sich jetzt neue Pillen gesellten, sie hatte die erste Packung gestern direkt bei der Ärztin mitgenommen. Und sie fragte sich, wie viele notwendig wären und wie schnell und wie sicher der Tod dann käme.

Im Auto sagte Bob, dass er nicht gedacht hätte, dass der Vater nicht verbrannt werden wollte. Filippa wollte fragen, aus welchem Material der Stoff dieser bescheuerten Innenausstattung sein mochte, er hatte sich nach Polyester angefühlt und das würde nicht verrotten und ihr Vater hätte das nicht gewollt, aber was war zu machen. Sie würde Sarginnenausstattung später googeln. Bob schaltete das Gebläse höher, die Scheiben waren angelaufen. Das Geräusch der Klimaanlage legte sich über das des Motors und die Stimme der Mutter, die sagte: »Euer Vater hat nicht gesagt, wie er bestattet werden möchte. Er hat überhaupt nichts bestimmt. Diesbezüglich. Er hat kein Testament gemacht. Nichts.« Und Marlene sah den Leichnam ihres Mannes innerlich vor sich, sah ihn im Krankenbett liegen. Das nächste Mal würde sie ihn im Sarg liegen sehen, das letzte Mal würde sie ihn in diesem Sarg liegen sehen, angezogen, in dem Hemd, das sie eben abgegeben hatte.

Mutter, Tochter, Sohn fuhren quer durch den Ort, überquerten den Fluss, der die Stadt durchschnitt. Die Gipfel der nahen Berge vollständig verdeckt von grauen Wolken, die Nadelwälder an den Hängen beinah schwarz.

Als sie aus dem Auto stiegen, dort in der Einfahrt vor der Lärche, wo der Vater zusammengebrochen war, dachte Filippa: Drei Tage tot. Drei Tage war es her. Drei mal vierundzwanzig Stunden, dass sein Herz schon nicht mehr schlug. Wie viele Schläge waren das? Leere Zahlen, bedeutungslos.

Samstag, 22. November 2014

Am Nachmittag rief Franz an. Wieder erzählte Marlene, was passiert war. Bob kam von oben die Treppe herunter, ging an ihr vorbei in die Küche, holte sich ein Joghurt aus dem Kühlschrank. Er hörte die Mutter am Telefon sprechen, verstand »Laptop« und »Hermann«, und dass das Gerät am Dachboden stünde, offenbar ein Kollege, dachte Bob, wahrscheinlich hatte sein Vater Daten auf dem Rechner, die gebraucht wurden. Er hörte, dass seine Mutter dabei war, sich zu verabschieden und beeilte sich, wieder in sein Zimmer zu kommen. Er wollte jetzt nicht reden.

Marlene sah ihren Sohn nach oben verschwinden, als sie das Smartphone weglegte. Sie dachte: Dann frage ich Bob später oder bitte ihn, Franz zurückzurufen. In der Familie verstand das, wenn, dann nur ihr Sohn. Sie selber verstand davon nichts. Und was sollte auch die Frage nach dem Laptop – jetzt? Wie kam Franz jetzt darauf? Sie solle nur aufpassen, dass niemand daran ginge, niemand, der keine Ahnung hätte, hörte sie Franz noch einmal sagen, Hermann sei schon sehr weit gewesen, vielleicht sogar fertig, mit den Berechnungen, das Vorpatent war ja schon angemeldet. Der Rechner sei wichtig, sehr wichtig, es stecke Arbeit von Jahren in dem Projekt. Alle am Institut seien am Boden zerstört, die ganze Forschungsgruppe … keiner wüsste, wie es jetzt weitergehen sollte, ohne Hermann.

Sie ging in ihr Zimmer, legte sich aufs Bett. Beinahe hätte er geweint am Telefon, dachte Marlene. So wie sie jetzt. Und sie dachte daran, dass auch das noch auf sie wartete, sie musste dorthin, ans Institut, in seine Welt – seine Unterlagen, sein gesamtes Büro … Jemand musste das alles sichten, ordnen, verräumen … Sie seufzte tief, spürte, wie Tränen kamen, dann hörte sie das Telefon schon wieder läuten.

Und Bob dachte: Wie lange war er diesen Weg nicht mehr gegangen, als er die Stufen hinauf in den Dachboden nahm. Wie oft war er in diesem Raum gesessen, früher, als Kind. Wenn man still war, durfte man bei ihm sitzen, ihn imitieren, rechnen oder zeichnen oder so tun als ob, versunken in eigenen Träumen. Und manchmal durfte man durch das Teleskop sehen, die Geräte, die dort in Schränken und Regalen standen, ausprobieren, durch Ferngläser sehen, durch Kameras. Sofern man nur halbwegs still war, seine Konzentration nicht störte, war alles erlaubt gewesen, dachte Bob, als er den Raum betrat.

Der Tisch, der mitten im Zimmer stand, über zwei Meter lang, kam ihm gar nicht mehr so unermesslich groß vor wie damals, das war das Einzige, was sich von dem Raumbild unterschied, das er mit sich getragen hatte, all die Jahre, ohne auch nur ein Mal bewusst daran zu denken, dachte Bob. Er stand vor dem Schreibtisch, die Hände in den Hosentaschen, ließ seinen Blick wandern. Er sah sich selber unter diesem Tisch sitzen, auf einem Blatt Papier am Boden etwas kritzeln, was den Planeten und ihren Umlaufbahnen gleichen sollte. Er sah sich erste Gleichungen versuchen, sah seine Liste mit den Sternennamen, mit Sternbildern, sah sich sie auswendig lernen, sah sich auf dem Teppich liegen, nach neuen Namen sinnen, für Sterne, die er entdecken würde, wenn er groß wäre. Es sah alles wirklich genau so aus wie damals. Nichts hatte sich verändert.

Der Laptop war hinzugekommen, er stand zugeklappt vor ihm, auf dem Tisch, auf dem sich einige Papiere stapelten, nicht unordentlich, aber auch nicht so säuberlich sortiert, dass sie den Eindruck erweckten, hier würde nicht gearbeitet. Ordentlicher ist es als bei mir, dachte Bob. Ähnlich unordentlich-ordentlich wie bei mir, dachte er dann. Und dann: Im Grunde sieht es genau so aus wie in meinem Arbeitszimmer.

Mein Tisch steht auch frei im Raum. Vielleicht sollte ich das überdenken.

Bob setzte sich auf den Stuhl, der vor dem Schreibtisch stand, klappte das Notebook auf und schaltete es ein. Das Display erhellte sich und es erschien ein Feld, in dem ein Passwort einzugeben war. Das dazu, dachte Bob, erst musste das Passwort ausgelesen werden, bevor jemand irgendwelche Berechnungen herunterziehen konnte. Und er klappte das Gerät wieder zu.

Die Sonne brach durch die Wolken, Bob spürte das Licht auf seinem Gesicht. Er musste aufstehen, ihm war nicht wohl. Auf diesem Stuhl zu sitzen, das war falsch, dachte er, und sah den Vater vor sich, begeistert von einem eingereichten Antrag erzählen, stolz berichten, wie viele Mittel er eingeworben hatte, für *seine* Projekte, *seine* Forschungsgruppe, *seine* Studenten. Zu denen hatte er nie gehört, dachte Bob, als er an der breiten Fensterfront stand, die den Blick nach Westen weit ins Tal freigab. Er hatte einen Bogen um das väterliche Institut gemacht – die große Kränkung für den Vater, er hatte sie ihm nie verziehen. Das hatte ihm die Schwester immer wieder gesagt – was das für eine Kränkung für den Vater war. Alles hätte er für ihn getan. Und er hatte dieses Alles konsequent verweigert. Notwehr, dachte Bob. Und dass das der Vater nicht verstehen konnte, das hatte er ihm seinerseits nicht verziehen. Und dann starb er einfach. Mit sechzig. So plötzlich … Er hatte doch nie etwas von Herzbeschwerden gesagt. Er war nie krank gewesen.

Jäh sah er sich dann wieder die Autotür hinter sich zuknallen, sah das Auto wegfahren. Die letzte Begegnung. Dann die Erinnerung an das Gespräch davor, eines der wenigen bei den wenigen Gelegenheiten, die es in den letzten Jahren gegeben hatte. Der Vater hatte ihm von seinem Vorpatent erzählt, wie immer bescheuert euphorisch, dachte Bob, und er hatte ihm gar nicht richtig zugehört, er war zu sehr mit sich beschäftigt gewesen, womit fiel ihm jetzt nicht mehr ein, er wusste, dass er wütend gewesen war, diese dämliche Begeisterung nicht ausstehen konnte. Und dann hatte ihn der Vater vernichtet. So war es doch gewesen. Holland ein einziger Fehler, alles, was er die letzten Jahre gemacht hatte, falsch, eine Sackgasse, die Wahl seines Forschungsschwerpunkts mehr als unklug, grob fahrlässig, hatte er gesagt, erinnerte sich Bob. Bei seinen Anlagen sei das Gift für die Karriere, alles, was er mache, was er publiziere, womit er sich beschäftige: Gift für seine Karriere. Er könnte schon so viel weiter sein. Anstatt in der holländischen Provinz zu sitzen …

Nein, er konnte das auch heute nicht verstehen, dass der Vater ihm nur helfen hatte wollen mit diesen Worten. Er hatte ihn vernichtet, immer, immer wieder.

Er rieb sich die Schläfe. Sein Kopf tat weh. Zu viel Druck in ihm. Und keine Tränen, nur trockene Traurigkeit, alle weinten, er weinte nicht. Und er sah hinaus ins weite Tal, sah wie draußen der Himmel aufriss und die tief stehende Sonne der Welt hier für eine kurze Weile die Farben noch einmal gab.

Filippa saß in ihrem Schaukelstuhl und sah in den Bildschirm ihres Notebooks. Sie sah Anuk, hörte ihn sprechen, Bild- und Tonspur stimmten nicht überein, die Mundbewegungen endeten, obwohl sie seine Stimme noch hörte. Er sagte, er könne nicht kommen. Er sei noch in Washington, D.C., sein Vortrag fände erst statt, er könne den nicht sausenlassen, sagte er, der erste Vortrag für die neue Forschungsgruppe … »I simply cannot«, sagte Anuk, als Filippa ihn ansah, ohne etwas zu sagen. Sie nickte. Sie war enttäuscht, obwohl sie es gewusst hatte, dass es so sein würde. Und sie verbiss sich zu weinen. Sie hatte gewusst, er würde nicht kommen, er war in Amerika, auf dieser Tagung. Aber sie wollte ihn hier haben, jetzt, bei sich.

Anuk schnitt eine Grimasse. »You okay?«, fragte er, »somehow?«

Natürlich nicht, dachte sie und nickte. Sie sagte: »Alles gut.« Sie wusste gar nicht mehr, wann sie das eingeführt hatte, diese zwei Wörter auf Deutsch, die einzigen zwei auf Deutsch in ihrem Dialog mit ihm, bei welchem Streit oder welcher Enttäuschung das gewesen war. Nichts war gut, und er wusste das jetzt. Und dass kein Reden half.

Sie schwiegen wieder. Filippa wippte ein wenig in ihrem Schaukelstuhl, sah, wie die Sonne vom Himmel verschwand, und sie hörte, wie Anuk zu erzählen begann, von seinem Tag, und sie fragte sich, ob es der Klang seiner Stimme war, der hypnotische Wirkung auf sie hatte, ob es egal war, was er sagte, solange er nur sprach mit ihr. Alles war halb so schlimm, wenn sie Anuk hörte, wenn sie ihn sah. Als richte er ihr Bewusstsein auf etwas Helles aus, dachte sie, als sie ihn wieder im Display ansah. Sie spürte, wie sie traurig war. Er fehlte ihr.

Als sie das Notebook zuklappte, klopfte Bob an ihre Tür. Er blieb im Türrahmen stehen und fragte sie: »Alles okay?«

»Nein. Bei dir?«

Bob schüttelte den Kopf. »Null okay.«

Dann fläzte er sich auf ihr Bett und sie schwiegen.

»Ich war gerade oben«, hörte Filippa Bob sagen.

»Und?«

»Es gibt sogar noch die *Space Quest*-Disketten. Alles wie früher. Er hat Anuk ergänzt bei den Fotos.«

»Wie meinst du?« Filippa konnte ihren Bruder kaum sehen im Dämmerlicht.

»Er hat ein Foto von euch aufgestellt, neben den anderen, schlechte Qualität, pixelig, ihr steht vor irgendeinem Gebäude und seht beide sehr smart aus. Du himmelst ihn an, er trägt Anzug und sieht aus wie der perfekte Hipster.«

Filippa warf das Kissen auf ihrem Schoß nach ihm. Dann schwiegen sie wieder. Filippa erhob sich, knipste die Schreibtischlampe an, setzte sich wieder in den Schaukelstuhl und sah nach draußen in die Welt. »Was denkst du?«, fragte sie dann.

»Ich verstehe es nicht. Ich verstehe nicht, was vor sich geht. Was es heißt.« Bob sah an die Decke über sich.

»Niemand versteht den Tod.« Jetzt sah Filippa zu ihrem Bruder, er schwieg, sah sie nicht an. Sie wandte ihren Blick wieder zurück zum Fenster, sah Umrisse von Wolken in der Dämmerung.

Dann hörte sie wieder Bobs Stimme: »Ich mag nicht, wenn ich etwas nicht verstehe.«

Wieder sah Filippa zu ihm hin. Er lag ganz ruhig im dunkelsten Eck des Zimmers, die Hände unter seinem Kopf verschränkt, der Blick ging unverwandt nach oben und nicht zu ihr.

»Ich habe mir nie Gedanken gemacht, warum ich Zeitforscher geworden bin. Es war einfach so. Jetzt ergibt es Sinn. Irgendwie ergibt es jetzt Sinn.«

Er trauert auch, dachte Filippa, er weint nur nicht, so wie ich weine, schon wieder weinen möchte, weil es einfach so wehtut zu wissen: Nie mehr wirst du Papa wiedersehen. Für immer ist er fort. Das war die Zeit für sie – Gefühl.

Und Filippa sah wieder vor sich nach draußen in die dunkle Welt, und Bob blickte weiter nach oben an die Decke, an der die kleine Schreibtischlampe Schatten warf, und beide schwiegen, regungslos, für sich.

Montag, 24. November 2014

Filippa kochte Tee. Sie hörte ihrer Mutter zu. Wieder erzählte sie, wie sie ihren Mann in der Einfahrt liegen sehen hatte. Wie sie am Küchenfenster gestanden war, zufällig, in jenem Moment, in dem er gefallen war, wie sie zur Tür gelaufen war, die Stufen hinuntergeeilt war. Und da war er dann gelegen … Marlenes Atem flach und angestrengt, nervös, die Hände zittrig. Vielleicht hatte sie sein Herz nicht richtig massiert. Sie hatte keine Erinnerung daran. Das quälte sie. Es quälte sie die ganze Zeit. Sie hatte das nie gemacht, kein einziges Mal in ihrem Leben je zuvor. Sie hätte einen Erste-Hilfe-Kurs machen sollen, warum machte man das nicht, warum war das nicht verpflichtend für alle, alle paar Jahre. Vielleicht hätte sie ihn beatmen müssen. Sie hatte ihn nicht beatmet. Sie wollte nicht, dass das Begräbnis morgen stattfand. Warum war morgen das Begräbnis, wie konnte das sein. Er war doch eben noch da. Wie konnte das passiert sein. Warum kam er nicht zurück.

Dann brach sie zusammen, buchstäblich ein Zusammenbruch war das, dachte Filippa. Die Tante strich der Mutter über die Schulter, die Mutter barg das Gesicht in beiden Händen, am ganzen Körper zitternd, und sie weinte. Filippa sah sie weinen, sah, wie ein Weinkrampf ihre Mutter schüttelte, ein Weinkrampf solcher Heftigkeit, wie sie ihn niemals noch gesehen hatte bei ihrer Mutter, dieser stets gefassten, starken Frau. Sie weinte anders jetzt, dachte Filippa, anders heftig als am Tag des Todes. Und dann weinte sie auch.

Dienstag, 25. November 2014

Als Bob das Etikett am Ärmel des Sakkos entfernte, hineinschlüpfte, sich im Spiegel ansah und den Kragen richtete, dachte er daran, wie er beides abends, in ein paar Stunden, wieder ausziehen würde, wie er diese fremden, neuen Sachen in seinen Kinderkleiderschrank hängen würde, wo sie dann bleiben und vergessen werden würden. Nur ein paar Stunden, dachte er, und: Durchhalten, als er dann mit Schwester und Mutter zum Wagen ging, das Auto startete, diese vollkommen lächerliche, dämliche, beschissene Scheißkarre, dachte er, und er fühlte, wie ihm unwohl war, wie er schwitzte mit diesem steifen Kragen.

Sechs Grad Celsius und tiefe Wolken, und Wind kam auf, eine schwache Brise aus Süden, im Wagen davon fast nichts zu spüren. Bobs Ader an der Schläfe deutlich sichtbar, Filippa kreidebleich, sie sah durch das Fenster in die Ferne, dachte: Sie war gefangen, sie war Gefangene der Zeit, es würde alles jetzt passieren, was vorgesehen war, nichts konnte sie dagegen tun, nur ertragen konnte, musste sie, was da heute käme. Und Marlene atmete schwer, sagte sich: Nimm dich zusammen, es werden viele Leute da sein, sehr viele Leute werden da sein, nimm dich zusammen. Danach ist alles egal, danach ist es vorbei.

Dann der Anblick der Friedhofsmauern, davor der Parkplatz voller Autos und Menschen, einzeln, paarweise, in Gruppen, die in den Friedhof strömten, langsam, ohne Eile und in Schwarz.

Als sie zu dritt den Friedhof betraten, hakte sich Marlene bei Bob und Filippa unter. Und so gingen sie die Schritte bis zur Kapelle gemeinsam, als eine Dreierkette, die Mutter zwischen ihren beiden Kindern.

In der Kapelle dann der schlichte helle Sarg mit der am wenigsten glänzenden Sarginnenausstattung, die nicht zu sehen war. Der Sarg geschlossen, und darin lag jetzt der Vater. Filippa wurde schlecht, als sie das dachte, als sie ihn vor sich sah, in dem hellblauen Hemd mit den feinen gebrochen weißen Linien, mit geschlossenen Augen, tot.

Bob fragte sich, wie lange das hier dauern würde, er wollte schreien, die ganze Zeit laut schreien, schreiend aus der Kapelle laufen und weit von diesem Friedhof fort, das hier war doch alles unwürdig und falsch.

Marlene begann zu weinen, bemühte sich, dagegenzuhalten. Der Kranz der Universität stach ihr ins Auge, er missfiel ihr, zu protzig, dachte sie, ihrer dagegen, der der Familie, sehr schön.

Dann Musik, Bach, eine Cellosuite, weil es keine Orgel gab und Dodos Freundin Cellistin war, schauderhaft falsch, dachte Filippa, und dass es ihrem Vater aber wohl egal gewesen wäre. Dann der Pastoralassistent. Dann Dodos Mann, der die Trauerrede hielt.

Aber das Mikrofon war nicht an, dachte Filippa, als er zu sprechen begann, oder war es an, und sie täuschte sich, aber warum klang das dann für sie, die sie in der ersten Reihe saß, so, als spräche er ohne Mikrofon? Sollte sie etwas sagen, ihm deuten? Wahrscheinlich täuschte sie sich, dachte sie dann weiter, während Marlene dachte, dass die Stimme zuvor anders geklungen hatte, ob wohl das Mikrofon eingeschaltet wäre, aber dass Martin das ja merken würde beim Sprechen oder der Pastoralassistent oder der Bestatter, wenn das so wäre, und etwas unternehmen würde, und dann hörte sie wieder darauf, was gesagt wurde.

Bob überlegte, an wen ihn der Pastoralassistent erinnerte, der ein Mützchen trug über seiner Glatze, das aussah wie eine Kippa oder wie das, was Imame trugen, oder vielleicht doch eher nur wie eine Mütze, wie sie Fischer früher getragen hatten und vielleicht auch heute noch trugen. Er fragte sich, warum das Mikrofon ausgeschaltet war, wo doch draußen die vielen Leute standen, aber eigentlich ging ihn das nichts an, dachte er, und dann war von ihm selber die Rede, davon, wie stolz der Vater auf seine Kinder gewesen war: auf den Sohn, Physiker wie er selbst, auf dem besten Weg, in seine Fußstapfen zu treten, und auf die Tochter, Philosophin, Germanistin, beides ausgezeichnete Akademiker, international erfolgreich, und davon, wie er in ihnen weiterlebe, wie er aber natürlich auch weiterlebe in seinem Werk und in jenem seiner so zahlreichen erfolgreichen Studenten, für die er sich stets so eingesetzt hatte, und in der Vielzahl an Erinnerungen aller der hier anwesenden Trauernden und all jener, die so kurzfristig die Reise hierher nicht geschafft hatten, die verstreut über den Globus lebten, in der bunten internationalen Scientific Community, in der der Vater, am Land geboren, als eines von sechs Kindern, und in ärmlichen Verhältnissen aufgewachsen und nur ins Gymnasium gegangen, weil sich ein Lehrer für ihn eingesetzt hatte, sein Potenzial erkannt hatte, so beheimatet gewesen war …

Nach der Verabschiedung dann der Moment am Grab, in dem der Sarg hinuntergelassen wurde in die dunkle Novembererde. Als Erstes trat die Mutter an das Grab, warf eine Schaufel Erde in die Grube und eine rote Rose, fortwährend weinend, dann kam die Tochter, weinend wie die Mutter, mit einer weißen Rose, und dann der Sohn, der ein braunes Päckchen in das Grab des Vaters warf.

Aufgereiht am Grab des Vaters standen sie dann da und die Trauergäste kondolierten, schüttelten ihnen die Hand, umarmten die Mutter und manche auch die beiden Geschwister. Einer, Bob hatte keine Ahnung, wer das war, flüsterte ihm zu, er solle gut achtgeben auf seine Mutter jetzt, und klopfte ihm auf die Schulter, manche weinten nur und Marlene weinte dann auch heftiger. Filippa hatte Mühe, gerade zu stehen, eine fremde Frau umarmte sie halb, sie roch fremdes Parfum und spürte eine fremde kalte Wange ganz nah an ihrer eigenen. Und immer weiter wurde in ihrem Rücken Erde auf den Sarg geworfen, in dem der tote Vater lag, und sie wollte es verhindern, sie wollte nicht, dass das geschah.

Dann der letzte Händedruck, das letzte Beileid, die Versammlung löste sich auf. Unter den Schritten der fortströmenden Menschen knirschte der Kies und Motorengeräusche von startenden Autos drangen vom Parkplatz herauf. Die Bänder des Kranzes, der um das Holzkreuz lag, bewegten sich im Wind. Am Kreuz sein Name, zwei Zeitangaben und der Spruch *Hier ruht in Frieden*.

Am Waschtisch der Toilette stehend sah sich Marlene im Spiegel an, sah sich in Schwarz, sah die Tränensäcke und die roten Augen, sie dachte: Witwe, Witwe mit sechzig. Und sie zitterte.

Abrupt riss sie sich los, als die Tür geöffnet wurde, im Gang fing Franz sie ab, um ihr sein Beileid noch einmal persönlich auszusprechen. Er fand kaum Worte, stammelte nur, und Marlene war das unangenehm, sie wusste nicht, was sie sagen sollte, sie hatte keine Worte, sie hatte keinen Trost für ihn. Es gab ja keinen Trost.

Dann ging sie zurück zu der langen Tafel, setzte sich neben ihre Tochter. Filippa sagte ihr, niemand draußen hätte die Trauerrede gehört, das Mikrofon sei vergessen worden einzuschalten.

Marlene ärgerte sich maßlos, als sie das hörte, so viele Leute, draußen in der Kälte, und niemand hatte gehört, was der Schwager gesagt hatte. Wie peinlich war das. Er hatte schön gesprochen, sie hatte gewusst, er würde das gut machen. Er hatte es gut gemacht, wie ärgerlich …

Und Filippa dachte: Ich dumme Gans, warum sage ich nie etwas, ich habe es doch gewusst. Es ist so typisch. Nie handeln, nur denken, so bin ich. Sie löffelte ihre Suppe langsam, es fiel ihr schwer zu essen, sie hatte keinen Appetit, aber es war besser hier zu sein, zwischen den Leuten, als zuvor am Grab. So viele waren gekommen, das gesamte Institut war da und sie hörte sie vom Vater sprechen, hörte sie reden, über ihn, von ihm erzählen.

Und Bob saß am anderen Ende der Tafel bei den Physikern. Er fühlte, wie er schwitzte, und ihm schlecht war. Er suchte den Blick der Schwester. Und als sie ihn ansah, versuchte er zu lächeln. Sie sieht ja ganz verloren aus, dachte Bob, tapfer und verloren, und Filippa dachte: Wie ein Fremder sitzt er da, ihr kleiner Bruder, bleich und ernst und hager, mit seinem kahlgeschorenen Kopf und dem neuen schwarzen Hemd, wie ein Fremder in großer Not.

Später, als die meisten schon gegangen waren, sah Filippa, wie Bob aufstand, den Raum verließ. Sie folgte ihm. Draußen kalte Luft, das tat ihr gut. Als sie über den Kies schritt, suchten ihre Augen das Elternhaus. Es lag über der Wiese, die direkt an den Gasthof anschloss. Sie wusste, es stand dort beinahe unsichtbar und stumm in der Dunkelheit vor ihr, und sie spürte einen Stich, dachte an die Male, als sie hier gesessen waren, als Familie, an Geburtstagen, an Feiertagen, zu Studienabschlüssen, dachte an die vielen Male, die sie die paar Schritte gegangen waren, vom Elternhaus zum Gasthof und zurück.

Sie sah Bobs Silhouette vorn am Ufer im schwachen Licht einer Laterne, er stand zum Fluss gewandt, die Hände in den Jackentaschen. Sie stellte sich zu ihm, stupste ihn mit der Schulter an. Kalt war es, vom Fluss herauf, das Wasser war kaum zu sehen in der Dunkelheit, aber sie roch es und sie hörte seine Eile. Ihre Blicke trafen sich und Bob berührte seine Schwester kurz am Nacken. Er ist okay, dachte Filippa, so sehr man an einem Tag wie diesem okay sein kann, auch wenn die Augen etwas anderes sagen.

Sie standen am Ufer und schwiegen, sahen in die Wellen, in denen Mondlicht und Laternenschein hin und her geworfen wurden, in immergleicher und stets neuer Bewegung. Dann Schritte auf dem Kies. Die Mutter trat zu ihnen, stellte sich neben Tochter und Sohn, ohne ein Wort. Und alle sahen in dieselbe Richtung, sahen zu dem Fluss, standen zusammen, jeder für sich.

Dienstag, 9. Dezember 2014

Mit der Post kam das Schreiben des Notars, die Einladung zur Todesfallaufnahme. Sie hatte jetzt also etwas zu tun, dachte Marlene, als sie den Brief auf dem kleinen Sekretär ablegte, neben den Stapel nicht beantworteter Beileidschreiben und den Kopien der Sterbeurkunde, von ihrer Schwester dort abgelegt und taktvoll umgedreht, was aber nichts half, sie konnte hier nichts anfassen, und der Stapel an Unerledigtem wuchs … Sollte er, dachte Marlene, was spielte es für eine Rolle. Dann nahm sie das Schreiben des Notars noch einmal in die Hand, las es wieder. Die Erbberechtigten waren zu nennen, die Erbmasse aufzulisten. Das hier jetzt würde sie selber erledigen, das konnte nur sie machen, niemand konnte ihr das abnehmen. Und es half ja nichts, es musste sein, es war der Ablauf.

Sie legte den Notarbrief auf den Esstisch. Sie hörte die Stille im Haus. Sie sah auf die Uhr. Sie hatte Zeit, so viel Zeit.

Am frühen Nachmittag würde Dodo vorbeikommen, zu ihrem Kontrollbesuch, bis dahin war Stille. Und nichts als das. Da war nichts. Wenn sie nicht ein Geräusch verursachte, war da nichts.

Mechanisch dann der Griff zur Fernbedienung, als sie auf dem Sofa saß, sich hinlegte. Der Fernseher schaltete sich ein und Marlene blickte am Display vorbei durch die Fensterscheiben nach draußen in die Welt. Sie schaltete den Ton sehr leise, lenkte den Blick dann wieder in die Ferne. In ihrem Kopf November.

Mit ihrer Schwester saß sie dann in der Küche. Die Schwester kochte. Sie schlug vor, nach dem Essen spazieren zu gehen, trotz der Kälte. Marlene lehnte ab. Sie sagte, sie habe ihn nicht beatmet, sie müsse immer daran denken, und Dodo sagte, aber der Arzt habe gesagt, er sei sofort tot gewesen. Marlene sah ihre Schwester an, es half ihr nichts, was sie da sagte. Und dann wieder das Begräbnis in ihrem Kopf. Was für ein Desaster, das Mikrofon … Fast niemand hatte die Rede gehört, und der Idiot von einem Bestatter hatte, als sie ihn darauf angesprochen hatte, gemeint, das sei unmöglich, es habe alles funktioniert, und er blieb auch noch dabei, als sie ihm gesagt hatte, dass mindestens zehn Leute sie darauf angeredet hatten, beim Totenmahl oder am Telefon in den Tagen darauf. Und Dodo sagte, aber es sei jetzt nichts mehr zu machen, sie müsse versuchen, es ruhen zu lassen, die wichtigsten Menschen hätten alles gehört, und Marlene sah sie an und dachte: Ja, es war vorbei, das stimmte, alles war vorbei, und das war ja das Entsetzliche, wie sollte sie denn das ertragen. Und sie hörte ihre Schwester sagen, sie müsse essen, ein bisschen Suppe wenigstens.

Als die Schwester fort war, verließ auch Marlene das Haus. Den Fernseher ließ sie weiterlaufen. Sie fuhr zuerst zum Supermarkt, kaufte dort einen kleinen Becher Joghurt und Apfelmus und Kerzen. Dann fuhr sie zum Friedhof. Wie jeden Tag, dachte sie. Alles wie jeden Tag. Das war es, was den Tagen ihre Kontur verlieh und sie zugleich ineinanderrinnen ließ.

Als sie heimkam, dämmerte es schon. Aus dem Wohnzimmer drang leise der Fernseher. Wieder war ein Tag überstanden, dachte Marlene, als sie die Tür hinter sich schloss. Und worum ging es sonst.

Immer noch schneite es leicht, die Flocken jetzt kaum mehr zu sehen ohne Tageslicht, nur ihre Bewegung, das Zurerdefallen im noch schwachen Dunkel draußen. Es hatte knapp über null Grad Celsius, Marlene setzte sich mit dem Glas Apfelmus und einem Löffel vor den Fernseher. Ihr Abendessen. Alles, was sie nicht kauen musste, ging am besten. Sie wollte nichts kauen. Sie nahm einen ersten kleinen Löffel. Sie spürte das kalte Mus in ihrem Mund, sie schmeckte die Substanz auf ihrer Zunge. Sie wusste, sie war lebendig, auch wenn sie sich nicht so fühlte, sie spürte die Nahrung, die sie sich aufzunehmen zu zwingen versuchte, und ihren Ekel davor.

Sie schluckte. Sie fröstelte. Aber das war nicht das kalte Mus. Es war etwas anderes. Sie fror, obwohl sie in ihre Yakdecke eingehüllt war. Draußen fielen weiter zarte Flocken auf die Terrasse, nun wirklich gänzlich unsichtbar in der nachtschwarzen Welt, und einen Moment dachte Marlene, dass sie deshalb fror, weil es Winter war.

Sie nahm noch einen Löffel, schluckte widerwillig, dachte daran, dass es jetzt zwei Wochen her war, das Begräbnis, zwei volle Wochen, und wie wenig Zeit das war, wie oft sie noch aufzustehen hatte, etwas versuchen musste, zu essen, versuchen musste, einzuschlafen. Es war sinnlos. Alles. Es war sinnlos. Und dann plötzlich schoss es ihr: Sie konnte nicht wegen der Kälte frieren, sie war ja drinnen, wo es warm sein sollte, trotz der Jahreszeit. Aber das war es nicht, das war es ganz und gar nicht.

Auch das noch, dachte Marlene, und weil sie wusste, dass sie hier trotz allem nicht erfrieren wollen würde, dass es etwas in ihr gab, das nicht aufgab, sich nicht aufgab, nicht aufgeben konnte, leider, obwohl sie sich jede Nacht wünschte, nicht mehr aufzuwachen, schälte sie sich aus der Decke und machte sich auf, in den Keller zu gehen, um nach der Heizung zu sehen.

♦

Bob lag in seiner Wohnung auf dem Bett. Draußen dichter Nebel, die Stadt verschluckt. Er war wütend, er war sehr wütend, und seit er es wusste, musste er an den Vater denken, an ihr letztes Gespräch, und er fühlte sich noch miserabler. Zu weinen wäre gut, dachte er. Dann: Seit wann wünschte er sich zu weinen? Wer wünschte sich denn zu weinen, das war doch krank.

♦

Marlene stand im Technikraum vor dem großen Heizgerät und versuchte zu verstehen, was auf dem schwach grünlich leuchtenden Display stand. Es war das erste Mal, dass sie in diesem Raum stand, seit Jahren. Hermann bediente die Heizung, dachte Marlene. Sie monierte Kälte, er verschwand daraufhin im Keller und nach einer Weile wurde es warm, so war das, dachte Marlene, so war das gewesen.

♦

Als ihre Mutter anrief, war Filippa dabei, mit einer Gabel die letzten herausstehenden Enden einzelner Spaghetti ins kochende Wasser zu stoßen. Sie schlug vor zu telefonieren, auch mit Bob, zu dritt, mit Video, damit sie das Display des Geräts sehen konnten, sie selber hatte keine Ahnung von der elterlichen Heizung. Es war ein Experiment, ein Videotelefonat hatten sie noch nie gemacht, aber genau so machte man das heute, dafür hatte sie schließlich das Programm auf dem Smartphone der Mutter installiert. Sie mussten neue Wege zu sprechen finden, als Familie, jetzt, wo ihre Mutter allein war. Und Bob konnte sich ruhig auch ein wenig um die Mutter kümmern, es war ja auch seine, dachte Filippa, von sich aus hatte er sich bisher nicht gemeldet, soweit sie wusste.

Filippa versuchte, sich an die Uhrzeit zu erinnern, wann sie die Nudeln ins Wasser gegeben hatte, dann erklärte sie ihrer Mutter noch einmal, wie sie über das Display wischen sollte, wenn sie sie gleich anriefe.

Sie rief Bob an und erklärte ihm, was sie vorhatte, dann wählte sie die Mutter an. Es gelang und im Marlene-Display erschien gleich darauf, was wahrscheinlich ihre Wange war, daneben zeigte Filippas Computerbildschirm Bob vor einer weißen Wand und sie selbst in ihrer Küche.

»Kannst du die Kamera so halten, dass man dieses Heizding sieht?«

»Wie?«

»Von dir weghalten, Mama, drehen, sodass das Display auf das Display dieses Heizdings zeigt …«

Das Bild am Display veränderte sich, es wurde gräulich.

»So?«

»Nicht ganz. So, dass die Kamera direkt auf das Display zeigt.«

»Wo ist die Kamera?«

»Die vordere ist oberhalb des Displays.«

Filippa hörte Bob lachen, während das Mutter-Display ruckartig über eine graue Fläche zitterte. Das musste die äußere Hülle der Therme sein und als sich einmal etwas Grünliches dazwischenmischte, rief Filippa: »Stopp«, und die Mutter zuckte erschrocken zusammen, sodass die Suche nach der richtigen Position erneut begann, und Bobs Lachen verstummte erst, als ein Teil der Displays aller das Display der Therme zeigte.

»Und? Bob?«, fragte Filippa.

»Was, und?«, kam es von Bob, gar nicht ärgerlich, das klang jetzt amüsiert für sie.

»Siehst du, was falsch sein könnte?«

»Wie soll ich sehen, was da falsch sein könnte?«

»Warum nicht?«

»Warum schon? Siehst du es?«

»Wie soll ich es denn sehen? Ich habe doch von so etwas keine Ahnung.«

»Und warum soll ich davon eine Ahnung haben?«

»Na weil du mit Geräten umgehen kannst.«

»Was heißt Geräte? Definiere Geräte.« Er verstand seine Schwester nicht. Was war das für eine bescheuerte Idee, ihn anzufunken, weil zu Hause in Österreich die Heizung nicht lief. Mit logischem Denken war es bei seiner Schwester wirklich nicht weit her.

»Du weißt schon, was ich meine. Du bist Physiker. Physiker kennen sich mit Wärme aus.«

Bob seufzte. Hoffnungslos, seine Schwester, dachte er. »Flippa, ich weiß nicht, wie oft ich dir das noch sagen soll: Aussagen sind nur sinnvoll, wenn sie präzise sind. Wenn ich Wärme physikalisch definieren kann, heißt das nicht, dass ich ein Heizgerät aus der Ferne warten kann.«

Bob hatte sie geflippert, dachte Filippa, er wusste, sie hasste das, wenn er sie Flippa nannte, er wusste das genau und er tat es trotzdem ständig. Ihr Bruder war einfach ein Trottel, dachte sie, und die Nudeln würden verkochen, es sei denn, es gelänge ihr, sie jetzt aus dem Wasser zu holen.

Ach, ihre Kinder, dachte Marlene währenddessen, und versuchte, die Kamera möglichst unverändert vor das Gerät zu halten, wie oft hatte sie solche Wortwechsel gehört. Das half ihr jetzt nicht weiter. Ihr Arm tat weh.

»Hier steht Menu. Soll ich darauf drücken?«, fragte sie.

»Womöglich«, sagte Bob und auf einmal tat ihm seine Mutter sehr leid. Und er dachte: Reiß dich zusammen. Sie kann ja nichts dafür.

Die Mutter drückte auf dem Display herum, las vor, was sie sah, dann tippte sie, worauf die Kinder sagten, dass sie tippen solle, sie kontrollierte die Ist-Werte und die Soll-Werte, die Steigung der Heizkurve, was immer das bedeuten mochte, sie las Zahlenwerte vor. Dann Schweigen. Bob schlug vor, das ganze Ding einfach auszuschalten, also suchte sie einen Schalter, der das System ausschaltete, jetzt wieder in aufrechter, entspannter Position. Aber sie fand keinen.

»Es muss einen geben.«

»Ich finde ihn nicht. Wie sieht er aus?«

»Keine Ahnung.«

»Mama, kannst du dein Smartphone langsam bewegen und ein bisschen weiter weg halten, sodass wir das ganze Gerät sehen können?« Filippa fuhr mit der Gabel, die sie in der rechten Hand hielt, in der Luft langsam hin und her.

Marlene seufzte, dachte: Das ist doch sinnlos, lächerlich und dumm, und begann, langsam mit dem Smartphone von oben nach unten zu fahren und von links nach rechts, sie ging dabei zwei Schritte zurück und dachte: Wo ist dieser verdammte Schalter, mir ist kalt und meine Arme sind müde. Sie fragte immer wieder: »So?«, und Bob begann wieder zu lachen, er konnte einfach nicht anders.

Marlene hörte sofort auf, ließ die Hand, die das Smartphone hielt, sinken. Ihr Sohn hatte ja recht, es war zum Lachen. Aber sie konnte nicht. Sie atmete tief aus. Sie würde gleich weinen. Vor den Kindern wollte sie nicht weinen.

Was für ein Desaster, dachte Filippa, als dann wieder das Gesicht der Mutter auf ihrem Display auftauchte. Sie konnte ihr nicht helfen. Sie war nicht dort. Zwei Wochen nach dem Begräbnis, und ihre Mutter saß allein in einem kalten Haus, niemand war dort. Dieses Gespräch war eine Niederlage. Warum half ihr blöder Bruder ihrer Mutter nicht. Sie gratulierte Bob zu seiner Empathiefähigkeit und seiner Konstruktivität, Bob drohte aufzulegen, und ein paar Momente später tat er es.

Filippa atmete tief durch, sie verdrehte die Augen. Aber die Mutter hielt das Smartphone wieder, wie sie es gewohnt war, gegen ihr Ohr, obwohl die Videooption noch lief, und sah das nicht. Sie würde Dodo anrufen, sagte sie, das hätte sie gleich tun sollen, aber sie wusste, dass Peter nicht da war und Dodo technisch genauso wenig Talent besaß wie sie. Aber vielleicht …

Als das Gespräch beendet war, begann die Mutter zu weinen. Sie stand im Technikraum im Keller ihres Hauses, grell ausgeleuchtet von einer Leuchtstoffröhre, und weinte. Sie weinte lautlos. Ein paar Minuten vergingen so, und die Lampen im Kellerflur erloschen. Sie sprangen wieder an, als Marlene in den Flur trat und nach oben ging. Sie war ganz ausgefroren.

♦

Filippa stand in ihrer Küche und war wütend. Sie schmiss die Gabel auf die Arbeitsplatte und ließ sich in einen Stuhl fallen. Die Nudeln kochten immer noch im Wasser. Sie hatten versagt. Sie hatte versagt. Sie hätte wissen müssen, dass es keine gute Idee war, Bob einfach so aufzustören, dachte sie. Dämliche Entfernung. Dann goss sie das Nudelwasser ab, warf einen Blick auf die Uhr und sah, dass sie es eilig hatte.

♦

Bob hörte dem Regen zu. Er lag wieder auf dem Bett. Blöde Schwester. Anstatt einfach einen Installateur anzurufen. Wie sollte er aus der Ferne das reparieren können? Er war kein Zauberer. Er war Physiker. Und offenbar nicht einmal darin gut. Er hatte die Stelle nicht bekommen. Eine Mitbewerberin hatte sie bekommen. Bei gleicher Qualifikation wurde die Frau vorgezogen. Er hatte die Stelle nicht bekommen, weil er ein Mann war.

Mit einem Ruck setzte er sich auf und zog sein Notebook zu sich. Er googelte nach einem Notservice von Installateuren und schickte seiner Mutter zwei Nummern. Dann sank er zurück aufs Bett, den Blick zur Decke gerichtet. Jetzt hatte er keinen Vater und keinen Job mehr, dachte Bob. Und: Was bedeutete das, er verstand es nicht. Nichts ergab mehr Sinn. Auch wenn das eine nichts mit dem anderen zu tun hatte, es keinen kausalen Zusammenhang gab. Er wusste das, und trotzdem war da jetzt ständig der Vater in seinem Kopf. Der Vater am Steuer des nagelneuen Wagens, der Vater, der ihm sagte, dass er mit dieser Stelle endgültig alle seine Chancen auf eine Karriere ruiniere. Ob er das wisse. Und jetzt hatte er diese Stelle nicht einmal bekommen. Vermutlich hätte sein Vater jubiliert. Und er spürte, wie er froh war, es ihm nicht sagen zu müssen. Und er schämte sich dafür. Niemandem würde er es sagen. Außer Zoe natürlich. Und er dachte: Idioten. Ihr verdammten Idioten.

♦

Dodo kam eine halbe Stunde später, und dank der Betriebsanleitung fanden die Schwestern den Ein/Aus-Knopf. Das Gerät startete neu und das Geräusch, das sie dann hörten, klang gut, die Maschine schien wieder zu arbeiten. Morgen würde sie einen der Installateure anrufen, deren Nummern ihr ihr Sohn geschickt hatte, gleich morgen, und der musste ihr zeigen, wie das alles zu bedienen war, dachte Marlene, als sie die Tür hinter ihrer Schwester zuzog. Ja, sie hatte etwas zu tun.

♦

Filippa saß im letzten Eurostar Richtung London. Sie sah ihr Gesicht als Reflexion in der Fensterscheibe des Zuges. Sie hatte Vaters Augen. Es waren Vaters Augen, die sie jetzt in der Scheibe anblickten, hinter den Brillengläsern, müde und traurig, dachte sie.

In King's Cross musste sie zum Anschlusszug laufen und die eine Stunde im nächsten Zug gehörte dann ihr allein, sie hatte alle Studentenarbeiten fertig korrigiert, keine dringenden Mails mehr zu schreiben. Wenigstens das, dachte sie, das war herrlich, eine ganze Stunde Me Time, so sagte man, was für ein blödes Wort. Sie wollte die Zeit nutzen, um ruhig zu werden, also setzte sie die Kopfhörer auf und tat nichts, außer ihre Atemzüge zu zählen. Der Teststreifen war zweifach rot gewesen, klar und deutlich, ihr Eisprung stand bevor, es galt, jeden Dystress aus ihrem System zu tilgen, und auch die Traurigkeit.

Sie zählte von eins bis zehn, immer wieder, versuchte ihr Bewusstsein zu leeren, sie spürte die Geschwindigkeit des Zuges, seine gleichmäßige Fahrt, sein gelegentliches Ruckeln, ein Bremsen. Im Waggon war es angenehm ruhig, es sprach niemand; die sie sah, saßen alle wie sie mit Kopfhörern in den Sesseln und blickten auf ein Display. Sie schloss die Augen, bis nur noch ein wenig Helligkeit auf ihre Netzhaut drang. Sie spürte ihr Herz. Sie dachte an ihren Vater. Wenn sie jetzt schwanger würde … Sie seufzte. Sie wollte schwanger werden, jetzt, unbedingt, mehr denn je. Wenn es nur gelänge … Dann korrigierte sie sich: Nicht im Konjunktiv denken, sondern denken: Ich werde Mutter werden. Und sie sagte sich das vor: Ich werde Mutter werden, ich werde Mutter werden … Bis der Zug seine Fahrt verlangsamte, zum Stillstand kam und am beleuchteten Bahnsteig Anuk auftauchte, sie ihn sah, in seinem Mantel, den er immer offen trug, egal wie kalt es war, darunter einen dunklen Kapuzenpullover, die schwarzen Haare verborgen unter einer Mütze. Sie sah seine Augen nach ihr suchen, Kopf und Körper schnell, aber doch ruhig, niemals hastig, immer gelassen, wie sie das mochte, wie er sich bewegte, wie sie alles daran mochte, und sie dachte: Wir werden Eltern werden. Die Sterne unsichtbar.

Mittwoch, 17. Dezember 2014

Die Universität betrat Bob über den Seiteneingang. Er wollte niemandem mehr begegnen. Mission accomplished, dachte er, als er sein Zimmer aufsperrte. Er machte das Licht an, begann seinen Schreibtisch leer zu räumen, die Postkarten, Plakate abzunehmen. Nach den Ferien würde da sie sitzen, diese blöde Kuh, dachte er. Er konzentrierte sich darauf, nichts zu vergessen.

Als er fertig war, stand er unschlüssig im Raum. Er trat zu den beiden Fenstern, die die gesamte Wandbreite einnahmen und den Blick freigaben über die Dächer der umliegenden Gebäude, in die Ferne. Es war grau draußen, dezemberdunkel und kalt, Kamine rauchten, und er legte eine Hand direkt an den Fensterrahmen, spürte den leichten Luftzug von draußen, der seine Hand kühlte, während die andere Hand auf dem warmen Heizkörper ruhte. Er dachte: Emergenz. Immer, wenn er an Wärme dachte, dachte er sofort an Emergenz. Dass Wärme kein Stoff war, nicht das Caloricum, das bis ins 19. Jahrhundert noch ein Wort war mit Bedeutung, sondern eine Prozessgröße. Dass sie erwuchs, *emergent*, wie so vieles … und wie Weniges heute dagegen noch als *fundamentale* Größe gelten konnte. Und wie essentiell es war, den Unterschied zu kennen zwischen beidem.

Er versuchte, das Bild mental zu korrigieren, das seine Augen ihm von dem zeigten, was das Menschentier Welt nannte, als er durch das Fenster nach draußen sah ins Dämmerdunkel und den Raum, in dem er stand, im Fensterglas gespiegelt sah, und sich selbst im gespiegelten Raum stehen sah. Wie oft war er hier so gestanden und hatte versucht zu vergessen, was seine Augen sahen, um *hinter* die Bilder zu gelangen. Wie oft hatte er versucht, dieses Bild der Welt zu zerlegen in ein feineres, hatte versucht, die für ihn unsichtbaren elementaren Teilchen und die fundamentalen Wechselwirkungen zwischen ihnen zu sehen, aus denen sich alles zusammensetzte, das er jetzt und hier sah: die Quarks und Leptonen der Luftmoleküle und jene der übrigen Materieteile, angeordnet als Metallverbindung, Holzmasse, Glasfläche, Stein, als Haut und Blut und Knochen, und die Eichbosonen des Lichts, das auf sie traf … Und für eine kurze Weile stand er nur so da, versuchte, nicht seinen Augen zu trauen, sondern weiter zu sehen. Denn darum ging es doch, dachte Bob: den eigenen Augen nicht zu sehr zu trauen, um zu sehen, was noch keiner gesehen hat, um zu den Fundamenten der

Wirklichkeit vorzudringen, immer weiter. Diese blöde Kuh war darin nicht besser als er, niemals.

Dann kam ihm das letzte Zusammentreffen mit seinem Doktorvater in den Sinn. Er hatte ihm die Kränkung nicht gezeigt, er hatte nur konstant geschwiegen, während sein Professor gar nicht mehr aufgehört hatte zu sprechen, die Verantwortung für die Entscheidung sofort an die Gleichbehandlungskommission delegierte, der heute jeder, wirklich jeder, ausgeliefert sei, und ihm vom Druck innerhalb des Kollegiums am Institut erzählt hatte, den er ja selber kennengelernt hätte, und dann auf die anderen Mitglieder der Kommission verwiesen hatte, und, kleinlauter, am Ende, auch gesagt hatte, dass seine Kollegin tatsächlich auch eine beeindruckende Publikationsliste vorzuweisen gehabt hätte und sehr viel internationale Erfahrung. Und als er dann endlich verstummt war, hatte Bob kaum merklich genickt und abgewunken – nicht, weil er diesem Arsch beigepflichtet hatte, und auch nicht, weil er sich das überlegt hatte als Strategie, sondern weil sein Körper diese Geste ganz einfach in diesem Moment vollzogen hatte, und das war gut gewesen, dachte Bob jetzt, diese Geste … Und auch, wie er weiter agiert hatte: In möglichst gleichgültigem Tonfall hatte er dann nur gemeint, er müsse jetzt leider los, und sich bei seinem Doktorvater noch einmal für die Betreuung und alles, was er in den vergangenen Jahren lernen durfte, bedankt, floskelhaft, aber freundlich, gleichgültig-freundlich. Und er sah sich in Gedanken ihm danach noch einmal die Hand schütteln. Auch das war alles gut gewesen, dachte Bob, und er spürte die Verachtung dabei jetzt wieder, die er in diesem Moment gefühlt hatte, für den, den er einmal dem Vater gegenüber als Mentor bezeichnet hatte, um ihn zu kränken, in einem Streit. Und dann sah er sich wieder in der Tür stehen, als er sich schon verabschiedet hatte, und hörte den Professor sagen, wie sehr er Bobs Vater geschätzt habe, auch wenn er ihn nicht gekannt habe, leider. Und wie leid ihm das Timing täte … Er hatte tatsächlich Koryphäe gesagt, das sei sein Vater gewesen, dachte Bob, und: Arschloch. Arsch-loch. Aber er würde es ihm schon zeigen, er würde das noch bereuen, sich gegen ihn entschieden zu haben … Er würde es ihnen allen noch zeigen.

Er fluchte in Gedanken, schulterte den Rucksack, warf einen letzten Blick zum Fenster ins Dunkel hinaus. Dieser Blick, der würde ihm fehlen, dachte er, schaltete das Licht aus und zog die Tür hinter sich zu. »Ihr werdet euch noch wundern«, sagte Bob, halblaut, als er Richtung Aufzug ging, »ihr habt ja keine Ahnung, wer ich bin.«

♦

Filippa saß am Gate und wartete. Neben ihr hörte sie eine junge Frau in ihr Smartphone sprechen. Sie zählte sämtliche Weihnachtsgeschenke auf, die sie eingekauft hatte, sagte, wie sehr sie sich freue auf die Tage jetzt. Sie redete wirklich sehr laut, dachte Filippa, und ständig sagte sie awesome. Sie stand auf und suchte sich einen anderen Platz.

Wie schön war das früher gewesen, auch für sie, jedes Mal, das Aufbrechen nach Hause zu Weihnachten – das Heimkommen, das Abgeholtwerden, das Zuhauseseindürfen und Nichtstunmüssen an diesen letzten Tagen des Jahres. Sie hatte sie immer im Elternhaus verbracht. Sie waren langsamer als alle anderen, dachte sie, das war das Wort. Nicht, dass das Weihnachtsfest immer so grandios verlaufen wäre zu Hause, oft genug hatte es Streit gegeben. Aber die Freude kam dennoch jedes Jahr wieder, dachte sie jetzt. Vielleicht war das auch gar keine weihnachtliche Freude, sondern Weihnachten nur der Anlass, ein paar Tage wieder Kind sein zu dürfen, und sie freute sich darauf – wieder das Mädchen sein zu dürfen, das in ihrem weißen Bett erwachte, vor dessen Zimmer sich der Garten auftat und dahinter eine große Wiese, sodass sie Ende Dezember morgens in eine weiße Weite sah, während sie den Ersten im Haus aufstehen hörte, es war immer der Vater, und nach einer Weile dann der Geruch von Kaffee durch das Haus zog … Vielleicht lebte sie einfach schon zu lange in der Fremde und allein.

Dieses Jahr war alles anders. Morgen würde es ein Monat her sein. Morgen vor einem Monat würde sie hierhergeeilt sein, en état de choc. Als sie das dachte, das Herz sofort wieder beklommen, das Gefühl von damals wieder da. Alles kam zurück in ihrem Kopf: das Ankommen, das Weinen, die Hand der Mutter, das stille Haus.

Dieses Jahr gab es keine Geschenke. Der Beschluss war einfach gewesen – eine Nachricht ihrer Mutter an beide Kinder. Es gab auch keinen Baum. Dieses Jahr war alles anders.

Nicht wieder in der Öffentlichkeit weinen, dachte Filippa dann, das geht jetzt nicht, lenk dich ab. Und sie begann lautlos zu rezitieren in ihrem Kopf: *Lebenslauf / Größers wolltest auch du, aber die Liebe zwingt / All uns nieder, das Leid beuget gewaltiger, / Doch es kehret umsonst nicht / Unser Bogen, woher er kommt.* Schon beim Anfang der zweiten Strophe stockte sie und musste das gelbe Büchlein aus der Manteltasche hervorholen. Sie wiederholte das ganze Gedicht dann noch einmal, ohne in das Buch zu sehen, hob den Blick zur Decke und dachte: Furchtbar; und: Warum? Es fehlte eine Verkleidung, eine Vielzahl von Kabeln und Schläuchen und Röhren prangten einfach so an der Decke über ihr, überall, als sähe dort nie jemand hin. Und Filippa griff mechanisch zu ihrem Smartphone und schoss drei Fotos und stand dann schließlich auf, um in der trägen Schlange in den Airbus zu gehen, und alles, was sie denken konnte, war: Diesmal holt er mich nicht ab, diesmal wartet er nicht auf mich. Nie mehr würde er auf sie warten, sie abholen, sie nach Hause bringen. Nie mehr …

Das Leid beuget gewaltiger … Vielleicht hätte sie doch seine Gedichte nehmen sollen für ihre Habilitation, nicht den *Hyperion*, im Moment schienen ihr die Gedichte so viel näher, zumal die späteren, dachte sie, während sie aus dem Flieger noch schnell ihrer Mutter die Ankunftszeit schickte.

♦

Marlene las die Nachricht, als sie im Auto saß. Sie musterte sich im Rückspiegel. Sie war erleichtert. Es war nicht so schmerzhaft gewesen, wie sie befürchtet hatte, stellte sie fest. Aber es ging ja auch nur um Geld, um Formalitäten, dachte sie dann. Und dass doch noch einiges fehlte an Unterlagen.

Sie streifte ihre Handschuhe über, startete den Wagen, sah, als die Anzeige ansprang: minus sechs Grad Celsius. Kein Wunder, dass ihr so kalt war, dachte sie und schaltete die Heizung höher.

Den Gruß des Notars vorhin hatte sie erwidert, auch wenn sie so wenig wie noch nie gewusst hatte, was *frohe Weihnachten* bedeuten mochte. Ob sie nicht doch noch einen Baum besorgen sollte, wenn Anuk käme. Aber Anuk war nicht katholisch, er war kein Christ. Niemand war katholisch außer sie, sie war die einzige Christin der Familie, die Einzige, die nicht aus der Kirche ausgetreten war. Die Leute kauften trotzdem Weihnachtsbäume …

Sie sah sich im Rückspiegel in die Augen. Ob sie durchhalten würde über die Feiertage, wenn plötzlich alle da wären … Bob, Pippa, Anuk … und dann auch noch die Hermann-Sippe, am Stephanitag, was sollte sie da bloß kochen, was reden … Aber erst einmal würde nur Pippa kommen, dachte sie dann. Endlich würde Pippa kommen. Und während sie auf die Autobahn auffuhr, dachte sie: Vor einem Monat noch war alles gut gewesen. Es war alles gut gewesen.

Donnerstag, 18. Dezember 2014

Für einen kurzen Moment dachte Filippa beim Aufwachen, es sei alles gut. Sie roch Kaffee. Die Welt draußen weißlich-grau, Nebel, erkannte sie, als sie sich die Brille aufsetzte, der Boden schneebedeckt, und vom Himmel trieben Flocken auf die Erde. Aber nichts war gut, dachte Filippa dann, und hastig zog sie ihre Jogginghose an, um rasch in die Küche hinunterzukommen, damit ihre Mutter wenigstens heute nicht allein beim Frühstück säße.

Sie sah okay aus, fand Filippa, als sie ihrer Mutter dann gegenübersaß, sie hielt sich tapfer, dachte sie. Es erstaunte sie nicht, dass sie nicht im Schlafzimmer schlief, sondern in ihrem Zimmer, sich fast nur noch im Erdgeschoß aufzuhalten schien, der Kleidung nach, die sie im Arbeitszimmer verstreut entdeckt hatte im Vorübergehen, und sie korrigierte sich: nicht Arbeitszimmer, seit ihrer Pensionierung wollte die Mutter, dass sie es Gästezimmer nannten.

Ein Monat. Keine lange Zeit, dachte Marlene, und: Warum frisiert sich meine Tochter nicht ordentlich, immer dieser schlampige Knoten. Und die ersten weißen Strähnen sind auch schon deutlich sichtbar, jetzt schon, dachte Marlene, viel zu früh, warum färbt sie die Haare nicht? Sie arbeitet viel zu viel. Und dann: Was war ein Monat. Ein langer Urlaub, nicht mehr.

Als sie am Grab standen, dachte Marlene: Ungewohnt zu dieser Zeit. Alles war anders an diesem Tag, weil Pippa da war. Und wie gut das war, dass sie da war. Wie gut das für sie war.

Eine fremde Kerze brannte, unklar, wer sie angezündet haben mochte, gestern Abend vielleicht noch, dem Docht nach, jedenfalls nachdem sie hier gewesen war. Die Kränze alle welk, die Farben der Blüten verblichen, und Reif lag auf den toten Blättern und den dunklen Nadeln.

Filippa spürte einen Stich. Sie sah das erst zum zweiten Mal, das Grab. Dass hier jetzt ihr Vater lag. Die Autobahn, die durch das Tal ging, war deutlich zu hören, und jemand schnitt vielleicht Holz in der Nähe, immer wieder übertönte eine Säge das Rauschen des Verkehrs. Die Luft war kalt und rauchig, und Filippa fror. Unweigerlich der Gedanke, wie der Sarg aussehen mochte jetzt und darin der Vater. War er gefroren. Wie geschah Verwesung. Sie nahm sich vor zu googeln. Sie hörte die Mutter sich schnäuzen, sah sie das Taschentuch verstauen. Filippa fragte sich, wie es für sie sein mochte. Sie war hier täglich, kannte den Anblick, hatte die Blumen welk werden sehen, hatte Kerzen gewechselt. Sie hatte ihr erzählt, dass sie die große, schöne, teure blütenweiße Kerze nach dem fünften Versuch, sie wieder neu zu entzünden, weil sie jedes Mal über Nacht erloschen war, mit nach Hause genommen hatte, auch wenn ihr die hässlichen roten industriellen Grablichter mit den Metallhäubchen ein Dorn im Auge waren.

Jeden Tag hier und jeden Tag eine neue Verwundung, dachte Marlene indes, nein, es wurde nicht leichter.

Franz begegneten sie gleich beim Betreten des Instituts. Es war richtig gewesen, zu warten, bis Filippa ihr helfen konnte, dachte Marlene augenblicklich, als sie ihn sah. Sie hatte zwar den Schlüssel zum Büro ihres Mannes, aber es hätte wohl gedauert, bis sie es gefunden hätte. Jetzt führte sie Franz hin. Sie war fremd hier, jahrelang war sie nicht hier gewesen.

Als sich die Türe öffnete, war das Erste, was Filippa wahrnahm, der Geruch. Vertraut und fremd zugleich, es war ein spezifischer Geruch, der sie an früher erinnerte, sie wusste nicht woran genau. Während ihre Mutter begann, Ordner aus einem Regal zu nehmen, stand Filippa starr mitten im

Zimmer und blickte um sich. Alles rührte sie hier: die Kaffeetasse auf seinem Schreibtisch, die beiden Fotos der Familie, Bob und sie als Kinder mit den Eltern, Bob und sie als Erwachsene mit den Eltern. Alles rührte sie in diesem Raum … Die Handschrift auf dem Block neben der Computertastatur, die rote Baumwolltragetasche auf dem Fensterbrett, gefaltet … alle diese Spuren … Sie hätte sich am liebsten in den Sessel gesetzt, um dort sitzen zu bleiben und in Ruhe zu weinen, aber sie war nicht allein und die Mutter räumte so geschäftig …

Dass es dieses Foto gab, hatte sie vergessen. Es war entstanden zu Bobs Sponsion. Vielleicht das letzte, das sie zu viert zeigte, die Familie. Bob blickte grimmig in die Kamera, seine ganze Haltung zeigte Widerwillen, dachte Filippa, sie selber lächelte leicht gekünstelt wie die Mutter, der Vater stolz. Er wollte das Foto haben. Er tapezierte mit ihnen das Haus, führte die Alben.

Die nächsten Stunden räumten Mutter und Tochter Ordner aus Regalen, leerten Schubladen und gingen mehrfach den Weg zum Auto und zurück. Sie arbeiteten schweigend, und dann war das Zimmer leer, das Auto vollgeräumt mit Papier, das die väterlichen Spuren barg. Zuletzt hing am Garderobeständer nur noch eine Jacke, taubenblau, Blousonschnitt, und ein billiger Schirm. Beides nahm Marlene an sich. Dann noch ein letzter Blick in diesen für sie fremden Raum, der für ihn so viele Jahre Heimat gewesen war, dachte Marlene. Sie war so froh, dass sie das überstanden hatte jetzt und nicht allein war.

Dann verließen sie das Institut und Marlene fragte sich, was sie da in Händen hielt. Sie konnte sich an diese Jacke nicht erinnern. Es war ein hässliches Teil. Und abgetragen sah sie aus. Woher mochte sie stammen? Auf dem Weg zum Auto, Filippa ging vor ihr, führte sie sie rasch zur Nase. Sein Geruch, zweifellos, und intensiv. Daraufhin ihr Herz sofort in

Aufruhr, unerwartet, schmerzhaft. Sie konnte ihn nicht mehr fragen, woher er die hässliche Jacke hatte. Und wofür. Sie startete den Wagen. Was wusste sie noch alles nicht von ihm.

Mittwoch, 24. Dezember 2014

Es war ein guter Baum, befand die Mutter, als sie die letzte Schachtel, auf der in der Handschrift ihres Mannes *Weihnachten* stand, im Wohnzimmer abstellte, vielleicht ein wenig schief im Wuchs, aber das war ihr egal, die Auswahl war nicht mehr groß gewesen und sie verstand nichts von Bäumen. Dafür war er viel zierlicher als die Bäume der letzten Jahre, dachte Marlene, und daran, wie sehr sie sich jedes Jahr aufgeregt hatte, wenn Hermann wieder mit einem riesigen Baum angekommen war, und das auch noch viel zu früh, Wochen vor Weihnachten.

Es war richtig gewesen, doch einen Baum zu kaufen, dachte sie, es war gut gewesen, dass sie das spontan entschieden hatte, am Morgen, als sie hier gestanden war, in diesem Zimmer, und es ihr so fremd erschienen war an diesem Datum des Jahres ohne all das, was ansonsten hier all die Jahre herumgestanden war: die Krippe von Hermanns Vater, der Adventkranz, Fensterbilder an den Glasflügeln der Terrassentür … Andachtsraum, dachte sie, hatte sie gedacht, als sich ihr Blick wie so oft an der blütenweißen Kerze auf der Kommode festgesogen hatte, die das Porträtfoto, das dort jetzt stand, in ihr kaum merklich flackerndes Licht tauchte. So war es viel besser, dachte sie, und sie bückte sich, um die Schachteln auszupacken.

Bob trat zu ihr und begutachtete den Baum. Dann läutete Marlenes Smartphone und sie ging in den Flur. Filippa kam ins Wohnzimmer, schon in ihrem Mantel, sie wollte los, um

Anuk abzuholen. Sie sah ihren Bruder am Boden knien und am Christbaumkreuz herumhantieren. Filippa fragte, was er da mache, und sagte, er solle das sofort sein lassen, ihre Mutter sei sehr stolz darauf, dass sie es alleine geschafft hatte, den Baum aufzurichten.

»Aber der Baum steht schief.«

»Der Baum ist schief.«

»Nein, er steht schief. Bäume wachsen nicht so schief.«

»Meine Yucca-Palme wächst total schief.«

»Das hier ist aber keine Zimmerpflanze, die nach dem Sonnenlicht wächst, sondern ein gezüchteter deutscher und also per se kerzengerader Baum.«

Die Mutter hatte aufgehört zu sprechen, hörte Filippa, und würde gleich zurückkommen. Sie sagte noch einmal, er solle es doch einfach lassen, es sei das erste Mal gewesen, dass sie sie wenigstens für einen kurzen Moment nicht niedergeschlagen gesehen hätte, und es sei doch völlig egal, ob der Baum ein kerzengerader deutscher Baum sei oder ein italienischer Pisa-Baum, er würde schon nicht umfallen. Bob deutete ihr den Vogel und schüttelte den Kopf, ließ aber ab und begann, Christbaumkugeln aufzuhängen.

Dann war Filippa fort, und Marlene erzählte Bob, als sie zurückkam, mit einigem Stolz von der Premiere des rein weiblichen Christbaumkaufens und Christbaumaufrichtens, und Bob verkniff sich zu sagen, dass der Baum viel zu klein war, halb so groß wie die Bäume, die hier sonst immer gestanden waren, und vor allem, dass er augenscheinlich schief stand. Und er widersprach nicht, als seine Mutter meinte, dass sie es sogar stimmig fände, dieses Jahr einen leicht schiefen Baum im Wohnzimmer stehen zu haben.

Ob das wirklich ihr Ernst war, fragte sich Bob, aber er schwieg, er dachte an Flippas Worte und erinnerte sich an die Misere mit der Heizung neulich.

Er fragte sich, wie es seiner Mutter gehen mochte, für ihn sah sie kaum verändert aus und sie benahm sich nicht ungewöhnlich.

»Ist deine Bewerbung schon durch?«, hörte er sie dann fragen. Marlene dachte, dass sie irgendwann dieser Tage, während Bob hier war, es schaffen musste, seinen Pullover zu flicken, notfalls über Nacht und heimlich, es konnte nicht sein, dass ihr so kluger Sohn an der Universität die ganze Zeit in einem löchrigen Pullover herumlief.

Bob fragte sich einen Moment lang, was genau er seiner Mutter diesbezüglich erzählt hatte, was sie wusste, und sagte dann: »Es wird sich erst nach den Ferien entscheiden, wie es weitergeht bei mir.« Das war ja auch die Wahrheit, dachte er. Natürlich würde er ihr unter keinen Umständen heute sagen, dass er rausgeflogen war, weil er offenbar nur gleich gut qualifiziert war wie die andere, die heute bevorzugt wurde, weil sie anders war als die naturwissenschaftlich forschende Mehrheit, geschlechtlich anders, wofür nun niemand etwas konnte, weder er noch sie, und er spürte schon wieder Wut in sich aufsteigen.

Die beiden standen vor dem fertig geschmückten Baum und schwiegen. Bob spürte ein leichtes Unbehagen, weil das Gespräch auf die Universität gekommen war. Er fragte schnell zurück, wie es ihr gehe.

Marlene atmete hörbar aus und sagte, es sei alles so, wie man sagte, dass es sei nach einem Todesfall, es sei alles genau so … Und dass es kaum helfe, das zu wissen, die Gefühle blieben ja dennoch. Schlimm seien die plötzlichen Anflüge intensiven Schmerzes, weil sie immer unerwartet kämen, wie aus dem Nichts, auslösen könne sie alles, und dann bliebe dieser Schmerz und besetze den Kopf voll und ganz, und es dauere, bis das Maß wieder jenes der chronischen Traurigkeit sei, an das sie sich langsam beginne zu gewöhnen. Das Aufwachen am Morgen sei entsetzlich, jeden Morgen, jeden Morgen wieder. Das sei das Entsetzlichste. Sie wisse, sie könne nichts tun, er könne nichts tun, keiner könne etwas tun, es sei, wie es sei.

Sie sah ihn an, zuckte die Schultern und spürte den Impuls, ihrem Sohn über den Kopf zu streichen. Als Kind hatte er es gemocht, wenn sie ihm durchs Haar gefahren war. Aber das war lange her. Und jetzt waren die Haare raspelkurz, immer, als sei er wütend, dass er überhaupt welche auf dem Kopf hatte, dachte Marlene, oder wegen seiner Geheimratsecken entsetzlich verlegen.

Wie gern würde sie ihn jetzt umarmen, dachte sie dann, aber sie verkniff sich auch das, berührte ihn nur kurz am Arm, als sie sich losriss, und begann, die Schachteln zu verräumen. Pippa würde bald zurückkommen mit Anuk, die Suppe musste noch abgeschmeckt werden, der Tisch war nicht gedeckt. Sie fühlte sich nicht gut, aber sie hatte sich unter Kontrolle, dachte sie, sie würde das heute schon hinbekommen, sie hatte Angst vor diesem Weihnachten, warum hatte sie solche Angst. Aber es war besser so, als allein hier zu sitzen vor dem Fernseher, sagte sie sich dann, und vielleicht würde der Abend gar nicht allzu schlimm werden, immerhin hatte der Sohn ihr die Parzival-Frage gestellt.

In der Küche öffnete sie eine Flasche Rotwein, für später, trank dann aber gleich ein paar Schlucke, schließlich musste ja jemand kosten.

Abends, beim Essen, blieb der Vater-Platz neben der Mutter leer, Filippa musste ständig hinsehen. Dorthin oder zu der einen großen, blütenweißen Kerze, die auf der Kommode stand, neben dem Porträt des Vaters, kaum merklich flackernd brannte. Marlene, Bob, Filippa und Anuk löffelten Suppe. Dann die Frage der Mutter an die Tochter, ob sie inzwischen denn Fleisch äße, wenigstens ein paar Blätter Schinken oder ein Würstel zur Nudelsuppe, wegen der B-Vitamine. Und Filippa dachte: Geht das wieder los, und sagte: Nein, sie sei immer noch Vegetarierin, wie schon mit sechs Jahren.

Und sie spürte, als sie das sagte, wie reizbar sie heute war. Und dachte: Es hat wieder nicht geklappt. Es ist nicht nur wegen Weihnachten, Weihnachten ohne den Vater, nicht nur, weil Bob auf Anuk traf, meine Stimmung – das ist PMS, genauso wie das Ziehen heute im Unterleib, ein sicheres Zeichen, dass es wieder nicht geklappt hatte. Und sie spürte, wie sie gleich noch viel reizbarer wurde, als sie das dachte.

Marlene begann Anuk über seinen neuen Job auszufragen, ein wenig befangen wirkte sie für Filippa, sie wusste, dass sie nicht gern Englisch sprach, aber Anuk verstand kein Deutsch. Filippa trank einen großen Schluck Wein, das musste heute sein, und wenn sie wieder nicht schwanger war, war das ja auch kein Problem. Und ihre Mutter trank auch einiges, dachte sie dann, sie trank doch sonst kaum Alkohol.

Bob überlegte, wie viele Bemerkungen er sich bereits verkniffen hatte, während er Anuk zuhörte. Um des lieben Friedens willen, dachte er, und weil er im Moment zumindest am Papier wenig in der Hand hatte gegen Anuk, den Bilderbuchakademiker-mit-Migrationshintergrund, der so gut wie alle Förderungen, die man in England bekommen hatte können, in seiner Schul- und Studienkarriere abgesahnt hatte und jetzt auf seiner fetten neuen Stelle saß und fette Forschungsgelder einwarb, während er arbeitslos war. Wie das klang – arbeitslos –, es passte überhaupt nicht zu ihm, dachte Bob. Deshalb wollte er es ja auch Sabbatical nennen, wenn er es irgendjemandem gegenüber erklären musste – eine kleine Auszeit zu nehmen nach der Promotion, das war durchaus nichts Ungewöhnliches. Aber wie seine Schwester mit einem derartigen Langweiler zusammen sein konnte, verstand er wirklich nicht. Und noch weniger, wieso ausgerechnet dieser überangepasste Mensch, der vieles sein mochte, aber sicher nicht originell und kein Quäntchen verrückt, so viel Fördergeld an Land ziehen hatte können … So jemand konnte keine Spitzenforschung betreiben, da fehlte doch etwas, das war alles viel zu sleek, was er sagte, fand Bob, ein Systemveränderer sprach so nicht.

Filippa dachte, was für ein trister Weihnachtsabend das war, als sie dann zu Ende gegessen hatten – kein einziges Geschenk, alle hatten sich daran gehalten, keine Bescherung stand jetzt an. Wenigstens die Kerzen am Baum könnten sie noch anzünden, daran schien auch niemand zu denken, und sie sagte es laut, und Bob stand auf und begann damit, und Filippa dachte: Wie Vater, Bob ist wirklich haargenau wie er, die gleichen Gesten, die gleiche Statur.

Die Flämmchen spiegelten sich in den Fenstergläsern der beiden großen Flügel der Terrassentür, und Marlene dachte: Den Baum hätte sie sich doch sparen können, alles hätte sie sich sparen können, sie hätte im Bett bleiben sollen und eine Tablette nehmen oder zwei, warum machte der Wein es nicht leichter. Und in ihrem Kopf dann die lächerliche Streiterei im letzten Jahr, die sie sich mit Hermann geliefert hatte, weil er, gleich als der Christbaummarkt eröffnet hatte, mit einem Baum so groß wie nie heimgekommen war. Ihr kamen die Wörter *nie* und *mehr* in den Sinn, während sie Anuk fragen hörte: »Why is the tree not standing straight?«

Filippa trat ihm unter dem Tisch sanft gegen das Bein und schüttelte den Kopf und Bob erklärte Anuk, dass die Mutter mit sicherem Griff offenbar heuer im Sinne von gelebter Pflanzen-Diversität intuitiv einen besonderen Baum ausgesucht hätte, er sagte »a special tree« und »nonconformist tree« und »Pisa tree«, wie es dieser Familie einzig gemäß sei. Und er blieb ernst dabei, und dann dachte er, dass das außerdem ja auch stimmte: Wenn die Familie, aus der er stammte, etwas nicht war, dann opportunistisch, lemminggleich im Sog der Masse schwimmend. Und es war natürlich klar, dass Anuk etwas sagen musste, wenn ein Baum nicht kerzengerade stand, dachte Bob dann, das passte doch. Und er fragte ihn, ob an seiner Fakultät der administrative Aufwand auch immer mehr Zeit fräße, die dann in der freien Forschung fehle, und ob er auch glaube, dass demnächst wahrscheinlich auch noch eine Stechuhr für Wissenschaftler eingeführt würde.

Oje, dachte Filippa, jetzt geht es los. Und sie wollte gerade etwas darauf antworten, da hörte sie Anuk bereits sagen, es stimme, der administrative Aufwand sei viel größer geworden, aber er könne dennoch nicht in das allgemeine Lamento einstimmen, denn Wissenschaftler arbeiteten doch immer noch so frei wie sonst so gut wie niemand, obwohl sie zugleich Angestellte seien. Das sei ein ungeheures Privileg und dieser Unterschied zu anderen Berufen widerspräche eigentlich genau genommen dem Gleichheitsgrundsatz.

Vorhin im Auto hatte sie ihm extra noch gesagt, er solle diesmal bitte nicht darauf eingehen, wenn Bob mit ihm über die Universitäten reden wolle, das führe im schlimmsten Fall zu Streit und im besten Fall zu irgendwelchen abstrakten Diskussionen, mit denen die Mutter sicher nichts anfangen konnte, dachte Filippa, und was machte ihr Freund jetzt …

Und Marlene dachte, während Anuk noch weitersprach, an das Weihnachten vor drei Jahren, als Hermann ihr ein Foto geschenkt hatte, ein Foto, das sie zusammen zeigte, schwarz-weiß, frisch vermählt, aber noch bevor sie mit Pippa schwanger gewesen war. Ihre Schwester hatte es aufgenommen. Es war jahrelang verschollen gewesen. Sie verspürte den Drang, es sich jetzt anzusehen, es hing im Stiegenhaus an der Wand, aber sie unterdrückte ihn, trank noch einen Schluck Wein. Die Kerzen brannten immer noch, sie würden an diesem einen Abend zu Ende brennen, wenn nicht bald jemand sie ausbliese, aber warum auch nicht, dachte Marlene, es hatte etwas Tröstliches. Sogar einem kleinen Brand hätte sie etwas abgewinnen können, dachte sie weiter, in ihr fehlte die Angst davor, die sie, gerade als die Kinder noch klein waren und Bob kaum auf einem Sessel zu halten, stets gespürt hatte, vollständig.

Marlene hörte ihren Sohn sagen, dass er fände, dass das mit dem Gleichheitsgrundsatz in allen Sphären ein fundamentales Problem sei, weil es ja überhaupt kein Konzept von Gleichheit gäbe, mit dem etwas anzufangen sei – in der Physik würden zum Beispiel nicht alle Forschungsansätze, die versuchten, das Zeit-Problem zu lösen, die gleiche Anerkennung und Aufmerksamkeit erhalten, auch wenn keiner der Ansätze nach momentanem Wissensstand als einzig wahrer gelten konnte. Und der theoretischen Physik würde per se weniger Aufmerksamkeit zuteil und auch weniger finanzielle Anerkennung als der praktischen, anwendungsbezogenen Physik, die schneller und eher zu Erfindungen führe, mit denen Geld zu verdienen sei. Das sei einfach ein Problem, wie auch die idiotische politische Korrektheit ein Problem sei, die sich immer stärker auch im universitären Diskurs bemerkbar mache und vollkommen falsche Kriterien anlege an einen Begriff wie Gleichheit, etwa durch die Quotenregelung – als ob es so etwas wie eine *gleiche* Qualifikation überhaupt gäbe in der Wissenschaft.

Über die Quotenregelung wollte sie jetzt ganz sicher nicht diskutieren, dachte Filippa, und sie unterbrach ihren Bruder, sagte, sie beide hätten wenigstens einen ordentlichen Arbeitsvertrag und Fächer, die geachtet würden, sie habe beides nicht, aber die Bürokratie sei deshalb auch nicht weniger, nur ihre Jobaussichten geringer, und ihr Verdienst.

Es folgte Schweigen, Filippa dachte: Wenigstens das Gespräch war jetzt beendet, die Mutter saß die ganze Zeit schon so abwesend am Tisch, und sie sagte, vielleicht solle jemand die Kerzen ausblasen. Und Bob stand auf und tat es.

Kerzenrauch erfüllte dann den Raum, Marlene schenkte sich nochmals Wein nach, nahm einen Schluck und dachte, in anderen Familien wären jetzt kleine Kinder anwesend, für die man natürlich nicht hätte auf Geschenke verzichten können, die herumtollten am Boden, als wäre alles gut, weil sie nicht wussten, was es hieß, dass sie in Trauer war, und sie zum Lachen brachten, sie müde machten, ihre Aufmerksamkeit banden … Aber es waren keine Kinder da. Pippa war fast 35, aber die Karriere … und ob Bob überhaupt eine Freundin hatte … sie wusste von keiner, aber was wusste sie überhaupt von ihrem Sohn. Sie trank ihr Glas Wein aus und stand dann auf und sagte: Sie sollten ruhig noch sitzen bleiben und dann alles stehenlassen, wie es war, sie gehe schlafen, gute Nacht.

Bob, Anuk und Filippa saßen schweigend, hörten die Schritte der Mutter hinauf ins Bad, wenig später hinunter, ein kurzes Innehalten auf der Treppe und dann die Tür im Erdgeschoß, am Ende des Flurs, zum Arbeitszimmer der Mutter, das jetzt das Gästezimmer hieß, in dem sie schlief.

Es war nicht einmal neun, sah Filippa. Sie spürte den Impuls, ihr nachzugehen. Aber womit sie trösten? Was sagen? Und zu ihrem Bruder sagte sie: »She's not well. Not well at all.«

»Why?«, fragte Bob, »why do you think so? Because she left?«

Filippa nickte.

»Maybe she was just tired«, sagte Bob, und Anuk ergänzte: »It's part of the process. She has to go through this. You cannot do that for her. She has to do it. It's normal.«

Und Filippa spürte plötzlich Wut, auf alle beide. Nicht nur, weil sie sich jetzt auf einmal einig waren. Natürlich war das Teil des Trauerprozesses, aber warum saßen sie beide so abgeklärt da, so teilnahmslos, dachte Filippa, herzlos war das und typisch Mann. Aber das zu sagen, verkniff sie sich, weil sie wusste, dass die zwei Super-Wissenschaftler ihr dann unzulässige Pauschalisierung vorwerfen würden, also sagte sie zu ihrem Bruder nur: »Du checkst es einfach nicht. Aber du rufst sie auch nie an. Nicht einmal das.«

Dann ging sie nach oben, vorbei am Zimmer der Mutter, in dem Marlene weinte, nahm auf der Treppe zwei Stufen auf einmal, schloss die Tür zu ihrem Zimmer absichtlich laut und dachte: In Ruhe weinen. Sie war so wütend auf beide Männer und wütend auf ihre Hormone und auf wen noch, wenn sie nicht an Gott glaubte, auf ihren Vater? Weil er hatte sterben müssen, weil er nicht zur Vorsorgeuntersuchung gegangen war, weil er eine Bierkiste hatte ins Auto heben müssen an jenem Morgen? *Hast du schon angerufen*, das war ein Stehsatz ihres Vaters gewesen, wenn sie sich über etwas sehr aufgeregt hatte, sein Hinweis, dass eine Beschwerde immer den richtigen Adressaten brauchte, um fruchtbar zu werden, oder überflüssig war, wenn es keinen auszumachen gab.

Wenig später legte Anuk sich zu ihr und sie weinte weiter, er strich ihr über das Haar, fragte: »What can I do«, und Filippa antwortete absichtlich sarkastisch: »Nothing. It's part of the process. I have to go through this. You cannot do it for me.« Und dann legte sie ihren Kopf an seine Brust und ließ sich weiter von ihm streicheln und ihr tat leid, dass ihre Mutter jetzt allein in ihrem Zimmer lag.

Im Wohnzimmer stand Bob vor der Terrassentür und sah in die Dunkelheit hinaus. Neben ihm auf der Kommode brannte die große, blütenweiße Kerze vor sich hin. Er überlegte, welche Sternbilder heute hier zu sehen wären, wenn sie zu sehen wären, ohne Wolken am Himmel und Lichter im Tal, und stellte fest, dass er außer Übung war. Dann fiel ihm ein: Aries, zur Tages- und Nachtgleiche erschien der Widder am Nachthimmel, mit Hamal, Sheratan und Mesarthim ... Er erinnerte sich an das Bild, er hörte die Stimme des Vaters dazu, die ihn weiterzog, auf ihn einredete dabei, bis sie angekommen waren und er ihn hochhob, weil er so klein war, und ihm erklärte, was er jetzt sehen würde. Es war nicht das erste Mal gewesen, dass er durch ein Teleskop gesehen hatte, aber es war das erste Mal, dass ihn der Vater mit in die Universität genommen hatte. Das war auch ein Weihnachten gewesen.

Bob lehnte seine Stirn an das kühle Fensterglas und er glaubte das Okular wieder zu spüren, das gegen seine Haut drückte, weil er sich so fest dagegenpresste, in fieberhaftem Eifer, den besten Blick zu erhaschen. Das war eine schöne Erinnerung. Bob dachte einen Moment, jetzt würden Tränen kommen. Aber dann war die Erinnerung fort. Und auch Aries blieb unsichtbar.

Als er die Kerze auf der Kommode ausblasen wollte, zögerte er kurz, überlegte, ob sie auch während der Nacht brennen mochte, immer brannte, entschied dann aber, dass das wohl zu gefährlich sei. Er löschte den Docht, sah Wachsdampf in Arabesken nach oben steigen, sich verflüchtigen, verschwinden, und mit dem Geruch des glimmenden Dochts in der Nase verließ er das Zimmer.

Vielleicht hatte er sich zu wenig gekümmert, mochte sein, dachte er später, auf seinem Bett liegend. Das Problem war, dass die Mutter kein Werk hatte, keine Aufgabe. Sie mussten ihr eine Aufgabe verschaffen, dachte Bob, etwas finden, das ihr Werk sein konnte, er musste das mit Flippa sobald wie möglich besprechen. Was das sein konnte, wusste er nur nicht. Sie könnte an der Uni Kurse belegen, dachte er dann, Nobelpreis oder Fields-Medaille würde sie keine mehr erreichen können, aber es ging ja auch nicht darum, es ging um den Prozess, das Tun, um die Schönheit einer Formel, dachte er, als er sich zur Wand drehte und die Formeln betrachtete, die er als Schüler vor Jahren dorthin gekritzelt hatte. Sie sollten ihn inspirieren, eine eigene zu finden, hatte er damals erklärt, als die Mutter ihn zur Rede gestellt hatte. Und es war ein Triumph, als der Vater ihm nur auf die Schulter geklopft und gemeint hatte, er solle nur aufpassen, schön zu schreiben und sich gut überlegen, welche er hinschriebe, welche die ihm allerallerwichtigsten seien, es gelte auszuwählen ... Der alte Herr, dachte Bob, er hatte schon auch seine guten Seiten gehabt.

Und Marlene lag mit dem Gesicht zu ihrem provisorischen Nachttischkästchen gewandt. Die Lampe, die darauf stand, war stark gedimmt. Zwei gebrauchte Taschentücher lagen daneben. Und ein Foto stand jetzt auch dort auf dem Tischchen, ein Schwarzweißbild, gerahmt in hellem Holz. Darauf zu sehen: zwei junge Körper, ein Mann und eine Frau, Arm in Arm im Freien gehend, die Köpfe einander zugewandt. Zwei Gesichter, die lächelten. Und hinter ihnen junges Laub an einem Baum. Marlene sah das Foto an und atmete langsam und ruhig. Sie war erschöpft. Deutlich sah man die Körnung des Papiers. Das waren sie gewesen, einmal, an ihrem Anfang.

Donnerstag, 25. Dezember 2014

Als Filippa mit einer Tasse Tee aus der Küche wieder in ihr Zimmer hinauf ging, dachte sie an das Begräbnis von vor einem Monat. Exakt ein Monat war es her. Ihr Herz krampfte sich zusammen, buchstäblich, physisch konnte sie es spüren, ihr Herz. Und ihr fiel auf, dass ein Bild fehlte. Inmitten der

Fotografien, die die Familie zeigten – die Eltern, die Großeltern mütterlicherseits, die Großeltern väterlicherseits, Tanten und Onkel, Cousinen, Cousins und immer wieder ihren Bruder und sie, als neugeborene Kinder, als kleine Kinder, als jugendliche Kinder und, spärlicher, auch als erwachsene Kinder, nicht gänzlich ohne Chronologie, aber doch nicht so, dass man sagen hätte können, man bewege sich von der frühesten Vergangenheit in die Gegenwart, stieg man die Treppe hinauf –, inmitten dieser Bilder fehlte eines. Filippa blieb vor der Lücke stehen. Sie musste doch wissen, welches es war. Sie war tausendmal daran vorbeigegangen. Sie wusste es nicht.

Später, als sie mit Anuk die Treppe hinunterstieg, um ihn zum Flughafen zu bringen, zeigte sie ihm die Lücke. Dass sie wirklich nicht wusste, welches fehlte, wie konnte das sein.

Beim Verabschieden am Flughafen sagte sie ihm, dass es wohl wieder nicht geklappt hatte. Anuk umarmte sie lange, er sagte, das tue ihm leid und »new year, new luck« und sah hilflos aus dabei, dachte Filippa, während sie ihn sagen hörte, er wünschte sich wirklich, er müsste jetzt nicht fliegen, könnte bei ihr sein, und dass sie Neujahr einfach nachfeiern würden, nach seinem Kalender.

Sie sah ihm nach, als er die paar Schritte zur Sicherheitskontrolle ging, seinen Mantel auszog, die Taschen leerte, den Computer aus dem Rucksack nahm. Jede seiner Bewegungen so vertraut. Sie könnte viel Geld darauf verwetten, ihn überall auf der Welt sofort einzig und allein an seinen Bewegungen zu erkennen, inmitten einer gleichartigen Reihe, aus großer Distanz. Sie würde nicht verlieren. Ehe er durch den Detektor schritt, sah er sich noch einmal um nach ihr. Wie viele Male hatten sie sich schon verabschiedet?

Sie führte ihre Hand an ihre Lippen, schickte ihm einen Kuss und ließ die Hand erhoben so wie er. Ein letzter Blick.

So oft ein letzter Blick für sie, dachte Filippa. Wie sollte da eine Familie werden.

Freitag, 26. Dezember 2014

Bob chattete in seinem Zimmer mit Zoe. Er sah ihre dunklen Mandelaugen vor sich und ihren breiten Mund und spürte, wie er Sehnsucht hatte nach ihr. Sie sagte, sie vermisse ihn. Sie sagte, es sei entsetzlich, dass er jetzt so lange fort sein würde, schon wieder. Sie fragte, ob er wirklich unbedingt nach Griechenland müsse, jetzt. Er sagte, er sei verrückt nach ihr und er vermisse sie. Und er sei ja bald wieder zurück. Aber es sei einfach ein perfekter Zufall gewesen, ein Monat Kreta, ohne irgendwelche Kosten, da habe er zusagen müssen. Er müsse seinen Kopf klar bekommen, überlegen, was jetzt zu tun sei für ihn, und dazu seien diese Wochen dort allein ideal …

Dann lag er auf dem schmalen Bett und fixierte Dirac. Wann war dessen größte Krise gewesen? Wann dessen Karriere in Gefahr? Was war das für eine Zeit, dachte Bob. Jahrelang ging alles beständig seinen Weg, wurde immer besser … und dann plötzlich war innerhalb weniger Wochen alles erodiert, oder beinahe alles. Er konnte das überhaupt nicht gebrauchen, es hielt ihn vom Denken ab. Er hörte die Haustür ins Schloss fallen. Dann konnte er jetzt endlich nach unten gehen, sich etwas zu essen holen, dachte er, die Verwandten waren fort.

In der Küche traf er die Mutter an. Sie saß stumm am Küchentisch und wirkte müde. Bob fragte, wie es ihr gehe, und Marlene war erstaunt, dass er ihr schon wieder die Parzival-Frage stellte, und gerade jetzt. Wie solle es ihr schon gehen, sagte sie, sie sei erschlagen, was sonst, er wüsste doch, wie anstrengend es mit Onkel Alfred sei. Filippa kam dazu und ließ Wasser in den Wasserkocher laufen.

»Warum setzt du dich dem dann aus, wenn es dir nicht guttut? Gerade jetzt? Das muss doch nicht sein«, sagte Bob zu seiner Mutter.

»Was soll ich denn bitteschön sonst machen? Zu Weihnachten bekommt man eben Besuch von Verwandten, was soll ich denn dagegen tun? Es kann nicht jeder so frei seinen momentanen Launen folgen wie du.«

»Das sind keine Launen bei mir«, sagte Bob und dachte, wie oft hatte er ihr das schon versucht zu erklären. »Ich weiß, wie schlecht mir diese Art der sozialen Interaktion für meine eigene Arbeit tut. Es hat lange genug gedauert, bis ich das herausgefunden habe. Und ich bin sehr froh, dass ich es inzwischen weiß.«

»Und deine eigene Arbeit geht natürlich über alles. Nicht die Familie geht vor, denn was ist denn schon die Familie gegen die wissenschaftliche Forschung, die du in deinem Zimmer betreibst, während ich mir haarsträubende politische Blödsinnigkeiten von der Hermann-Sippe anhören darf, weil ich keine so wichtige Arbeit habe, sondern an erster Stelle die anderen Menschen reihe, die Familie, ob es mir gerade passt oder nicht.«

»Offensichtlich tut dir das aber nicht gut. So wie du jetzt sprichst.« Ruhig bleiben, dachte Bob, reg dich nicht auf. »Genau deshalb wollte ich sowieso mit dir reden«, fuhr er dann fort. »Wahrscheinlich wäre es einfach gut, wenn du dir ein Werk suchen würdest, irgendeine neue Beschäftigung. Das wäre jetzt in der Pension ja ohnehin angestanden bei dir.«

Filippa sah ihre Mutter den Kopf schütteln und dachte: Oje, jetzt wird es endgültig brenzlig. Sofort einschreiten, ich muss sofort einschreiten, so wie es ihr gerade geht, war das das Dümmste, was ihr Bruder hatte sagen können. Und da hörte Filippa die Mutter auch schon sagen, und es klang noch gereizter als alles zuvor: »Danke für den Ratschlag. Ich werde mir schon etwas suchen, wenn ich will. Nur keine Sorge.«

Marlene sah ihren Sohn an. Er sah sie an, er wirkte ruhig. »Du kannst ja wieder zu studieren beginnen, auch zur Alzheimervorbeugung«, hörte sie ihn sagen.

Filippa dachte: Asperger, so wenig Feingefühl konnte doch nicht sein.

Marlenes Smartphone läutete, sie seufzte tief und ging kopfschüttelnd aus der Küche.

»Kontraproduktiv.« Filippa sagte das leise, sah ihren Bruder an, schüttelte den Kopf. »Let it be.«

»Aber ich habe doch recht. Oder nicht?«

Ihr Bruder sah sie verständnislos an. Er kapiert es einfach nicht, dachte Filippa. Sie seufzte. »Klar hast du recht. In der Sache hast du völlig recht.« Und sie wollte sagen: Jetzt ist trotzdem nicht der richtige Zeitpunkt, um dieses Gespräch zu führen. Aber da kam die Mutter schon wieder zurück und Filippa ließ es bleiben. Und vielleicht hatte sie auch Glück und es gab doch keinen Streit, die Mutter wirkte anders jetzt, das Telefonat hat sie abgelenkt, dachte Filippa.

»Kannst du dir vielleicht den Computer deines Vaters einmal ansehen?«, hörte sie die Mutter den Bruder fragen. Sie leerte sich Tee nach.

»Hab ich schon.« Bob öffnete den Joghurtbecher. Er hatte ja eigentlich nur endlich etwas essen wollen, dachte er. Aber kaum begab man sich unter Menschen, wurde man auch schon attackiert … »Da ist ein Passwort drauf«, fuhr er fort, »das muss man wissen oder jemand muss es auslesen, brechen. So ist er jedenfalls nutzlos.«

»Und wann hast du dir den angesehen?«

Bob überlegte, nahm einen Löffel Joghurt. »Ist schon eine Weile her, glaube ich.«

»Und warum hast du nichts gesagt?«

Doch Streit, dachte Filippa.

»Warum hätte ich sollen? Warum hast du nicht gefragt?« Was hatte sie denn jetzt auf einmal, fragte sich Bob, was konnte denn er dafür, dass Onkel Alfred so ein Trottel war.

Und Filippa dachte: Gar nicht gut, das war alles andere als gut. Und sie hörte die Mutter sagen: »Das zu wissen hätte mir zum Beispiel viel mehr geholfen, als zu hören, ich soll wieder studieren gehen. Verstehst du? Weil ich ja offenbar umgeben bin von Männern, deren Werk unendlich wichtig ist. Und ich weiß überhaupt nicht, was ich mit dem ganzen Kram aus dem Büro machen soll. Und ich höre ständig, es sind so wichtige Berechnungen auf diesem Gerät, dieser Computer ist so wichtig, es geht um ein Patent, es geht um Geld, und ich verstehe nichts davon, ich verstehe nichts von Physik. Und Hermann hat nicht viel erzählt davon, das wisst ihr doch. Ihr wisst doch, wie er war …«

Und Filippa dachte: Arme Mama, sie war vollkommen überfordert damit, das war Verzweiflung, die sie da hörte. Und Bob dachte: Aber woher hätte ich denn wissen sollen, dass ich das hätte sagen sollen … »Tut mir leid, dass ich es erst jetzt sage, aber ich konnte auch nicht wissen, dass ich das gleich hätte sagen sollen. Das hast du mir ja nicht gesagt.«

»Wie hätte ich es denn sagen sollen?« Marlene sah ihren Sohn an. »Wenn du nicht mit mir redest.«

Bob schüttelte den Kopf. »Was ist das dann bitte jetzt gerade, wenn nicht reden? Und was war das vorgestern, als ich mit dir den Weihnachtsbaum geschmückt habe, wenn nicht reden? Ich habe dich gefragt, wie es dir geht – oder nicht?«

»Wahrscheinlich meint Mama, dass du nie anrufst. Oder dass du dich ins Zimmer verziehst, wenn Besuch kommt.« Und als sie das gesagt hatte, dachte Filippa sofort: Warum hast du das jetzt bloß sagen müssen?

Bob sah seine Schwester an, schüttelte den Kopf. »Im Grunde ist es vollkommen egal, was ich sage oder tue. Ich habe immer unrecht. Auch wenn ich recht habe. In dieser Familie bin immer ich der, der unrecht hat. Das war immer so und es wird immer so bleiben. Ich kann es gar nicht richtig machen, ich kann es nur falsch machen, weil ihr das entschieden habt, vor Jahren, gleich bei meiner Geburt wahrscheinlich.«

Er stand auf, schmiss den Löffel auf den Tisch, wandte sich zum Gehen. Und als weder Mutter noch Schwester etwas sagten, sagte er: »Und jetzt müsst ihr mich entschuldigen, ich bin dann wieder in meinem Zimmer und versuche, mich auf mein Werk zu fokussieren. Und das rate ich euch beiden genauso, dabei bleibe ich. Jeder braucht ein Werk, jeder braucht etwas, das ihn vor genau solchen vollkommen überflüssigen nichtigen Streitereien schützt, die nichts anderes sind als pure Zeitverschwendung.« Und Bob ging, und als er auf der Treppe war, rief er: »Und wenn dich dieser dämliche Computer so belastet, dann entsorg ihn doch einfach: Wertstoffsammlung, Kleinelektrogeräte und Punkt. Die Patentgeschichte ist jedenfalls zu vergessen, das ist viel zu kompliziert und zu langwierig und zu teuer. Und außerdem hat er doch in seinem Leben schon genug angemeldet, damit irgendwo zumindest eine Tafel angebracht wird. Wenn es dir darum geht. Richtig viel Kohle ist bei allen Patenten nicht herausgekommen, jedenfalls nicht, dass ich wüsste. Aber vielleicht weiß ich ja auch nicht alles.« Bob stand schon im Obergeschoß, als er das rief. Und kurz zögerte er, aber dann setzte er hinzu: »Lebendig macht ihn das alles nicht mehr.«

Denn darum ging es doch, dachte Bob, als er die Tür zu seinem Zimmer hinter sich zuknallte.

Die Mutter sah die Tochter an, mit wässrigen Augen, sah Filippa, und zusammengepresstem Mund nickte sie langsam, und Filippa konnte nicht deuten, was das hieß, aber sie wusste, sie würde jeden Moment zu weinen beginnen.

Erst, dachte Filippa, würde sie also die Mutter trösten versuchen, dann würde sie, Vermittlerin, die sie nun einmal war, an Bobs Tür klopfen. Zunächst aber, dachte sie weiter, würde sie noch ein Stück Torte essen, auch wenn sie fett werden würde davon, gerade jetzt in diesem Augenblick war ihr das ganz einfach egal, dachte sie, und sie schnitt zwei Stück ab und schob auch der Mutter eines hin.

Später, als Filippa ihren Bruder in seinem Zimmer besuchte, sagte Bob, dass er schon gewusst habe, dass sein Nichterscheinen in den Kreisen der Verwandtschaft gefährlich und der Zeitpunkt für das Gespräch suboptimal gewesen sei, das gebe er zu. Aber, sagte er weiter, er beharre darauf, an sich im Recht zu sein. Das bestreite sie auch nicht, sagte Filippa, was sie aber nicht verstehe, sei, warum er wirklich nie anriefe, warum er nicht wissen wolle, wie es seiner Mutter gehe, nach dem Tod des Vaters.

Unglaublich, dachte Bob, und sagte, er habe die Mutter doch zweimal innerhalb von drei Tagen dezidiert gefragt, wie es ihr gehe, einmal sei sie, Flippa, sogar im selben Raum gewesen. Er fragte, ob sie taub sei oder ein akutes Gedächtnisproblem habe. Er wisse, dass er schweigsam sei, und sie wisse, dass er Smalltalk hasse, dass er einfach nicht mehr mit Onkel Alfred reden könne, Familie hin oder her, das sei unmöglich, alle wüssten, welche Partei er wählte, und sie könne sich nicht ernsthaft wünschen, dass er mit ihm zu reden versuche. Sie erinnere sich ja wohl noch daran, wie sie ihn selbst gebeten habe vor Jahren, sofort den Mund zu halten, und zwar direkt im Gespräch mit Onkel Alfred habe sie das gesagt, das fände er heute noch eine Frechheit, wenn er jetzt wieder daran denke.

Filippa meinte daraufhin, dass sie sich noch sehr gut an diese Szene erinnere und dass es unmöglich gewesen sei, wie er Onkel Alfred attackiert hätte. Unmöglich sei das keinesfalls gewesen, sagte Bob dann, sondern im Tonfall höflich und in der Sache richtig, denn der liebe Onkel habe bloß eine unreflektierte fremde Meinung wiedergegeben, die er in einem Massenmedium von äußerst bescheidener Qualität aufgeschnappt habe, ohne sie mit einem einzigen Argument zu unterfüttern. Und deshalb sei diese Meinung dementsprechend wertlos gewesen, und nur das habe er ihm gesagt, nichts anderes, woraufhin Filippa entgegnete, dass er das eben nicht einfach sagen könne, nicht Onkel Alfred ins Gesicht. Und Bob sagte, dass er das nach wie vor nicht verstehe, warum es besser sei, das hinter Onkel Alfreds Rücken zu sagen anstatt ihm ins Gesicht, wo man an Universitäten doch genau diese Diskussionskultur lerne, nämlich nach Argumenten zu verlangen. Und wenn jemand keine liefern könne, das eben auch zu sagen, und zwar dem-, derjenigen ins Gesicht; aber dass er sich ja sogar daran halte und Onkel Alfred deshalb heute aus dem Weg gegangen sei, was aber offenbar auch wieder falsch gewesen sei.

Und dann schwieg Filippa und dachte: Er hat ja recht, eigentlich hat er vollkommen recht, und sie hörte ihren Bruder sagen, ruhiger jetzt: Er wisse, dass er viel schwiege, aber er wolle nun einmal über Leibniz' Principle of Sufficient Reason reden, über das Informationsparadoxon Schwarzer Löcher und den Schwarzschild-Radius oder wenigstens ganz allgemein über das Problem der Zeit, wenigstens darüber, dass aber selbst das leider nur mit sehr wenigen Menschen auf diesem Planeten sinnvoll möglich sei, weil die meisten nicht einmal über die Zeit etwas wüssten, dass ihn sein Schweigen aber nicht zu einem teilnahmslosen Monster mache. Er habe nicht einmal den blöden Baum geradegerückt, ihr zuliebe und weil die Mutter so stolz gewesen war auf ihren angeblich schiefen Baum. Was er sich aber sparen hätte können, weil Onkel Peter das dann ja gestern einfach gemacht hätte, und zwar ganz ohne Drama, wie sie bemerkt haben dürfte, und dass er selbst da noch den Mund gehalten hatte. Er wusste wirklich nicht, was alle gegen ihn hatten, dachte Bob. Er gab sich doch Mühe. Und wer gab sich denn Mühe mit ihm?

Sie schwiegen beide.

»Fair enough«, sagte Filippa und dachte, dass sie genau aus diesem Grund niemals eine wirklich gute Wissenschaftlerin werden würde: Sie wollte nicht mit allen nur über Hölderlin sprechen und über die Französische Revolution. »Aber ruf sie doch einfach einmal die Woche an.«

Und sofort wieder Wut in Bob, seine Schwester wusste ganz genau, wie sehr er es hasste, wenn man ihm sagte, was er zu tun habe. Sie wusste das ganz genau. Routinen, Floskeln – alles verlogenes Zeug. Aber er sagte sich: Schweig. Es ist besser zu schweigen, es hat ja keinen Sinn.

In die Stille hinein sagte Filippa dann: »Über Leibniz' Satz vom zureichenden Grund kannst du mit mir schon sprechen, der ist auch in der Philosophie zentral: Etwas ist nur dann richtig oder wahr, wenn es logisch so sein *muss* und nicht anders sein *kann*.« Filippa sah zu ihrem Bruder. Sie sah ihn anerkennend nicken. So blöd war sie ja doch nicht, dachte sie.

»Und was ist ein Schwarzschild-Radius?«, fragte sie dann, »das klingt schön.«

»Der Radius des Ereignishorizonts eines statischen Schwarzen Lochs: $r^s = \frac{2GM}{c^2}$ Der Ereignishorizont ist definiert als Grenzfläche in der Raumzeit, für die gilt, dass Ereignisse jenseits der Fläche für einen Beobachter diesseits der Fläche prinzipiell nicht sichtbar sind. Es ist eine Grenze für Informationen und kausale Zusammenhänge. Total interessant.

Schwarze Löcher sind einfach total interessant.« Vor allem, was dieser neue Ansatz der Shape Dynamics über sie sagte, dachte Bob, war interessant.

Jetzt ist er wieder ruhig, dachte Filippa, gut. Und sie schwiegen eine Weile, Bob lag auf seinem Bett und starrte an die Decke, Filippa flocht aus einer Strähne einen Zopf, löste ihn wieder, begann von Neuem damit. Und dann sagte sie in die Stille: »Ich beneide dich um die Klarheit in der Physik, um all die mathematischen Formeln und Beweise.«

»Aber es ist gar nichts klar«, sagte Bob, »nicht bezogen auf den Kosmos, das hab ich dir doch schon so oft gesagt. Wir wissen nicht, woher die Gesetze kommen, die wir haben, wieso ausgerechnet sie gelten und keine anderen. Wir wissen nicht, woher die Eigenschaften der Teilchen im Standardmodell kommen, wir kennen den Anfang des Universums nicht – und solange das so ist, ist nichts geklärt, nicht *fundamental.* Es tun nur alle so, als wüssten wir ganz viel. Dabei wissen wir wenig. Im Grunde wissen wir immer noch wenig, und das sollte die Leute viel mehr kümmern – dass wir nicht wissen, was der Anfang war von allem, und was das alles letztlich hier soll. Aber es kümmert sie nicht.«

Ihn kümmert es sehr, dachte Filippa, ihr Bruder wurde selten lauter im Sprechen und auch jetzt war es nur eine Nuance gewesen, aber eben, es war eine gewesen.

»Ereignishorizont muss ich mir merken«, sagte sie dann, »für meine eigene Arbeit. In der Philosophie kennt man den Begriff so nicht, glaube ich.« Und sie löste den Zopf in ihrem Haar wieder auf, dachte an den Berg an Ereignis-Literatur, den sie für ihre Arbeit bisher gewälzt hatte. »Ein Ereignis schon. Das könnte man zum Beispiel definieren als unerwartetes Geschehen, das zur Voraussetzung für etwas Neues wird, das bis dahin als unmöglich erachtet wurde. Die Französische Revolution wäre zum Beispiel ein Ereignis. Jede Revolution im Grunde. Und der Ereignishorizont wäre dann vielleicht das, was ein Philosoph die *Wirklichkeit des Ereignisses* nennt, aus dem dann die *Konsequenzen des Ereignisses* folgen – wenn man dem Ereignis *treu* bleibt, seine Wirkung zulässt.«

Sie schwiegen. Und Bob dachte, dass er schon wusste, warum er in der Mathematik zu Hause war, auch wenn sie kosmologisch permanent an ihre Grenzen stieß. Sprache war einfach zu ambigue. Jedes Mal, wenn ihm seine Schwester erklärte, worüber sie schrieb, verstand er es wieder nicht, nicht wirklich. Es blieb alles so abstrakt. Und dann hörte er sie sagen: »Papas Tod ist ein Ereignis. Für mich. Nichts mehr hat Gültigkeit seither.«

Samstag, 27. Dezember 2014

Marlene schloss die Tür hinter Franz. Mit einem tiefen Seufzer ließ sie sich dann zu ihrer Tochter auf die Couch fallen.

»Es sind nicht nur die karierten Hemden«, sagte sie über den Fernseher hinweg. »Er ist so umständlich. Und er redet so viel. Und ich weiß nicht, was ich sagen soll.« Sie schüttelte den Kopf. »Sagt, er kommt den Computer abholen, und sitzt dann über eine Stunde in der Küche und hört nicht auf zu reden.« Sie schüttelte wieder den Kopf.

»Er trägt wirklich immer karierte Hemden, stimmt«, sagte Filippa und dachte: Dann war jetzt wieder kein guter Zeitpunkt, um über ihren unerfüllten Kinderwunsch zu sprechen, was für ein blöder Begriff. »Man muss den Kontakt ja nicht suchen«, sagte sie zu ihrer Mutter, »und die Computergeschichte wird wohl bald erledigt sein. Man kann ja nicht mit jedem können. Ich glaube, er trauert auch um Papa. Ziemlich. Auf seine Weise«, fügte sie hinzu. Und für ihn war er ein ganz anderer Mensch als für dich, dachte sie weiter, und deshalb könnt ihr nicht miteinander, kannst du nicht mit ihm, aber ich weiß, das willst du jetzt nicht hören, deshalb sage ich es nicht.

Und dann begann die Mutter wieder damit, sich nicht sicher zu sein, sein Herz richtig massiert zu haben, und sofort sah auch Filippa wieder die Hauseinfahrt vor sich und sah ihre Mutter über dem Vater knien und die Sanitäter. Und sie sah dann auch den Arzt wieder vor sich, wie er ihnen erklärt hatte, später, als sie zusammen noch einmal ins Krankenhaus gefahren waren, wo genau der Herzinfarkt stattgefunden hatte, welche Gefäße er betroffen hatte, dass keine Chance bestanden hatte, dass der Vater sofort tot gewesen war. Sofort hatte er wiederholt, nach einer kurzen Pause, und die Mutter dabei angesehen. Sie erinnerte sie an das Gespräch in allen Einzelheiten, klar und deutlich sah sie es in ihrem Kopf geschehen und spürte dabei ihr eigenes Herz.

»Sofort tot«, murmelte Marlene und nickte.

Wo war sie jetzt in Gedanken, fragte sich die Tochter. Sie wusste, dass der Zweifel nicht verschwinden würde. So wie in ihrem Kopf die Was-wäre-wenn-Spiele ja auch nicht aufhörten. Was wäre gewesen, wenn sie ihren Vater jedes Mal, wenn sie zu Hause war, getadelt hätte, dass er zu viel Bier trank. Vielleicht hätte er damit aufgehört und an diesem Morgen keine Kiste gehoben. Sie wusste, dass diese Gedanken unsinnig waren. Das sei nur der Anlass gewesen, nicht die Ursache, hatte der Arzt gesagt, Anlässe hätte es viele geben können. Und: Niemand habe etwas falsch gemacht. Es sei wichtig, dass sie das begriffen.

»Niemand hat etwas falsch gemacht«, sagte Filippa. Wer oder was war dieser Niemand, dachte sie. »Vielleicht sollten wir den Arzt noch einmal anrufen? Er hat gesagt, jederzeit, er erklärt uns alles jederzeit noch einmal, in aller Ruhe.«

Die Mutter weinte und Filippa streckte ihre Hand nach der der Mutter aus. Wenigstens war ihre Tochter da, dachte Marlene, wenigstens war sie jetzt nicht allein.

Mittwoch, 31. Dezember 2014

Abends saßen die Geschwister auf der Couch. Der Fernseher lief. Bob hatte das letzte Stück Pizza in der einen Hand, die Fernbedienung in der anderen. Beide starrten auf das sich ständig verändernde Display, Bob hielt den Scroll-Button der Fernbedienung gedrückt, zappte durch alle Sender, schüttelte den Kopf, immer wieder. Filippa schenkte sich Sekt nach und sagte: »Die westliche Glücksvision. Sein Leben auf der Couch vor einem Display verbringen, nonstop, wer genug Geld hat, muss nur noch aufstehen, um dem Dienstboten, der das Essen liefert, die Tür aufzumachen.« Sie steckte sich ein Stück Schokolade in den Mund, dachte: Hör auf mit dem Gezappe, das macht mich nervös.

Und dann ließ Bob plötzlich den Button los, stopfte mit beiden Händen den Pizzarest in seinen Mund und aus dem Fernseher ertönte eine Ziehharmonika, das Bild zeigte Menschen, die klatschten, die Tonspur bildete ihr Juchzen ab.

»Wer bitte schaut sich diesen Blödsinn an?« Bob schüttelte wieder den Kopf.

Eine Frauenstimme begann im Fernseher zu singen: »Ich schenk dir einen Jodler, einen flotten Jodler, einen flotten Jodler schenk ich dir.« Eine zweite übernahm: »So einen echten Jodler, einen echten Jodler, einen, der dich glücklich machen wird. Wenn wir dann jodeln, so im Duett, dann ist das Jodeln erst richtig nett.«

»Millionen von Menschen schauen sich das an«, sagte Filippa. Sie schüttelte den Kopf. »Es ist zum Weinen.«

Die erste Frau begann zu jodeln, ihre Stimme überschlug sich immer wieder neu und Bob schlug sich mit der flachen Hand auf den Oberschenkel und bog sich vor Lachen, immer wieder sah er zu seiner Schwester und schüttelte den Kopf, zeigte dann wieder auf den Fernseher, aus dem immer noch das Gejodle der Frau drang, deren Mundbewegungen nicht mit der Tonspur übereinstimmten.

Playback, dachte Filippa, alles fake, die Kulisse, das Innere einer viel zu großen Almhütte, war höchstwahrscheinlich auch nur aus Holz ähnelndem Plastik. Es ekelte sie vor dem, was sie sah, sie spürte Aggression gegen das Bild, diesen Text, ihr Bruder quälte sie, dachte Filippa dann, wie früher so oft, ihn amüsierte es, aber sie quälte es, und sie versuchte, an die Fernbedienung zu kommen, aber es gelang ihr nicht, ihr Bruder gab sie nicht frei. Sie rangelten eine Weile, sie rief: »Gib mir die verdammte Fernbedienung«, aber er hob seinen Arm nur noch höher, zeigte auf den Bildschirm und hörte nicht auf zu lachen. Und dann lachte Filippa plötzlich auch, sie lachte, weil sie ihn lachen sah.

Und als Bob dann aufstand und ihr die Fernbedienung zuwarf, sich seine Jacke aus der Garderobe holte, dachte er, dass er das gut gemacht hatte, immerhin, Flippa lachte wieder. Es musste Heiterkeit in dieses Haus, und auch in ihn. Er spürte ja auch diese Beklommenheit in sich und so oft das Gefühl, als wolle er weinen, und dann keine Tränen.

In ihrem Zimmer hörte die Mutter die Kinder lachen. Medizin, dachte sie, Medizin für sie. Besser als jede Tablette. Sie legte das Buch fort, das sie in Händen hielt, dachte: Wieder keine einzige Seite geschafft, und sah in Gedanken ihren Mann, vor Jahren, und die Kinder und sich im Garten stehen, die Raketen abschussbereit. Und sie hörte Bob lachen, sah seine Augen, ganz aufgeregt, und Pippa daneben, ängstlich, in Sorge um den Vater, dass er sich ja nicht verletzte. Diese Rituale … irgendwann hatten sie alle aufgehört, waren erst hohl geworden und dann gestorben, so wie auch das Fondue-Essen an diesem letzten Abend im Jahr. Ihr graute vor dem neuen Jahr. 2015. Und sie war ganz allein. Bald war sie wieder ganz allein in diesem großen Haus.

Als Bob dann fertig angezogen im Wohnzimmer stand, hörte er seine Schwester von der Couch her fragen: »Was ist ein glückliches Leben?« Sie sah weiter in das Fernsehbild, in dem sich stummgeschaltet die Musikantinnen und Musikanten in Dirndl und Lederhose bewegten und das Publikum tonlos klatschte.

»Weiß ich nicht«, sagte Bob. »Aber wenn du es dich fragen musst, ist die Wahrscheinlichkeit groß, dass du keines hast, würde ich sagen.« Er schnitt eine Grimasse.

»Hatte Papa ein glückliches Leben?«

»Er hat sich jedenfalls nie den Kopf darüber zerbrochen, was das ist. Oder? Er war vor allem besessen. Von dem, was er gemacht hat.«

»Was ist für dich ein glückliches Leben?« Jetzt sah die Schwester Bob direkt an. Schon wieder so traurig, dachte er.

»*Silvesterstadl* schauen und dann sechs Biere kippen.«

Er sah sie lächeln. Sie sagte: »Schmähbauch«, dachte, sie sollte unbedingt aufschreiben, was sie an ihren Vater erinnerte, alle Wörter, die sie von ihm gelernt hatte, als Kind, Buch führen über alles, was sie von ihm hatte, bevor es aus ihrem Bewusstsein verschwunden war, hinabgesunken auf den Gedächtnisgrund.

Bob warf ein Kissen nach seiner Schwester, versuchte, sie noch einmal dazu zu bewegen, doch mitzukommen. Es sei doch besser, wenigstens kurz in die grotesk hässliche, absurd trostlose Innenstadt dieses Kaffs in Nowhereland zu gehen, als zu Hause auf der Couch zu sitzen.

Sie schüttelte den Kopf. »Warum bist du eigentlich nicht schon lang wieder in Holland?«, fragte Filippa dann.

»Man nennt es Weihnachtsferien«, sagte Bob und dachte: Abmarsch, sie wittert etwas.

»Und warum hast du so viel Gepäck dabei?«

Wie zu beweisen war, dachte Bob und sagte: »Gutes neues Jahr, Flippita«, und er winkte noch einmal übertrieben, bevor er endgültig aufbrach. Wirklich, es musste Heiterkeit in dieses Haus, auch wenn es ihm selber im Moment nicht unbedingt leichtfiel, Späße zu machen.

»Gutes neues Jahr, großer Bobby«, antwortete Filippa und dachte: Da stimmt etwas nicht, irgendetwas ist da faul, aber er wird es mir nicht sagen. So wie er mir auch nicht sagen wird, was in dem kleinen Päckchen war, das er Papa ins Grab gelegt hat. »Was hast du eigentlich Papa ins Grab mitgegeben?«

Sie war sich sicher, dass er sie sehr wohl noch verstanden hatte, aber Bob winkte nur nochmals und war dann fort.

Filippa schenkte sich Sekt nach. Cheers 2015, dachte sie, allein auf der elterlichen Couch, Halbwaise, kinderlos knapp vor dem zweiten Fruchtbarkeitsknick, mit einer Mutter, die sie nicht trösten konnte, weil sie selber trostbedürftig war, und einem Freund, mit dem jede Stunde hart erkauft war, weil er nie in derselben Stadt lebte wie sie, und einem Bruder, mit dem kein normales Gespräch zu führen war.

Cheers, sagte sie noch einmal zu sich selbst und seufzte tief. Und sie dachte: Papa, du fehlst mir. Nicht, weil Mama heute dann nicht so traurig wäre und ich bei Anuk sein könnte. Du fehlst mir, weil du mir fehlst. Genauso wie du Franz fehlst. Anders als du Franz fehlst. Same but different. Deine Begeisterung fehlt mir. Die Begeisterung für die Sache. Was war denn ihre Sache, wirklich und wahrhaftig ihre Sache?

2015

Dienstag, 6. Januar 2015

Auf die Couch gefläzt sahen Marlene und Filippa abends die regionalen Nachrichten im öffentlich-rechtlichen Fernsehen. Darin ein Bericht über die *Schwierige Herbergssuche* für Quartiere für vierhundert weitere Flüchtlinge, die bis Ende des Monats in dem Bundesland entsprechend der festgelegten Quoten gefunden werden müssten. Der Bericht konzentrierte sich auf eine Gemeinde, die sich gegen die Unterbringung von achtzig Asylanten, wie es hieß, in einem brachliegenden Hotel am Ortsrand sträubte. Eine Frau sagte in starkem Dialekt, sie fürchte sich, wenn sie alleine im Stall sei frühmorgens um fünf, niemand herum sei, sagte sie, auch der Mann zur Arbeit gefahren sei, es putzdunkel sei. Sie habe, ehrlich gesagt, sagte sie und blickte dabei weiter in die Kamera, die Hose voll. Ein Mann ergänzte, seine Bedenken gälten der Familie, seine Kinder seien es gewohnt, abends noch draußen zu sein, in den Wald zu gehen, auch in der Dunkelheit, um mit einer Säge zum Beispiel kleine Bäume umzuschneiden, was, fuhr er fort, wenn wirklich neunzig Asylanten in diesem Haus wären, von denen man ja nicht wisse, ob es gute Leute seien oder schlechte, weil man das den Leuten ja nicht ansehe, nicht mehr möglich sei, er seine Kinder also einschränken müsse. Und er fragte in die Kamera, ob das Sinn und Zweck des Ganzen sei, dass er seine Kinder einschränken müsse.

Mutter und Tochter sahen einander an und lachten. Einen Moment lachte Marlene. Sie lachte und dachte: Das war ja wie im Kindergarten, *Wer fürchtet sich vorm Schwarzen Mann*, so hatte das Spiel damals geheißen – damit wurden die Weichen gestellt: hier die Guten, dort die Bösen, hier die Freunde, dort die Feinde, hier die eigenen Leute und dort die Fremden.

Und Filippa sah sie lachen und sie dachte: Gut. Und dann: Verrat. Wir lachen wieder, und er ist tot.

Mittwoch, 7. Januar 2015

Marlene ging die Stufen zur Haustür hinauf. Sie ging langsam. Niemand würde da sein, dachte sie, Stille würde sein, wenn sie jetzt gleich das Haus beträte. Und als sie dann die Tür zugezogen hatte, blieb sie eine Weile reglos im Flur stehen. Da war die Stille.

Sie sah die zwei Paar Hausschuhe ihrer Kinder dort stehen, wo sie standen, wenn sie von den Kindern nicht getragen wurden, und daneben immer noch die Hausschuhe ihres Mannes. Niemand da. Sie atmete einmal tief durch, zog sich die Stiefel aus, hängte den Mantel zurück.

Sie würde mit dem beginnen, womit sie sich vorgenommen hatte in diesem Jahr zu beginnen: das Haus zu entrümpeln, aufzuräumen, dachte sie, während sie die Post auf den Küchentisch legte und den Wasserkocher mit Wasser befüllte. Es musste ja sein. Irgendwann musste es sein, zumindest ihre Unterlagen hätte sie ja sowieso, ja, wie sagte man dazu, entsorgen wollen. All die Mappen mit ihrer Deutsch-Vorbereitung, das Videomaterial für den Geschichtsunterricht, die Zeitschriften, die Bücher … alles obsolet. Nicht mehr gebraucht. Wie sie.

Sie nahm das Schreiben des Notars zur Hand, während das Wasser zu kochen begann. Es sagte im Wesentlichen nichts Neues, fasste nur zusammen, was sie vor Weihnachten besprochen hatten, listete noch einmal auf, was noch fehlte an Unterlagen.

Sie leerte das heiße Wasser in die Kanne, schaltete das Radio ein, trat zum Fenster, während der Tee zog. Warum sie jetzt so oft hier stand, von selber hierher kam, an dieses Fenster, und dann, kaum stand sie hier, sofort wieder gehen wollte. Und es nicht konnte, dachte sie, immer dann wie angewurzelt hier stehenbleiben musste, so wie jetzt.

Von hinten hörte sie die Stimme aus dem Radio, Marlene hörte »Paris«, sie hörte »Terror«, »Anschlag«, hörte »Tote«, hörte, Bewaffnete seien in die Redaktionsräume der französischen Satirezeitschrift Charlie Hebdo eingedrungen. Sie hätten die dort anwesenden Journalisten mit Sturmgewehren erschossen. Derzeit befänden sich die Täter auf der Flucht, in Paris herrsche die höchste Terrorwarnstufe.

Und Marlene lief ins Wohnzimmer, dachte: Um Gottes willen, und wieder: Um Gottes willen, sah auf die Uhr, wusste, dass die Maschine ihrer Tochter planmäßig vor ein paar Minuten gestartet war. Im Fernseher dann die Bilder, betroffene Gesichter, Schock in den Augen, Einsatzfahrzeuge mit Blaulicht, Uniformen. Und Marlene dachte in einem fort: Das kann nicht sein, das kann nicht wahr sein, und: Warum musste Pippa ausgerechnet in Paris arbeiten, sie war dagegen gewesen, dass sie die Stelle annahm, noch einmal Ausland, wieder so weit fort, aber die Karriere, die Karriere … Und warum musste sie ausgerechnet heute hingeflogen sein, heute Morgen war sie noch hier gewesen, hier bei ihr …

Sie suchte auf ihrem Computer die Flugnummer, sie dachte: Konzentrier dich, du weißt, wie das geht, such die Seite, die die Flugverläufe anzeigt. Und sie fand sie über die Suchmaschine und sie ließ die Seite geöffnet. *Pünktlich* stand dort neben Pippas Flug. Sie wählte die Nummer ihrer Tochter, es kam sofort die Mailbox. Und niemand da jetzt, der sie beruhigen konnte, kein Hermann, mit dem sie reden konnte, mit dem sie die Sorge teilen konnte, niemand, dem sie erzählen konnte, niemand da.

♦

Vom Flughafen aus rief Filippa zuerst ihre Mutter an, dann Anuk. Sie würde sich sofort wieder melden, wenn sie zu Hause angekommen sei. Sie versprach es beiden. Dann quetschte sie sich in einen RER, und als der Zug losfuhr, dachte sie: Ich habe Angst. Alle haben Angst. Und dann in ihrem Kopf neulich Abend im Bett: der Anfall Todesangst, den sie da hatte. Todesangst. Als ihr die Tatsache der eigenen Sterblichkeit jäh ins Bewusstsein geschossen war, so deutlich wie lange nicht, und ihr Herz geklopft hatte wie wild, und sie diese Tatsache versucht hatte zu fassen und es ihr nicht gelungen war. Sie hatte sich nicht vorstellen können, wie das vor sich gehen würde, das Sterben, ihr eigenes Sterben. Und jetzt, als sie daran dachte, während das RER Richtung Paris fuhr, konnte sie es wieder nicht. Sie spürte das unruhige Rattern des Zuges am eigenen Körper, spürte es in ihrer Hand, die sich an einer Stange hielt, und in den Beinen, die den Koffer fixierten, und dachte: Wann würde es geschehen, und wo? Würde es wehtun? Wie sehr? Wie klar würde sie ihr eigenes Ende kommen sehen?

Sie stand inmitten der Leute in dem RER, die Bahn fuhr, hielt, fuhr wieder an, Filippa atmete und hörte auf ihr Herz und dachte: Ich werde sterben. Alle werden sterben. Der Mann, dessen Arm meinen jetzt berührt, wird sterben. Der Junge, der dort in sein Smartphone stiert, wird sterben. Ich werde sterben. So wie es eine Geburtsurkunde gab von ihr, würde es auch eine Sterbeurkunde geben, irgendwann. So wie für alle hier. Zwei Urkunden für alle, alle gleich und doch verschieden. Und sie blickte um sich, und anstatt der Menschen um sie herum, sah sie jetzt die Gebeine, die Kleidung und Haut und Fleisch sonst camouflierten. Sie sah Knochenhände sich festhalten an der Stange, an der auch sie sich hielt, und den Kopf des Jungen, der schräg vor ihr saß, als nackten Schädel mit tiefen dunklen Höhlen anstatt der Augen, die sie jetzt ansahen, sich dann sofort wieder abwandten, zum Smartphone hin, das er in Händen hielt.

Und auch sie blickte dann wieder in ihr Telefon, las, was die Zeitungen schrieben, las, die Täter seien noch auf der Flucht. Dann wieder: Todesangst. Nicht heute hier zu sterben, das glaubte sie nicht, sie glaubte es einfach nicht, dachte sie, als sie das Smartphone wegsteckte, die Wahrscheinlichkeit war zu gering dafür. Dass die Täter ausgerechnet … Aber trotzdem. Die Angst vor dem Tod war da. Die Angst zu bald zu sterben. Wie viel Zeit blieb ihr noch. Die Zeit ihres Vaters war in ihrem Alter schon über die Hälfte verronnen gewesen … Was das bedeutete – über die Hälfte schon vorbei. Passé.

Und als die Bahn die Fahrt erneut verlangsamte und schließlich hielt, merkte Filippa, wie sie den jungen Mann studierte, der zustieg, der Anuk ähnlich sah, aber anders gekleidet war, und wie sie sich fragte, ob so vielleicht ein Attentäter aussehen mochte. So wie sie früher beim Schwarzfahren überlegt hatte, ob jemand der Zugestiegenen ein Kontrolleur sein mochte. Alle jungen Männer scannte sie, stellte sie fest, und dachte: Schäm dich.

Als sie dann endlich den schweren Koffer die schmale Treppe hinauf ins Dachgeschoß geschleppt hatte und die Tür hinter ihr zufiel, atmete sie ein paar Mal tief durch. Endlich zu Hause. Und alles noch so, wie sie es verlassen hatte im alten Jahr, auch ihre Palme hatte überlebt.

Sie sank auf ihre Schlafcouch. Ein paar Minuten so sitzen bleiben, das würde sie. Und dann ihre Mutter anrufen und Anuk und auch Bob würde sie schreiben, dass sie okay sei. Sie sog die Stille auf, die sie umfing, dachte: Herrliche Stille. Und sie blieb eine Weile einfach so sitzen, die Hände im Schoß, die Augen geschlossen, tat nichts als zu atmen.

Aber sie wurde nicht ruhig dabei, ihr Herz ging zu schnell, es blieb nervös, erregt. Hilft nichts, dachte sie, sprang auf und holte den Pullunder aus dem Koffer. Sie schlüpfte hinein, er war ihr viel zu groß und das war gerade recht so, fand Filippa. Er roch nach ihm. Dann sofort Tränen.

Sie stand vor dem Spiegel im Flur, konnte sich nicht bewegen. Sie musste das eigene Spiegelbild ansehen, das Beben ihres Oberkörpers, das Zucken der Schultern, die Tränen, die über das Gesicht rannen, seinen Pullunder über ihrem Körper. Sie musste hinsehen und sie musste weinen.

Draußen die Stadt in Aufruhr, in ihrer Wohnung sehr leise das Weinen und jede Minute ein Plättchen, das fiel. Nach einer Weile vibrierte ihr Smartphone. Am Display erschien der Nachrichtentext der Kollegin: Sie solle kommen, alle würden kommen, und einen Kuli mitbringen, zur Place de la République.

♦

Bob las die Nachricht seiner Schwester, als er sich in den alten Jimny setzte. Er konnte diese elenden Materieteile nicht mehr sehen. Er hatte gedacht, er würde diese verdammte Küche in ein paar Stunden zusammengebaut haben. Aber in seiner Vorstellung bestand eine Küche auch nur aus ein paar Elektrogeräten und einem Regal für Utensilien. Aber es teilten offenbar nicht alle seine Meinung, stellte er in letzter Zeit immer häufiger fest. Er hasste Ikea. Warum zwei Sorten so ähnlicher Schrauben. Und warum keine Sätze, sondern nur Zeichnungen, auf denen die zwei Sorten Schrauben so verdammt ähnlich aussahen.

Und was sollte diese Nachricht jetzt bedeuten: *Nur ganz schnell: bin okay, keine Sorge.* Er konnte sich nicht erinnern, Flippa gegenüber Sorge geäußert zu haben, warum auch. Vielleicht ein Versehen, dachte er dann, es fehlte auch das Delphin-Emoji, mit dem sie immer unterschrieb. Er warf das Smartphone in die Mittelablage und startete den Wagen.

Er fuhr aus dem verlassenen Dorf hinaus Richtung Osten, zu der einfachen Stahlträgerbrücke, die über die Schlucht führte, der einzigen Verbindung zwischen seinem Dorf und der Zivilisation, die mit einem Auto befahrbar war. Er gab Gas, dachte: Laut scheppern soll es, und die Holzplanken der Brücke schlugen heftig an die Metallträger, als der Wagen über sie hinwegbrauste, das Geräusch vollständig fremdartig inmitten der Einöde, dachte Bob, ein jäher, gewaltiger Riss durch die Landschaft, der weithin hörbar der stillen Natur entgegengellte: Hier ist ein Mensch.

In der Taverne sah Bob drei Männer am Tisch neben dem Eingang sitzen, der offensichtlich der Stammtisch war, auf einem Regal stand ein ausgestopfter Adler, an der Wand hingen Bergbilder in Schwarzweiß und Porträts der dynastischen Vorgänger und an einer Säule ein Fernseher, ganz verstaubt. Und Bob dachte: Heimat. Das war hier wie in einem Tourismusdorf in der Gegend, aus der er stammte, vor ein paar Jahren oder eher: Jahrzehnten, aber mit einigen Details, die er sehr mochte, wie einer über ein Meter großen Indianerstatue in einer Ecke des Raumes.

Er steuerte darauf zu, setzte sich an den Tisch davor, die Männer redeten weiter auf Griechisch, der Kellner – so wie er sich bewegte wahrscheinlich der Sohn des Wirts, dachte Bob, und in etwa gleich alt wie er selbst – stand dann auf, brachte einem ein Cola, kam zu ihm und fragte auf Englisch, ob er etwas trinken wolle.

Als er ihm dann das Bier hinstellte, setzte er sich mit einem Buch an den Nebentisch. Die drei Männer sprachen weiterhin erregt miteinander, Bob verstand kein einziges Wort.

»You need wifi?«, hörte Bob den Wirtssohn fragen, der offenbar Manousos hieß, jedenfalls glaubte Bob einen der Gäste ihn so rufen gehört zu haben.

»No thank you. I have internet where I am staying.«

»Where are you staying? It is no time for tourists now.«

Bob sagte, dass er in dem nächsten Dorf wohne, in einem frisch renovierten Haus. Er baue die Küche zusammen, dafür dürfe er die Wohnung ein paar Wochen nutzen. Ob er wisse, ob überhaupt jemand in dem Dorf lebe, fragte Bob ihn dann, er sei noch niemandem begegnet und die Häuser sähen sonst alle aus wie Ruinen.

Anstatt zu antworten, sagte Manousos etwas zu den drei Männern. Wahrscheinlich übersetzte er ihnen, was er gerade gesagt hatte, dachte Bob, das war hier wirklich wie zu Hause, früher, ein Fremder in einem kleinen Dorf: eine Sensation.

»I think the village has four inhabitants now. You know they killed each other, some decades ago, because of a goat bell. Blood rage. And they burnt down the houses. You know, families.« Er zuckte die Schultern und lachte leicht. »But some rich are coming back now, it seems«, fuhr Manousos fort. »Is it Konstantinos' house where you are staying?«

Bob bejahte und sagte, er kenne dessen Sohn vom Studium. Dann schwiegen sie eine Weile, bis Bob fragte: »What are you reading?«

Manousos zeigte ihm das Buchcover, und Bob las *Theory of World Security*. Dann sagte er: »I am Manousos.« Und er fragte ihn, woher er käme, die Männer wollten das wissen, sie sprächen über Paris, erklärte er.

»I am from Austria. But I don't live there.«

»So, not French?«, fragte ihn dann einer der Männer mit starkem Akzent direkt. Bob konnte ihn kaum verstehen.

»No French«, antwortete er. Warum wollte der wissen, ob er Französisch spräche, fragte sich Bob, »I speak German. And English. And a little bit of Dutch.«

»Ah, Angela Merkel, Wolfgang Schäuble country?« Bob hatte Mühe, die Namen zu verstehen.

»No, no, I am from Austria«, sagte Bob. »I speak German, but I am from Austria.« Wie er das hasste, immer erklären zu müssen, dass er kein Deutscher war, nur weil er deutsch sprach.

»Oh I know«, sagte der andere dann und lachte, »Hitler!«

Das wurde ja immer besser, dachte Bob, durfte er sich endlich wieder einmal für einen seiner Landsleute rechtfertigen, hoch lebe der Gedanke der Nation … »I live in Holland«, sagte Bob, »and I think it is not important which country you are from. I don't identify myself with Austria or with any nation. I don't need that. I think it's complete bullshit«, sagte Bob, »I am a scientist. Hence I cannot accept the concept of nation. It's arbitrary, there is no sufficient reason for it. I consider myself citizen of this planet.«

Der Mann nahm einen Schluck und entgegnete in seinem starken Akzent: »Let me tell you, my friend! You are wrong. You are not citizen of planet earth. You have a passport. This passport decides your fate. This is reality. You cannot say you don't identify. It is all about countries, nations, and borders. It is one against the other. Your country helps to kill Greek people, you know that? Greece is killed by the European

Union. By Germany, France, England, Austria … All the rich countries in the north want Greek money. And they take it. And it's never enough. Just as they did with Portugal and Spain. As they do with the whole south. I tell you, your passport decides if you live well or die like a dog.«

Manousos sagte etwas auf Griechisch zu ihm, die anderen begannen ebenfalls erregt zu sprechen, Bob verstand kein Wort. Dann wandte sich der Mann wieder von ihm ab und das Gespräch am Stammtisch ging ruhiger weiter.

»He's obsessed«, sagte Manousos leise zu Bob. »With politics, you know, since the crisis. He is a bit strange but in my opinion usually this is rather a good thing.«

Bob sagte, das fände er auch und er solle sich keine Sorgen machen, er sei nur nicht an Tagespolitik interessiert und er könne auch nicht sagen, ob der Mann recht habe, er müsste dazu viel mehr wissen über diese Krise. Und er wünschte wirklich, er bräuchte gar keinen Pass. Er trank sein Bier in einem Zug aus. Er hatte sich das ganz anders vorgestellt hier, dachte er, er hatte sich entspannen und etwas über die Gegend herausfinden wollen. Stattdessen attackierte man ihn schon wieder. Offenbar war das jetzt so, dass man ihn von allen Seiten attackierte, dachte er, und das ausgerechnet, nachdem sein Vater tot war, der eigentlich doch immer dafür zuständig gewesen war.

»Is it true that this area is Europe's utmost south?«, fragte Bob.

»Yes. Well, actually it's Gavdos. You know Gavdos, the small island. And Gavdopoula. You can see it when the air is clear. But you cannot go now. The ships are not going during winter time.«

Also würde er auch dieses Ziel verfehlen, dachte Bob, wenn auch knapp, und nicht den südlichsten Punkt Europas betreten. Schade, das hätte ihm gefallen.

Als er dann aufstand und zahlen wollte, lehnte Manousos sein Geld ab. Er entschuldigte sich nochmals für den Mann, den er Vangelis nannte, und begleitete Bob nach draußen.

Ein Hilux fuhr mit ziemlicher Geschwindigkeit vom Dorfplatz her an ihnen vorüber und hupte dabei, während der Hund auf der Ladefläche lautstark in ihre Richtung bellte. Manousos rief etwas und winkte. Dann pfiff er und ein großer schwarzer Hund kam von der Wiese gegenüber auf sie zugetrottet, er bellte Bob an und Manousos rief etwas, das den Hund augenblicklich aufhören ließ. Kerberos, hatte Bob verstanden, aber er war sich nicht sicher, ob er richtig gehört hatte.

Und wenn schon, dachte er, es war ja nur ein Name, arbitrary, als er sich verabschiedete und zu seinem Auto ging, das neben den anderen langen, mächtigen Offroad-Trucks wie eine Miniatur wirkte, genauso alien aussah, wie er hier wohl war, ohne die Militärhosen, die hier alle zu tragen schienen, und ohne Hund.

»Good luck with your kitchen. Let me know if you need something«, rief ihm Manousos nach.

»Thank you«, rief Bob.

»Parakaló.«

Entweder hieß es bitte oder danke, dachte Bob, als er das Licht aufschaltete und losfuhr. Vielleicht sollte er zumindest das einmal herausfinden, damit er wenigstens ein Wort Griechisch konnte.

Manousos stand, die Hände in den Hosentaschen, reglos unter einer Laterne auf der Terrasse, neben sich den schwarzen großen Hund. Vielleicht kein schlechtes Leben, das Manousos hier führte, in diesem kargen Küstenstrich am äußersten Rand Europas, dachte Bob, als er an ihnen vorbeifuhr und hupte. Vielleicht brauchte es nicht mehr als das: lesen, schreiben, rechnen, denken – das ging auch hier und gar nicht schlecht. Vielleicht war das Wenige, das es hier gab, mehr als genug. So viel Landschaft hatte er jedenfalls niemals zuvor in seinem Leben je gespürt. Und ging es nicht vor allem darum: die Natur zu spüren, die einen aufhob und umfing, der man selber angehörte, als ein winzig kleines Teilchen? Und in ihr die eigene Unbedeutsamkeit zu spüren und die Beschränktheit ob ihrer Größe und ihrer Rätselhaftigkeit?

Hinter ihm wirbelte Staub durch die Luft, rötliche Partikel trockener Erde, die das schmale Asphaltband zu beiden Seiten säumte, jetzt in der Abenddämmerung ohne Scheinwerfer für ein Menschenauge beinahe unsichtbar. Und über ihm am dunklen Himmel erschienen die ersten Sterne. Um wie viel heller sie hier leuchteten, freute sich Bob, um wie viel zahlreicher sie mit freiem Auge zu sehen waren.

♦

Marlene saß zu den Hauptnachrichten vor dem Fernseher. Wenn sie nur die Attentäter endlich fassen würden, dachte sie. Sie hörte die Reporterin sagen, Paris sei immer noch im Ausnahmezustand. Sie übersetzte, was der französische Präsident erklärte – dass man wusste, dass Frankreich wie auch andere Länder in Europa bedroht sei, weil Frankreich ein Land der Freiheit sei. Dann sprach der französische Innenminister, nannte den Akt des Attentats »barbarisch«.

♦

Und Bob klappte in seiner Wohnung den Laptop auf, sah auf der geöffneten Zeitungswebsite die Bilder, las *Je suis Charlie*, verstand Flippas Nachricht und wusste, warum die Männer vorhin über Paris gesprochen hatten. Und er nahm sein Smartphone und wählte die Nummer seiner Schwester.

◆

Filippa hörte das Smartphone nicht vibrieren, sie hielt den Stift in ihrer Hand nach oben, sie trug den Pullunder ihres Vaters und ihr war nicht kalt und sie hatte keine Angst. Sie war den Tränen nah, warum, konnte sie nicht sagen, es hatte auch mit ihrem Vater zu tun. Am Ende hatte alles irgendwie mit ihrem Vater zu tun, schien ihr, seit seinem Tod, auch dass sie heute gewagt hatte, ihre Wohnung noch einmal zu verlassen und dass sie ihre Mutter und Anuk angelogen hatte, ihnen versprochen hatte, nicht hinauszugehen, und jetzt doch hier stand, um zu demonstrieren, und wie die vielen anderen Menschen einen Stift emporhob als ein Zeichen.

Donnerstag, 8. Januar 2015

Während sich Marlene abends die Zähne putzte, fiel ihr ein, dass sie nicht am Grab gewesen war, zum ersten Mal hatte sie das ausfallen lassen. Sie hielt inne in der Bewegung, putzte dann weiter, spuckte aus. Gewissensbisse. Wie konnte ihr das passiert sein.

Als sie sich auf den Weg machen hatte wollen, hatte Pippa angerufen, so war es gewesen, und dann hatten sie länger gesprochen. Wie oft hatten sie heute telefoniert? Die Täter waren immer noch nicht gefasst.

Sie wusch sich das Gesicht. Die Falten um die Augen waren tiefer geworden. Wen kümmerte das. Müde war sie. Und schlief trotzdem nie. Sie trank einen Schluck Wasser vom Hahn und dachte: Sie war tatsächlich nicht am Grab gewesen. Sie schüttelte den Kopf und dachte: Entschuldige, Hermann, bitte entschuldige. Und: Heute hätte ich dich besonders gebraucht.

Sie schaltete das Licht im Bad aus und ging vorbei am Schlafzimmer wieder nach unten, in ihr neues Refugium, dachte: Was hättest du gesagt heute, Hermann, wärst du hier gewesen, um mich zu beruhigen? Wahrscheinlich wärst du mit Zahlen gekommen, Statistiken, Wahrscheinlichkeit. Hättest gesagt, dass Pippa sicher sei, weil die Wahrscheinlichkeit so und so sei, damit das und das geschähe, und es also äußerst unwahrscheinlich sei, dass ihr etwas zustieße, dass unsere Tochter ausgerechnet an jenem Ort zu jener Zeit sein würde, an dem sich der nächste Terrorakt ereignen würde. Wenn überhaupt damit zu rechnen wäre. So in etwa vielleicht hättest du gesagt, dachte Marlene.

Sie legte sich in ihr neues Bett. Und ich hätte daraufhin eingewandt, dachte Marlene weiter, dass mir die Wahrscheinlichkeit gestohlen bleiben kann, weil du selbst einmal eingeräumt hast, dass sie nichts über den Einzelfall aussagt. Du hättest mich daraufhin wahrscheinlich an die unsichtbare Nabelschnur erinnert, die in deinen Augen immer die Ursache war für meine Angst, hättest mir erklärt, dass das meine Mutterinstinkte seien, die meine Sicht auf die Dinge vernebelten. Wie oft hast du das gesagt – dass ich zu ängstlich bin mit den Kindern.

Und sie erinnerte sich daran, wie Bob als kleiner Junge von dem Klettergerüst im Garten gestürzt war und sie mit ihm ins Krankenhaus fahren mussten – weil sie seinem Rat gefolgt war, die Kinder sich selbst überlassen hatte, damit ihr Selbstvertrauen wachsen konnte. Und an die Blicke der Nachbarn über den Zaun erinnerte sie sich auch und an ihren blöden Kommentar.

Das war der Unfall gewesen, bei dem ihr Mann eingeräumt hatte, dass es zwar äußerst unwahrscheinlich gewesen war, dass Bob überhaupt stürzen würde und dass er sich, wenn er schon stürzte, so verletzen würde, dass aber eben eine Wahrscheinlichkeit nichts über den konkreten Einzelfall aussagen konnte. Später hatte ihr Hermann gesagt, er habe sich damals gefürchtet vor dem Blick, den sie ihm im Krankenhaus nach der Diagnose zugeworfen hatte. Aber er war trotzdem immer dabei geblieben, all die Jahre, dass sie sich zu sehr fürchte. Weil sie Mutter war.

Sie machte das Licht aus, dachte: Wenn nur Pippa nichts passiert.

Sonntag, 11. Januar 2015

Bob griff nach dem Smartphone, sah auf die Uhr. Dann stand er auf, streckte sich und ging zu dem kleinen Tisch, an dem er aß und arbeitete. Im Stehen sah er sich flüchtig an, was er gestern gerechnet hatte. Dann ging er Richtung Dusche. Er stellte sich unter den heißen Wasserstrahl, dachte: Zu wenig kräftig, der Wasserdruck ist zu gering. Das war das einzige Manko in dieser Wohnung: die Dusche. Ansonsten war das fast perfekt hier. Die paar klaren, brauchbaren Gedanken, die die Tage, seit er hier war, morgens beim Aufwachen, in den ersten Momenten, in denen sein Bewusstsein sich selber noch gar nicht gewahr war, durch seinen Kopf zuckten, waren eindeutig darauf zurückzuführen. Kein Wecker, keine Termine – die Zeit gehörte ihm. So zu leben wie er jetzt hier, müsste ein Grundrecht jedes Menschen sein, dachte Bob, everyone should own their time. Vielleicht würden sich die Leute dann auch endlich mehr für das Wesen der Zeit interessieren. Freie Zeit und eine ordentliche Dusche, das waren die Grundvoraussetzungen jeder Kreativität, dachte Bob. Und er senkte den Kopf leicht, sodass das Wasser direkt auf seinen Nacken traf.

Nach seiner ersten morgendlichen Arbeitseinheit setzte Bob sich in seinem Parka und mit einer Tasse Kaffee auf die Terrasse in die Sonne. Er sah sich Bilder aus Paris an, »la marche républicaine«, die Staatsoberhäupter nebeneinander, untergehakt. 20 Tote, davon drei Attentäter – die Bilanz dieser Tage, und alle geschockt, weil es in Europa passiert war, ausnahmsweise, und nicht anderswo, in Afrika oder dem Nahen Osten, wo es mehr oder weniger zum Alltag gehörte, und das seit Jahrzehnten, dachte Bob.

An einem spezifischen Platz in dem über eine Million Menschen umfassenden Zug würde wohl seine Schwester sein. Wenn sie gefilmt würde, seine Augen wären nicht in der Lage, sie zu erkennen, nicht aus der Ferne. Das Menschentier war schon eine erbärmliche Kreatur, was seine Sinnesorgane anbelangte jedenfalls, dachte Bob, Adleraugen müsste man haben.

Bob verrückte seinen Stuhl ein wenig, um weiter in der Sonne zu sitzen, und nahm den letzten Schluck Kaffee. Er schickte seiner Schwester eine Nachricht, fragte, wie es sei. Dann versuchte er, seine Gedanken zurück zu dem zu lenken, was er zuvor gerechnet hatte. Aber es gelang ihm nicht, die Konzentration war fort und er holte stattdessen sein Notizbuch hervor und schlug die erste Seite auf. In seiner Handschrift las er *cosmological fallacy* und darunter *Newtonsches Paradigma*, kaum mehr zu lesen, so oft war es durchgestrichen. – Weil man sich endlich lösen musste von diesem Denken, dachte Bob, auch er musste sich daran erinnern, immer wieder, denn er hatte es ja von klein auf eingelernt, mit all den Angabefehlern, die es in dem System zu denken gab.

Um den Kosmos wirklich zu erklären, brauchte es ein neues Denken, eines das die eigene Begrenztheit akzeptierte und zugleich die Verbundenheit zwischen allem sah, so paradox das klingen mochte. Er wiederholte für sich im Geist die Prinzipien dieses neuen Denkens. *Alles* war

1. agierend und dynamisch und
2. nur bestimmt durch Relationen zu all dem anderen Agierenden.
3. Nichts stand außerhalb der Realität,
4. und alles, womit man sie beschrieb, musste selbst Teil von ihr sein.

Es klang so einfach, dachte Bob, aber es war unglaublich schwer, tatsächlich so zu denken. Nichts als passiv und gegeben vorauszusetzen, alles als ständig veränderlich … Um so zu denken, brauchte es Demut und Bescheidenheit, dachte Bob, als er aufstand und zum Herd ging, um neuen Kaffee zu kochen. Aber nur so gelang vielleicht einmal eine wahrhaftige Theorie des Kosmos. The Holy Grail of Cosmology, wer wird ihn finden, dachte Bob. Ich jedenfalls werde ihn suchen, nie aufhören ihn zu suchen.

Während er wartete, dass die Mokkamaschine zu brodeln begann, stellte er sich wieder auf die Terrasse in die Sonne. Vor ihm das karge graue Hochplateau mit den flachen Pflanzenpolstern, grünlich-violett, darüber Himmelblau, sonst nichts. Kein Mensch, kein Lärm, kein Displayterror. Die Luft so klar, und die Wintersonne so viel stärker als zu Hause, dachte Bob. *Zu Hause*. Das war das falsche Wort für Holland, dieses flache, flache Land mit viel zu vielen Menschen auf dem kleinen Raum.

Und als er die Mokkamaschine hörte, dachte er: Ich bin ein Heimatloser, das ist die Wahrheit, immer gewesen. Aber das hier könnte vielleicht Heimat sein. Nur keine Topuniversität gab es hier. Dafür Berge und Adler und kaum Streulicht. Morgen würde er endlich die Schlucht erkunden, nur in der Ebene hin und her rennen ging ihm jetzt schon auf die Nerven, und hier musste es ja nicht sein, hier gab es jede Menge Trails statt des öden Asphalts. Und mit der Kaffeetasse in der Hand ging er zurück zu seinem kleinen Tisch und setzte sich wieder zu Laptop, Büchern und Papieren.

 → S. 145

♦

Abends im Bett sah Filippa die Fotos durch, die sie heute auf der Demonstration gemacht hatte. Sie schickte ihrem Bruder welche mit der Auflage, sie ja nicht ihrer Mutter zu zeigen, weil sie ihr versprochen hatte, nicht hinzugehen. Und dann schrieb sie, weswegen sie ihm eigentlich schreiben hatte wollen: Sie fragte ihn, was bei ihm los sei, wo er eigentlich sei. Sie habe sein Gepäck gesehen zu Weihnachten und sie wisse, dass er die Stelle nicht bekommen habe. Sie hätte auf die Website seiner Universität geschaut, also brauche er gar nicht versuchen, sie für dumm zu verkaufen. Und dass sie nicht verstünde, warum er den Job nicht bekommen habe, das sei doch sozusagen abgemacht gewesen.

♦

Bob las die Nachricht, als er schon im Bett lag. Er machte Special Agent Flippa ein Kompliment und gab ihr drei Versuche, zu erraten, wo er sich aufhielt. Holland sei es nicht, das sei richtig. Er fügte hinzu, dass er im Grunde froh sei, den Job nicht zu haben. Es sei ohnehin höchste Zeit gewesen, von dort wegzugehen. Als er das tippte, dachte er, dass es sich genau so verhielt, auch wenn er das zuvor noch nie gedacht hatte.

Und dann sah Bob wieder Zoe vor sich, im Computerdisplay, heute Nachmittag, und spürte wieder ihre Verzagtheit seinetwegen, weil er jetzt in Griechenland war, so weit fort, hatte sie gesagt, und er schob den Gedanken schnell beiseite. Dass er jetzt ohne Job war, war eine Komplikation, die er überwinden musste, das gehörte zu jeder guten Geschichte, jeder großen Karriere. Alle erlebten Rückschläge. Das war normal. Er hörte seinen Vater wieder sagen, er wolle ihm nur helfen, hörte ihn verärgert fragen, ob er denn verliebt sei, ob er deshalb seine Karriere sabotiere. Er schob das Bild fort. Nein, es war nicht zu erwarten gewesen, dass es bei ihm niemals eine Komplikation geben würde, niemals ein Hindernis. Nur bei den Opportunisten war das der Fall, bei den Systemerhaltern, sagte er sich, nicht bei den Veränderern. Er würde es allen noch zeigen. Und Zoe würde er ihre Ängste schon auch noch nehmen. Wenn sie nur herkommen könnte, den Sternenhimmel sehen könnte … Er schlug die Decke noch einmal zurück, schlüpfte in Schuhe und Jacke und trat auf die Terrasse.

Bob spürte die kalte, reine Nachtluft in seinen Lungen, legte seinen Kopf in den Nacken und schloss die Augen. Niemals das reinigende Moment der Dunkelheit vergessen, dachte er. Und dann öffnete er die Augen und sah in den Raum über ihm, sah Tausende Sterne der Milchstraße ihm entgegenleuchten, und jene der Andromedagalaxie und der Großen und der Kleinen Magellanschen Wolke. Und er spürte, wie es ruhig wurde in ihm. Er suchte keine Sternbilder, er verbot sich, Namen aufzusagen. Nur schauen und spüren, dachte er, nur schauen, was dich umgibt, dort in der Ferne, umgeben hat. Es war auch greises Licht, das er jetzt sah, von nun schon toten Sternen, daran dachte er jetzt öfters, klarerweise.

Und sofort war er im Kopf dann wieder bei dem Problem der Zeit. Und wieder ging er ab, was alles da war an Konzepten dazu, zählte für sich die Versuche auf, die Zeit endgültig zu eliminieren in der Physik. Er dachte *Blockuniversum* und sah die Lichtkegel vor sich im Minkowskiraum, mit dem *Ereignis* in der Mitte als dem zentralen Punkt und davon ausgehend die Lichtkegel der Zukunft und der Vergangenheit, sah außerhalb der beiden Kegel das *Anderswo* – die Raumzeit, die *niemals* tangiert wurde von dem Ereignis. Er dachte: Wenn es nur so einfach wäre: der Raum das Fundament, die Zeit als vierte Dimension des Raumes und hier das Ereignis und alles, was zu ihm hinführte und von ihm ausging, und dort das Anderswo, für immer davon unberührt. Und die Zukunft war so immer schon entschieden, nur der Mensch kapierte das nicht, empfand die Zeit als eine Illusion. Aber so war es ja nicht. Dann dachte er *thermodynamische Zeit* – Zeit als etwas, das emergent entstand, als Resultat zunehmender Entropie, als Folge der Unschärfe menschlichen Bewusstseins. Er dachte *Quantenkosmologie* – die Nichtexistenz von Zeit und damit letztlich die Sinnlosigkeit des Begriffs, wie das heute etwa für das Wort Äther galt oder für Caloricum oder auch für Firmament, die früher alle einmal bedeutsam gewesen waren.

Nein, die Zeit existierte, dachte Bob, sie war das Fundament und nicht bloß eine Illusion des menschlichen Bewusstseins. Daran *glaubte* er, anders konnte er es nicht sagen, denn noch war nichts vollends bewiesen. Aber die Richtung, in der man suchen musste, sie war da. Und irgendwann würde eine Theorie gefunden sein, die sie erklärte, die eine neue, bessere Wahrheit war für den Begriff Zeit. Weil ein paar Verrückte sich die Zähne ausbissen, sie zu finden, nicht zufrieden waren mit dem, was heute an Wissen dazu in der Welt war, weil das ungenügend war, logisch falsch, nicht ausreichend begründet, und nicht locker ließen, nicht und nicht aufgaben, um das, was heute als Wahrheit galt, durch eine neue, präzisere Wahrheit zu ersetzen. So war das seit Tausenden von Jahren. Das war Fortschritt – das Finden einer präziseren, besseren Wahrheit …

Und er war so ein Verrückter, dachte Bob, er war genau so ein Verrückter. Er konnte nichts anderes sein. Er wusste das. Er hatte es immer gewusst. Er brauchte nur eine Stelle an einer Universität, um es sein zu können. Um in Ruhe denken zu können, brauchte er Geld. Denn Zeit war Geld in dieser Welt.

Er fixierte den Mond. Den Mond mochte er am meisten, seit je.

Und wenn er jetzt keine Stelle mehr fände, dachte er weiter, was dann. Einstein war Patentbeamter gewesen, Kopernikus Domherr und Julian Barbour hatte jahrzehntelang russische Fachartikel übersetzt, war bis heute freier Physiker und kein Professor. Es hatte immer die gegeben, die das System verkannt hatte oder die mit dem System nicht konnten, dachte Bob. Es wäre allerdings ein schwerer Weg. Er wollte nicht der erste Kosmologe werden, der hauptberuflich Reiseleiter war. Aber wenn es so sein sollte, würde es eben so sein, dachte er weiter. Aufgeben war keine Option. Niemals. Er war Kosmologe. Seit er denken konnte, war er Kosmologe. Er hatte das schon als kleines Kind in jedes dämliche Poesiealbum geschrieben.

Es würde schon werden, dachte er dann. Solange die Sterne da waren, solange war alles gut. Und dann begann er doch aufzuzählen, zu benennen, was er sah: Großer Bär – Alkaid, Mizar, Alioth, Megrez, Dubhe, Merak, Phekda, Alkor, Tania Australis, Talitha Borealis …

♦

Und Filippa lag in Paris im Bett und sie war glücklich. Ja, das war sie. Sie hörte in ihrem Kopf immer noch die Rufe, die sie, die Stille, heute teilweise selber laut mitskandiert hatte. Ob das heute ein *Ereignis* gewesen war? Wenn der palästinensische und der israelische Ministerpräsident gemeinsam, Arm in Arm, demonstrierten? Und all die anderen nationalen Chefs … Und diese vielen, vielen Menschen in den Straßen … Es war erhebend gewesen, Teil davon zu sein, Teil dieser Demonstration … was das evozierte, affektiv, in einem Selbst, dachte Filippa: der Zusammenschluss vieler für eins, für eine Idee – wenn man es zuließ. Auch jetzt noch, dachte sie, konnte sie das spüren … Und so schnell war es vorbei gewesen, viel zu schnell …

Wahrscheinlich würde in einer Woche alles längst wieder vergessen sein, und alles ginge weiter seinen Gang, dachte Filippa. Aber sie, sie wollte sich den heutigen Tag gut merken. Er war eine Ahnung von Revolutionsgefühl gewesen. So sehr wie heute inmitten all der Menschen war sie noch nie überzeugt gewesen von dem, was sie versuchte, in ihrer Habilitation darzustellen. *Hölderlins »Hyperion« – Ur-Programm einer philosophischen Revolution als Treue zum Ereignis 1789.* Der Titel konnte so nicht bleiben, das klang zu kompliziert.

Sie seufzte. Es fehlte noch so viel, und was da war an Text, war auch noch wenig fokussiert, die Gedanken waren nicht klar genug herausgeschält. Aber es würde schon werden. Wenn sie nur endlich mehr Zeit dafür hätte, aber sie musste reisen, weil Freund und Familie nun einmal anderswo lebten. Und weil das Geld kostete, nahm sie zusätzlich zu ihrer vollen Stelle Onlinekorrekturaufträge an. Und weil sie das tat, hatte sie keine Zeit, um an ihrem Text zu schreiben. Aber sie konnte nicht nichtreisen …

Sie nahm ihr Smartphone und starrte auf die Monatsübersicht, auf die letzten paar vom Programm violett eingefärbten Tage, und auf die grünen, die jetzt folgten, wenn ihr Zyklusrechner stimmte. Diesen Monat hatte sie verloren, weil sie ausnahmsweise nicht gereist war, es nicht gewagt hatte, wegen des Anschlags.

Sie durfte sich nicht böse sein deshalb, dachte sie, als sie Smartphone und Brille weglegte. Wenn wenigstens die Tabletten Wirkung zeigten, ihr Zyklus endlich regelmäßiger würde, dann wäre das Planen und Berechnen ja viel einfacher. So war alles pures Hasard.

Und in der Métrostation zwei Straßen weiter stand einsam ein Graffiti an einer langen kahlen weißen Wand. In Großbuchstaben stand dort *ET MORIEMUR*.

Montag, 12. Januar 2015

Mars, Proxima Centauri, Mount Wilson schrieb Filippa morgens noch im Bett liegend an ihren Bruder als Antwort auf seine Nachricht von gestern Abend. Und fügte hinzu, dass er ihr jetzt bitte sagen solle, wo er sei, weil sie sich sonst Sorgen machen würde, und dass sie ihrer Mutter auch sagen würde, dass er den Job nicht bekommen habe. Wenn er es nicht täte. Und dass er sich bitte bei Mum endlich melden solle wegen des Notartermins, sie hätte ihr schon wieder eine Nachricht geschickt und gefragt, ob er bei seiner Schwester das Smartphone abnehme, bei seiner Mutter täte er es nämlich offenbar nicht mehr.

♦

Bob las die Nachricht, als er aus der Dusche kam. Er rief seine Schwester sofort an, sagte, dass er der Mutter erzählen würde, dass sie bei den Demos in Paris gewesen sei, und zwar zweimal, soweit er wisse, wenn sie ihr sagen würde, dass er den Job nicht bekommen hatte. Er hörte seine Schwester lachen und sagen: Okay, sie würde schweigen, aber sie wolle wissen, wo er sei.

»Wieso ist das wichtig?«, fragte Bob zurück.

Filippa schwieg. Ihr Bruder war so anstrengend, wenn er etwas nicht sagen wollte.

»Ist eigentlich diese Zoe jetzt deine Freundin? Die, die alles als Erste likt, was du auf Facebook postest?«

Bob schwieg. Und das gleich frühmorgens, dachte er. »Ich poste so gut wie nichts auf Facebook.« Wie kam sie denn jetzt darauf.

»Weiß wenigstens Peter, wo du bist? Ich meine, weiß es irgendjemand? Wenn du es der eigenen Schwester schon nicht sagen willst …«

»Wenn ich es dir sage, sagst du es Mum weiter.«

»Warum soll ich es Mum weitersagen?«

»Weil es immer so ist. Du petzt alles hinter meinem Rücken weiter.«

»Stimmt überhaupt nicht.«

Filippa hörte Bob seufzen. »Ich bin auf Kreta«, hörte sie ihn dann sagen und dachte: Voilà, bin ich gut, während Bob weitersprach: »Im Ferienhaus von Eltern eines Studienkollegen. Ich kann bis Ende des Monats bleiben. Bis dahin überlege ich mir einen Plan, was ich weiter mache.«

»Und was ist aus der Stelle geworden?«

»Warum Mount Wilson?«, fragte Bob zurück.

»Damit ich wenigstens einen ernsthaften Tipp abgebe. Hätte doch sein können, dass du bei Papas Freund angeheuert hast. Du weißt schon, wen ich meine. Der ist doch dort.«

♦

Dass er nichts darüber sagen wollte, warum er den Job nicht bekommen hatte, erstaunte sie nicht, dachte Filippa, nachdem sie das Gespräch beendet hatten. Aber immerhin wusste sie jetzt, wo er war. Und sie war sich ziemlich sicher, dass diese Zoe seine Freundin war, sie hatte das schon lang vermutet, sie war ja nicht blöd. Filippa stellte die Schüssel ab, aus der sie Porridge löffelte, und scrollte sich durch das Facebookprofil ihres Bruders. An ihre Mutter schrieb sie dann, dass Bob den Job nicht bekommen habe und bis Ende Jänner auf Kreta sei. Und dass das natürlich geheim sei, sie ihm keinesfalls sagen dürfe, dass sie das weitererzählt hatte. Und dass er sich wahrscheinlich deshalb nicht gemeldet hatte bei ihr – weil es ihm einfach nicht gut ging, was er sich natürlich wie immer versuchte nicht anmerken zu lassen.

♦

Bob googelte abends im Bett liegend das Institut in Kalifornien, an dem der Freund des Vaters arbeitete, und suchte nach offenen Stellen und den aktuellen Forschungsprojekten und dachte: Nichts für mich. Aber wenn in den nächsten drei Monaten kein Anruf kommt, oder vielleicht eher bis zum Sommer, wenn ich bis zum Sommer kein Angebot habe, dann … vielleicht dann … um nicht ganz aus dem Betrieb herauszufallen, vielleicht ja dann …

Sonntag, 18. Januar 2015

Marlene stand in der Wintersonne am Grab. Eine Weile stand sie nur da und betrachtete die Kerzen, die brannten, und dachte nur: Zwei Monate. Dann: Acht Wochen. Dann: Noch nicht einmal hundert Tage. Dann wieder: Zwei Monate. Dann: Tränen, sehr plötzlich, und sie hörte Schritte auf dem Kies näher kommen und holte rasch ihr Taschentuch hervor, schnäuzte sich, während die Schritte lauter wurden und dann wieder leiser.

Ja, seit die Kinder wieder fort waren, ging es ihr sehr schlecht, sagte sie dann stumm zu ihrem toten Mann. Ja, sie hatte Mühe, sich jeden Tag zusammenzureißen, um aufzustehen. Nein, es wurde nicht leichter, im Gegenteil, es wurde eher schwerer, und sie wusste nicht, ob das jetzt langsam die Talsohle war, sie hatte das schon mehrfach gedacht, aber immer stürzte sie dann noch weiter, fiel tiefer und wusste nicht, wohin. Vielleicht hatte sie vor Weihnachten gedacht, sie müsse nur durchhalten, bis die Kinder kämen, sagte sie zu Hermann. Aber dann waren sie wieder fort gewesen und jetzt wusste sie nicht, wann sie das nächste Mal zu Besuch kämen, die letzten zehn, elf Tage seien ein Horror gewesen, der Anschlag in Paris …

Sie hörte eine Krähe krächzen. Sie hielt kurz inne, sog die kalte Luft ein, zwang sich tief einzuatmen, immer wieder, um sich zu beruhigen.

Natürlich gab es Dodo, aber jeden Tag konnte sie die Strecke auch nicht zu ihr fahren, um sie zu besuchen, und sie hatte ja auch eine Familie und pflegebedürftige Schwiegereltern obendrein. Pippa würde schon kommen, wenn sie könnte. Obwohl sie sehr an ihrem Freund hing und ständig Anuk hinterherfuhr, sodass sie sich kaum Hoffnung machte, sie bald länger hier zu sehen. Aber sie telefonierten jeden Tag, immerhin. Und Bob … er wisse ja, wie sein Sohn sei, sagte Marlene zu Hermann stumm. Immerhin habe er sie dann doch einmal angerufen und sie habe noch einmal mit ihm über den Computer sprechen können. Die IT-Abteilung habe das Passwort noch nicht herausfinden können, er müsse sich also etwas Komplexes ausgedacht haben, sagte sie zu ihrem Mann. Sie habe das Bob gesagt, ihn gebeten, ob er nicht einmal herkommen könnte, um ein paar Versuche zu unternehmen, das Passwort zu knacken, aber das habe Bob für eine dumme Idee gehalten. Vielleicht war es das auch. Sie schnäuzte sich nochmals. Vielleicht schlug sie es ihm auch nur vor, weil sie wollte, dass er herkam. Konnte schon sein, dachte sie. Aber dass es ihn so gar nicht interessiere, das nage an ihr, sagte sie Hermann, weil er doch der Einzige war, der etwas von der Sache verstünde in der Familie.

Sein Sohn sei in Griechenland gestrandet, fuhr Marlene dann stumm fort, es sei eingetreten, was er prophezeit habe: Sein Professor habe ihn fallen gelassen. Marlene stockte. Sie fragte im Geist: Wie hättest du das aufgenommen? Wahrscheinlich hättest du dich mir gegenüber maßlos geärgert über diesen Professor. Und zu Bob hättest du gesagt, du hättest es ihm prophezeit, aber er wollte ja nicht auf dich hören.

Sie jedenfalls mache sich große Sorgen. Um beide Kinder. Die eine an einem Ort, an dem neuerdings Menschen am helllichten Tag erschossen wurden, und ständig gestresst auf Reisen, in einem Zug oder im Flieger, und viel zu dünn, ohne ordentliche Ernährung, nur noch Körner und Samen essend, die sie ihr als Superfood verkaufen wollte, der andere in einer Einöde im Süden Europas, wo es kaum eine asphaltierte Straße gab, und ohne Arbeit und mit einem speziellen Charakter, starrköpfig, rechthaberisch und viel zu direkt, sodass sie sich ernsthaft frage, wo er unterkommen sollte. Immerhin hatte er bis zuletzt als Reiseleiter gearbeitet, wenigstens das könne er machen. Aber sonst sehe sie im Moment schwarz für ihn, so genial er sein möge. Sie seufzte tief. Sie schnäuzte sich nochmals, steckte das Taschentuch weg.

Wahrscheinlich sollte sie dankbar sein für die Sorgen, die ihr die Kinder machten, fuhr sie dann fort. So war sie immerhin etwas abgelenkt von sich selber. Es sei so entsetzlich still im Haus, sagte sie dann stumm zu Hermann. Und sie begann erneut zu weinen, diesmal heftiger als zuvor.

Sie suchte nach einem neuen Taschentuch. Er könne sich nicht vorstellen, wie groß und still das Haus plötzlich sei.

Sie schnäuzte sich lange.

Manchmal stünde sie im Türrahmen von Bobs oder Pippas Zimmer. Nachmittag, wenn das Licht der tief stehenden Sonne zurückfiel bis in den Flur. Und sie stand dann da und musste die Augen schließen, geblendet von dem gleißenden

Winterlicht, und sie weinte dann, weil sie sich erinnerte. Sie musste die Räume gar nicht sehen, die Erinnerungen kamen auch ohne das äußere Bild. Es kamen jetzt viele Erinnerungen an früher, als die Kinder klein waren, vor allem, wenn sie so dastand, im Türrahmen, in der Sonne. Sie hatte Zeit. Sie wurde nicht unterbrochen im Denken. Sie war unaufhörlich mit sich allein. Er war ja nicht da – um die Treppe vom Dachboden herunterzukommen, zu einer Uhrzeit, zu der kein vernünftiger Mensch zu Abend aß, und dennoch hungrig sie fragend, ob sie nicht bald essen wollten. Er war nicht da, um mit ihr Sonntagabend den Krimi zu schauen, mit ihr den Täter zu erraten, sich über die Nachrichten zu echauffieren. Einfach nicht mehr da. Niemand war da. Ob er sich vorstellen könne, wie das sei, wie entsetzlich das sei.

Sie stand am Grab und weinte.

Kannst du dir das vorstellen?, fragte sie ihn dann stumm. Ich glaube nicht. Du wärst nicht so allein wie ich. Ohne Kinder, ohne Partner. Und sie fasste sich ein wenig, spürte, wie sie ruhiger wurde. Ein tiefer Atemzug gelang. Du hast immer in der Arbeit gelebt. Und ich? Ich habe es noch immer nicht fertiggebracht, die Unterlagen wegzuwerfen. Dabei erstickt das Haus an Papier. Kein Mensch braucht das mehr, was ich über die Jahre erarbeitet habe, die neuen Lehrpläne sehen das alles nicht mehr vor, es geht jetzt um E-Mails und Sachtexte im Deutschunterricht, nicht um Literatur. Ich bin in Pension. Ich muss es endlich anerkennen. Meine Unterlagen werden nicht mehr gebraucht. Ich werde nicht mehr gebraucht. Wohlverdienter Ruhestand, sagt man dazu. Oberstudienrätin a. D. Und Witwe.

Wieder Tränen bei dem Wort. Was hatte sie sich alles vorgestellt für dieses letzte Lebensdrittel. Und jetzt: Witwe, dachte sie. Sie bückte sich, um die Kerze erneut anzuzünden, deren Docht wieder erloschen war, ohne Windstoß, einfach so. Sie spürte den vertrauten Schmerz in ihrem linken Knie, schimpfte stumm auf die schlechte Qualität des Industriegrablichts, sah dann der frischen Flamme zu, wie sie rasch an Kraft gewann. Sie hob den Blick und las den Namen auf dem Holzkreuz, die Datumsangaben, Jahr, Monat, Tag, davor: ein Stern, ein Kreuz. Sie weinte wieder, aber es waren nur noch milde Tränen, sie wusste, der Anfall war vorüber, sie war leergeweint für den Moment.

Sie schnäuzte sich noch einmal. Sie atmete tief durch. Die Kerze schien jetzt wacker zu brennen. Die andere würde sie mitnehmen, hoffnungslos, sie war zu nass. Und stumm sagte sie zu ihrem Mann: Bis morgen. Und sie dachte: Witwe, sechzig und Witwe, während sie Schritt für Schritt ihrem Schatten hinterher im gleißenden Wintersonnenlicht zu ihrem Wagen ging.

Montag, 19. Januar 2015

Als er den Hilux kommen hörte, saß Bob auf der Terrasse in der Sonne. Er brauchte Luft. Er dachte, dass ihm das jetzt gar nicht in den Kram passte, diese idiotische Küche fertig zusammenschrauben zu müssen. Aber es musste sein, sonst konnte er nicht abreisen, und mit Manousos' Hilfe würde es viel schneller gehen.

Vielleicht konnte er mit Zoe heute nochmals skypen, dachte er, als er sich erhob, um Manousos zu öffnen, so hatte er sie noch nie erlebt wie gerade eben. Und er war so hilflos gewesen. Er wusste gar nicht mehr, wie es dazu gekommen war, sie hatten doch nur miteinander Kaffee trinken wollen über Skype.

Eine neue Textnachricht ging ein. *Wohin führt das mit uns? Wohin kann es gehen? Ich kann so nicht weitermachen*, las Bob, als er Manousos »Jásou« sagen hörte und Kerberos ihn anbellte, und Bob steckte das Smartphone weg.

»So this is Konstantinos' house?«, fragte Manousos und sah sich um. »Not bad …«, hörte Bob ihn sagen und »nice view«, als er dann auf der Terrasse stand. »You know the name?« Er deutete auf die Berge, die sich im Norden hinter dem Dorf erhoben. Und als Bob den Kopf schüttelte, fuhr er fort: »They are called Lefka Ori, The White Mountains. The area above the trees is Madhares. In summer it's a mountain desert. One of the few in Europe.« Während er sprach, ging er wieder in die Wohnung zurück und von drinnen hörte Bob ihn dann sagen: »There's nothing there. Really nothing. It's like on the moon.«

Da wollte er hin, dachte Bob, am liebsten sofort. Dann Manousos' Stimme noch einmal von drinnen, diesmal lauter: »Oh my God, who needs that much kitchen?«

Wenigstens einer, der verstand, dachte Bob, als er dann den ersten Karton der Küchenmöbel an der Seite aufschlitzte.

Als sie fertig waren, bestand Manousos darauf, dass Bob mit in die Taverne käme. Also fuhren sie im Konvoi über die Brücke und das Geräusch der Holzplanken an den Metallträgern hallte doppelt laut über die Ebene. Und für einen Moment, als Bob dieses trockene, helle Holzgeklirre hörte und vor sich Kerberos sah, der ihm von der Ladefläche mit aufgestellten Vorderpfoten laut entgegenbellte, und unter sich die Schlucht wusste und um sich die karge, klare Landschaft vorbeiziehen sah, mit dem spärlichen Grün und dem rötlichgrauen Fels, fühlte er plötzlich große Zuversicht. Im Grunde hatte er die ganze Zeit über schon gewusst, was er zu tun hatte. Aber erst jetzt, in diesem Augenblick sah er es klar vor sich. Es würde alles gut werden. Er würde Zoe nicht verlieren, sie nicht auch noch. Das würde nicht geschehen, das war keine Option. Er sah sie wieder im Display weinen, fühlte wieder dieses entsetzliche Gefühl, nichts tun zu können gegen diesen Anblick, ihre Tränen, aber jetzt, jetzt wusste er, was er dagegen tun würde. Es war ein großer Entschluss, dachte er, aber er war sich sicher, dass er richtig war. Es war der einzig logische. Und er freute sich. Er freute sich wie ein Irrer.

Als er dann in der Taverne stand, in der es laut war, sehr laut und sehr lebendig, weil offenbar gefeiert wurde, spürte Bob sofort seinen Fluchtimpuls sich regen. An jedem anderen Tag würde er jetzt gehen, dachte er, diesen lauten Ort sofort wieder verlassen. Aber er mochte Manousos wirklich, und er hatte ihm geholfen, dann wollte er jetzt nicht unhöflich sein.

Er kam mit zwei Gläsern Raki in der Hand zu ihm und schrie ihm »birthday« ins Ohr, und »my father«, und deutete auf einen älteren Herrn am anderen Ende des Raumes, der ihnen mit einem breiten Lächeln im Gesicht zuprostete. »So this is my family«, schrie Manousos, »and the other people from the village. Nice people, most of them. Feel at home!« Er klopfte Bob auf die Schulter und prostete ihm nochmals zu.

Als hätte Manousos geahnt, dass er nicht mitgekommen wäre, hätte er ihm gesagt, was hier auf ihn wartete, dachte Bob. Er stand jetzt mitten in dem Raum, Fremde stießen mit ihm an und er spürte nun doch heftig den Widerwillen gegen all das hier um ihn. Er tat nur so, als trinke er den Raki, und dann zerrte Manousos ihn an einen Tisch. Und während er hörte, wie alle auf Griechisch zu singen begannen, und er Manousos Arm in Arm mit seinem Vater sah, dachte Bob: Wo bin ich hier denn gelandet? Welcher gesunde erwachsene Mensch singt freiwillig mit seinem Vater *Happy Birthday*? Und er zog sein Smartphone aus der Hosentasche und schrieb an Zoe. Er schrieb: *Ich fliege morgen*, hielt kurz inne, setzte fort: *heim. Ich liebe dich.*

Mittwoch, 18. Februar 2015

Bob stand am Fenster. Im Flur aufgereiht sein Gepäck. Die Wohnung so, wie er sie bezogen hatte, vor Jahren. Wieder ein Abschied, diesmal ein endgültiger. Er legte eine Hand flächig auf die Fensterscheibe, spürte Kälte. Draußen über den Häusern dichte Wolken, keine Sicht. Er dachte an gestern. Als Zoe hier gewesen war. Nicht glauben hatte können, dass er wirklich ginge, so schnell und endgültig. Als sie hier gestanden war. Er im Eck in dem Sessel gekauert war. Als sie dann gegangen war, weil er geschwiegen hatte. Weinend gegangen war. Und er noch eine ganze Weile weiter in dem Sessel gesessen war, im halbdunklen zu kalten Zimmer, einfach so gesessen war.

Er verstand sie nicht. Er verstand überhaupt nichts mehr. Es war richtig zu gehen, davon war er überzeugt. Was sollte er auch in einem Land, in dem es nur eine einzige Käsesorte zu geben schien. Und keinen einzigen Berg. In dem er nie die Sterne sah. Hier wollte ihn niemand, er hatte hier nichts mehr verloren.

Er nahm die Hand von der Scheibe, sah den Abdruck seiner Finger. Er drehte sich um. Nein, an diesem Raum hier, an diesem Land hier hing er nicht. Und dann hörte er die Klingel und zog sich, als er zur Tür ging, seinen Parka an.

♦

Marlene ging vom Grab in Richtung Friedhofsparkplatz, ihr war kalt. Wenn sie einen Erste-Hilfe-Kurs absolviert gehabt hätte. Wenn sie schneller bei ihrem Telefon gewesen wäre. Wenn sie die Bierkiste am Vortag ins Auto gehoben hätte. Wenn er regelmäßig zu einem Internisten gegangen wäre. Wenn sie ihn hinter seinem Rücken einfach dort angemeldet hätte … *Coniunctivus irrealis.* Zu spät, vorbei, für immer verloren.

Und plötzlich erschien ihr das ganz und gar unverständlich, nicht zu begreifen, nicht möglich, dass es *wirklich* so war. Dass Hermann *nie* mehr wiederkommen würde, *niemals.* Sie würde ihn niemals mehr rufen hören, wenn er heimkam, niemals mehr aufstehen spüren, während sie noch ein paar Minuten liegenblieb, im Wissen, er machte jetzt Frühstück für sie. So viele Wochen hatte sie jetzt durchgehalten. Aber es war kein Durchhalten. Es würde niemals aufhören. Und mit neuer Wucht traf sie der Gedanke: Er kommt nicht mehr zurück. Er kommt nie mehr zurück. Und dann plötzlich erschien ihr alles gänzlich unwirklich, alles – das Auto, vor dem sie stand, der Asphalt unter ihren Füßen, die Luft in ihrer Nase. Marlene dachte: Fremd. Alles ist mir fremd, auch ich, ich bin mir fremd, mein Körper, die Hand, die jetzt den Autoschlüssel sucht, ihre Bewegung, und die Beine, die mich aufrecht halten. Wer bin ich? Was ist das alles?

Als sie in den Wagen stieg, das Bild des toten Hermannkörpers in ihrem Kopf. Als sie im Krankenhaus bei ihm gesessen war. Als sie seine Hand genommen hatte. Wo war er da gewesen.

Sie startete den Wagen, sah auf die Uhr. Sie hatte noch gut Zeit, um zum Flughafen zu kommen, ihren Sohn abzuholen. Im Rückspiegel: sehr alte müde Augen.

Am Grab zwei frische Kerzen. Eine Rose, die erfror. Null Grad Celsius, die Luft spätwinterlich.

Freitag, 20. Februar 2015

»Ich meine nur, ihr solltet euch darüber klar werden, ob ihr Interesse habt an diesem Haus und an allem, was es beherbergt. Wenn ich morgen sterbe, seid ihr dran.« Marlene begann die Teller abzuräumen, während sie das sagte. Filippa und Bob schwiegen. »Ich weiß schon, dass es nicht sehr wahrscheinlich ist, dass ich demnächst auch sterbe, aber auch abgesehen davon …«, fuhr sie fort mit lauterer Stimme, aus der Küche nebenan.

»Aber der Notar hat doch gesagt, dass es eigentlich ganz einfach ist. Entweder wir teilen alles auf uns drei auf oder wir lassen es auf dich schreiben, mit dieser Nacherbschaftsklausel, und alles läuft so weiter wie bisher«, sagte Bob. Er sah dabei seine Schwester an. Sie saß in ihrer typischen Flippa-träumt-Haltung da, dachte er, den Kopf auf einem Knie abgelegt, das Bein auf der Sitzbank aufgestellt, und sah nach draußen, in den Garten, in die Ferne, die ganze Zeit. Warum sah sie nicht zu ihm? Er spürte kurz den Impuls, sie an ihrem Pferdeschwanz zu ziehen. Sie sollte sich beteiligen, ihm helfen, aber sie blickte nur ins Nirgendwo.

Die Mutter kam zurück, stellte eine Packung Kekse auf den Tisch. »Angenommen, ich möchte nicht mehr hier im Haus leben. Was dann?«

Filippa stand auf und verschwand in die Küche.

»Ja aber willst du denn nicht mehr hier wohnen?«, fragte Bob. »Oder ist das jetzt ein hypothetisches Was-wäre-wenn-Spiel, weil wir uns zu wenig involvieren in die ganze Erbgeschichte, wie du gestern gesagt hast?«

Marlene zuckte die Schultern. »Was soll ich in dem großen Haus. Allein«, sagte sie dann. »Ihr seid nie da.«

»Wir sind gerade da«, sagte Bob.

»Wegen des Notartermins.«

»Der Grund ist ja egal.«

»Nein, ist er nicht.«

»Wieso nicht?«

»Weil ihr ohne Grund nicht kommt.«

»Was heißt ohne Grund?«

»Ohne Termin. Ich bin nicht Grund genug für euch zu kommen. Und ich will auch keine Mutter sein, die zu Hause sitzt und nur darauf wartet, dass ihre Kinder gnädigerweise zu Besuch kommen. So ein Leben führe ich nicht.«

Die Mokkamaschine auf dem Herd vor Filippa begann zu fauchen. Sie sagte: »Das tust du ja ohnehin nicht. Aber es stimmt auch nicht, dass wir nie kommen. Ich bin da, so oft ich kann. Weil ich da sein will.« Sie hörte auf zu sprechen. Über das Geräusch hinweg verstand sie niemand.

Als sie wieder am Esstisch saß, ergänzte sie: »Es stimmt nicht, dass ich nicht komme. Ich mag das Haus. Genau so, wie es ist. Und du bist doch jetzt mit Tante Dodo am Nachmittag immer bei den Flüchtlingen.«

Marlene schüttelte den Kopf. »Nicht *immer*. Ich war jetzt dreimal mit ihr dort, ich weiß nicht, ob wir es schaffen, eine Regelmäßigkeit aufzubauen und wer überhaupt dort Deutsch mit mir lernen will. Am Montag schaue ich zu den Geschwistern, die sie jetzt in der Wohngemeinschaft der KiJu untergebracht haben, du weißt schon, gleich beim Friedhof das Gebäude der Kinder- und Jugendhilfe. Unbegleitete Minderjährige. Die Betreuerin meinte, es bräuchte jemanden, der mit ihnen Deutsch lernt, in der Schule gäbe es keine Förderung. Und der Dialekt sei ein Problem.« Sie erinnerte sich daran, dass sie Bob fragen wollte, ob sie seine alten Sportsachen verschenken durfte. Ein Junge dort hatte nach einem Fußball gefragt. Aber den alten Fußball, den sie vor Jahren einmal gekauft hatte für ihren Sohn, hatte sie im Keller nicht mehr gefunden. Dafür einiges andere.

Sie trank einen Schluck Kaffee. »Brauchst du eigentlich die Tischtennisschläger noch?«, fragte sie dann ihren Sohn.

»Nein, im Moment nicht. Eigentlich«, sagte Bob. »Wieso?«

»Weil ich sie dann vielleicht den Flüchtlingen schenke«, sagte die Mutter. »Und den Volleyball?«

»Wir haben einen Volleyball?«, fragte Filippa.

Marlene nickte.

»Auch verschenken?«

Bob nickte.

»Und die Badminton-Schläger?«, fragte Marlene weiter.

»Naja, also vielleicht nicht gleich alles«, sagte Bob und dachte, was war denn los mit den Frauen, alle schienen auf ihre Weise zu spinnen, zuerst Zoe und jetzt seine Mutter, warum wollten sie alles plötzlich wegwerfen, während er seine Mutter weitersprechen hörte: »Aber was ist *alles*? Das Haus ist vom Dachboden bis in den Keller voll geräumt mit tausend Dingen. Und ihr bringt neuerdings sogar neue mit, um es noch voller zu stellen.« Sie sah Bob an, als sie das sagte. »Ihr wisst doch gar nicht mehr, was hier alles herumsteht, das euch gehört. Deshalb möchte ich, dass ihr euch dafür interessiert, was damit geschehen soll. Natürlich könnt ihr auch einfach einen Container kommen lassen und alles aus dem Fenster schmeißen, wenn ich gestorben bin.« Sie hielt kurz inne, fuhr dann fort: »Noch einmal. Wenn ich entscheide, dass ich hier nicht mehr leben möchte, was soll dann mit dem Haus geschehen? Wenn wir es so schreiben lassen, wie es ohne Testament laut Notar eigentlich zu sein hat, dann gehört die eine Hälfte, die ohnehin schon mir gehört hat, weiterhin mir, und die andere Hälfte ist durch drei geteilt. Und wir müssen alle Entscheidungen zu dritt treffen. Zum Beispiel, ob ein Container kommen soll, um alles, was in diesem Haus steht und euch nicht interessiert, als Sperrmüll zu entsorgen.« Und Marlene dachte an den einen Roman, den sie so gern gelesen hatte, in dem der Enkel einen Container kommen ließ und alles familiäre Erbe dort hineinbeförderte, sah sich dann wieder im Keller stehen, vor den Regalen voller Schachteln, die die Kinder bei diversen Umzügen hier geparkt hatten, vor Hermanns Schachteln mit altem Gerät, von dem sie keine Ahnung hatte, was davon etwas wert sein könnte und was Schrott war, vor den Schachteln ihrer Stammfamilie, den Briefen der Mutter an die Front und zum ausgewanderten Bruder nach Amerika, den Stiefeln des Vaters, mit denen er aus Ostpreußen heimgekommen war, den Super-8-Filmen … Sie seufzte, fuhr fort: »Ich weiß nicht, ob das klug ist, wenn wir es so machen. Wessen Stimme hat wie viel Gewicht? Wenn ihr zwei einen Container kommen lassen wollt und ich nicht, dann blockiere ich euren Willen und umgekehrt ist es genauso. Und das behagt mir nicht.«

»Jetzt hör doch auf mit deinem Container«, sagte Bob.

»Niemand will etwas wegwerfen«, sagte Filippa.

Endlich, dachte Bob, wachte die Schwester auf.

»Es ist doch ganz einfach: Du hast von den Besitzverhältnissen her die absolute Mehrheit und kannst machen, was du willst«, sagte Filippa.

»Und euch wäre das egal? Dass ihr nichts mitzubestimmen habt?«, fragte die Mutter zurück. »Das ist doch Blödsinn so. Und es stimmt auch nicht. Wir müssen uns alle immer einig werden bei allen Maßnahmen, ich kann nicht einfach über euren Kopf hinweg entscheiden.«

»Und wenn wir es doch einfach alles auf dich schreiben lassen und wir verzichten?«, fragte Bob dann.

»Um dann vielleicht Erbschaftssteuer zu zahlen, wenn wieder eine eingeführt wird? Das ist doch dumm«, sagte Marlene.

Die Kinder schwiegen. Filippa trank noch einen Schluck Kaffee. Dann legte sie den Kopf wieder auf ihrem Knie ab und sah nach draußen. Sie wollte sich damit überhaupt nicht beschäftigen müssen, dachte sie, dieses Gespräch nicht führen müssen, sie wollte, dass alles genau so weiterging wie bisher, dass dieses Haus die eine Konstante bliebe in ihrem Leben, der eine Ort, der sich nicht veränderte, zu dem sie immer zurückkommen konnte, mit einem bis ins letzte Eck vollgeräumten Keller. Sie mochte diesen Keller und all das Zeug, das darin stand, all die Erinnerungen, die damit verbunden waren. Aber das war vorbei, dachte Filippa dann, das Haus war schon nicht mehr dieser Anker, der es früher gewesen war, vor November. Ein *Ereignis* und die alte Ordnung war perdu. Ja, so war das. Und in ihr sofort wieder diese Traurigkeit, einfach diese Traurigkeit, die sie jetzt ständig mit sich schleppte.

»Aber es ist der logische Weg«, hörte sie Bob sagen, während sie weiter in den Garten blickte. »Der Notar hat doch auch gemeint, du kannst es so schreiben lassen, dass das Erbe auf jeden Fall für uns erhalten bleiben muss, dass es also nicht verkauft werden kann, mit dieser Nacherbschaftsklausel«, sagte Bob. Er hatte keine Lust, sich jetzt auch damit noch zu beschäftigen, dachte er, absolut keine Lust. Die Mutter würde doch nicht fortziehen, sie hatte ihr Leben hier verbracht, sie war fast vierzig Jahre exakt an diesem Ort gewesen, tagtäglich, in der Schule oder zu Hause. Unvorstellbar, dachte Bob, als ihm das einfiel, in diesem Kaff sein ganzes Leben abzusitzen.

»Das heißt, dass ich alles weiterhin alleine bezahle, und das Haus weiter erhalte. Für euch. Ihr versteht, dass das nur Sinn hat, wenn es jemand von euch dann auch einmal bewohnen möchte. Wenn ich abgekratzt bin. Sonst brauche ich es nicht zu erhalten. Aber Kinder habt ihr keine, verheiratet seid ihr auch nicht und arbeiten werdet ihr wahrscheinlich auch nie hier, es sei denn, ihr ändert eure Meinung noch über die Universität«, sagte die Mutter und sah Bob dabei an, »oder werdet doch noch Lehrerin«, fuhr sie fort, wobei sie Filippa ansah, die immer noch nach draußen blickte. »Oder einer von euch wird so reich, dass er den anderen leicht auszahlen kann und das riesige Haus hier als Feriendomizil nutzt, damit es weiter in der Familie bleibt. Aber im Moment sieht es danach nicht aus. Im Moment weiß ich nicht genau, wofür ich das alles erhalten soll«, sagte Marlene. »Und deshalb kommt einem so ein Container in den Sinn.« Sie spürte, wie leicht sie zu weinen beginnen könnte, wenn sie dem Gefühl nachgäbe. Sie tat es nicht. Sie atmete einmal tief ein und fuhr dann fort: »Und jetzt gibt es die Chance, etwas zu klären. Also überlegt euch, ob euch dieses Haus und alles, was in ihm steht, interessiert oder nicht.«

Zwei, drei Momente schwiegen sie, dann sagte Bob: »Ich habe überlegt. Ich bin dafür, dass du alles alleine erbst. Ehrlich gesagt, habe ich auch absolut keine Zeit, mich darum zu kümmern.« Er stand auf.

»Weil du Arbeit suchen musst, oder?«, hörte er seine Mutter hinter sich fragen, als er schon fast im Flur stand. Er drehte sich nochmals um, sagte zu Filippa: »Danke«, und dann zu seiner Mutter: »Nein. Arbeit habe ich. Ich fahre dieses Jahr mehrere Touren. Geld ist kein Problem.«

Und dann ging er und in seinem Rücken hörte er leise die Stimme seiner Mutter sagen: »Als ob es mir darum ginge.«

Marlene sah ihre Tochter an. »Einfach nichts herauszukriegen aus ihm. Unmöglich, der Bub. Kommt mit zwei Koffern, zwei Rucksäcken und einer Reisetasche am Flughafen an und sagt auf die Frage, was los sei, warum er so viel Gepäck habe, dass das eine sinnlose Frage sei, weil viel kein präziser Begriff sei. Ich habe ihn fünf Mal gefragt – ob er die Stelle nicht bekommen habe, ob er wieder hier einziehe. Nichts. Schweigen. Ich habe ihm natürlich nicht gesagt, dass ich von dir schon weiß, was los ist.« Sie schüttelte den Kopf, sah ihre Tochter an und bat sie, mit ihm zu reden, solange er hier sei. Ihr sage er offenbar eher etwas als ihr selbst. Sie wisse nicht, was sie falsch gemacht habe, aber es sei jedenfalls so, sie habe keine Chance bei ihrem Sohn.

Filippa fragte sich, wie oft das schon so gewesen war. Wie oft sie diejenige gewesen war, die etwas aus Bob herausgepresst hatte, um es dann den Eltern weiterzuerzählen, wenn sie nach ihrem Ermessen zu sehr in Sorge waren. Und ob das nicht einmal aufhören sollte, musste. Es war auch so anstrengend. Warum konnte er es denn nicht einfach selber sagen? Woher kam das, dass er nicht sprach, von sich aus so gut wie nichts erzählte, und schon gar nicht den Eltern.

Der letzte Schluck Kaffee, den Filippa nahm, war kalt. Sie hasste kalten Kaffee. Das alles erinnerte sie an Joseph Roth, und sie dachte daran, wie sie diese Romanverfilmung gesehen hatte, als Teenager, wie ihr die Stimme aus dem Off gefallen hatte, der Erzähler, der einen so wie ein Vater sein Kind bei der Hand nahm und durch das Geschehen führte, und wie sie das gemocht hatte, von dieser fremden körperlosen Stimme ihr eigenes Denken lenken zu lassen, ohne es zu merken, damals, wie das auch bequem gewesen war. Und wie sehr sie das Ende bestürzt hatte, dachte sie weiter, die Auslöschung der Familie, in der sich das Ende einer Ära spiegelte, und die Sinnlosigkeit des Todes des Sohnes, des letzten Nachfahren, seine dumme Bravheit, ein System weiter zu erhalten, das kaputt war, verrottet von innen her, anstatt zu rebellieren.

Und dann dachte sie daran, dass sie vergessen hatte, das Material mitzunehmen, die Unterlagen für die erste Blockeinheit des Joseph-Roth-Seminars nicht vorbereiten und auch nicht online stellen konnte, von hier aus. Merde, dachte sie, so konnte sie jetzt nicht direkt nach London fliegen, zu Anuk, musste doch zuerst zurück nach Paris. Und sie ärgerte sich darüber, wieder etwas vergessen zu haben. So verlor sie Zeit und Geld. Es war zum Verzweifeln mit ihr, aber solche Sätze durfte sie nicht denken, sie durfte nicht so negativ sein. Sie würde aus dem Fehler lernen, ein Mal würde sie ja wohl tatsächlich daraus lernen, auch wenn es die letzten zwanzig Male nicht geschehen war. Aber das durfte sie auch schon wieder nicht denken. Zu negativ. Sie war zu negativ.

Sei positiv, sagte sich Filippa, sois positive, während ihr Kinn immer noch auf ihrem Knie ruhte und ihr Blick nach draußen ging. Kahl die Blutbuche. Kahl die Birke. Braun der Rasen. In einem Monat wäre Frühling. Würde wirklich Frühling sein? Der hölzerne Zaun warf Schatten. Was war das für ein Strauch neben der Birke? Warum wusste sie das nicht? Als Kind hatte sie sich unter seinem Blätterkleid versteckt. Und plötzlich war sie sich nicht mehr sicher, ob es so gewesen war. War der Strauch damals dafür nicht zu klein gewesen? War es so gewesen? Wie war es gewesen?

Filippa, tu rêves, sagte sie sich. Il te faut devenir réaliste, Mademoiselle. Mit fünfunddreißig würde sie beginnen, sich selbst Madame zu nennen, dachte sie. Weniger als ein Jahr hatte sie noch Zeit, um schwanger zu werden, wollte sie ihr Lebensziel, mit spätestens fünfunddreißig Mutter zu sein, nicht verfehlen. Neun, zehn Chancen noch, dachte Filippa, nicht mehr.

Im Keller richtete Marlene einen ersten Sack zusammen mit aussortierten Spielsachen, die anderswo gebraucht wurden, nicht mehr hier, nicht mehr in diesem Haus.

Abends klopfte Filippa an die Tür ihres Bruders. Er saß in seinem Schreibtischsessel, zurückgelehnt, die Beine auf die Tischplatte gelegt, ohne Buch, sein Computer zugeklappt, daneben sein Smartphone, sah zum Fenster hinaus, reglos. Wie früher, dachte Filippa, als sie sich an die Bettkante setzte. Das Bett ungemacht, das Zimmer voller Gepäckstücke, unausgepackt. »Du denkst?«, fragte sie dann.

»Ich denke.«

Wie früher, dachte Filippa, ihre Standardgesprächseröffnung. Dann Stille. Jetzt würde er ihr eine Frage stellen, die Sterne eines Sternbildes von ihr wissen wollen. Sie rügen, wenn sie sie nicht wusste.

»Hast du Hunger?«, hörte sie Bob dann fragen. Doch anders, dachte Filippa, während sie ihren Bruder sehr plötzlich aus seinem Sessel aufspringen sah. »Du hast sicher Hunger«, sagte er.

»Ich hab zu Abend gegessen. Im Gegensatz zu dir.«

»Aber ein McSundae geht immer. Komm«, sagte Bob, »wir fahren. Man kann nicht immer hier in diesem Haus sitzen. Als ob man wieder sechzehn wäre.« Und schon war er auf der Treppe nach unten. Und natürlich würde sie ihm jetzt folgen, dachte Filippa, auch wenn sie müde war und keine Lust hatte, weil Bob Bob war, weil er ihr Bruder war, und sie die war, die sie nun einmal war, die große Schwester nämlich, die auf ihn aufpasste, ihm folgte. Und sie stand auf und ging ihm nach.

Als das Tablett mit Pommes, Veggie-Burger und Eis zwischen ihnen auf dem Tisch stand und Bob einmal von seinem Burger abgebissen hatte, fragte er seine Schwester: »Also was machen wir jetzt mit dem Haus? Wir sollten uns einig sein.«

Filippa zuckte die Schultern. »Hängt doch von Mum ab, nicht? Ich meine, sie hat ja recht, wozu das Haus erhalten? Wir haben keine Kinder und arbeiten werden wir hier mit an Sicherheit grenzender Wahrscheinlichkeit auch nie. Oder?«

»Ich sicher nicht«, sagte Bob, schüttelte den Kopf und nahm einen großen Schluck Cola.

Filippa griff nach ihrem McSundae, der immer noch sehr kalt war, zu kalt für ihre Zähne. Sie steckte sich stattdessen ein paar Pommes in den Mund und sagte, während sie kaute:

»Andererseits kann ich mir auch nicht vorstellen, dass es das Haus nicht mehr gibt. Das macht etwas mit mir, was nicht gut ist.«

Sie kauten beide und Filippa sagte dann: »Ich glaube nicht, dass sie das Haus wirklich aufgeben will. Aber ich verstehe, dass es schwer ist für sie. Sie hat jetzt ja gar nichts mehr, weder Arbeit noch Mann. Und die Kinder groß und keine Enkelkinder …« Es war alles so traurig, dachte Filippa. Jetzt nahm sie doch einen Löffel Eiscreme und sie spürte die Kälte augenblicklich in dem einen Backenzahn links unten mit der großen Füllung. »Willst du denn das Haus irgendwann einmal?«, fragte sie ihren Bruder dann. »Wir haben nie darüber geredet.«

»Weiß ich nicht. Man kann nicht so weit in die Zukunft blicken, hat überhaupt keinen Sinn. Jetzt will ich es nicht. Jetzt will ich, dass es Mum erbt und wir so eine Nacherbschaft hineinschreiben. Dann kann sie alles alleine entscheiden, braucht uns nicht ständig dafür.«

Filippa lachte. »So kann man es auch sehen, ja.«

»Wie meinst du das?«, fragte Bob und Filippa sagte: »Naja, man könnte auch sagen: So lassen wir sie mit der ganzen Arbeit alleine. Drücken uns vor der Verantwortung. Sparen uns Zeit.«

Bob schüttelte den Kopf. »Aber *sie* wohnt darin. Wir nicht. Es ist *ihr* Heim. Dann soll doch auch sie allein entscheiden, was sie wie wann warum tun will.«

»Und wenn sie nicht will?«

»Dann überredest du sie, dass sie will. Du schaffst das.« Bob grinste sie an. Er wischte sich die Hände mit der Serviette ab. Bevor er nach Griechenland aufbrach, wollte er das wirklich geklärt wissen. Sein Leben war eine einzige Baustelle, er konnte sich nicht darum auch noch kümmern, jetzt. »Das geht klar, oder?«, setzte er nach, ausnahmsweise ernst, dachte

Filippa und schwieg. Dann nickte sie, zuckte die Schultern. »Keine Ahnung. Mal schauen. Ich rede noch einmal mit ihr.«

Das dazu, dachte die Schwester, und sie spürte, wie sehr sie es schmerzen würde, wenn es das Haus wirklich nicht mehr gäbe. Und plötzlich dachte sie, dass sie ja zurückkommen könnte, vielleicht, wenn sie schwanger wäre, vorübergehend. Die Wohnung in Paris wäre dann jedenfalls zu klein und für die erste Zeit bei der Mutter zu sein, wäre vielleicht besser als bei Anuk. Sie spürte, wie ihr diese Idee gefiel. Hauptsache, es wurde nicht verkauft. Sie sah ihrem Bruder dabei zu, wie er einen großen Bissen von seinem Burger nahm. Sie sollte ihn jetzt fragen, dachte sie, wenn, dann jetzt, und sie fragte: »Warum hast du den Job eigentlich nicht bekommen?«

Bob zögerte. Aber im Grunde, dachte er dann, konnte er es ruhig sagen. Er sagte: »Weil ich keine Vagina habe.« Es war absurd, es hatte nichts mit ihm zu tun, es war ein Fehler im System, das konnte er ruhig sagen. Er schlürfte absichtlich laut an seinem Cola.

Filippa lachte.

»Echt jetzt?«, hörte er sie fragen.

Bob nickte. »Bei gleicher Qualifikation werden Frauen bevorzugt. Ich weiß, dass das der Grund war. Sie kommunizieren überall, wie stolz sie sind, eine weitere Frau im Team zu haben.« Er schlürfte weiter.

Clown, dachte Filippa. Sie sah ihn ungläubig an. Deshalb war er Weihnachten mit dem Gleichheitsproblem angekommen, natürlich. Er hatte es da schon gewusst. Und nichts gesagt. Sie konnte es nicht glauben. Niemals hätte sie gedacht, dass ihrem genialen Bruder einmal so etwas passieren könnte – dass ihm sein Geschlecht zum Verhängnis werden könnte, etwas Zufälliges, Gegebenes, etwas, das er nicht beeinflussen konnte und das nichts mit erwerbbarem Können oder Wissen zu tun hatte.

»Nicht im Ernst.« Sie schüttelte den Kopf.

»Doch. Fundamentaler Irrtum dieser Gesellschaft«, hörte sie Bob sagen. »Als ob es in der Wissenschaft so etwas wie eine *gleiche* Qualifikation gäbe. Als ob irgendwelche einzelnen *vergleichbaren* Parameter etwas über die *Gleichheit* einer Qualifikation aussagen könnten. Anzahl der Publikationen, Anzahl der Poster, Anzahl der absolvierten Summer Schools, Anzahl derer, denen der/die/das Sich-Bewerbende erfolgreich in den Arsch gekrochen ist ... Anzahl der vorhandenen Eierstöcke ...« Er hielt kurz inne, schüttelte den Kopf. »Absurd«, fuhr er dann fort. »T1 ist gleich T2. Das ist eine Gleichung – eine Aussage über die Gleichheit zweier Terme. Es ist logisch vollkommen unmöglich, zwei Bewerber – zwei Menschen, also zwei hyperkomplexe Entitäten – als zwei exakt definierbare Terme gleichzusetzen. Gerade die exakten Wissenschaften müssten das wissen. Die Aussage *gleich qualifiziert* ergibt hier überhaupt keinen Sinn. Sie hätten einfach sagen sollen, dass sie eine Frau im Team haben wollen, weil sie eine *fundamental andere* Qualifikation mitbringt als ich als Mann. Wenn es ihnen denn darum geht und es Beweise gibt dafür, dass es so ist. Das wäre ehrlicher gewesen. Aber nichts faseln von *gleicher* Qualifikation, bei der die Frau bevorzugt würde.« Er zuckte die Schultern, wischte sich die Hände mit der Serviette ab, zerknüllte sie, warf sie aufs Tablett.

An seiner Stelle wäre sie wahrscheinlich am Boden zerstört und würde sich völlig unfähig fühlen, dachte Filippa. Ihr Bruder nicht. Er war einfach nicht so. Er verzagte nicht, oder er zeigte es wenigstens nicht. Und er hatte ja recht, faktisch hatte er recht. »Und was machst du jetzt?«, fragte sie. Sie kratzte den McSundae-Becher gründlich aus.

»Ich kann in Griechenland bleiben. Bis zum Herbst sicher. Danach wollen sie weitersehen, das Haus vielleicht vermieten an Touristen. Und ich fahre diese Saison mehrere Touren, die sind froh, wenn ich mehr arbeite. Und bis zum Herbst habe ich sicher einen Job.«

Ob er das wirklich glaubte, fragte sich Filippa, während sie ihm zuhörte, oder ob er es nur sagte, ihr gegenüber.

»Und deine Wohnung?«

»Ist schon weitervermietet. Mum hat mindestens fünfmal gefragt, was das viele Gepäck soll.« Er lachte, als er daran dachte, wie sie immer wieder auf der Autofahrt vom Flughafen zurück gefragt hatte.

»Und du hast natürlich standhaft geschwiegen.«

»Klar.«

»Und du hast dir nicht überlegt, dass sie das kränken könnte? Dass sie sich Sorgen macht um dich?«

Bob überlegte kurz. »Nein.«

»Komm …«

»Nein.« Er klang für Filippa jetzt etwas aufgebrachter. »Warum sollte sie sich Sorgen machen?«

»Na, wenn der Sohn mit fünf Koffern nach Hause kommt, heißt das ja wohl etwas.«

»Aber warum etwas Schlimmes? Warum immer diese Sorge? Das hält doch kein Mensch aus.«

Wie Papa, dachte Filippa, als sie ihn das sagen hörte. Er sah nicht nur aus wie sein Vater, bewegte sich wie er, er sprach auch wie er. Er sprach haargenau so wie er. Und wenn sie ihm das jetzt sagen würde, würde er endgültig hochgehen, dachte sie.

»Abgesehen davon hätte sie sich nicht weniger Sorgen gemacht, hätte ich es ihr gesagt, sondern eher mehr. Und außerdem wusste ich ja, dass sie schon lange wusste, was los ist, weil du ihr prinzipiell alles weitererzählst, was ich dir sage. Was sich heute ja wieder als richtig herausgestellt hat.«

Filippa bewarf ihren Bruder mit einem der übrig gebliebenen Pommes frites.

»Flippa, wie oft soll ich das noch sagen: Gewalt ist keine Lösung. Und ich spreche die Wahrheit. Du kannst einfach nicht schweigen. Du kannst nichts für dich behalten. Du bist wie eine Fünfjährige.« Er warf ein Pommes zurück.

Idiot, dachte Filippa, und fragte sich, ob das stimmte. Und sie wusste nicht warum, aber plötzlich erinnerte sie sich an früher, als sie hier öfters mit ihrem kleinen Bruder gesessen war. Sie sah sie hier sitzen, an Wochenenden während des Semesters, wenn sie zufällig beide nach Hause gekommen waren, oder in den Ferien. Am Ende waren sie immer hier gelandet, weil sonst in diesem Kaff nichts mehr offen hatte. Damals war sie mit Matthias zusammen gewesen, erinnerte sie sich. Den hatte Bob auch schon nicht gemocht.

»Sag mal, ist das nicht dein Ex?«, hörte sie Bob sagen.

»Wo?«

»Da vorne. Schon ganz ergraut, der Arme. Und mit beachtlichem Bauchansatz.«

Filippa drehte sich um und dachte, das konnte nicht sein. Vor einem Moment hatte sie an ihn gedacht und jetzt sah sie ihn vor sich.

»Habt ihr noch Kontakt?«, hörte sie Bob fragen.

»Nein, natürlich nicht«, zischte Filippa zurück und begann, ihren Schal um ihren Hals zu wickeln. Sie musste sofort hier weg.

»Ergreifen wir jetzt also die Flucht«, sagte Bob, »ich sag ja, wie eine Fünfjährige. Oder eine Fünfzehnjährige.«

War ihr egal jetzt, dachte Filippa, sollte er das ruhig denken, sie musste sofort weg hier, und sie stand auf und marschierte los.

Sollte sie nur vorauslaufen, würde sie eben in der Kälte warten müssen, dachte Bob, er hatte den Autoschlüssel, während er das Tablett zur Theke trug und direkt auf Matthias zusteuerte.

Als Bob dann rückwärts aus der Parklücke navigierte, richtete er Filippa die Grüße aus, die ihm Matthias aufgetragen hatte. Sie solle sich doch einmal melden, wenn sie hier sei, hatte er ihr ausrichten lassen, die Telefonnummer sei immer noch die gleiche.

»Dieselbe«, sagte Filippa, »heißt es korrekt auf Deutsch. Und du bist ja für Exaktheit in Sachen Gleichheit, und gleich ist nicht identisch, dasselbe meint das Identische, das Gleiche meint gleichartig«, sagte Filippa.

Bob zuckte die Schultern, dachte: Und jetzt würde sie ihn gleich ausfragen über Matthias, als er sie sagen hörte: »Was hat er sonst so gesagt?«

Bingo, dachte Bob und lachte. »Das Übliche. Er arbeitet immer noch in der Bank.«

»Nein.«

»Doch. Und er hat ein Haus gebaut.«

»Nein.«

»Doch. Und geheiratet.«

»Nein.« Das dritte Nein war lauter als die anderen.

»Und er hat einen Sohn.« Und als seine Schwester daraufhin gar nichts mehr sagte, dachte Bob: Das hat sie jetzt getroffen. Und er fragte sich, warum, wenn sie doch längst mit einem anderen zusammen war.

Und Filippa beschwichtigte sich selber, sagte sich: Es war richtig gewesen, alles, jede ihrer Entscheidungen, die sie in die Situation gebracht hatte, in der sie jetzt war. Auch wenn sie mit Matthias vielleicht das alles hätte haben können, was sie doch eigentlich immer gewollt hatte, immer noch wollte: Ehemann, Familie, Haus. Oder wollte sie das insgeheim gar nicht? Führte sie deshalb eine Fernbeziehung und lebte in einer Einzimmerwohnung in Paris, sammelte Auslandserfahrung und Unterrichtserfahrung, flog zu Konferenzen, schrieb an einem Text, den wahrscheinlich nicht mehr als fünfzig Leute lesen würden, der sie aber dafür zur Professorin machen sollte, anstatt sich um irgendeinen Job umzusehen, der es ihr erlaubte, bei Anuk zu sein, um endlich schwanger zu werden? Warum war sie nach dem Unterrichtspraktikum nicht einfach Lehrerin geblieben hier? Und hatte Matthias zurückgenommen, als er sie wieder gewollt hatte?

»Jedenfalls Flippita: *The future is open and yet to be made.*« Bob sah den Professor vor sich, wie er das sagte, und seine Hand, mit der er ständig Girlanden in die Luft zeichnete während seines YouTube-Vortrags. »Merk dir das, Flippa«, sagte er und er sah die Seite in dem Buch dieses Professors vor sich, auf der der Satz stand und auch die anderen, die er sich jetzt täglich vorsagte in seinem Kopf: *Time is real. So is the flow of time. Everything else emerges in time. Novelty is real and common. The laws of nature may evolve with the universe. The future is open and yet to be made. We can change and influence it. Imagination is essential.*

Warum war er von diesen acht Sätzen so überzeugt, so sehr wie von nichts anderem? Ob es damit zusammenhing, dass sie der etablierten Meinung, der Mehrheitsmeinung seines Faches widersprachen? Und warum glaubte er sie erst jetzt voll und ganz, seit er in Griechenland war, allein mit sich, und alle Artikel durcharbeitete, die dieser kanadische Professor bisher publiziert hatte?

Und plötzlich dann Zoes Gesicht in seinen Gedanken. Und sofort Wut. Ganz Holland konnte ihm gestohlen bleiben, dachte er, er hatte dort seine Zeit vertan. Und was war schlimmer als das – die wenige Zeit, die man hatte auf diesem Planeten, nicht *richtig* zu nutzen. Und als Bob vor der Brücke nach rechts abbog, auf die schmale Straße, die entlang des Flusses zum Elternhaus führte, das dort, am Rand der Stadt lag, als letztes Haus des Ortes, hörte er wieder seinen Vater sagen, er würde noch an ihn denken, Holland bereuen, wenn es zu spät sei.

Filippa schwieg, sah durch die Windschutzscheibe das bisschen Welt, das die Scheinwerfer ausleuchteten. Ich empfinde es nicht so, dachte sie. Ich empfinde die Zukunft nicht als offen. Bedrohlich ist sie und dunkel wie der schwarze Fluss hier neben uns. Ich fühle mich ausgeliefert. Ich habe Angst. Ich habe ständig Angst. Und alles ist ein zähes, banges Hoffen und liegt jenseits meiner Kontrolle. Das war die Zukunft à la Flippita: diverse Schattierungen der Farbe Angst.

Sonntag, 22. Februar 2015

Wieder ein kleinkariertes Hemd, dachte Marlene, als sie die Tür öffnete und Franz die Hand schüttelte. Sie bedankte sich bei ihm, dass er so spontan gewesen war, gleich heute vorbeizukommen, damit er Bob auch noch anträfe. Einen Moment hatte sie Angst, ihr Sohn würde jetzt schnell wie von der Tarantel gestochen die Treppe hinauflaufen und in seinem Zimmer verschwinden, wie er das zu Weihnachten getan hatte, als die Verwandten gekommen waren. Aber dann hörte sie Franz Bob im Wohnzimmer begrüßen und sie war beruhigt, dachte: Sehr gut hatte sie das eingefädelt, jetzt würde diese Computerangelegenheit endlich geklärt werden.

Aber Franz berichtete, dass die IT-Abteilung aufgegeben habe. Niemand dort hatte geschafft, das Passwort zu entschlüsseln, es musste einigermaßen komplex sein, was ihn, Franz, auch nicht wunderte, sagte er, weil er Hermann ja kannte.

»Ich dachte, man kann jedes Passwort auslesen«, sagte Marlene.

»Theoretisch ja. Aber je komplexer, desto länger dauert es. So hat es mir der Kollege erklärt. Es geht um die Anzahl der möglichen Zeichen. Die wird potenziert mit der Passwortlänge, dann weiß man, wie viele Möglichkeiten die Software durchspielen muss«, sagte Franz, »wenn du nur Kleinbuchstaben des Alphabets nimmst, sind das nicht viele. Wenn man zum Beispiel ›passwort‹ nimmt als Passwort, kleingeschrieben, sind es 26 hoch 8, also etwas über 200 Milliarden Kombinationsmöglichkeiten. Der Kollege hat eine Grafikkarte, die über 4 Milliarden Möglichkeiten pro Sekunde rechnen kann. Das hätte er also sehr schnell geknackt, in weniger als einer Minute, hat er gemeint. Er sagt, es muss ein vorbildliches Passwort sein, eines, für das es Quintillionen an Möglichkeiten gibt. Um die durchzurechnen, bräuchte seine Soft- und Hardware Billionen Jahre.«

»Das heißt, jemand müsste es erraten?«, fragte Marlene. Ihr Blick ging in die Richtung ihres Sohnes. Der schüttelte den Kopf. Das konnte sie doch nicht im Ernst meinen, dass er sich an dieses Gerät setzte und irgendwelche längeren Zeichenkombinationen eingab, als könnte er die Gedanken seines toten Vaters lesen.

Er hörte Franz sagen: »Das ist theoretisch natürlich möglich. Und zugleich praktisch unmöglich. Das wäre solch ein Zufall … bei *Quintillionen* Möglichkeiten … das ist eine Eins mit dreißig Nullen.«

Und als alle daraufhin schwiegen, begann Franz zu erzählen, wie schwierig es jetzt sei am Institut ohne Hermann. Gerade mit diesem einen Projekt … Er sei jetzt allein dessen Leiter, es sei alles formal geklärt am Institut, wer welche Aufgaben an Hermanns Stelle übernehmen würde, aber das Arbeiten dort, das funktioniere überhaupt nicht mehr, nicht für ihn. Neulich habe er auf dem Gang innehalten müssen, weil er festgestellt hatte, dass er auf dem Weg zu Hermanns Büro gewesen war, um ihm zu erzählen, was er in der Kaffeeküche aufgeschnappt hatte. Weil er das jahrelang so gemacht hatte, weil er das so gewohnt war, diesen täglichen Austausch. Erst als er anklopfen und eintreten wollte, war ihm bewusst geworden, dass hinter der Tür nicht mehr Hermann saß. Ihm sei nie klar gewesen, dass die Arbeit am Institut für ihn überhaupt nur wegen Hermann erträglich gewesen war, fuhr er fort, aber jetzt, jetzt spüre er täglich, wie ihm das fehle, wie ihm auch Hermanns Schmäh fehle. Er sah Marlene an und sie dachte: Was soll ich jetzt darauf antworten? Dass Hermann zu Hause nicht mehr viel erzählt hat über das Institut in den letzten Jahren, nachdem er beschlossen hatte, die Institutsleitung nicht mehr anzustreben? Weil er müde sei von all dem Konflikt, den er an der Fakultät über die Jahre, Jahrzehnte aushalten hatte müssen – so hatte er damals gesagt: Müde von all dem Konflikt. Es sei die Summe aller Aufregungen, so hatte es der Arzt erklärt, dachte Marlene, und dann brauche es für einen Infarkt nur noch einen Anlass …

Marlene hörte ihre Tochter sagen, dass sie sich vorstellen könne, dass das entsetzlich sein müsse, seinen engsten Arbeitskollegen, seinen Freund zu verlieren. Und dass sie ihren Vater auch sehr vermisse, sagte Filippa und senkte den Blick.

Was vermisst du an ihm, wollte Marlene fragen. Aber nicht neben Franz wollte sie das fragen.

Dann fragte Franz Bob, was er jetzt eigentlich mache, woran er arbeite. Hermann habe immer so stolz von ihm erzählt.

Bob sah Franz an und Marlene fragte nach: »Ja?«, und dachte: Bitte sprich jetzt weiter, das soll er hören.

»Ja, ja. Immer. Und er hatte ja auch allen Grund stolz zu sein«, fuhr Franz fort. »Ich meine, ich weiß, dass er immer bedauert hat, dass du nicht hier studiert hast, nicht bei ihm sozusagen. Aber ich habe ihm immer gesagt, dass er das verstehen muss, vor allem mit deinem Forschungsinteresse.«

»Dagegen hatte er ja etwas«, sagte Bob leise und richtete den Blick auf die Kaffeetasse vor sich.

»Aber das kannst du ihm nicht übelnehmen – dass er sich gewünscht hätte, du würdest auch Quantenphysiker wie er. Er hätte dich eben gern näher bei sich gehabt, ich meine nicht nur geografisch, auch von den Themen her. Und er hat immer davon geträumt, dass du vielleicht doch einmal zurückkommst, an die Fakultät hier, versuchst, etwas aufzubauen, so wie er das getan hat, gegen große interne Widerstände übrigens, aber das weißt du ja. Das kannst du ihm nicht übel nehmen.«

Bob zuckte die Schultern. »Er hat jedenfalls nie gefragt, woran ich eigentlich genau arbeite, was ich rechne.«

Franz sah ihn an, er zögerte kurz, dann sagte er: »Glaubst du, er hätte es denn verstanden?«

Bob dachte, dass er das bis jetzt noch nie in Betracht gezogen hatte; dass der Vater, die Quanteninformationskoryphäe, der Experimentalphysikguru, der immer von *seinen* Projekten gesprochen hatte, ihm *seine* Erfolge unter die Nase gerieben hatte, von *seiner* Forschungsgruppe, *seinen* Studenten erzählt hatte, etwas nicht verstehen hätte können.

Und Marlene dachte, dass das gerade wichtig war, was Franz da sagte, und fragte sich, ob es auch stimmte, und in ihrem Kopf tauchte eine Erinnerung auf an ein Gespräch beim Zu-Bett-Gehen vor Jahren, als Bob entschieden hatte, auch seinen Doktor im Ausland zu machen. Hermann schien so verärgert gewesen zu sein, und sie hatte gemeint, er solle ihn doch erst einmal lassen, kein Sohn wolle unter den Argusaugen des eigenen Vaters lernen, und dass sie glaube, dass es schwer sein musste für Pippa, dass es ihn so sehr kümmerte, dass der Sohn hier studierte, und es ihm bei der Tochter so gleichgültig gewesen war, dass sie ihren Abschluss hier gemacht hatte, erst für den Doktor gewechselt war. Sie hatte am selben Tag früher mit Pippa gesprochen und deren Neid auf die Bedeutung jedes Schrittes ihres Bruders besonders zu spüren geglaubt. Ob er sich nicht darüber freuen könne, dass der Sohn sein Fach studiere, Physik, immerhin, und obendrein sehr erfolgreich, hatte sie ihren Mann damals auch noch gefragt. Er hatte darauf nichts geantwortet. Das war eine der großen Veränderungen gewesen, die sie hier, in dem Haus, erlebt hatte, dachte Marlene dann: Als die Kinder begannen, flügge zu werden, rasch nacheinander auszogen. Wie ihr das Haus damals schon leer erschienen war …

Als sie Franz dann zur Tür begleitete, tat er ihr zum ersten Mal wirklich leid. Ein Bär von einem Mann stand da vor ihr, und immer, wenn sie ihn sah, wirkte er so hilflos. Er hatte ihn auch verloren, auf andere Weise als sie, dachte sie. Aber sie konnte ihm damit nicht helfen, es ging nicht.

Wenn er Adressen hätte von Spezialisten, würde er sich wieder melden, sagte er zum Abschied. Und sie könne ja auch noch einmal alle Unterlagen durchsehen, nach einem Zettel suchen, auf dem Passwörter notiert waren.

Als suche er einen Vorwand, in Kontakt zu bleiben, dachte Marlene, vielleicht war es das.

Dieser Computer sei jedenfalls wirklich sehr, sehr wichtig, sagte Franz dann noch einmal, als er schon zur Tür hinaus war. Und dass er sich sicher bald wieder melden würde.

Marlene schloss die Tür sofort. Sie konnte ihm nicht nachsehen. Am Küchenfenster stand sie oft, etwas in ihr suchte diesen Anblick. Aber das war auch etwas anderes. Hier von der Haustür aus, da sah sie ihn liegen, hinter dem Auto liegen. Vom Küchenfenster aus sah sie ihn stehen.

Abends lag Filippa im Bett, konnte nicht schlafen. Sie spürte ihr Herz. Wieder spürte sie ihr Herz. Sie dachte an vorgestern, den Moment, in dem sie ihren Ex-Freund gesehen hatte. Sie hätte länger hinschauen sollen. Was für ein anderes Leben das sein hätte können, mit ihm …

Es war ihr einfach zu viel, alles zu viel, dachte sie. Die fünf Kurse in Paris, das Seminar an ihrem Heimatinstitut, die Arbeit für die Onlinekorrekturplattform nebenher, die Habilitation, die Mutter, die immer allein war, einfach nicht schwanger zu werden, keinen Vater mehr zu haben …

Sie lag in ihrem Bett und war hellwach. Sie wusste, es würde kein Schlaf kommen, wie so oft in letzter Zeit nicht. Sie hasste ihren Körper. Wieder hatte sie begonnen zu bluten. Und ihre Brüste schmerzten und ihr Kopf tat weh und ihre Stimmung – katastrophal.

Sie stand auf und legte sich auf den dicken großen Wollteppich, der in der Mitte ihres Zimmers lag. Wie früher, dachte sie, wenn sie nicht schlafen hatte können als Mädchen, die Zimmertür damals war immer halb offen gewesen, damit sie von unten die Stimmen der Eltern hören konnte, nicht mehr als ein Murmeln meistens, und manchmal die Melodie einer vertrauten Fernseh-Signation. Und das bisschen Licht und die Geräusche, die von unten zu ihr heraufgedrungen waren, waren immer Beruhigung gewesen für sie. Manchmal, wenn die Unruhe zu groß gewesen war – oder eher: die Angst, korrigierte sich Filippa, es war Angst gewesen, immer Angst –, wenn also die Angst zu groß gewesen war, war sie dann nach unten gegangen und aufs Sofa geschlüpft, zu ihrer Mutter, die dort meistens noch mit einem Buch oder Heft in der Hand gesessen war, um die Vorbereitung für den nächsten Tag abzuschließen. Oder es gab Kamillentee, den ihr der Vater gebracht hatte.

Jetzt war die Tür geschlossen. Und wenn sie offen wäre, so drängte kein Geräusch herein und auch kein Licht. Nebenan das Zimmer lag verwaist, immer noch, dachte Filippa und sah sich selber heute im Türrahmen des Elternschlafzimmers stehen. Alles unverändert, noch wie zu Weihnachten, als sie heimlich den Pullunder aus dem Schrank genommen hatte.

Das Bett immer noch so, wie es an dem Morgen gewesen war, an dem Morgen im November, an dem die neue Zeitrechnung begonnen hatte. Beinahe wäre sie heute hineingegangen, um die Bettdecke des Vaters glattzustreichen, seinen Pyjama zu falten.

Dann sofort Tränen, als sie das dachte. Sie lag auf dem Boden, starrte ins Dunkle über ihr, dachte an den Tag damals, an das Weinen der Mutter, weinte selber, lautlos, ein paar Tränen. Dachte: Entsetzliche Bedrücktheit hier im Haus, und: Vielleicht würde sie niemals mehr weichen. Nicht nur von diesem Haus, auch von ihr.

Sie begann heftiger zu weinen. Sie lag auf dem Rücken, dann krümmte sie sich seitlich zusammen wie ein Embryo und wischte sich mit dem Ärmel über die nassen Augen, bis sie trocken blieben. Papa, du fehlst mir. Nichts kann ich dir mehr zeigen, keine Habilitation, kein Kind. Immerhin Anuk hast du kennengelernt und mitbekommen, dass ich die begehrte Stelle in Paris bekommen habe, ich und niemand anderer.

Sie stand auf, ihre Füße waren eiskalt. Sie ging zurück zum Bett und spürte wohlig den eigenen Rest Wärme in der Decke, als sie sich darin verkroch.

Bob lag in seinem Bett und las die Mail, die Zoe ihm geschrieben hatte, eine lange Mail. Als er fertig war, drückte er den Homebutton und mit einem Click-Geräusch wurde das Display schwarz. Er fluchte, als er das Smartphone ans Ladekabel steckte, er brauchte drei Versuche. Dann schob er es mit einem Schubs unter das Bett.

Er musste unbedingt daran denken, das kleine Teleskop mitzunehmen, dachte er. Irgendwie würde das schon gehen, im Handgepäck das Objektiv, das müsste gehen. Wenigstens das kleine Teleskop musste mit.

Samstag, 7. März 2015

»Ich verstehe dich ganz schlecht«, sagte Marlene zu ihrer Tochter am Smartphone. »Es ist zu laut hier. Sie reißen die Fabrik jetzt ab.« Sie blickte auf das riesige Areal auf der anderen Flussseite, Autoschlüssel und Einkaufssack in der Hand, die nicht das Smartphone hielt. »Es ist unfassbar. Sie tun das wirklich. Knallen diese blöde Shopping Mall direkt vor die Altstadt hin. Trotz Bürgerprotest«, schrie Marlene in das Smartphone und dass sie in ein paar Minuten nochmals anrufen würde. Sie legte auf, sah auf die Uhr. Wenn Kamran nicht schon fertig war, seine Sporttasche gepackt hatte, würden sie zu spät zum Training kommen.

♦

Filippa legte ihr Smartphone beiseite. Sie sah das Fabrikgebäude vor sich. Es war eine ganze Häuserzeile lang, daneben stand das Postamt, in dem sie während der Sommerferien vor Jahren ihr allererstes Geld verdient hatte, dahinter lag die Altstadt, fast vollständig verdeckt davon. Die Fabrik war das Gesicht der Stadt, mehr als Kirche oder Rathaus. Sie versuchte sich vorzustellen, wie die Stadt aussähe ohne sie, und stellte fest: Schwierig, etwas anderes zu sehen als das, was die Augen wahrnahmen, was sich als Bild einmal fest eingebrannt hatte ins Gedächtnis. Genauso wie man einen Text nicht mehr vergaß, wenn er einmal eingeschrieben war in einen selbst, so wie das blöde *Vater unser*, dachte Filippa, das sie mühelos hersagen konnte, weil sie es in der Kindheit viele Male aufsagen hatte müssen im Religionsunterricht, während sie bei den Hölderlin-Gedichten immer wieder Verse vergaß. Und die *Allgemeine Erklärung der Menschenrechte* konnte sie nicht einmal ansatzweise auswendig, obwohl sie als Plakat in ihrer

Küche hing und sie sich vorgenommen hatte, sie auswendig zu lernen. Auf Englisch war die Wendung schöner, dachte Filippa dann, to know something by heart, auch auf Französisch, savoir quelque chose par cœur. Bis Jahresende würde sie jedenfalls die ersten zehn Artikel auswendig wissen. Wie viele waren es insgesamt nochmal? Nicht einmal das wusste sie sicher. Doch, 30 waren es, sie sah es auf dem Plakat in ihrer Küche jetzt deutlich vor sich.

Dann wanderten ihre Gedanken zurück zu vorhin. Sie war machtlos dagegen. Ob sie die Gruppeneinteilung gut gelöst hatte, ob sie zu schnell gewesen war anfangs mit dem Grundlagentext, ob sie zu diesem einen Mädchen, das sich ständig gemeldet hatte und nach dem Kurs noch so lange sprechen hatte wollen, zu unfreundlich gewesen war … Es war immer dasselbe, nach jedem Lehrauftritt. *Auftritt*, das traf es wirklich gut. Immer diese zweifelnden Fragen, immer dieses Nochmalserleben der Situation im Geist – anstrengend, dachte Filippa.

Ihr Blick ging an die Decke. Hässlich. Und schon wieder Kabelbündel, zwischen beigen Abdeckplatten. Warum war das so, fragte sie sich, griff mechanisch nach ihrem Smartphone und setzte ihre Serie fort. Firmament, dachte sie, würde sie die Serie nennen. Und dann nahm sie noch einen Schluck Kaffee.

Die erste Einheit war immer die schwierigste. Du denkst schon wieder darüber nach, sagte sich Filippa selbst und zwang sich, ihre Gedanken umzulenken. Der Teststreifen heute Morgen war doppelt rot gewesen und vorhin immerhin noch blass doppelt rot, das Timing war perfekt, dachte sie, als sie den Becher nochmals schüttelte, um zu sehen, ob er wirklich schon leer war. Denk lieber daran, dachte sie, denk daran, dass du einen freien Abend mit Anuk verbringen wirst und heute vielleicht, hoffentlich, ein Kind gezeugt wird.

Dann vibrierte ihr Smartphone, die Mutter sagte, jetzt könne sie sprechen, Kamran sei beim Training.

»Im Leistungszentrum? Hat das jetzt angefangen?«

»Nein, beim Verein. Im Leistungszentrum beginnt er nächste Woche. Dann muss ich dreimal die Woche Taxi für ihn spielen. Er kann das sonst nicht machen, neben der Schule, hier auf dem Land, bei den Verkehrswegen. Aber ich habe ja Zeit. Und der Trainer sagt, er hat wirklich Talent. Ich glaube, es ist sehr wichtig für ihn, es gibt ihm Halt. Er hat ja sonst nichts hier. Es ist alles, was ihn interessiert – Fußball.« Marlene saß im Auto und blickte hinüber in Richtung Sportzentrum. Sie sah den Jungen innerlich vor sich, auf das Auto zukommen nach dem Training, nach einem Spiel, und dabei strahlen. »Er lächelt immer. Er lacht so gut wie nie, aber er lächelt immer. Er blickt alle freundlich an. Immer.« Obwohl er auf der Flucht war, in der Fremde ohne Eltern, dachte sie, obwohl er hier so viel allein war, obwohl er die Sprache so gut wie nicht beherrschte, trotzdem lächelte er. Und das war ansteckend, dachte sie, das tat ihr gut.

»Und sein Bruder?«

»Den sehe ich kaum. Ich weiß nicht, was Kamran isst, ich glaube nicht, dass sein Bruder wirklich kochen kann. Lernt kein Mann in Afghanistan. Ich muss erreichen, dass seine ältere Schwester endlich hierher verlegt wird, das ist mir noch nicht geglückt. Ich hätte nicht einmal gewusst, dass sie auch in Österreich ist, wenn Kamran nicht neulich gefragt hätte, warum er seine Schwester nicht sehen darf. Weil der andere Junge, der auch dort in der Wohngemeinschaft untergebracht ist, seine ältere Schwester bei sich hat. Und dann habe ich die Betreuerin sofort angewiesen zu beantragen, dass Kamrans Schwester auch hierher kommen kann. Aber das scheint nicht so einfach zu sein, ich weiß nicht warum. Wegen Aufteilungsschlüssel, Heimplätzen und so weiter, heißt es. Aber es gelingt mir schon noch.« Marlene sah die Sachbearbeiterin vor sich, mit der sie gestern diesbezüglich gesprochen hatte.

Wirklich das Gegenteil von hilfsbereit, dachte sie, aber wenn sie glaubte, sie so abschrecken zu können, dann hatte sie falsch gedacht.

»Noch einmal: Das sind die beiden, die übers Meer gekommen sind.«

»Ja, genau. Mojtaba und Kamran. Die über den Balkan gekommen sind, sind Samim und Munir. Und beide Brüderpaare hatten das Interview schon und beide warten jetzt auf den Bescheid. Sie lassen sie sehr lange warten, es sind jetzt einfach auch so viele, die kommen.« Marlene sah ihren Haaransatz im Rückspiegel. Sie musste dringend zum Friseur, nachfärben, entsetzlich, die weißen Haare.

Filippas Flug wurde aufgerufen. Das Boarding begann. Und sofort bildete sich eine lange Schlange, weil so viele gleichzeitig aufsprangen, um sich anzustellen. Warum taten die Leute das bloß, fragte sich Filippa, jedes Mal wieder, während sie ruhig sitzenblieb und ihrer Mutter sagte, dass sie bald aufhören müsse.

Ihre Mutter fragte, wohin sie jetzt schon wieder flöge und die Tochter versuchte es zu erklären: Heute war sie mit dem ersten RER zum Flughafen gefahren und von Paris hierher zum Unterricht geflogen, jetzt ging es weiter zu Anuk und übermorgen mit dem Zug zurück nach Paris.

Die Mutter sagte, sie solle nicht zu essen vergessen, sie solle ordentlich essen, nicht nur ihre Körner, und schlafen, unbedingt schlafen, und dass sie zu viel arbeite, dass das nicht gesund sei, aber sie wisse, sie sage das umsonst, ihre Kinder hörten ja nicht auf sie. Und dann sagte sie, dass Franz noch einmal angerufen habe, wissen wollte, ob sie inzwischen einen Passwortzettel gefunden hätten. Sie habe gesagt, leider nicht. Dass sie es noch nicht fertiggebracht habe, alle Schachteln durchzusehen, habe sie nicht gesagt. Sie könne einfach nicht dort oben sein, sagte Marlene. Sie hielte das nicht gut aus. Und dass sie glaube, das Einzige, was Sinn hätte, wäre, wenn Bob es versuchen würde, das sage ihr ihre Intuition.

Filippa begann, während sie weiter telefonierte, sich fertig zu machen. Die Schlange beim Boarding wurde allmählich kürzer. Es überraschte sie nicht, was die Mutter sagte, wobei sie nicht glaubte, dass ihr Bruder das Passwort erraten könnte, das wäre auch wirklich unheimlich. Aber sie verstand, dass sie wollte, dass er es versuchte. Sie würde Bob nochmals darauf ansprechen, möglichst beiläufig, sagte sie, und wenn sie das nächste Mal nach Hause käme, im Dachboden die Kisten durchsehen, ihr das abnehmen.

Und dann fragte sie, ob diese Berechnungen wirklich kein anderer Mensch auch auf seinem Computer hätte oder rechnen konnte, während sie das Kopfhöreretui zwischen ihre Knie klemmte und den Reißverschluss einhändig öffnete, ob das wirklich so sein konnte, dass dieses Wissen des Vaters einmalig auf der Welt gewesen war und für immer verloren, wenn es ihnen nicht gelänge, dieses blöde Passwort zu brechen. Wann immer sie daran dachte, schwindelte Filippa ein wenig – wenn sie sich überlegte, was das bedeutete. Wissen, das nur ein einziger Mensch auf dieser Welt besaß. Besessen hatte. Und dass dieser Mensch ihr Vater gewesen war. Und dass sie selber sicher nichts derartig Einzigartiges vermochte, dachte sie dann weiter, dass ihre Habilitation am Ende im Grunde nutzlos gewesen sein würde und, ja, anders war es nicht zu sagen, auch irrelevant.

Und Marlene meinte, dass sie das auch noch immer nicht voll und ganz verstünde, ob das wirklich sein konnte, dass dieses Wissen kein geteiltes gewesen war, sondern einmalig und auch nicht so einfach wieder zu generieren. Aber sie verstünde eben nichts von Mathematik und Physik, Bob wäre gefragt, hatte auch Franz gemeint, er würde ihm gerne erklären, worum es genau ging bei den Berechnungen. Aber er sei ja nie da, der Herr Sohn, sagte Marlene, und sei auch kaum zu erreichen, sie müssten auch die Erbsache endlich klären, es sei ihr schon so peinlich, dass sie dem Notar noch immer keinen Termin nennen könne, dass das alles so schleppend ginge.

Und dann hörten sie endgültig auf zu sprechen. Filippa setzte die Kopfhörer auf und schulterte den schweren Rucksack, während ihre Augen eine junge Mutter mit Kind fixierten. Sie stillte das Baby, versuchte mit ihrer freien Hand, den Reißverschluss ihrer Tasche zu schließen, sich fertigzumachen für den Flug. Filippa setzte sich nochmals, sie wollte die beiden weiter beobachten. Das Kind hörte auf zu trinken und ein paar geübte Handgriffe später stand das Paar schon in der Boardingschlange. Filippa reihte sich hinter ihnen ein und fragte sich, wie es sich anfühlte, ein Baby in einem Tragetuch so um den Bauch geschnallt zu haben wie diese Frau jetzt direkt vor ihr, so einen kleinen Menschen, der vor Kurzem noch im eigenen Körper gewesen war, dort herangewachsen war, über neun Monate, in einem selbst. Wie sich das anfühlen mochte, das kleine Herz zu spüren, das nun draußen in der Welt schlug, nicht mehr im eigenen Leib, und den Atem dieses Wesens, an der eigenen Brust. Und dieses kleine andere Wesen zu ernähren, mit dem eigenen Körper. Sie wusste es nicht. Sie wollte es wissen. Sie wollte das spüren, einmal wollte sie das alles spüren.

Und dann verschwand die Mutter mit Kind aus ihrem Blickfeld. Filippa setzte die Kopfhörer auf, zögerte kurz, entschied sich dann für Schubert, die *Impromptus*. Und sofort begannen ihre Gedanken weiter zu schwingen: Sie sah sich selbst als Mutter-mit-Kind, ein kleines Wesen in einer Trage umgeschnallt, Rucksack, Tasche und Koffer jonglierend, und Anuk auf sie warten, in der Ankunftshalle, sah sie zu dritt nach Hause gehen, Vater, Mutter, Kind. Und warum nicht, dachte Filippa.

Sonntag, 8. März 2015

Am Himmel standen Wolken, als Bob hinter sich die Tür zuzog. Er hörte von drinnen sein Telefon klingeln, kramte den Schlüssel wieder hervor und stürzte zurück zu seinem Schreibtisch. Aber es war nur die Mutter, sah er dann und ließ das Gerät liegen, es war nicht der Anruf, auf den er wartete, der kommen *musste*, dachte Bob. Es musste einfach geschehen, dachte er, Anruf oder E-Mail, als er dann die Stufen der Vortreppe hinunterging.

Die, die wissen sollten, dass er frei war und eine Stelle suchte, wussten es, und einer würde sich melden, dachte er, während er aus dem Grundstück hinaus und Richtung Schlucht zu laufen begann, einer würde ihm eine Stelle anbieten, ihn fragen, ob er kommen wolle, am besten sofort und auf der Stelle, weil er gut war. So war es bisher immer gewesen. Warum sollte es jetzt anders sein. Er war gut. Er war doch gut. Und für einen Augenblick in seinem Kopf der Vater und die Mutter, gleichzeitig auf ihn einredend. Falsches Fach. Falsche Stadt. Falscher Professor. Falsches Thema. Was er mache, zu riskant, viel zu riskant.

Er fand den alten Saumpfad, der in die Schlucht hinunter führte, mühelos, spürte bei jedem Schritt die sandige rote Erde und die spitzen harten Felsen unter den Sohlen und fühlte etwas in ihm sich entspannen. Er würde es gemächlich angehen heute, sein Trainingsplan sah nur einen Erholungslauf vor, und ein wenig spürte er in den Beinen noch das gestrige Pensum.

Als er zu der Stelle kam, an der über ihm die Stahlträgerbrücke die Schlucht überspannte, beeilte er sich. Er mochte sie nicht. Es war so eng hier und auch dunkel. Dann plötzlich eine tote Ziege, mitten auf dem schmalen Pfad, zweifellos tot, dachte Bob, aber noch nicht lange. Er blieb stehen. Die Beinchen ganz verrenkt, die Augen gebrochen. So sah das aus, ein toter Leib. Und so roch das, dachte Bob. Und wie lange würde es noch dauern, bis die Geier kamen. Sie kreisten immer über der Schlucht, genau aus diesem Grund. Bob sah hinauf in den schmalen Streifen Himmel hoch über ihm. Noch waren sie nicht hier gewesen. Noch kreisten nur Fliegen um das tote Tier. Und er lief weiter, dachte: Weg von hier.

Und dann vor ihm die ersten Ziegen, die lebendig waren. Als sie ihn kommen hörten, sprangen sie davon. Er dachte: Entschuldigung, und: Ich tue euch ja nichts. Aber es war nichts zu machen, vor allem die jungen suchten das Weite, sie hatten einfach Angst vor ihm.

Er passierte die Stelle, die er *großes weißes Flussbett* getauft hatte und gleich danach, was er *Pinienwald* nannte, obwohl Wald übertrieben war, er stieg *Steilhang drei* und *Steilhang zwei* hinunter, wofür er seine Hände brauchte, das Laufen unterbrechen musste, lief durch das *Oleanderstück*, kam zu der Abzweigung, an der es hinauf ging in das andere Dorf, stieg noch einmal hinunter, *Steilhang eins*. Über ihm nur ein schmaler Streifen Himmel zwischen den rötlichgrauen Felswänden, die zu beiden Seiten steil nach oben zeigten, weit über hundert Meter hoch, so hoch, dass es war, als liefe er tief im Inneren der Erde, dachte Bob, so wenig Himmel war da über ihm und vor ihm der Blick zum Horizont verstellt von Fels und ein paar Bäumen. Und nur gelegentlich ein Vogel in der Luft, der rief, und eine Ziege in der Felswand, die er hörte, und ab und zu der Wind an seinen Ohren.

Und dann weitete sich die Schlucht allmählich und mit einem Mal war dann das Meer zu hören, wurde mit jedem Schritt lauter, und dann war es auch zu sehen, das Meer, vor ihm. Und es schien, als laufe er direkt in es hinein, als türme es sich weit über ihm, verschlucke ihn am Ende dieser Schlucht. Aber je näher er ihm kam, desto stärker wich es zurück in seinen Augen. Bob dachte: Erdkrümmung, und: Trugbild, wie so oft.

Dann stand er auf dem schmalen Strand. Die Meeresweite gräulich, der Wolken wegen, die sich am Himmel bauschten, tief hängend, dunkel. Was für ein Anblick, dachte Bob, das Grau in Grau aus Meer und Himmel, der Horizont vor ihm verwischt. Wie hatte er es ohne diesen Blick aushalten können, in diesem flachen, flachen Land, in dieser lauten Stadt, immer nur auf Asphalt laufend zwischen Menschentieren. Jetzt stand er hier, am Südende Europas bei Ziegen, Vögeln, Bergen, Fels und Meer und es ging ihm so gut wie lange nicht. Er stemmte die Hände in die Hüften und spürte seinen Atem, spürte sein Herz. Er spürte Schweiß auf der Stirn, wischte sich mit dem T-Shirt über das Gesicht. Er hörte das Meer. Er roch das Meer. Spürte es in der Luft, die er einatmete. Er spürte den Atem langsamer werden, spürte das Herz sich beruhigen. Bald würde es regnen.

Dann stieg er rechts die schmale Steintreppe hinauf zu etwas, das während der Saison wohl eine Strandbar war, dachte Bob. Jetzt war hier niemand, niemand außer ihm war hier, kein zweites Menschentier, wie herrlich.

Von oben überblickte er die Küste, sah in der Ferne die nächste Bucht mit den zwei, drei weißen Häusern, sah die Landzunge dahinter, wusste, hinter ihr lag der kleine Ort, in den gar keine Straße führte, in dem er letztens einen Supermarkt gesucht hatte, der offen hatte, vergeblich. Auch dort kein Mensch, off season alles tot, die Fensterläden vernagelt, nur ein Hund war ihm begegnet.

Er hörte ein Miauen, drehte sich um und sah sieben kleine Katzen, schwarzweiß, rötlich, gräulich, schwarz, die alle schön in Abstand zueinander vor ihm saßen, verstreut über dem Boden der Bar. Sie sagen etwas und ich verstehe sie nicht, dachte Bob, und: Tut mir leid. Er hörte sie ihn anmiauen. Kläglich, dachte er, und mager waren sie, sehr mager und er hatte nichts, was er ihnen hätte geben können. Schlecht, dachte Bob, als er sah, wie eine versuchte, die andere zu verjagen, was für eine Aggression darin lag. Wo nicht genug zu essen war, war immer Streit, Naturgesetz.

Er entschuldigte sich bei den Katzen, dass er ihnen nichts geben konnte, versprach bald wiederzukommen und ging dann ein paar Schritte hinaus aus der Bar, sah zwei, drei Hütten, die wohl noch zur Strandbar zählen mussten, suchte den Pfad, der weiter entlang der Küste westwärts führte, zum nächsten Dorf, das sonst anscheinend auch nur über das Meer erreichbar war.

Er sah in die Landschaft, sah oben im Hang eine Kapelle, sehr weiß in all dem Rotgraugrün, hörte wieder ein Miauen und fühlte Fell an seinem Bein. Er bückte sich zu der einen kleinen Katze, die ihm gefolgt war. Er streichelte sie, redete mit ihr. Den Klang der Stimme würde sie wohl doch verstehen, dachte er.

Und als er wieder aufstand, war da ein Mensch. Plötzlich stand da ein Mann, vielleicht zwanzig Schritte von ihm entfernt und nicht viel älter als er, dachte Bob. Der Mann hob eine Hand zum Gruß, in der anderen trug er einen Spaten. Bob grüßte zurück und ging auf ihn zu. Offenbar wohnte er hier, in einer der Hütten, und dann sah Bob auch ein Gemüsebeet. Strom erzeugten die Solarpaneele hinter der Bar. Und was brauchst du sonst, dachte Bob, außer Strom, Internet, fließend Wasser und Brot, und ein Teleskop vielleicht.

Er sprach den Mann auf Englisch an. Der schüttelte den Kopf, sagte etwas, was Bob nicht verstand, wahrscheinlich war es Griechisch. Er schüttelte den Kopf und versuchte es auf Deutsch. Wieder schüttelte der Mann den Kopf und lachte leicht. »Albania« verstand Bob dann. Albanisch konnte er nun aber auch nicht. Er zuckte die Schultern, dachte: Wie drücke ich Bedauern aus? Er hätte wirklich gern mit ihm gesprochen, ihm gesagt, wie beeindruckend er fand, dass er hier offenbar ganz alleine überwinterte. Das war ja noch einmal etwas ganz anderes als er es selber dort oben in dem Dorf praktizierte, mit Auto und Straße vor der Haustür und wenigstens einem einzigen kleinen Dorfladen im Nachbarort. Hier musste zuerst die Schlucht überwunden werden, um überhaupt in einen Ort zu kommen, an dem es etwas zu essen zu kaufen gab und andere Menschen waren. Er zeigte ihm Thumbs up, der Mann lachte, dann deutete er, dass er weitermachen musste. Er schien kein großes Interesse an ihm zu haben. Fair enough, dachte Bob, warum sollte er auch. Es war überhaupt das Beste, niemanden zu brauchen, ganz bei sich und seiner Arbeit zu sein. Aber wie er hieß, wollte er ihm trotzdem noch sagen. Und er legte seine Hand auf seine Brust und sagte: »Bob.« Die Antwort: »Drilon.« Und: »Jásou.« Das Universalwort der Griechen, dachte Bob. »Jásou.«

Als er sich wieder in Bewegung setzte, die Steintreppe hinunter und Richtung Schlucht zurücklief, spürte er die ersten Tropfen. Einige Augenblicke später war es wieder still um ihn, das Meer wieder verschwunden und nur noch seine Schritte hallten auf dem Schotter in der Schlucht. Dann ein Vogel in der Luft, der rief, weit über ihm, immer wieder rief, und dann der Wind. Und mit dem Wind der Regen, plötzlich stärker, die Wassertropfen kalt auf seiner Haut und Bob dachte, das war gut, jetzt hier zu sein, an diesem Tag, hier in der dunklen stillen Schlucht fern von den Menschen, das war gut.

Zu Hause drei Anrufe in Abwesenheit, aber keiner davon wichtig: seine Mutter, sein Kollege Peter und seine Schwester, die dann eine Nachricht gesendet hatte, Geburtstagswünsche an Hyperion, den Eremiten in Griechenland. Zoe hatte sich noch nicht gemeldet. Weder Nachricht noch Mail. Kein Anruf, nichts, dachte er, als er die nassen Sachen ins Badezimmer trug. Dann drehte er die Dusche auf, stellte sich unter den Wasserstrahl, sagte sich: Erst einmal duschen, extralang und heiß.

Als Erstes rief er seine Mutter zurück. Sollten sie es eben so machen, wie sie wollten, sagte er, und das Erbe auf sie drei aufteilen. Es war zwar vollkommen idiotisch, aber es hieß, der Klügere gibt nach, und was sollte man gegen diese zwei irrationalen Frauen ausrichten, Hauptsache erledigt, dachte Bob, wenigstens das.

Es gehe ihm gut, sagte er seiner Mutter am Telefon, sie klang schon wieder so besorgt, und er erzählte ihr von seinem Lauf durch die Schlucht bei Regen und dem Meer und der Begegnung mit Drilon, aber nichts davon schien sie zu interessieren. Was daran toll war, dass einer ganz allein in einer Hütte lebe am Strand, fragte sie, in totaler Einsamkeit, und ob er schon Bewerbungen losgeschickt habe. Tiger Mum, seine Mutter, dachte Bob, selbst am Geburtstag keine Auszeit. Und dass er essen gehen solle, sagte sie, sofern es in dieser Gegend so etwas Zivilisiertes wie ein Restaurant überhaupt gebe. Wenigstens ordentlich essen solle er. Weil sie sich sicher sei, dass er schon wieder auf einen seiner verrückten Läufe trainiere.

»Es gibt keine verrückten Läufe.«

»Was wünschst du dir für dieses Jahr?«

»In Berlin unter drei Stunden zu laufen.«

»Pass auf dich auf.«

»No worries, Mum. Mir geht es gut.«

♦

Ach, der Bub, dachte Marlene, als sie aufgelegt hatten. Jetzt war er 31 und nichts als Sorgen musste sie sich machen. Allein am Ende der Welt hausen, tagtäglich durch die Gegend rennen und rechnen, was kein Mensch verstand. Was sollte da werden. Während andere Häuser bauten, Kinder zeugten, heirateten. Er war eben ein echter Fisch und nur halb von dieser Welt, so sagte man doch von den im Sternzeichen Fische Geborenen – sie seien Wanderer zwischen zwei Welten, zwischen der irdischen und der kosmischen. So wie Einstein, dachte Marlene.

Sie sah auf die Uhr. In einer halben Stunde würde Dodo kommen, sie abholen. Sie hatte keine Lust, mitzukommen, aber ihre Schwester würde keine Widerrede dulden. Was sollte sie bei einem regionalen Vernetzungstreffen der Freiwilligen, die sich in der Flüchtlingshilfe engagierten, wenn sie die meisten, die mithalfen, ohnehin persönlich kannte.

Vielleicht willst du nur nicht hingehen, weil du dann jetzt ins Schlafzimmer gehen musst, den dünneren Mantel holen, sagte sie sich. Bei vierzehn Grad heute im Wintermantel am Grab, nur weil du es nicht schaffst, das Zimmer zu betreten. Und du kannst nicht alles neu kaufen. Kannst du nicht. Und es ist so lächerlich. Es ist so lächerlich.

Mit einem lauten Seufzen erhob sie sich. Was machte sie einen solchen Bogen um diesen Raum. Was spielte er denn für eine Rolle. Wie viele Tage war es jetzt her? Etwas über hundert, sie wusste es gar nicht genau. Warum wusste sie das nicht genau? Und die Zahl kam ihr so groß vor und unheimlich.

♦

Bob trug den Lauf in sein Trainingstagebuch ein. Er sah auf sein Smartphone. Er stellte den leergegessenen Teller in die Spüle. Er spülte ab. Er sah wieder auf sein Smartphone. Er würde bis Mitternacht aufbleiben, auch wenn er müde war, er würde aufbleiben. Sie konnte sich nicht nichtmelden, dachte er, als er das Smartphone auf den Tisch zurücklegte und von sich schob.

Aber er würde jetzt sicher nicht untätig herumsitzen und darauf warten, dass sie sich meldete. Das wäre entwürdigend. Pathetic. Er schloss die Zeitungsseite im Browser und im Browserfenster, das dann sichtbar wurde, erschien die Cambridge-Dictionary-Seite. Er las: *paradox … a statement or situation that may be true but seems impossible or difficult to understand because it contains two opposite facts or characteristics.* Die Definition hatte er morgens nachgelesen, wegen des Artikels über das Informationsparadoxon. Er liebte Paradoxa, dachte Bob. Er dachte an das Einstein-Podolsky-Rosen-Paradoxon, an Zenons Pfeil-Paradoxon, an all die Zenonschen Paradoxien der Vielheit. Und an das paradoxe Penrose-Dreieck, dann an Penroses Faszination für M. C. Escher und dann an Zoe. Ihren Besuch im Escher-Museum in Den Haag – das erste Wochenende, das sie zusammen verbracht hatten. Es war sein Vorschlag gewesen. Weil sie das Escher-Plakat gemocht hatte, das in seinem Zimmer gehangen hatte, damals. Dann vibrierte sein Smartphone und Zoes Name erschien im Display.

Als sie aufgelegt hatten, dachte Bob, er wollte sein Smartphone jetzt auf den Boden schleudern, mit aller Kraft. Er trat hinaus auf die Terrasse in die frische regennasse Luft. Er schlug mit der flachen Hand auf das Geländer. Wut. Er verstand sie nicht. Was wollte sie hören von ihm, was war das, worauf sie wartete? Was wollte sie jetzt darüber sprechen, wo und wie ihre Kinder aufwachsen würden, die sie vielleicht einmal zusammen haben würden? Das war doch krank. Was sollte er darauf anderes sagen, als dass das jetzt keine relevante Frage war, weil sie dafür ja zunächst wieder ein Paar sein müssten. Und das seien sie doch nicht mehr, seit neulich, sie erinnere sich. »Weil du meine Fragen nicht beantworten kannst.« Bob hörte ihre Antwort in seinem Kopf erneut, wütend, verzweifelt hörte er sie das sagen.

Aber es war die falsche Reihenfolge, das hatte er geantwortet und er hatte recht, dachte er auch jetzt und griff das Geländer fester mit den Händen, er hatte recht. Und dass er nur lügen könne, wenn er ihr auf diese Fragen jetzt eine Antwort gäbe, dass er lügen *müsste*, weil er es nicht wissen *könne*. Und dass er nicht lügen wolle. Dass er nicht log. Sie kenne ihn, hatte er gesagt, er log nicht, wenn er etwas sage, dann meine er es auch. Und er habe ihr das Wichtigste gesagt, er habe sie etwas gefragt, sie erinnere sich. Das, von dem aus sich alles weitere ergab zwischen zwei Liebenden, seinem Verständnis nach – was vielleicht ein bisschen pathetisch gewesen war, dachte Bob jetzt, aber es stimmte doch, es verhielt sich genau so. Und sie habe geschwiegen. Sie habe darauf einfach geschwiegen. Und dann auch vorhin wieder: Schweigen. Und das Gespräch vorbei.

Doch ein Scheißgeburtstag, dachte Bob. Und er dachte an Drilon, dort unten an der Küste.

Montag, 9. März 2015

Aber heute war es doch schon sinnlos der Temperaturkurve nach, dachte Filippa, im Bett liegend, morgens, als sie Anuk spürte, seine Hand unter ihrem T-Shirt, seinen Mund an ihrem Hals. Musste das jetzt sein, dachte sie. Wenigstens Zähne putzen wollte sie davor und das sollte er auch, und schob seine Hand weg, um aufzustehen.

Als sie zurückkam, stand er fertig angezogen vor ihr und ging, ohne sie anzusehen, an ihr vorbei in Richtung Küche. Merde, dachte sie, jetzt war er gekränkt.

Sie versuchte ihn von hinten zu umarmen, während er den Wasserkocher befüllte. Er reagierte nicht. Sie entschuldigte sich. Er blieb stumm. Er machte zwei Schritte, und sie ließ endgültig ab von ihm. Richtig sauer also, dachte Filippa. Und plötzlich die Angst, dass er ihr ihre Zurückweisung nicht verzeihen würde. Dass er sie verlassen könnte. Dass er die Nase voll hatte von ihr. Was wäre dann? Ohne ihn. Unvorstellbar. Unmöglich. Warum hatte sie ihn auch abweisen müssen?

Filippa trank Tee und sah zu Anuk, der, während er sein Müsli aß, auf seinem Smartphone Zeitung las. Er wusste genau, dass sie ihn die ganze Zeit ansah, dachte Filippa, und sie spürte, dass sie sauer wurde deshalb. Dann soll er eben schmollen, dachte sie, ihr doch egal, er könnte auch mitfühlender sein mit ihr, er wusste doch, wie gestresst sie im Moment war. Und dass Stress der Lustkiller schlechthin war.

Sie sah Anuk aufstehen und sich ohne ein Wort zum Gehen wenden und sie sagte: »Talk to me. Please.«

Er halte es für übertrieben, was sie aufführe mit ihrem Kinderwunschtheater, sagte er ihr, während er das Geschirr in die Spüle stellte. Dass er kein Spermienspender sei, der auf Knopfdruck immer dann, wenn es ihr passte, in der Position, von der sie gelesen hatte, es sei die vielversprechendste, in ihr abspritzen könne, sondern ein Mann, ein Mensch. Er stand jetzt gegen die Küchenzeile gelehnt, lässig und demonstrativ genervt, dachte Filippa. Ob sie wisse, wann sie das letzte Mal einfach so miteinander geschlafen hätten.

Filippa schwieg und er fuhr fort, dass er sich das jetzt seit über einem Jahr, nein, seit mindestens zwei Jahren korrigierte er sich, ansähe, wie ihre Resultatfixierung ihr Sexualleben zerstöre. Filippa fiel ihm ins Wort und fragte, was er meine mit zerstören, sie hätten doch mehr Sex in letzter Zeit als früher, und das, obwohl sie nicht einmal in derselben Stadt lebten.

»No, we don't have sex any more, Flip«, sagte Anuk dann

und es klang wieder einigermaßen sanft für Filippa. Was sie stattdessen machten, sei kopulieren, und zwar immer dann, wenn eine Smartphone-App ihr sagte, jetzt sei es zeugungsgünstig. Und nach dem Akt der Kopulation mache sie jetzt immer im Bett diese Gymnastikübung, anstatt einfach in seinen Armen zu liegen. Er sagte: »We hardly kiss.«

»Come on. We kiss a lot.«

Anuk schüttelte den Kopf. Er sah ihr in die Augen, zum ersten Mal heute Morgen, dachte Filippa, und: Sie stand total auf diese Augen, diese dunklen warmen Augen.

Sie streckte eine Hand nach ihm aus. Er gab ihr seine. Er zog sie hoch und sie umarmten sich. Und Filippa dachte: Voilà, noch einmal gut gegangen, und: Sie musste vorsichtiger sein in dem, was sie ihm sagte, sie musste wieder verführerischer werden, mehr für sich behalten. Vielleicht hatte ihr Bruder wirklich recht und sie war wie eine Fünfjährige oder eine Fünfzehnjährige.

Aber die Kerze würde sie weiterhin danach im Bett machen oder zumindest ein Kissen unter das Becken legen, damit das Sperma nicht sofort wieder aus ihr herausfloss, das wäre unauffälliger, während Anuk ihr Shirt nach oben schob und sie zu küssen begann, mit Nachdruck und fordernd, sie seine Stärke spüren ließ, dachte Filippa, und sie versuchte, noch einen Blick auf die Wanduhr zu erhaschen, um zu wissen, wie eilig sie es hatten. Aber Anuk nahm ihr die Brille von der Nase, und dann gab sie auf und sie hörte die Stimme ihrer YouTube-Yogalehrerin sagen »sweet surrender«, als sie Anuk in sie eindringen spürte.

♦

Später, als Filippa ankam in Paris, an ihrer Métrostation ausstieg, fühlte sie sich unendlich müde. Ihr Blick ging Richtung

Boden, dann sah sie auf ihr Telefon, drückte auf das Repeatsymbol in ihrem Musikprogramm; ein Mal wollte sie den Bachchoral noch hören.

Hinter ihr, an der weißen langen Wand, stand ein zweiter Schriftzug: *Le bonheur est une idée neuve en Europe. Saint-Just.*

Mittwoch, 11. März 2015

Bob saß auf der Dachterrasse an seinem Teleskop. Er folgte dem Mond in seinen 384.400 Kilometern Ferne. Er dachte, wie kompliziert die Eselsbrücke eigentlich war, mit der er sich die Zahl eingeprägt hatte, vor Jahren, als Kind. Beinahe Halbmond war. Und kein Streulicht einer Stadt, das störte. Er sah den Oceanus Procellarum, den Ozean der Stürme. Er mochte seine Glätte. Und darin deutlich sichtbar die Einschläge von Meteoriten. Der Mond hat kaum Atmosphäre – Bob hörte das den Vater sagen –, hörte ihn sagen: Er trägt keine Rüstung, weißt du, er ist ungeschützt, verletzlich, deshalb geschieht der Aufprall eines Meteoriten immer ungebremst, die Mondkruste sei voller Wunden, und sehr versehrt.

Deshalb liebte er den Mond, dachte Bob, wegen seiner Verletzbarkeit. Verletzbar zu sein war fundamental wichtig. Er hörte den kanadischen Professor sagen: »And if an idea is not *vulnerable* to falsification, it is not science.«

Er liebte alles am Mond, dachte Bob. Auch die fahle graue Schicht aus Regolith, die ihn bedeckte, den aschgrauen Sand, Mondenstaub. 3920 Millionen Jahre alt war der Mond. Wahrscheinlich. Dreitausendneunhundertzwanzig Millionen Jahre. Was bedeutete diese Zahl? Begreifen konnte er sie nicht. Aber Ruhe gab sie ihm, dachte er, während er weiter durch das Okular blickte, sofort herrliche Ruhe in ihm bei dem Gedanken an die Dauer, die die Zahl benannte, an die Haltbarkeit der fernen Erscheinung, die sein Auge jetzt so nahe vor sich sah. Trotz aller Meteoriten, die auf ihn eingeschlagen waren: Da war der Mond, und er war auf seiner Bahn geblieben. Er würde dort nicht für immer bleiben, dachte Bob, so wie er vor 4000 Millionen Jahren dort wahrscheinlich nicht gewesen war. Nichts blieb für immer, auch die Erde nicht, das Wort war obsolet.

Vor seinem Auge jetzt das Regenmeer, Mare Imbrium, und im Nordwesten dann: Sinus Iridium, die Regenbogenschlucht. Und dann wieder der Vater in seinem Kopf, der die Namen der Mondlandschaften aufzählte. Wie er diese Namen damals alle aufgesogen hatte, gierig. Und wie er dann protestiert hatte, als der Vater etwas von Alpen gesagt hatte, Alpen auf dem Mond. Wie er energisch dann den Kopf geschüttelt hatte. Sich geärgert hatte darüber, dass ihn der Vater für dumm verkaufen wollte, ihn offenbar nicht ernst nahm. Er hörte sich sagen, der Vater solle keinen Blödsinn reden, er sei nicht dumm, nur weil er klein sei. Die Alpen seien hier, wo sie seien, nicht dort, wo der Mond war, es könne sie ja nur einmal geben, dazu sei der Name doch da. Da gebe er ihm recht, hatte der Vater darauf gesagt, das sei der Grund, weshalb er zum Beispiel Bob hieße, niemand sonst hieße Bob, wenigstens hier nicht, in dieser Erdenregion. Aber Michaels gebe es wie Sand am Meer hier, das müsse wohl auch Bob einräumen, immerhin ginge er mit zweien in die Klasse. Und doch seien sie einzigartig, verschieden, keineswegs identisch. Und so hätten die Menschen eben nicht für all das, was sie bisher im Universum entdeckt hatten, einen einzigartigen, neuen Namen finden können. Exakt sei nur die mathematische Sprache, die Formelsprache, nie die Lautsprache. Er müsse sich das merken, das sei eine fundamentale Wahrheit.

Heute würde er darauf sagen, dass das nicht stimmte, nicht uneingeschränkt. Das Fundamentalste – die Zeit – konnte die Mathematik nicht exakt beschreiben, denn sie war zeitlos, stand außerhalb der Zeit. Und das war ja gerade das Schöne an ihr. Und dann würden sie streiten, Bob war sich sicher. Der Vater hatte nicht an die Zeit geglaubt wie er, er hatte an die Mathematik geglaubt, bedingungslos. Zeit war für ihn nichts als eine Illusion gewesen. Er hatte das wirklich geglaubt. Und ihn nie ernst genommen mit seinem Glauben an die Wirklichkeit der Zeit.

Damals hatte er nur gefragt, warum man dann die Lautsprache so viel verwende, das wusste er noch. Und er erinnerte sich auch noch sehr genau an die Vatergeste, die dann folgte, und an den Vaterblick. Stolz, dachte Bob, war das gewesen. Er hatte gelacht, genickt und ihn gelobt, gesagt: Gute Frage, kluge Frage, und: Das wisse er auch nicht. Er persönlich hielte das ja für einen großen Irrtum, dieses viele Geplapper. Und er könne sich das Sprichwort merken: Reden sei Silber, Schweigen Gold. Das sei so gut wie nie verkehrt.

Bob wusste noch, wie er an diesem Tag abends begonnen hatte, sich Sternennamen auszudenken. Mit welchem Eifer er sich dieser Sache gewidmet hatte, eine ganze Weile lang war das seine große Sorge gewesen – nicht rechtzeitig den perfekten Namen zu haben, wenn er dann seinen ersten Stern entdecken würde.

Er löste sein Auge vom Okular, sah in die Dunkelheit.

Ob wirklich sein Vater nicht verstanden hätte, was er gedacht, gerechnet hatte, die letzten Jahre. Sie hatten kaum gesprochen. Er war selten zu Hause gewesen. Er hatte anderswo sein Leben aufgebaut. Und das war ja auch normal. Und sie hätten sicher nur gestritten. Ab irgendeinem Zeitpunkt waren sie nicht mehr einer Meinung gewesen. Und er hatte nie den Eindruck gehabt, seine Abwesenheit hätte dem Vater etwas ausgemacht. Aber einmal hätte er es ihm vielleicht versuchen können zu erklären, was er rechnete und dachte. Das hatte er nie getan. Von sich aus, nie versucht.

Dann ein Ziehen an der Nasenwurzel, und Bob dachte: Weinen, er würde endlich weinen. Ein Pochen in der Schläfe, Druck auf seiner Brust, das Atmen schwer.

Aber dann nichts weiter, die Augen blieben trocken, die Tränen weiter in seinem Körper. Warum konnte er nicht weinen, dachte Bob. Er warf die halbleere Plastikflasche, die neben ihm lag, von sich fort. Was wünschte er sich auch zu weinen, warum. Und in seinem Kopf dann plötzlich der letzte Streit mit Zoe vor drei Tagen.

»Ich kann nicht mit dir zusammen sein, wenn du auf keine Frage antwortest. Du bist einfach abgehauen. Sagst nicht, wann du wiederkommst. Baut man so ein Leben auf zu zweit? Du denkst mich nicht mit bei deinen Entscheidungen. Das hast du nie getan.«

»Habe ich wohl. Ich habe dich gefragt, ob du mich heiraten willst. Was sonst als das ist wirklich zu entscheiden?«

Mittwoch, 18. März 2015

Warum waren ihr die Goldmünzen nicht eher eingefallen, fragte sich Marlene, als sie die zweite Schublade des Sekretärs öffnete. Aber sie hätte sie so und so nicht in die Erbmasse aufgenommen, dachte sie dann. Wozu auch. Es waren nicht *seine* allein gewesen und sie konnte sie doch auch so gerecht verteilen. Oder vorerst verwalten. Aber dazu musste sie sie zunächst finden und sich erinnern, wie viele es sein mussten, und welche, sie konnte das alles nicht in ihrem Kopf abrufen. Vielleicht bekam sie Alzheimer, dachte sie, wurde früh dement … Die Goldmünzen waren sein Spleen gewesen, und natürlich mussten sie gut versteckt werden, falls Einbrecher kämen … Er hatte ihr gesagt, wo sie waren, warum erinnerte sie sich jetzt nicht, das ärgerte sie so.

Sie öffnete die letzte Schublade, sah Mappen mit Zetteln, Rechnungen sämtlicher Geräte, die sich im Haus befanden oder längst auch nicht mehr. Und oben auf liegend: eine Tafel Schokolade. Teure Schokolade. Schokolade, die er ihr gekauft hatte. Schokolade als Geschenk. Versteckt vor ihr, wie immer, damit sie nicht die ganze Tafel in zwei Tagen äße. Lieblingsschokolade. In der untersten Schublade. Gut versteckt.

Vier Monate her war es, heute auf den Tag.

Marlene nahm die Schokolade behutsam aus der Lade. Er hatte sie dort hingelegt, jetzt nahm sie sie und ging damit zum Sofa. Ein Stück essen, dachte sie. Und konnte nicht. Musste das Gesicht in ihren Händen bergen und so bleiben, eine ganze Weile lang. Wieder Tränen. Wieder weinen. Wann hörte das denn endlich auf. Sie zog das Taschentuch hervor und hielt es vor die Augen. Sie sah ihn wieder in der Einfahrt liegen. Sie sah sich wieder seine Brust massieren. Sie sah sich seine Hand noch einmal nehmen. Sah ihn im Sarg. Wo war er da gewesen. Und jetzt. Wo war er jetzt.

Draußen Frühling, sonnig bei siebzehn Grad Celsius im März, der Winter vorbei, drinnen auf der Kommode die eine große blütenweiße Kerze, gar nicht mehr so groß. Marlene schnäuzte sich heftig, weinte erneut. Noch war es nicht vorbei.

Hinter den Brockhausbänden in der Bücherwand liegen die Goldmünzen, dachte Marlene dann, natürlich. Und sie sah Hermann vor sich, als er ihr das gesagt hatte, vor seinem letzten Langstreckenflug war das gewesen. Sie sah ihn in seinem Fernsehsessel sitzen, die Fernbedienung in der Hand, hörte ihn fortfahren: »Und die Leicas liegen ganz oben, im

Dachboden, bei den Teleskopen, hinten, im Regal, du weißt schon. Auf die musst du achtgeben, die sind viel wert.«

Hatte sie auch vergessen anzugeben beim Notar, die Leicasammlung, fiel ihr ein. Wieder schnäuzte sie sich. Und sie atmete tief durch. Die Kamerasammlung musste sie wohl noch nachtragen. Damit alles seine Ordnung hatte. Was sollte man damit jetzt machen. Was sollte man mit diesen vielen Dingen tun. Sie musste sich das aufschreiben. Sie würde es sonst wieder vergessen.

Und draußen auf der Terrasse saß eine Katze in der Sonne, putzte sich.

Freitag, 20. März 2015

Der Himmel über Paris grau, und Filippa dachte: Herrlich, als sie die Galerie Lafayette verließ, wie sie das bei jedem Himmelsanblick hier dachte – herrlich, denn es war der Himmel über Paris. In dem kleinen Galerie-Lafayette-Säckchen lag ein transparentes schwarzes Dessous-Set, denn immer nur diese glatten Baumwolldinger, das war schlecht für die Erotik. Und Anuk hatte schon recht, die brauchte es ja auch.

Sie ging die Rue Richelieu entlang, vorbei an der Bibliothèque Nationale de France, vorbei am Jardin du Palais Royal und dem Palais Royal, und dachte dabei – wie jedes Mal – an Camille Desmoulins, der hier 1789 zum Aufstand aufgerufen hatte. Fünf Jahre später war er tot, guillotiniert auf Befehl Robespierres, zusammen mit Danton. Und Robespierre dann seinerseits nur vier Monate später: geköpft.

Und sie dachte an Syrien, die letzte große Revolution, vier Jahre her, was war daraus geworden? Millionen auf der Flucht, und nicht nur dort. Niemals war dies *die beste aller*

Welten, wie Leibniz postulierte, denn das Leid in dieser Welt war nicht notwendig und erklärbar und konnte daher nicht mit jenem Gott entschuldigt werden, den sich Leibniz ausgesonnen hatte. Dafür war, dachte Filippa, doch wirklich zu offensichtlich, wie vieles von dem Leid in dieser Welt einzig vom Menschen selbst herrührte, davon, was er dem anderen anzutun vermochte. Aber die Leibniz-Welt könnte jene Utopie sein, nach der die ganze Welt gemeinsam strebte. Nur war davon nirgendwo die Rede. Stattdessen proklamierte die sogenannte freie Welt, bereits das *beste* System zu sein, jenes, zu dem es gar keine Alternative gab, nur weil es demokratischen Prinzipien folgte und es keine andere Wirtschaftsform mehr gab als die des Kapitalismus. Das war doch krank, dachte Filippa, und es war dumm und sehr bequem und es war traurig. Dann dachte sie: Hochmut kommt vor dem Fall. Und: Mitgegangen, mitgefangen, mitgehangen. Und sie selber tat auch nichts, als Onlinepetitionen zu unterzeichnen. Und eine Habilitation zu schreiben mit politischer Intention. Aber was konnte man auch tun, damit es endlich anders würde, was konnte man denn tun?

Und seit ihr Vater gestorben war, erschien ihr die Welt, in der sie lebte, noch so viel rätselhafter, und die Zeitung jeden Tag verstärkte ihre Trauer. So viel geweint wie in den letzten Monaten hatte sie noch nie in ihrem Leben. Als ob der ganze Körper schmerzte, obwohl ihm nichts Offensichtliches fehlte, so fühlte sich das an, die ganze Zeit. Alles war jetzt so oft so schwer für sie, nichts gab es, was sie wahrhaftig noch genoss, alles färbte die Trauer dunkler. Und immer noch kein Mutterglück für sie. Das war auch so ein Wort – Mutter*glück*. Ein Vaterglück gab es so nicht. Und auch die Wendung: guter *Hoffnung* sein. Es hatte schon einen Grund, warum es so hieß …

Und so paradox das war, dachte Filippa, das war das einzig Gute an ihrer neuen Bekanntschaft mit dem Tod und dem endgültigen Verlust, den er bedeutete: Ihre Habilitation wurde vielleicht dadurch besser. Jetzt verstand sie den *Hyperion* erst richtig, verstand das ganze Ausmaß von Hyperions Trauer.

Sie ging die Rue des Saints-Pères entlang und sie dachte: Hyperion, der enttäuschte, der verwundete Solitär, das war der Trauernde für sie, der profund, wahrhaftig Trauernde. Am Ende blieb auch nur die Trauer. Die Unmöglichkeit, die Dinge fortzuführen, so wie sie waren, die Verweigerung an sich – das war die Trauer.

Und die Art von Revolution, die ihr vorschwebte, die jetzt kommen müsste, um das Ereignis 1789 fortzuführen, ihm treu zu bleiben, war eine *Trauerrevolution*. Und Hyperion zeigte sie vor. Wenn man wie er von der Natur ausging und die Natur als All-Gesamtheit dachte, in der sich alles mit allem verband, und wenn man sich wie er selbst als einen kleinen Teil davon begriff, sich primär so verstand: als Teil der All-Gesamtheit und nicht als Individuum, herausgelöst aus allen für eine Existenz per se *notwendigen* Relationen, dann war die Trauer das logische Gefühl angesichts der Welt, so wie sie war, damals wie heute. Denn dann war es unmöglich, glücklich zu sein in dieser Welt. Weil man sich nicht entkoppelt von allem anderen denken konnte. Man musste also traurig sein. Solange die Welt nicht war, wie Leibniz sie entworfen hatte, solange nicht nur jenes Leid in dieser Welt war, das von der Natur herrührte, das notwendig und erklärbar war, solange musste man trauern. Und dafür kämpfen, dass es anders würde, dachte Filippa, es gab ja noch so viele Angabefehler in dem System der Weltgesellschaft dieses Planeten, die der Idee von wahrem Glück entgegenstanden.

Sie griff nach dem gelben Reclambändchen in der linken Tasche ihres Mantels und zog es heraus, sie wollte den Satz sehen, schwarz auf weiß, auch wenn sie ihn auswendig wusste, er war nicht schwer zu merken. Sie las: *Es lebte nichts, wenn es nicht hoffte.*

Und wie immer, wenn sie den Satz las oder dachte, sofort die Frage in ihrem Kopf: Ergab das wirklich Sinn, was sie da versuchte in ihrer Arbeit – Trauer und Hoffnung miteinander zu verbinden, in einer *Revolution des Geistes*? Das war doch paradox. Wo die Trauer ganz auf die Vergangenheit fixiert war, sich der Zukunft verweigerte, die Hoffnung dagegen ganz auf die Zukunft ausgerichtet war, Vergangenes bemüht war zu vergessen. Da schrieb sie allen Ernstes, dass die Trauer die letzte Hoffnung sei für ihre Zeit – eine Art *universelle* Trauer um die Welt als Triebfeder für eine unsichtbare, inwendige Revolution des Individuums, um zu werden wie Hyperion, wenigstens ein bisschen.

Und immer, wenn sie nachdachte darüber, dann sofort Zweifel an der These ihrer Arbeit: Wie konnte in dem Gefühl der Trauer Potenzial liegen für eine Revolution? Niemand wird verstehen, was sie da meinte. Auslachen wird man sie dafür. Und vielleicht konnte diese Trauer, die sie meinte, wirklich nur jemand verstehen wie Hyperion oder jetzt wie sie – jemand, der das große Unglück kannte, das des Todes; das Unglück, das niemals vermeidbar war, das jeden einmal traf, weil es angelegt war in der Natur, dass lebendige Entitäten nun einmal sterben mussten. Vielleicht konnte diese Art der Trauer, die sie meinte, wirklich nur jemand verstehen, der selbst verloren hatte und sich nicht sperrte gegen den Verlust.

Man wird sie auslachen für ihre These, dachte Filippa noch einmal, sei's drum, das liest ja sowieso kein Mensch.

Sie war jetzt am Boulevard Saint-Germain angekommen und der Verkehr war lauter. Aber er, er hätte mich verstanden, dachte sie dann weiter, Hölderlin hätte mich verstanden. Happy Birthday, Hölder, heute vor 245 Jahren bist du auf diese Welt gekommen, leider ein bisschen zu früh für mich.

Aber ich trage dich bei mir. Filippa steckte das gelbe Bändchen wieder zurück in ihre Tasche. Sie stand vor ihrem Lieblingsbuchladen und ging hinein.

Als sie dann eine Stunde später wieder auf die Straße trat, warf sie einen Blick auf die Uhr und wusste, dass ihre Freizeit jetzt um war, sie nach Hause an den Schreibtisch musste. Wenn sie pro Monat ein Kapitel schaffen wollte, musste sie jetzt heim. Sie wusste das und trotzdem ging sie weiter, ging am Café de Flore vorbei und am Café Deux Magots und auf die alte Kirche zu, Église de Saint-Germain des Prés. Sie wusste, sie durfte das nicht tun, die Zeit war um, sie musste arbeiten, unbedingt, sofort und auf der Stelle. Und trotzdem machte sie noch einen Schritt auf diese Kirche zu und dann noch einen und noch einen, und dann gab sie sich die Erlaubnis: Nur kurz, ganz kurz gehst du da jetzt hinein, weil du schon so oft daran vorbeigegangen bist und immer wissen wolltest, wie es drinnen ist in diesem Bau aus einer fremden, fernen Zeit, der wie ein steinernes Fossil hier steht und so lange schon zusieht, was an diesem Ort geschieht.

Und während sie zum Portal hinaufschritt, schlug Filippa in ihrem Smartphone nach, wie alt die Kirche war. Schon 558 nach Christus stand die erste Kirche hier – umgerechnet in Menschenleben, wie viele waren das? Und als sie das dachte, sofort die Boardingschlange neulich am Flughafen in ihrem Kopf, das Bild der Mutter-mit-Kind. Wie viele Menschen waren das gewesen? Brauchte es mehr, wären das zu viele?

Als sie dann im Inneren stand, dachte Filippa: Was war das sofort für eine andere Welt. Obwohl hier renoviert wurde. Aber rechts, sah sie, war noch ein Raum, eine Kapelle. Und dieser Raum war höher und auch heller als das Hauptschiff. Und hier war sie auch ganz allein, kein Mensch war da, nur ein paar Stühle standen in dem Raum und hohe Wände gab es, aus Stein, und eine Decke aus dunklem Holz, und Fenster, durch die das Licht des Tages von sehr weit oben herabfiel in den Raum. Sonst nichts. Bis auf ein schmales schlichtes Kreuz an einer Wand. Zum Glück ohne den gekreuzigten Messias, dachte Filippa, dann störte es sie nicht, und sie setzte sich auf einen Stuhl ganz hinten in dem Raum.

Still war es nicht, weil man das Arbeiten hörte von nebenan, doch sehr viel ruhiger als auf der Straße draußen, nur schwach, ein wenig so wie unter Wasser, drang Autolärm herein. Es war gut, hier in dem ruhigen Raum zu sitzen und nichts zu sehen außer der kahlen hohen Wand, dachte Filippa. Es verging hier keine Zeit, jedenfalls sah man sie nicht vergehen. Nur würde irgendwann das bisschen Sonnenlicht gänzlich verschwunden sein, dann wüsste sie, es wäre Nacht. Aber groß wäre der Unterschied nicht. Solche Orte brauchte es auch, dachte Filippa, nur ohne religiöse Emblematik. Und sie zog aus der Tasche mit der Unterwäsche und der Literatur die neugekauften Bücher heraus, *Les Particules élémentaires, Fin de party, L'Etranger*. Sie zögerte einen Moment und entschied sich dann für Camus, überlegte, wie man das Buch läse, gäbe es keine Essays des Autors, und ob der Ort, an dem man etwas las, von Bedeutung sei. Und sie begann zu lesen, und diesmal würde sie jedes Wort, das sie nicht verstand, unterstreichen und nachschlagen. Sie musste endlich mehr französische Vokabeln lernen. Und dann bald nach Hause, an den Schreibtisch, unbedingt.

Spätabends die Nachricht eines Lynchmordes in Kabul. Eine Frau erschlagen, vom Mob gesteinigt, der Leichnam dann in Brand gesetzt. Sie habe den Koran verbrannt, stand da. Und dass die Frau seit vielen Jahren an einer psychischen Erkrankung gelitten habe.

Filippa lag schon im Bett, als sie das las. Und dann noch einen Artikel darüber. Und noch einen weiteren. Das war geschehen, anderswo, an diesem Tag. Während sie Unterwäsche anprobiert hatte vielleicht.

Am falschen Ort geboren, dachte Filippa, als sie das Licht ausmachte, so einfach war das. Und alle wussten das. Und nichts geschah. Und sie legte eine Hand auf ihren Bauch, sie dachte: Nein, nicht die beste aller Welten, entsetzliche Welt, schreckliche, ungerechte ungleiche Welt. Und: Trotzdem, bitte, lass mich schwanger sein. Und wenn nicht jetzt, dann nächsten Monat. Bitte. Zu welchen Göttern sie das auch immer sagen mochte, dachte sie. Und sie begann in die Dunkelheit flüsternd vor sich herzusagen: *Lebenslauf / Größers wolltest auch du, aber die Liebe zwingt / All uns nieder, das Leid beuget gewaltiger, / Doch es kehret umsonst nicht / Unser Bogen, woher er kommt. /*

Aufwärts oder hinab! herrschet in heil'ger Nacht, / Wo die stumme Natur werdende Tage sinnt, / Herrscht im schiefesten Orkus / Nicht ein Grades, ein Recht noch auch?

Sonntag, 5. April 2015

Marlene lag auf dem Sofa. Sie sollte sich den Mittagsschlaf doch wieder abgewöhnen, sie war so müde, wenn sie wieder aufwachte. Und vielleicht würde sie dann nachts auch länger schlafen, dachte sie, wenn sie untertags nicht schliefe. Sie setzte sich auf, sah auf ihr Smartphone. Dann hörte sie die Türklingel.

Wer mochte das jetzt sein, dachte sie, als sie aufstand, am Ostersonntag, Nachmittag. Sie kontrollierte mit einem Blick in den Garderobenspiegel ihre Frisur, zog die oberste Schublade der Kommode auf, um nachzusehen, ob noch Kleingeld bereit lag. Wahrscheinlich war es Mike, der alle paar Wochen hier auftauchte und bettelte, er war schon lange nicht mehr hier gewesen. Es klingelte zum zweiten Mal und sie ging zur Gegensprechanlage, in ihrer Geldtasche würde sie schon ein paar Münzen finden.

Aber es war gar nicht Mike, sah sie im Display, das war Samim, der in die Kamera neben der Haustür blickte.

Tatsächlich, dachte Marlene, kommt er mich einfach besuchen. Weil er so deprimiert war wegen des Bescheids vielleicht, dachte sie, als sie ihm die Tür öffnete.

Das sei ja eine Überraschung, sagte sie zu ihm und bat ihn in die Küche. Sie hörte Samim sagen: »Sie haben ein schönes Haus.« Und er fügte hinzu: »Habe ich richtig gesagt? Schönes Haus?«

Ja, perfekt habe er das gesagt, sagte Marlene, die Endung habe gestimmt, das sei sehr schwierig im Deutschen, kompliziert zu lernen. Sie sah ihn grinsen. Er braucht das Lob, dachte sie, um zu lernen, jeder braucht Lob, um sich zu motivieren, und er lernt gut, ihm fällt es am leichtesten von allen ihren Schützlingen.

»Möchtest du Tee, Samim? Ihr trinkt immer Tee, oder? Zu Hause? Wenn Besuch kommt, gibt es Tee?«

»Tee, ja, bitte, ich bringen Tee mit. Für Sie.« Er öffnete seinen Rucksack und hielt ihr ein Säckchen entgegen. »Tee von zu Hause. Aus Afghanistan.«

Der Garten habe ihm am meisten gefallen, erzählte Marlene später ihrer Tochter am Telefon, seine Familie seien Bauern. Weizen hätten sie angebaut, was sie nicht glaube, sie glaube, sie hatten Mohn angebaut, aber natürlich würde er ihr das nicht sagen, und vielleicht war es ja auch wirklich Weizen, vielleicht wurde in Afghanistan auch Weizen angebaut.

»Und sie haben den beiden ihre Geschichte einfach nicht geglaubt bei der Anhörung?«, fragte Filippa ihre Mutter.

»Nein. Samim wollte, dass ich ihm das Schreiben noch einmal erkläre. Deshalb war er hier. Sie sind beide am Boden zerstört. Aber sie wissen, dass sie berufen können. Das hat ihnen jemand von der Diakonie schon vorher gesagt. Und sie haben in ihrem Bekanntenkreis auch schon gesehen, wie das läuft – es haben viele negativ bekommen aus Afghanistan, viele. Und jetzt werden sie eben berufen, das macht die Diakonie mit ihnen, da muss ich mich um nichts kümmern, ich soll nur mitgehen, sie wollen immer, dass ich überall hin mitgehe, weil sie mich jetzt ein bisschen kennen und zu mir Vertrauen haben, glaube ich. Und sie verstehen ja wirklich nichts oder fast nichts.«

Marlene seufzte. Da hatte sie sich auf etwas eingelassen, dachte sie. Er hatte ihr so leidgetan, als er heute in der Küche gesessen war mit diesem blöden Schrieb, der ihm sagte, dass er hier nicht mehr bleiben dürfe. Und sie sah die Nachricht von Munir wieder vor sich, die er ihr vorgestern geschickt hatte, abends, nachdem am Vormittag der Bescheid gekommen war und sie geredet hatten. *Ich gehen nicht zuruck nach Afghanistan. Ich wollen sterben. Nicht Afghanistan.* Sie hatte ihn daraufhin angerufen, lange mit ihm geredet, und auch wenn er am Ende wieder ganz gut geklungen hatte, geschlafen hatte sie noch weniger als sonst in dieser Nacht. Wie sollte man da auch schlafen.

»Samim hat mir heute seine ganze Fluchtgeschichte erzählt«, fuhr sie fort, »alle Details. Er hat gesagt, die Taliban seien bei ihnen zu Hause gewesen. Er hätte Selbstmordattentäter werden sollen. Er hat mir Videos gezeigt.«

Filippa goss das Teewasser in die Kanne, trug sie dann zum Küchentisch und öffnete auf ihrem Laptop Wikipedia. »Unvorstellbar«, sagte sie zu ihrer Mutter, »wie alt ist er nochmal?«

»Inzwischen siebzehn. Er hat angegeben, am 1.1. geboren zu sein, wie so viele. Vielleicht weiß er es selbst auch wirklich nicht, wann er geboren ist. Er kommt aus einem Dorf in Kunduz. Afghanische Provinz, kein Geburtenregister, seine ganze Familie Analphabeten.« Und nach einer kurzen Pause fuhr sie fort: »Ich glaube, er wollte sich versichern, dass ich ihm seine Geschichte glaube. In dem Schreiben steht, dass die Brüder widersprüchliche Angaben gemacht hätten. Munir habe gesagt, dass sie die Polizei gerufen hätten, als die Taliban bei ihnen zu Hause aufgekreuzt seien und den Vater niedergeschlagen hätten, weil er sich geweigert hat, ihnen die beiden Söhne zu überlassen, wenn ich das richtig verstanden habe. Und Samim hat es anders erzählt, hat gesagt, sie hätten das nicht getan, hätten nicht die Polizei gerufen. Aber er sei nicht bei Bewusstsein gewesen, hat er mir heute gesagt. Er sei selber auch zusammengeschlagen worden bei dem Zwischenfall, hatte das also gar nicht miterlebt. Und das habe er auch beim Interview so gesagt. Er sagt, das war ein Missverständnis bei der Anhörung. Er hätte gesagt, er *glaube*, sie hätten die Polizei nicht gerufen, und dass er ohnmächtig gewesen sei. Vielleicht hat er auch die Frage nicht richtig verstanden, denke ich mir, vielleicht hat der Dolmetscher etwas falsch weitergegeben, das kann ja alles sein. Jedenfalls ist das für ihn eine riesige Kränkung – dass in dem Schreiben steht, dass er sozusagen gelogen hat. Das hat er mich gefragt: Ob die sagen, er habe gelogen. ›Ich lüge nicht‹, hat er gesagt. Das kränkt ihn in seiner Ehre. Und das ist natürlich schlimm. Die Ehre geht über alles. Und da hilft es wenig, wenn ich sage: Vielleicht wollten sie einfach irgendeinen Grund finden, um ihnen negativ geben zu können. Weil sie die Weisung haben, so und so vielen Prozent Afghanen kein Asyl zu gewähren. Und zwei Brüder haben sicher noch weniger Chancen als eine Familie. Wobei es mich insofern wundert, als dass Samim unbegleiteter Minderjähriger ist. Noch. Einen Minderjährigen zurückschicken, das können sie doch nicht machen. Aber es geht eben um die *persönliche* Verfolgtheit. Die muss man glaubwürdig machen. Aber was heißt schon glaubwürdig? Das entscheidet einfach diese eine Person, die die Anhörung macht. Und die hört jeden Tag fünf, zehn solcher Geschichten, die ein Dolmetscher ihr übersetzt – jeden Tag. Sitzt an ihrem Schreibtisch, hört sich das an und entscheidet dann mit ihrer Unterschrift …«

Filippa nahm einen Schluck Tee. »Scheiß-System«, sagte sie. Und dann: »Weizenanbau gibt es in Afghanistan, es gibt Projekte, die die Schlafmohnbauern dazu bringen sollen, auf Weizen umzusteigen, EU-Projekte.«

Sie hörte ihre Mutter kurz auflachen. »The US fights, the EU funds, the UN feeds. So sagt man, oder?« Marlene schüttelte den Kopf. »Und seit den 90er-Jahren die Taliban dort. Und auch davor so gut wie ständig Krieg. Das musst du nachlesen, die Geschichte Afghanistans – fast immer Krieg. Als ob das ein sicheres Rückkehrland sein könnte.«

Und als Filippa schwieg, fügte sie hinzu: »Ich weiß nicht, ob mir das recht ist, wenn Samim hier einfach so auftaucht. Ich weiß, dass er neugierig war auf das Haus und dass er einsam ist, dass er Anschluss sucht. Aber es hat etwas Seltsames. Er hat schon gesagt, dass das Haus groß ist, zweimal hat er das gesagt. Und er sieht das alles und dann geht er zurück in sein kleines Zimmer im Heim, das er mit seinem Bruder teilen muss, und ich bin hier ganz allein in diesem großen Haus. Sein Vater war reich, hat er mir gesagt, ein reicher Bauer, mit viel Grund und Boden. Und dann hat er alles verkauft, alles, für die Flucht der Familie. Und geschafft haben es nur die beiden Brüder. Das sitzt tief, dass sie alles verloren haben. Stell dir Onkel Herbert vor, wenn der plötzlich seinen Hof verkaufen müsste, nichts mehr besitzen würde. Und dann kriegen sie negativ.«

Filippa dachte, dass ihr dieser Klapperstorch-Tee, den sie extra online aus Deutschland bestellt hatte, überhaupt nicht schmeckte, während ihre rechte Hand am Touchpad ihres Laptops wischte, am Display des Geräts der Wikipedia-Artikel über Afghanistan. Sie hörte ihre Mutter sagen: »Aber es ist auch schwierig hier für sie. Sie lernen so schwer Deutsch und sie üben auch kaum. Samim schon, mit ihm kann man schon ganz gut reden. Er fragt mich immer, wie es mir geht. Immer die Parzival-Frage.« Und sie dachte an Bob, als sie das sagte. Dass ihr ihr Sohn, als er so alt wie Samim war, einfach abhandengekommen war. Sie seufzte.

»Und wie geht es dir? Heute?«, hörte Marlene dann ihre Tochter fragen.

Sie seufzte noch einmal. »Wie soll es gehen.« Sie machte eine kurze Pause. Sie saß auf dem Sofa, der Fernseher lief stumm in der Ecke, ihr Blick ging an ihm vorbei über die Terrasse in den Garten. Schlecht, dachte sie. Wie jeden Tag. Jeder Tag ein Kampf, ein immer gleicher zäher, mühsamer Kampf. An guten Tagen räume ich im Haus herum und sehe fern, an schlechten sehe ich nur fern und döse ein dabei, wenn nicht die Flüchtlinge mich brauchen … Und dann sagte sie: »Es geht. Es ist, wie es ist. Es tut mir gut, dass ich das Gefühl habe, nützlich zu sein. Ich glaube, das tut mir gut. Es lenkt mich ab. Was soll ich sonst auch tun? Und es bräuchte noch viel mehr wie mich. Viel mehr Witwen und Pensionisten, die versuchen, so gut es geht zu korrigieren, was dieses Scheiß-System anrichtet.« Und sie nahm die Fernbedienung und schaltete das Gerät aus. Sie konnte heute keinen Politiker ertragen, der sich wie ein Firmling kleidete und auch so sprach.

War das jetzt also das *Werk* ihrer Mutter, dachte Filippa und dachte an den Streit zu Weihnachten und an Bob, anstatt noch einmal zu studieren, Fieldwork sozusagen.

»Ein Geburtstag hat genau so viel Gewicht, wie man ihm eben gibt. Man kann ihm auch weniger Gewicht geben, zu geben versuchen. Und außerdem war ja auch Samim da, das ist immer eine gute Ablenkung. Ich habe ihm versucht zu erklären, was Ostern ist, was da gefeiert wird. Weil heute doch Ostersonntag ist.«

»Ich weiß«, sagte Filippa sofort und biss sich auf die Lippen, spürte das Gewissen sie drücken, aber sie hatte einfach zu Anuk fahren müssen an diesem Wochenende, sie konnte jetzt keinen Monat mehr verlieren. »Ich komme in zwei Wochen. Und ich kann dann fast zwei volle Wochen bleiben. Die Franzosen sind halt einfach nicht religiös, dafür haben sie Frühlingsferien.«

»Ich weiß.«

Abends nahm Marlene das Foto in die Hände. Was hatten sie in den letzten Jahren noch gemein gehabt mit den zwei Menschen, die sie auf diesem Bild jetzt sah? Wenig, im Grunde wenig. Er hatte sein Leben geführt, sie ihres. Wenn er zu Hause war, war er im Dachboden oder im Garten gewesen. Jeden Tag hatte sie eine Stunde früher zu Abend gegessen, als sie gewollt hatte. Und nie hatte sie Tomaten kochen können. Weil er keine Tomaten mochte. Was da alles nicht möglich war zu kochen. Nicht einmal Spaghetti bolognese.

Und dann der Gedanke: Jetzt redest du ihn dir klein. Tomaten gegen Hermann. Sie stellte das Foto zurück. Was für ein Unsinn. Und dann eine Welle Traurigkeit in ihr, wie gut sie das inzwischen kannte, spürte, wie sie kam. Und dann wieder der Gedanke: Ich kann es immer noch nicht fassen. Im Grunde kann ich es immer noch nicht fassen. Es ist auch nicht zu fassen. Ich gewöhne mich nur langsam an das, was jetzt mein Leben ist. Dass es so bleiben wird. Bis ich selber sterbe. So bleiben wird. Das ist alles. Aber ich habe es nicht verstanden. Ich habe nicht verstanden, was das heißt, dass das *für immer* ist. Für immer so. Allein. In diesem Haus.

Wie hätten wir den Tag heute verbracht, gemeinsam? Wie hätten wir gefeiert? Wir haben nie groß gefeiert. Bis auf den Sechziger heute vor einem Jahr. Den schon. Plötzlich hast du dir das eingebildet. Als hättest du geahnt, es sei der letzte. Sie wischte mit der Hand über das Foto.

Warum durftest du nicht 61 werden. Warum musstest du diese blöde Bierkiste in das Auto heben an diesem Morgen. Was war das, was dein Herz so sehr beansprucht hat, die Wochen davor, die Monate, die Jahre. Warum habe ich das nicht gesehen. Habe ich es gesehen? Habe ich dir nicht gesagt: Wenn du so weitermachst, kriegst du einen Herzinfarkt. Habe ich das nicht gesagt? Und wie oft.

Fast Vollmond war noch, der Mondschein durch den Vorhang zu erahnen. Vielleicht schlief sie deshalb im Moment so schlecht. In der Küche fiel ein Wassertropfen in die leere Spüle. Sonst alles still, das Haus zur Gänze still und ohne Regung, dachte Marlene, unheimlich blieb es, auch wenn sie das jetzt kannte. Sie atmete ruhig weiter, vielleicht kam doch bald der Schlaf.

Und im Dachboden glänzte der Vater-Laptop im Mondlicht, das auf den Schreibtisch fiel. Und Staubpartikel, die in der Luft des Raumes schwebten, fielen gelegentlich herab, legten sich lautlos auf die Gegenstände in dem Raum, begannen auch den Laptop langsam zu bedecken.

Samstag, 18. April 2015

Filippa stand in Straßenschuhen und Parka vor dem geöffneten Kühlschrank. Es sei zu essen da, Joghurt, aber kein Magerjoghurt, nur vollfett, das müsse sie in Kauf nehmen in diesem Haus, und eine Mohnpfote von ihrem Lieblingsbäcker, extra für sie, das hatte die Mutter gesagt, als sie sie aussteigen hatte lassen und dann gleich weitergefahren war, Kamran zum Training zu bringen, dann zum Friseur. In drei, vier Stunden sei sie zurück.

Filippa hatte Hunger. Aber Joghurt mochte sie jetzt keines, das süße Gebäck sehr wohl. Und mit einem Blick hatte sie das Bäckersäckchen gefunden und dachte: Das war Zuhause, wenn man wusste, wo alles lag. Und sie ging kauend aus der Küche.

Jetzt verstand sie, was die Mutter meinte, wenn sie sagte, es sei so entsetzlich still im Haus, dachte Filippa dann, als sie im Wohnzimmer stand, in den Garten sah. Nichts. Einfach nichts war da. Einfamilienhaussiedlungsstille an einem sehr kalten Frühlingsnachmittag. Trübes Licht, bedeckter Himmel, ein paar späte Schneeflocken. Langsame Zeit.

Sie zog ihre Jacke aus, schlüpfte in ihre Hausschuhe. Und stellte fest: die Hausschuhe des Vaters fort. Sofort öffnete sie den Schuhschrank, fand sie ganz unten stehend. Nur verräumt also, dachte sie und war beruhigt.

Sie ging in Mutters Zimmer am Ende des Flurs. Die Tür nur angelehnt, nicht geschlossen, das hieß, es war kein Eindringen, dachte Filippa.

Das Zimmer, wie es immer gewesen war – voller Bücher und Ordner. Nur das Tagesbett war jetzt wie ein richtiges Bett, und im Opa-Sessel, in dem sie selbst so oft gesessen war, wenn sie mit ihrer Mutter hatte reden wollen, früher, in diesem Sessel stapelte sich jetzt Kleidung. Alles ein Provisorium. Und so sehr Gästezimmer, wie es keiner je vermutet hätte.

Ihr Blick fiel auf das Tischchen neben dem Bett. Sie sah das Foto. Und dachte: Ja natürlich. Dass sie nicht von selber darauf gekommen war, dass es das war, das fehlte, im Stiegenhaus. Das schönste. Sie nahm es behutsam und ging damit zum Fenster. Sie wischte mit dem Ärmel über das Rahmenglas.

So ein Foto gab es nicht von ihr und Anuk. Junges Glück, kein bisschen Schwere. Da war nur – ja, Glück war da, und nichts als das. Zwei, die einander und sich selbst genügten, Arm in Arm gingen sie auf etwas zu, in den Gesichtern ein stilles Lächeln und die Augen einander zugewandt. Sie sahen einander nicht direkt an, sahen beide vor sich auf den Boden, blickten so auf etwas Fernes, Imaginäres, in dem sich ihre beiden Blicke träfen. Und Filippa dachte, das war es, was das Bild besonders machte, dass sie einander nicht fixierten mit dem Blick, sondern dass da noch etwas war, etwas anderes, Unsichtbares, Drittes. Darin waren die zwei im Bild geeint, es gab ihrer Liebe Grund, sie waren sich zugeneigt darin. Und es war Frühling in dem Bild, auch den Knospen nach im Hintergrund.

Nichts geht über einen guten Schnappschuss, dachte Filippa, als sie das Foto zurückstellte, keine Inszenierung übertrifft jemals die Kraft der Wirklichkeit eines einzigen zufälligen Moments.

Sie fotografierte das Foto und dann fragte sie sich, ob die Mutter bemerken würde, dass sie hier gewesen war, auch den fehlenden Staub bemerken würde. Nichts zu machen, dachte Filippa dann und verließ das Zimmer, dachte: Kalter Raum, kaum Sonnenlicht. Und: Sie sollte wieder richtig fotografieren. Schwarzweiß. Analog. Wie Papa bis zuletzt.

Im Dachboden stand Filippa zwischen den vielen Kisten voller Ordner und Papieren aus dem Büro des Vaters, spürte die Stille. Als sei sie hier gespeichert worden über die Jahre, dachte Filippa. Als sei der Raum gar nicht mehr wirklich, nicht mehr von dieser Welt. Sie hob den Kopf, sah nach draußen, sah durch die Fensterscheiben Wolkengrau.

Sie ging zum Schreibtisch und setzte sich. Das hatte sie noch nie getan. Sie wischte den Staub von der silbrigen Laptopschale, klappte das Gerät dann auf, schaltete ein. Der Bildschirm wurde hell und sie als Hermann begrüßt und nach dem Passwort gefragt. Sie spürte den Impuls, ihr eigenes einzutippen, andere zu versuchen. Aber sie hörte Franz wieder erklären, dass es keines sein konnte, das Sinn ergab, kein logisches, dass es eine Zeichenfolge sein musste, die sinnlos war, lang und sinnlos für jeden anderen als Hermann selbst. Und sie ließ es bleiben, klappte das Gerät wieder zu, wischte noch einmal mit der Hand über das Gehäuse und blieb sitzen in seinem Sessel, eine ganze Weile lang.

Ob er hier mehr war als anderswo, dachte Filippa, ob sie ihn hier besser spüren konnte. Und alles hier verstaubte und lag brach. All die Schachteln aus dem Büro, die sie geholfen hatte hier heraufzutragen – ungebraucht. Richtig zugemüllt sah es hier aus.

Ihr Blick glitt über die Regale und sie dachte: Da fehlt etwas. Da war ein dunkles Rechteck ohne Staub in einem Fach. Bob, dachte Filippa, ihr Bruder hatte etwas geklaut, für Griechenland, ein kleines Teleskop wahrscheinlich. Oder besser sie sagte: Er hatte es genommen. So wie sie den Pullunder mitgenommen hatte.

Und dann hob sie einen der großen Kartons aus dem Regal. Dahinter mussten sich die anderen verbergen, vier kleinere Boxen, da waren sie doch immer versteckt gewesen. Und tatsächlich, da waren sie: vier schwarze Boxen mit Leica-Fotoapparaten.

Später, am Grab, zeigte sie die Kamera ihrem Vater. Sie werde jetzt wieder mehr fotografieren, sagte sie ihm, und zwar vor allem den Himmel. Sie habe begonnen, Überböden an Flughäfen zu fotografieren und in Métrostationen und Shopping Malls und Kuppeln und Kreuzgewölbe in Kirchen. Sie wolle jetzt wieder analog fotografieren, deshalb habe sie eine seiner

Kameras genommen, aber keine ganz alte, keine Sorge, sagte sie zu ihrem Vater. Die taubenblaue, ich mochte die Farbe so, und sie passt in meine Parkatasche. Sie führte es ihm vor. Und sie sei wieder nicht schwanger geworden, erzählte sie ihm dann, hätte heute ihre Regel bekommen. Aber sie versuche das Positive zu sehen: Die Tabletten schienen wirklich zu wirken, der Zyklus wurde regelmäßiger.

Und dann dachte sie: Ich hätte dir das alles so niemals erzählt. So haben wir nicht gesprochen miteinander. Warum denn nicht, eigentlich.

Aber eine Kamera hättest du mir gegeben, dachte sie dann. Ich hätte dich gefragt und du hättest mir eine gegeben. Zunächst hättest du mir versucht einzureden, mir eine neue digitale schenken zu lassen von dir, weil das der Fortschritt war, kein Mensch mehr analog fotografierte. Aber dann hättest du mir eine von deinen analogen gegeben, wenn ich darauf bestanden hätte.

In der Schale neue Blumen. Primeln, gelb und rot und violett, dazwischen helles Grün. Und Papa tot, dachte Filippa, fünf Monate jetzt tot. Sie legte ihren Kopf weit in den Nacken und fotografierte den Himmel über sich, über dem Grab.

Dann stand sie eine Weile reglos, die Hände stumm am Körper hängend. Hier sie, dort er. So vieles, was ich dich noch hätte fragen wollen.

Sie ging, als es sie fror.

Sonntag, 19. April 2015

»Wir steuern auf den dritten großen Krieg zu«, sagte Grass in dem Interview, das am Dienstag erstmals veröffentlicht wurde. »Es gibt überall Krieg. Wir laufen Gefahr, dieselben Fehler wie

früher zu machen. Ohne es zu merken, als wären wir Schlafwandler, können wir in einen neuen Weltkrieg gehen«, *warnte er*, las Filippa auf ihrem Telefondisplay in der Zeitung, als sie ihre Mutter fragen hörte: »Postet Bob eigentlich viel auf Facebook?«

Mutter und Tochter saßen auf der Couch im Wohnzimmer vor dem Fernseher. »Nicht besonders«, sagte Filippa, »in letzter Zeit eigentlich gar nichts mehr«, und sie hielt der Mutter ihr Smartphone hin, damit sie sich den Account ihres Sohnes ansehen konnte. Sie zeigte ihr auch den Account von dieser Zoe, von der sie glaubte, sie müsse seine Freundin sein, ihrer Recherche nach: eine Biologin, Zoologin, wahrscheinlich Holländerin, yogabesessen.

»Tatsächlich?« Marlene hob ihre Lesebrille hoch und das Display noch näher zu sich heran. »Die ist ja richtig hübsch«, sagte sie, »wie eine Elfe.« Sie gab der Tochter das Gerät zurück. »Ist es schwierig, so einen Account anzulegen?«, fragte sie sie dann, »die Freiwilligengruppe hat nämlich auch einen. Alle haben inzwischen einen. Vielleicht wäre das für mich auch ganz praktisch.« Und außerdem könnte ich dann wenigstens etwas vom Leben meines Sohnes mitbekommen, dachte Marlene, und mir diese Zoe genauer ansehen.

Das sei ganz einfach, sagte Filippa, stand auf, um den Laptop zu holen. Und als sie ihn der Mutter hinstellte, fragte sie: »Was ist jetzt eigentlich mit Papas Laptop?«

Marlene zuckte die Schultern. »Nichts. Franz hat sich nicht noch einmal gemeldet. Jemand müsste die Unterlagen alle durchsehen, sämtliche Schachteln – viel Arbeit.« Sie sah ihre Tochter über ihre Lesebrille hinweg an und sagte: »Ich denke immer noch, Bob sollte es einfach versuchen. Wer weiß. Er ist ihm doch so ähnlich … Aber er ist ja verschollen in Griechenland.« Und sie blickte wieder auf das Display, fügte hinzu: »Und es interessiert ihn offenbar überhaupt nicht, was sein Vater gearbeitet hat. Nicht im Geringsten interessiert ihn sein Vater.«

Es kränkt sie, dachte Filippa, es kränkt sie sehr, natürlich. »Im Moment ist er in Frankreich. Burgund-Tour«, sagte sie. Und fügte hinzu: »Vielleicht kann er es nur nicht zeigen. Ich glaube, er kann es nicht zeigen.«

»Immerhin spricht er mit dir. Mit mir spricht er ja nicht. So gut wie nicht.« Wieder sah sie ihre Tochter über die Brille hinweg an und schüttelte den Kopf. Was hatte sie falsch gemacht bei ihrem Sohn.

»Viel spricht er mit mir auch nicht. Von selber meldet er sich gar nicht mehr. Ich glaube nicht, dass es ihm gut geht. Und ich habe keine Ahnung, was er da unten tut, was er jetzt vorhat. Und wenn man ihn fragt, redet er vom Laufen oder der Landschaft.«

Marlene sah ihre Tochter an und nickte und schwieg und dann schüttelte sie den Kopf und meinte, wenn er wenigstens mit ihr ab und zu rede, dann sei sie ein wenig beruhigt. Und sie spürte die Sorge, dachte: Unsichtbare Nabelschnur, ein Leben lang. Sie seufzte und dann war der Account fertig eingerichtet. Aber anstatt ein Profilbild zu wählen, legte Marlene das Gerät weg, im Fernsehen begann die Sendung zu dem Schiffsunglück im Mittelmeer von heute Nacht, die wollte sie unbedingt sehen.

»Das Mittelmeer wird für immer mehr Menschen zur Todesfalle«, sagte die Moderatorin. Siebenhundert Menschen würden vermisst, nur 28 konnte die Küstenwache bisher retten, hundert Kilometer vor der Libyschen Küste solle sich das Unglück abgespielt haben, zweihundert Kilometer von der italienischen Insel Lampedusa entfernt, die wohl das Ziel des Flüchtlingsboots gewesen sei. »Mitte der Woche erst die Nachricht von bis zu vierhundert Toten, und nun schon wieder eine neue traurige Höchstzahl«, sagte die Moderatorin.

»Über tausend Tote in einer Woche«, sagte Filippa, es war

so entsetzlich, und sie spürte wieder, wie sie sich schämte. Tausend, die ertrunken waren in einer Woche. Tausend einzelne Menschen. Ertrunken. Nicht die beste aller Welten war das, niemals die beste aller Welten. Und sie erinnerte sich daran, wie ihr einmal Wasser in die Lunge gekommen war, wie entsetzlich das gewesen war, schon das kleine bisschen Wasser. Wie ihr Körper rebelliert hatte dagegen. Zu ertrinken. Eine unvorstellbare Qual. Und wahrscheinlich geschah gerade deshalb nichts. Weil es eben wirklich *unvorstellbar* war für den fetten, saturierten Westen. Sie waren alle hier viel zu weit weg von dieser Erfahrung.

Ein weiterer Kommentator erklärte den Unfallhergang dann genauer: Die Küstenwache habe ein Handelsschiff zur Unglücksstelle beordert und dann sei das passiert, was leider immer wieder passiere: Die Flüchtlinge sähen das rettende Schiff und würden von einer Seite des Bootes auf die andere rennen, das Boot bekäme so Schlagseite, finge zu kippen an, und wenn es kippe, sei es oft nicht mehr zu retten, und genau das scheine nach Zeugenaussagen passiert zu sein.

Zur Stunde würden die Rettungsversuche noch andauern, sagte er in die Kamera, etwa zwanzig Schiffe und Hubschrauber würden kreisen und das Beste versuchen, aber leider schwänden die Hoffnungen, dass man noch Überlebende fände, auch wenn das Wasser relativ warm sei. Aber viele der Flüchtlinge könnten nicht schwimmen, fuhr er fort. Und dass ein Handelsschiff hier zur Hilfe eilte, das zeige auch einen Teil des Problems, seit es das offizielle Programm Mare Nostrum zur Rettung nicht mehr gebe, schloss er: Denn die Handelsschiffe, auch wenn sie diesen Job oft mit Bravour erledigten, um hier Ersatz zu bieten in der Rettung, sie seien für so einen Einsatz schlicht nicht ausgerichtet.

»Kamran und Mojtaba sind genau so nach Europa gekommen«, sagte Marlene. »Ihr Schiff ist auch in Seenot geraten, hat mir Mojtaba heute erzählt, in seinem Kauderwelsch aus Nennformen und ein paar Substantiven. ›Kaputt‹, hat er gesagt, ›Maschine kaputt‹, und mit den Armen gezeigt, wie er Kamran versucht hat vorzumachen, wie man schwimmt, obwohl er selber Nichtschwimmer ist.« Er habe das auch bei seiner Anhörung erzählen müssen, fuhr Marlene fort, auch sein kleiner Bruder. »Und Kamran hat anscheinend bei der Anhörung seine eigene Muttersprache plötzlich nicht mehr gesprochen. Er konnte einfach nichts sagen, hat Mojtaba erzählt. Konnte kein Dari mehr. Hat begonnen, auf Deutsch zu stammeln und dann geweint. Kamran spricht über das alles nie. Ich versuche jetzt auch gar nicht mehr zu fragen.«

Das ist wirklich der dritte Weltkrieg, dachte Filippa wieder, hatte sie ja gerade auch in der Zeitung gelesen und sie sagte laut: »Das ist wirklich der dritte Weltkrieg. Wie Grass sagt. Er hat es gesagt, kurz bevor er gestorben ist. In diesem Interview.«

»Wirklich? Weltkrieg hat er gesagt?«

»Ja, hat er gesagt, Weltkrieg. Aber wen kümmert das schon, wenn ein Intellektueller das sagt. Können alle Zeitungen drucken, interessiert niemanden, liest keiner, so gut wie keiner. Und wenn, dann heißt es, er spinnt, übertreibt, sei wahnsinnig und so weiter.« Und sie dachte an Hölderlins angeblichen Wahnsinn. Man konnte schon verzweifeln an dieser Welt, aber verrückt war man deshalb noch lange nicht, dachte Filippa. Verrückt waren doch viel eher die, die nicht verzweifelten.

Und der Kommentator im Fernsehen sagte inzwischen auf die Frage, ob die Wiederbelebung eines solchen Rettungsprogramms helfen könnte, dass Mare Nostrum sicher einige dieser Tragödien verhindern könnte, ein professionell angesetztes Hilfsprogramm, aber Mare Nostrum auch in den vergangenen Jahren leider Tausende von Menschen nicht retten konnte.

Zum Indenbildschirmspringen war das, dachte Marlene, während die Moderatorin erneut sprach und dann ein Beitrag begann über einen Flüchtling, der es geschafft hatte, ein Jahr schon auf Sizilien lebte und von seiner Flucht über das Meer berichtete und von den Grausamkeiten, die die Flüchtenden sich gegenseitig antäten, wenn es zu Problemen mit dem Boot käme. Und dann Sizilianer, die zu Wort kamen, die die Afrikaner nicht hier haben wollten, weil es schon so viel Arbeitslose gebe und sie ihnen die Arbeit wegnähmen und sie für sie zahlen würden und das Problem nicht an Sizilien hängenbleiben dürfe.

»Immer das Gleiche«, sagte Marlene, »wie die Friseurin gestern, die zu mir ernsthaft gesagt hat: Der Unterschied zwischen denen und uns sei, dass wir etwas zu verlieren hätten. Die nicht. Und deshalb sollten sie dort bleiben, wo sie waren. Wer nichts mehr zu verlieren hat, der ist sozusagen schon verloren und kann ruhig gleich krepieren – hat sie so direkt natürlich nicht gesagt, aber implizit damit schon.«

»Und wahrscheinlich glaubt sie selber auch noch, das sei logisch korrekt, was sie da sagt.«

»Ich muss mir einen neuen Friseur suchen.«

»Und was hast du darauf gesagt?«

Ja, was hatte sie gesagt, dachte Marlene und sah sich wieder im Friseurstuhl sitzen, während die Friseurin ihr die Farbe in den Ansatz schmierte. »Dass ich mich ehrenamtlich in der Flüchtlingshilfe engagiere. Und *die* auch Menschen seien.«

»Und sie darauf?«

»Nichts mehr. Ob ich einen Kaffee wolle oder Wasser, während die Farbe einwirke.«

»Immerhin hast du etwas gesagt.«

Ja. Und danach wäre ich am liebsten aus dem Salon gelaufen, dachte Marlene. Aber darauf hatte sie dann doch verzichtet, mit der Farbcreme auf dem Kopf und im Friseurumhang.

Marlene stand auf und holte sich Rotwein aus der Küche. Sie stellte auch ihrer Tochter ein Glas hin, schenkte ihr ein.

Ein Vorteil, nicht schwanger zu sein, dachte Filippa: Sie konnte bedenkenlos Wein trinken, hier im saturierten Westen. Und sie dachte, dass es gut war zu sehen, dass die Flasche, die die Mutter gestern aufgemacht hatte, fast noch ganz voll war. Wahrscheinlich trank sie einfach immer nur ein Gläschen abends, für die Durchblutung und zur Beruhigung, aber nicht mehr.

Und während der Beitrag im Fernsehen weiterlief und sie an ihrem Rotwein nippte, dachte sie: Vielleicht war es auch wirklich falsch, noch an den Fortbestand der Menschheit zu glauben. Vielleicht sollte gerade Europa aussterben, vielleicht war das folgerichtig, dass das jetzt geschah. Denn es geschah ja, den Geburtenzahlen nach und den In-vitro-Statistiken. Vielleicht war das kein Zufall, und die Natur rächte sich, auf ihre Weise.

»Diese Woche über tausend Tote und letzte Woche anscheinend elftausend, die es nach Italien geschafft haben.« Marlene schüttelte den Kopf. Wie sollte das weitergehen?

»Elftausend? In einer Woche?«

»Elftausend. In einer Woche.«

Die beiden Frauen nippten an ihrem Rotwein, schwiegen.

»Soll ich dir zeigen, wie Facebook funktioniert?«, fragte Filippa. Denn was half es, dachte sie, sie konnte jetzt nichts tun.

Donnerstag, 23. April 2015

Was macht unsere Mutter auf Facebook? Filippa las die Nachricht ihres Bruders abends im Bett liegend.

Mit dir in Kontakt treten, tippte sie.

Haha, kam sofort als Antwort zurück.

Sich mit anderen Freiwilligen austauschen. Du musst sie ja nicht als Freundin akzeptieren, schrieb Filippa.

♦

Bob verdrehte die Augen. Er lag im Hotelzimmer und griff nach der Bierflasche, die er auf dem Nachttisch abgestellt hatte. Noch eine Nachricht ging ein: *Sie ist eben deine Mutter. Du hättest sie ja auch einfach einmal anrufen können.* Dahinter prangte ein zwinkernder Smiley.

Seine Schwester war so dämlich. Und diese Touristengruppe raubte ihm den letzten Nerv. Es kotzte ihn alles so an. Er hörte Peter neben sich jammern, sagen, er werde langsam einfach zu alt für diese Arbeit. Diese Untertänigkeit. Die Fake-Freundlichkeit. Er würde ernsthaft überlegen, auf das Angebot eines Freundes einzusteigen – Survival Camps in Amerika. Auch eine Art Tourismus, Arbeit mit Gästen, aber viel mehr Kohle. Ob das nicht auch etwas für ihn wäre, für sie beide, zusammen: rich kids, deren Eltern eine Menge Geld bezahlten, damit ihre Sprösslinge ein, zwei Wochen auf sich gestellt in der Wildnis zu überleben üben konnten, ohne Smartphone, ohne Internet, primitive survival skills – Pfeil und Bogen schnitzen, Feuer machen, Spuren lesen, jagen und ein Tier töten, es zerlegen, zubereiten, alle Teile. Manche würden aufgeben, schon nach zwei Tagen um Hilfe winseln, weil sie es ohne ihr Smartphone nicht aushielten. Oder wegen des Tötens. Und am Ende gebe es dann noch eine große Überraschung: Alle gingen gemeinsam zu McDonald's.

Bob schüttelte den Kopf, sagte, für ihn sei das ganz sicher nichts. Zu lernen, wie man Gemüse anbaute, das ließe er sich ja noch einreden, aber der Rest … Das war geradezu pervers.

Und er dachte einen Moment an Drilon in seiner Hütte am Strand. Wenn er keine Stelle mehr fände an einer Universität, vielleicht wäre das eine Option und er würde der erste Kosmologe, der als Selbstversorger in den ärmeren Süden migrierte, wo das Leben billiger war. Denn der Job als Reiseleiter war in der Tat unerträglich. Und die Saison war gerade erst losgegangen.

Er nahm einen Schluck Bier und dann tippte er an seine Schwester: *Reden ist Silber, Schweigen ist Gold.*

Sollten sie ihn doch alle gern haben, dachte er. Er würde den Club jetzt verlassen. Er würde sich sicher nicht mit seiner Mutter auf Facebook befreunden. Er war ja auch nur wegen seiner holländischen Kollegen beigetreten. Wegen Zoe. Altes Leben. Vorbei.

Er nahm seinen Computer zur Hand, öffnete seine Facebookseite. Ein paar Klicks später wurde er im Display gefragt, ob er sein Konto wirklich dauerhaft löschen wolle. Und er dachte: Ja, ich will. Genau das will ich. Keine Postings mehr aus Holland sehen, kein Zoe-Facebook-Stalking mehr.

Dann ein weiterer Klick – und der Löschungsantrag war gestellt. Er klappte das Gerät wieder zu, griff zur Bierflasche und dachte, dass sich das gut anfühlte, zum ersten Mal in diesen vier Wochen, die er nun schon unterwegs war, fühlte er sich nicht nur elend, dachte er, nicht so, als würde er jetzt gleich krepieren.

♦

In Paris klickte sich Filippa durch Facebook, blieb beim Profil einer Schulfreundin hängen, sah den neuesten Eintrag, wusste: Schwanger. Die war schwanger. Da war der Bauch. Und das Lächeln, das breite Lächeln im Gesicht, und die Hand auf der Wölbung unterhalb der Brüste.

Sie hasste Facebook, dachte Filippa, sie hasste Facebook. Und sie hasste sich dafür, damit ihre Zeit zu vergeuden, wertvolle Zeit. Das hatte sie davon.

Sie legte das Smartphone fort, nahm ihre Brille ab, machte das Licht aus und lag dann mit offenen Augen im Bett, sah zu dem etwas helleren Fleck, von dem sie wusste, es war das Fenster. Sois positive, Mademoiselle, sagte sie halblaut zu sich selbst. Dann: Fuck it. Sois triste, Filippa. Wenn es das ist, was du fühlst. Dann sei doch traurig. Lass es zu. Lass es endlich zu, noch viel mehr zu. Sois Hyperion, Mademoiselle.

Und draußen Dunkelheit und der Himmel voller Wolken, und Katzen, die nach etwas jagten, in der Nacht.

Freitag, 15. Mai 2015

Als Bob Manousos am Smartphone sagen hörte, in der Taverne würde jemand auf ihn warten, dachte er sofort: Zoe. Es konnte nur sie sein. Was wollte sie hier, nach zwei Monaten Schweigen. Aber vielleicht war es auch eine Verwechslung und sie war es nicht.

Und dann saß er im Auto, fuhr über die Brücke. Die Wunde am Kinn vom morgendlichen Rasieren war verkrustet, sah er im Rückspiegel, er sah erbärmlich aus. Aber da war jetzt auch nichts mehr zu machen. Und nur nicht jetzt nachdenken beginnen, wenn es doch Zoe war, sagte er sich dann, nur nicht jetzt nachdenken.

Als er die Taverne betrat, sah er sie sofort. Sie saß vor der Indianerfigur, am letzten Tisch an der Fensterfront, ganz im Eck. Schön sah sie aus, wie sie da saß. Er wollte das nicht denken, aber es war nichts zu machen. Sie war einfach so schön.

Sie hob eine Hand zum Gruß. Zögerlich, dachte Bob. Die andere hielt eine Tasse umklammert.

»Hi.«

Schüchtern klang das, dachte er, sehr leise, nur gehaucht, ein Zoe-Hi. Und große Augen, die ihn anblickten, und der Mund ein zögerliches Lächeln. Und dann schlug sie die Augen nieder, nahm einen Schluck Tee, umklammerte mit beiden Händen ihre Tasse, sah ihn wieder an.

Bob stand da und schwieg. Und alles, was er denken konnte: Was will sie hier? Was tut sie hier?

Dann spürte er Manousos' Hand ihm auf die Schulter klopfen und sah ihn eine Tasse Tee auf den Tisch stellen. »Malotíra«, hörte er ihn sagen, sah ihn auf Zoes Tasse zeigen: »You like the mountain tea?«, sah Zoe nicken, hörte Manousos sagen: »Enjoy.«

Und dann sagte Bob: »Komm. Lass uns gehen. Mir ist jetzt nicht nach Teetrinken.«

Als sie im Auto saßen, hörte er Zoe sagen: »Du hast dich am Kinn verletzt.«

Bob sagte: »Nicht schlimm.« Sie schwiegen, Bob fluchte innerlich, die Wohnung war nicht aufgeräumt und er spürte, wie er wütend war auf sie, und er spürte auch, wie ihr Geruch etwas machte mit ihm. Zoe-Duft, dachte er, schwach in dem schmalen Auto, aber doch so stark, um etwas in ihm wachzurufen, und ihm wurde heiß. Und dann in seinem Kopf wieder der eine Gedanke: Sie hat dich abgelehnt. Sie hat Nein gesagt. Sie hat immer wieder Nein gesagt. Was also will sie hier?

Bob parkte, drehte den Motor ab. Er ließ den Zündschlüssel stecken, sah aufs Lenkrad, fragte: »Warum bist du hergekommen?«

»Musste dich sehen.«

Bob sah zu ihr, sie sah nach vorn, biss sich auf die Lippen. Zoe-Lippen, dachte er, Zoe-Himbeer-Lippen.

»Warum?«

»Sehnsucht.«

Jetzt sah sie ihn an mit ihren Mandelaugen. Er hatte den Impuls, sie zu berühren. Er lenkte seinen Blick nach unten, sah auf seine Hände.

»Du erinnerst dich: Du hast Nein gesagt. Wir haben es beendet.«

»Ich weiß, was ich gesagt habe.« Ihre Antwort kam sofort, und sie klang anders als zuvor, aufgebracht klang das für Bob. »Du hattest keine Antworten auf meine Fragen. Und du fehlst mir. Du fehlst mir. Trotzdem.«

Er sah wieder zu ihr. Sie biss sich wieder auf die Lippen, sah ihn an. Und da waren wieder diese großen Zoe-Mandelaugen und da war wieder ihr Geruch, dachte Bob, dieser Zoe-Duft, und stärker jetzt. Unmöglich zu beschreiben, wonach sie roch, und unmöglich den Geruch mit sich zu tragen, ihn innerlich zu konservieren, zu erinnern. Jedes Mal wieder neu die Sensation, sie zu riechen, dachte Bob, er hatte vergessen, was das machte mit ihm, er hatte das vergessen, was das hieß, Zoe neben sich zu haben. Ihren Körper. Die Haare. Den Hals. Den Mund.

Er sah sie an. Und dann küsste er sie, zog ihren Kopf mit seiner Hand zu sich und küsste sie. Es musste sein, dachte er, es war nichts zu machen. Und er spürte ihre Zungen sich berühren, spürte die Begegnung mit dem anderen, fremden Körper, dem Zoe-Körper, spürte, wie sehr das Heimat war für ihn.

»Er hat den Termin abgesagt«, hörte Filippa ihre Mutter sagen. Sie versuchte, möglichst lautlos aus dem Zimmer zu gehen, um Anuk nicht zu wecken.

»Jetzt hatten wir endlich einen Termin, zu dem der Herr auch Zeit hat zu kommen und dann sagt er zwei Tage vorher, es geht doch nicht.« Sie klang äußerst genervt für Filippa.

»Und warum?«

»Sagt er nicht.«

»Aber du hast ihn gefragt?«

»Natürlich habe ich ihn gefragt.«

»Und?«

»Nichts und. Aus privaten Gründen.«

Filippa saß in Anuks Küche, in T-Shirt und Unterhose, und wollte loslachen, aber sie hielt sich zurück. Ihr Bruder war unglaublich. »Und die privaten Gründe kann er nicht sagen? Der eigenen Mutter?«

»Genau das habe ich ihn auch gefragt.«

»Und?«

»Nein. Sonst wären sie ja nicht mehr privat – war die Antwort.«

Jetzt wollte sie wirklich loslachen. Stattdessen sagte sie möglichst ruhig: »Ich rede einmal mit ihm. Vielleicht kann ich ihn ja noch umstimmen.«

»Ja, versuch es. Ich hätte ihn auch zum Rasenmähen gebraucht. Wenn er es mir einmal zeigt, dann kann ich es ja selber machen. Aber einmal für seine alte Mutter den Rasen zu mähen, auf dem Grund, der ihm jetzt dann auch gehört, das ist ja wohl nicht zu viel verlangt von einem Sohn.«

Als sie aufgelegt hatten, hielt Filippa das Smartphone nah an ihr Gesicht, um die Uhrzeit abzulesen. Ihr war kalt. Sie zog die Knie an, stellte die Füße auf der Sitzfläche ab und schlang das T-Shirt über ihre Beine. Sie würde es ausweiten, wenn sie lange so saß, aber das war ihr jetzt egal. Kickstart am Morgen, dachte sie, family duty …

Sie hob ihr Smartphone nah an ihr Gesicht, suchte Bobs Nummer, rief ihn an. Er nahm natürlich nicht ab, also schrieb sie ihm, ob er den Termin nicht doch wahrnehmen könnte, sonst ginge das Theater wieder von vorn los und es sei ja jetzt schwierig genug gewesen.

Sekunden später piepste ihr Telefon und Bobs Antwort blinkte auf. Er könne nicht, es tue ihm leid, aber es sei wohl nicht so schlimm, wenn das noch einen Monat warten müsse, er habe auch nicht vorhersehen können, dass er jetzt nicht würde kommen können.

Warum er nicht abnehme, wenn er offenbar das Telefon bei der Hand hätte, tippte Filippa zurück. Daraufhin blieb es eine halbe Minute still, dann piepste es erneut: Er wolle gerade nicht sprechen.

Ihr Bruder war wirklich unglaublich, dachte Filippa und sie spürte, wie sie jetzt wütend war auf ihn. Nicht sprechen *wolle*. Nicht nicht sprechen *könne*. Er musste natürlich ehrlich sein. Sie tippte *Danke für deine Ehrlichkeit* und *Es ist wirklich schön, dass du so unkompliziert bist* und *#normalbehaviouristotallyoverrated*. Und sofort tat es ihr leid, dass sie so gereizt reagiert hatte. Vielleicht ging es ihm einfach sehr schlecht, dachte Filippa dann, vielleicht lag er die ganze Zeit völlig depressiv in Griechenland herum. Wann hatte sie denn zuletzt mit ihm gesprochen?

Filippa wartete auf eine Antwort, aber das Smartphone blieb stumm. Sie lauschte, dachte, Anuk stünde auf. Aber dann hörte sie nichts weiter, also hatte sie ihn doch nicht aufgeweckt. Und was konnte sie jetzt Sinnvolles tun, möglichst leise, bis er aufstand, und ohne dass sie bis dahin erfror? Aufräumen, dachte sie dann, auf ihrem Smartphone. Zum

Beispiel die alten Sprachnachrichten löschen. Die neueste war von ihrer Mutter, von vorhin. Sie begann sie abzuhören, löschte sie, fuhr fort. Hörte ab, löschte, hörte ab, löschte. Und dann, als sie zur letzten Nachricht kam, plötzlich die Stimme ihres Vaters aus dem Smartphone. Und Filippa spürte etwas Heißes sie durchzucken und wie ihr Herz klopfte, laut. Und dann zitterten ihre Hände, sie dachte: Nicht auf das falsche Tastenfeld drücken, nicht falsch drücken, nicht falsch drücken. Und vorsichtig drückte sie dann die Nummer, von der die Computerstimme sagte, es sei jene, um die Nachricht zu speichern.

Dann legte sie das Smartphone vor sich auf den Tisch und nahm es gleich wieder in die Hand, begann zu googlen, wie lange Voicemails gespeichert wurden. Und in ihrem Kopf seine Stimme, die sagte: »Alle Jahre wieder – dein Vater braucht deine Expertise. Was soll ich deiner Mutter heuer zu Weihnachten schenken? Hast du eine Idee? Ruf mich doch einmal an, aber ohne Eile. Ich weiß, ich bin früh dran, du kennst mich ja. Wie geht es in Paris? Bis bald, dein Papa.«

Einen Tag vor seinem Tod hatte er ihr das auf die Mailbox gesprochen. Sie hatte das vergessen – dass es diese Nachricht gab. Filippa zitterte und ihr war heiß und kalt und dann musste sie weinen. Da war noch seine Stimme. In ihrem Smartphone. Seine Stimme. Sie wollte sie noch einmal hören. Sie zögerte. Was, wenn sie jetzt falsch drückte? Dann wäre sie für immer fort. Sie ließ es bleiben, legte das Gerät zurück auf den Tisch. Sie würde später googeln, wie lange sie noch Zeit hatte, die Nachricht zu speichern, sie für immer abzuspeichern, irgendwo. Und in ihrem Kopf dann wieder seine Sätze. Und dann noch mehr Tränen. Alles würde jetzt zurückkommen in ihr, sie spürte es sofort, alles von jenem Tag von vor fast genau einem halben Jahr. Und mitten in den Tränen dann doch wieder Panik – sie musste sich zusammenreißen, sofort herausfinden, wie man so eine Nachricht für immer speichern konnte. Und sie griff wieder nach dem Smartphone.

♦

Bob schob das Telefon von sich. Da wollte er den Morgen nutzen, um endlich die Mail an den Professor in Kanada fertig zu schreiben, während Zoe noch schlief, um wenigstens das einmal voranzubringen, und dann rief seine Mutter an, weil er die Notarsache verschieben musste, weil Zoe hier aufgetaucht war, und jetzt auch noch seine Schwester und war sauer. Wegen nichts. Wegen einer Lappalie.

Er starrte auf den Mailentwurf vor ihm am Bildschirm. Er hatte den Faden verloren. Er fluchte. Er hätte die Mail schon vor Wochen abschicken sollen. Aber da war er sich noch nicht sicher gewesen. Jetzt war er sich sicher. Dort gehörte er hin.

Er hörte Schritte hinter sich und klickte den Mailentwurf schnell weg, spürte Zoe ihn von hinten umarmen. Sie flüsterte »Guten Morgen«, ging zur Küche und begann, Frühstück zu machen. Er hörte sie sagen, sie glaube, sie werde doch das weiße Fahrrad kaufen, nicht das grau-violette, auch wenn es teurer sei. Ob er beide Modelle nochmals googlen könne, sie wolle sie sich einmal noch auf dem Laptopdisplay ansehen, bevor sie entscheide.

Bob öffnete die Herstellerwebsites. Zoe stellte Joghurt und Honig auf den Tisch, beugte sich zu ihm.

»Also das hier sieht schon sehr dunkel aus, nicht? Iridium and aubergine. Ist auch nicht schlecht, die Farbe, aber rainbow white ist schöner. Oder?« Sie ging zurück in Richtung Küche, begann Kaffee zu kochen. »Ich weiß nicht, ob so etwas Dunkles zu mir passt.«

Bob wechselte die Website, verglich die Spezifikationen. »Es ist auch etwas schwerer. Deshalb ist es wahrscheinlich billiger. Es geht bei einem Rennrad ja nicht primär um die Farbe.«

Er hörte Zoe sagen, dass sie sich nicht gedacht hätte, dass sie einmal bereit wäre, so viel Geld auszugeben – für ein Fahrrad. Aber dass sie glaube, es sei wichtig für sie, jetzt etwas Neues anzufangen, etwas, das sie nur für sich täte. Sie habe das Gefühl, das würde sie trösten, stärken, sei gut für ihre Energie.

Bob blickte auf. Schon wieder ein Vorwurf oder nicht? Was hatten denn heute alle. Und was sollte er jetzt darauf sagen?

Er blickte wieder auf das Display, las nochmals die Modellbeschreibungen. Die Unterschiede waren marginal, selbst in den Rahmenspezifikationen. An sich war er kein großer Fan von Weiß. Aber die Anbauteile waren alle schwarz. Und es hatte etwas, dieses rainbow white … Je nach Lichteinfall, stand da, schimmerte das Weiß in den Regenbogenfarben. Eigentlich ein Paradoxon, dachte Bob, und: Interessant. Der Basislack musste weiß sein und darüber hatten sie wahrscheinlich noch einen entsprechenden Effektlack gelegt. Nur so war das möglich. Weil Weiß die Summe aller Farben war, aller sichtbaren Wellenlängen des Lichts. Ein weißer Basislack konnte alle bunten Regenbogenfarben tragen. Und dann fragte Bob sich, was eigentlich mit den Rädern des Vaters war, die mussten doch auch etwas wert sein. Mindestens drei fielen ihm ein, die in der Garage standen oder gestanden waren, früher.

Zoe kam mit dem Kaffee zurück an den Tisch und setzte sich. Ja, sie glaube, sie würde das weiße kaufen, sagte sie nach einer Weile.

»Das regenbogenweiße meinst du«, sagte Bob, »mit dem schwarzen Lenker.« Das allen verschiedenen Farben ihren Raum lässt, sie nicht erdrückt, sondern im Gegenteil, sie gleichzeitig zum Vorschein bringt, dachte Bob, in all ihrer Unterschiedlichkeit. Er sah sie an. Ob ihn Zoe verstand. Ob irgendjemand ihn verstand.

»So typisch du«, sagte Zoe, »schwarzer Lenker, Schwarze Löcher, dunkle Materie, dunkle Energie … schwarzer Kaffee«, hörte er sie sagen, »willst du noch?« Sie zeigte auf seine leere Kaffeetasse. Er nickte und sie ging zum Herd. Er blickte ihr nach. Er mochte ihren Rücken und wie sie sich bewegte. Und er überlegte, ob er sagen sollte: Schwarz wird wirklich ungerecht behandelt. Schwarz ist die vollständige Abwesenheit von Licht, und die ist notwendig. Kein Auge kann zu viel Licht vertragen, nur vier Prozent aller Materie sind sichtbar im gesamten Universum – nur vier Prozent. Und wahrscheinlich werden in Schwarzen Löchern neue Universen geboren … Aber wenn ich das jetzt sage, bin ich wieder der seltsame Nerd. Selbst für dich, dachte Bob, als Zoe die volle Kaffeetasse vor ihn auf den Tisch stellte und ihn auf die kurzgeschorenen Haare küsste.

»Kauf das regenbogenweiße«, sagte er, »es hat die richtige Farbe.«

Montag, 18. Mai 2015

Mojtaba und Kamran sind positiv. Stell dir vor. Wenigstens das, erzählte Marlene ihrem toten Mann am Grab stehend. Sie haben den Bescheid heute bekommen. Sie haben sich so gefreut. Das heißt jetzt Arbeit und Wohnung finden, für Mojtaba. Sie müssen aus dem Heim raus, ich glaube, innerhalb von acht Wochen. Nicht viel Zeit. Und wer gibt so jemandem hier schon eine Wohnung? Aber es wird sich schon etwas finden.

Ein halbes Jahr ohne dich. Marlene streifte sich einen Handschuh über und bückte sich, um die verwelkten Primeln aus der Schale zu befreien. Viel zu kurz geblüht hatten sie. Sie spürte ihr Knie, sie würde das irgendwann einmal anschauen lassen müssen. Oder auch nicht. Wozu. Und sie hatte anderes zu tun, dachte Marlene weiter, während sie die Pflanzen in einen Karton stellte und dann eine frische Kerze anzündete.

Und Franz war noch einmal hier. Hat den Laptop wieder mitgenommen. Gesagt, er will nicht aufgeben. Ich habe ihm gesagt, dass Bob leider noch nicht wieder hier war, um sich den Computer anzusehen oder mit ihm, Franz, über das unvollendete Projekt zu reden, und dass Pippa die Schachteln alle durchgesehen hat, ohne Ergebnis. Und ich mir auch nicht denken kann, dass du das Passwort auf einem Zettel notiert hast. Du hast dir doch immer alles so gemerkt.

Sie zögerte kurz, dachte an die ihr fremde Jacke, die sie im Büro gefunden hatte. Jedenfalls glaube ich es nicht, sprach sie weiter stumm zu ihrem toten Mann, während sie sich noch einmal bückte und an einem neu gesetzten Stiefmütterchen herumzupfte. Und dann dachte sie: Vielleicht ist Franz das, der hier ab und zu eine Kerze anzündet. Aber macht das ein Mann, ein Kollege? Und sie fragte ihren Mann: Kommt Franz hierher? Kommt er dich auch besuchen?

Dann: Kannst du mir natürlich nicht sagen. Leider. Ich würde es aber gerne wissen. Ich glaube, er ist es. Wer soll es sonst sein.

Sie stand wieder aufrecht am Grab.

Wie schlage ich mich, dachte Marlene.

Sie sah, wie Menschen am unteren Eingang in den Friedhof strömten. Es brauchte nicht einmal das Schwarz, um zu erkennen, dass es ein Trauerzug war. Es war das Schweigen, dachte sie. Und die gesenkten Blicke. Die stummen Arme. Die langsamen Schritte. Hände, die das eigene Gesicht bargen. So sah Trauer aus. Sie spürte einen Stich, dachte, ein halbes Jahr, was ist ein halbes Jahr, spürte den November wieder, die Händedrucke und Umarmungen, stumm, fast alle stumm, oder sie hatte damals nichts gehört. Sie seufzte tief, den Karton mit den Primeln in der einen Hand, die ausgebrannte Kerze und das Jätzeug in der anderen. Im Rücken das fremde Begräbnis, und sie dachte: Besser sie entfernte sich, fremde Trauer, ging sie nichts an. Und Kamran brauchte Hilfe bei der Hausübung. Und Mojtaba eine Arbeit. Und Munir einen Computer. Und Samim endlich ein Fahrrad. Und sie?

Ihr Telefon vibrierte. Sie klemmte den Karton Primeln unter den anderen Arm und sah auf das Display. Ihr Sohn hatte ihr geschrieben: Rasenmähroboter – die Testsieger. Zwei Links waren dabei. Er würde den billigeren nehmen, der würde wohl reichen, schrieb Bob.

Und als Marlene dann im Auto saß, dachte sie: Vielleicht schenke ich Samim eines von Hermanns Fahrrädern. Warum denn eigentlich nicht.

Donnerstag, 21. Mai 2015

Bob und Zoe saßen an dem Tisch, an dem Zoe bei ihrer Ankunft auf ihn gewartet hatte, vor ihnen eine große Portion Joghurt mit kandierten Früchten. Sie saßen nebeneinander, an der Wand, und blickten beide in den Gastraum der gut gefüllten Taverne, und Zoe legte ihren Kopf an Bobs Schulter und blieb so, und er küsste sie aufs Haar und dachte: Es fühlt sich richtig an. Es fühlt sich alles richtig an. Und dann: Aber wenn es so ist, warum muss ich es mir dann sagen? Die selbstverständlichen Dinge braucht man sich doch nicht zu sagen. Lichtgeschwindigkeit braucht man nicht zu hinterfragen und ihren Wert nicht immer wieder neu zu bestimmen, man konnte ihn einfach als gegeben betrachten – fundamentale Naturkonstante.

Er hörte sie murmeln, wie süß sie den Priester fand in seinem bodenlangen Talar und mit dem langen, welligen Haar, tief im Nacken gebunden, und dem mächtigen Bart, wie er jetzt mit einem Baby auf dem Arm durch die Taverne spazierte, ihm die Welt durch die Glasscheiben zeigte.

Nein, sagte sich Bob, noch einmal, es ist nicht falsch, das hier, ihr Kopf an seiner Schulter und ihre Stimme so nah und alles so vertraut, und dass es doch genau darum ging und um nichts sonst – um dieses Gefühl, das er jetzt hatte, ihretwegen, nur ihretwegen. Alles verwandelt, und nur wegen ihr. Er hatte die Taverne auch vor diesem Tag gemocht, sicher, er trank hier Bier mit Manousos, sprach mit Vangelis oder vielmehr stritt er mit ihm. Aber jetzt, jetzt war es etwas anderes, jetzt war die Taverne verwandelt, war der Ort neu. Lebendiger, dachte Bob, und: Mehr Sterne. Es ist, als nehme Zoe das Streulicht fort, schwärze den Himmel für ihn, sodass er besser sehen konnte, auch die Sterne, die nicht so hell leuchteten. Er sah mehr mit ihr. Er sah anderes mit ihr. Ja, das war es. Und er zog sie näher zu sich heran und überlegte, ob er ihr genau das jetzt einfach sagen sollte, als ihnen Manousos' Vater den Raki brachte.

Und dann stand Vangelis bei ihnen am Tisch und setzte sich auf einen freien Stuhl und fragte Zoe, woher sie käme. Und Bob flüsterte ihr ins Ohr: »Jetzt geht es los«, während Vangelis Zoe auszufragen begann, wissen wollte, in der wievielten Generation sie Holländerin sei und ob sie stolz sei auf ihr Heimatland, das einst ja eine bedeutende Kolonialmacht gewesen sei und also sehr viel geraubt habe, im großen Stil, von anderen Menschen, nämlich den Fremden, den Nichtholländern, dass es sie betrogen und unterdrückt habe, und obendrein heute noch einen König als Staatsoberhaupt habe. Und noch einmal flüsterte Bob Zoe sehr leise ins Ohr: »Er ist so, wie ich gesagt habe, oder?«

Manousos erschien am Tisch, wollte sich dazusetzen, wurde aber gerufen, also hörte Bob ihn nur im Weggehen zu Vangelis sagen: »Áfise tin ísychi«, und hörte Vangelis fortfahren: »But it is important to talk about those things. You know countries do a lot of harm. And nobody doubts them. Nobody. As if they were something natural, existing by the law of nature. He understands.« Vangelis zeigte auf Bob. Und dann sagte er, wieder zu Zoe gewandt: »He is a very smart man, your friend. Énas filósofos. You understand – filósofos?«

»A philosopher?«, sagte Zoe und nickte. »Yeah he is.« Sie sah Bob an. Sehr süß, dachte er.

»See, you understood. And why you understood? Because we invented it. Greek people invented philosophy. Like mathimatiká, fysiki, geografía, viología, iatrikí, athlitismós … practically everything we invented.« Bob hörte Vangelis etwas zu Manousos rufen, und dann sah er Manousos mit einer Tasse zu ihnen an den Tisch treten und demonstrativ den Kopf schütteln, als er sie Vangelis reichte.

»See? Read. It's all there. Everything we invented. We invented everything«, sagte Vangelis zu Zoe gewandt.

Zoe nahm die Tasse in die Hand. Es war ein Souvenirartikel, Bob kannte diese Tassen aus dem Supermarkt, sie waren übersät mit den griechischen Begriffen für alle möglichen Wissenschaftsdisziplinen und mit den englischen Entsprechungen dafür. Zusammen ergab die Anordnung all dieser Wörter ein großes blaues Herz und darunter stand *Feel the heart beat of Greece all over the world.*

»I thought you did not like countries«, sagte Bob zu Vangelis.

»See, smart man, your friend«, sagte Vangelis zu Zoe gewandt und lachte. »I like him.« Und dann zu Bob gewandt: »Hellás was not a state like Anglía or Gallía or Ollandía or Afstría. It was different. But you know that my friend. And this word on the cup, it is the least important.« Er deutete auf *Greece*. »The important thing is: The *people* invented it. The Greek people! This was the spirit of Hellás. Do you know Anaxímandros?«

Er sah Bob an. Bob schüttelte den Kopf.

»You should. You're like him, epistímonas, scientist. Anaxímandros was the first scientist, you know, the one who started science. And look what he did! Thousands years later we build on that. All over the earth. Well, not all over, but in some parts, at least in some parts – still. In Greece very difficult for science nowadays. No money. Young people are leaving. In Greece – very sad situation. In many countries.« Er sah diesmal Zoe an. »The global system – very bad for science.« Er machte eine wegwerfende Handbewegung und trank seinen Raki in einem Zug aus.

Und dann sagte er, und es klang jetzt ganz anders, ruhig und sehr ernst, dachte Bob: »Dark ages.« Vangelis wiederholte seine Geste. »Dark ages.« Dann wandte er sich an Bob: »Next week I will take you to my bees.« Und er fragte, ob Zoe auch kommen wolle, aber sie sagte, sie könne leider nicht so lange bleiben, müsse zurück.

»Are you scientist too?«

»I am a biologist, yes.«

»Ah. You study life. That's good. He is not interested in life. Only in stars. Moon. Black holes, he told me.« Er deutete mit seinem Kopf wieder zu Bob. »I don't understand how one can be more interested in things so far away instead of all the life you can touch with your bare hands and smell with your nose and taste with your tongue every day.«

»Well, there are some people who prefer to keep a distance. He definitely is one of them«, sagte Zoe lächelnd. Auch wenn das wohl scherzhaft gemeint war von ihr, dachte Bob, er fand es nicht komisch. Er hatte das so satt, dieses Klischee vom asozialen Alien, nur weil er Kosmologe war. Er sagte, dass Entfernung ja relativ sei, das zeige das Internet wohl jedem Vollidioten, und dass der Raum sehr wahrscheinlich gar keine fundamentale Größe sei, anders als die Zeit, sondern emergent entstünde aus Formen, und dass Nichtlokalität und Quantenverschränkung zwei der interessantesten Probleme in der Physik seien. Sehr wahrscheinlich gäbe es sehr, sehr viele Beziehungen nichtlokaler Art. Gleichzeitig könnten unüberbrückbare Differenzen bestehen zwischen zwei Menschen, die direkt nebeneinander säßen. Er sah Zoe an, als er das sagte, und fuhr dann fort: Und er könne die Sterne sehr gut sehen und auch den Mond, es gäbe ja die Instrumente dafür. Und ein wenig außerirdische Materie könne man sogar mit der bloßen Hand berühren – Mondstaub etwa oder Teilchen eines Meteoriten. Er dachte an das Päckchen, das er in das Grab seines Vaters geworfen hatte, und fuhr dann fort: Und es stimme nicht, dass Sterne nicht lebendig seien. Es stimme einfach nicht. Die Sonne würde eines Tages sterben, so wie alle anderen Sterne sterben müssten – so wie ein Delphin oder ein Baum oder ein Berg oder ein Menschentier. Es sei nur eine Frage der Zeit. Die Menschheit würde eines Tages eine andere Heimat brauchen. Das sei ein Faktum. Und er verstünde nicht, warum die Leute immer noch so lebten, als sei es anders. Warum sie das bisschen Zeit, das jeder für sich hatte, damit vergeudeten, sich gegenseitig zu bekriegen, einander grausamst auszubeuten und nebenbei diesen Planeten komplett zu ruinieren, anstatt sich ein bisschen für den Kosmos zu interessieren und all die verborgenen Zusammenhänge darin.

Er pausierte kurz, und als niemand etwas sagte, fuhr er fort: Wenn die Leute sich mehr für Sonne, Mond und Sterne interessierten so wie die paar Spinner, zu denen er gehörte, wenn alle endlich mehr *wüssten* über ihre Heimat – die Heimat, die sich niemand aussuchen konnte, die sie alle teilten, teilen mussten, weil es, im Moment jedenfalls, nur die eine gab –, vielleicht wäre dann alles besser oder vielleicht nicht alles, aber vieles.

Er sah die beiden an, er wusste, er hatte sich umsonst in Rage geredet, es war immer das gleiche, nicht einmal Zoe verstand ihn ja wirklich, dachte Bob, verstand seine Faszination für den Mond und für all das dunkle, unsichtbare Verbindende, das aber *da* war. Oder lag er falsch? Er sah sie von der Seite an. Sie schwieg. Und er spürte Wut in sich und wusste nicht, worauf genau, und dachte, dass er jetzt gehen wollte, und begann, den Dessertrest aufzuessen, schnell.

Er hörte Vangelis zu ihm sagen: »Well, you should see my bees.« Und zu Zoe gewandt: »They are suffering. Bees are very sensitive animals. Very smart too. And when you come back I take you to the forest. You know píny …« Und er rief Manousos quer durch den Raum zu: »Pos legetou to péfko sta angliká?« Und Manousos rief zurück: »Pine trees.«

»Yes, pine trees. They are dying. All the trees here: sick. Too weak to fight the enemy. It's too hot and too dry. They are weak.« Vangelis stand auf.

»So you come back soon«, sagte er zu Zoe, und zu Bob: »And we will go to the bees next week. Tetárti.« Wieder hörte Bob Vangelis Manusos das Wort zurufen, der für ihn übersetzte: Mittwoch. Tetárti war Mittwoch.

»You know you really should learn Greek, my friend. Kalinýchta.«

Das wusste er mittlerweile, was das hieß. »Good night«, antwortete Bob.

Und dann war er fort, verabschiedete sich auch von den anderen und ging hinaus zu seinem großen schwarzen Pickup.

Später lagen sie einander zugewandt im Bett. Im Zimmer war es dunkel. Bob sah Zoe an. Ihre Augen waren geschlossen, er hörte sie ruhig atmen. Aber sie schlief noch nicht. Er spürte einen Zoe-Fuß an seinem Bein. Er sagte: »Glaubst du wirklich, dass ich immer auf Distanz bleiben will?«

»Gibt es unüberbrückbare Differenzen? Zwischen uns?«

Bob sah, wie sie die Augen aufschlug, ihn mit ihrem Blick fixierte. Er schwieg. Nach einer Weile sagte sie: »Ich weiß nicht. Ich glaube, du bist vielleicht nicht so gut darin, deine Gefühle zu kommunizieren. Andere fühlen sich so schnell außen vor, zurückgelassen, nicht richtig *gesehen*, so irgendwie.«

»Aber ich habe dir doch meine Gefühle kommuniziert, sogar sehr, sehr deutlich.« Er wusste, dass er dabei war, eine Wunde, die sich in diesen Tagen ein wenig geschlossen hatte, von Neuem aufzureißen. Aber er konnte jetzt nicht anders.

Zoe seufzte. Sie zog ihren Fuß fort von ihm und setzte sich halb auf im Bett. »Jetzt redest du wieder von unserem Streit, oder?«

»Es war kein Streit.« Bob setzte sich ebenfalls auf im Bett, er suchte ihre Augen, aber in der Dunkelheit konnte er sie nicht finden, sie sah ihn auch nicht an, das sah er, sie hatte die Arme auf die angewinkelten Knie gestützt, sah nach unten, sagte leise: »Doch, war es.« Und noch leiser: »Bitte nicht noch einmal.«

»Nein, war es nicht. Ich habe dir eine Frage gestellt und du hast Nein gesagt. Das ist kein Streit.«

Wieder Schweigen. Dann sagte Zoe: »Siehst du, das ist genau, was ich meine. Du *siehst* mich nicht. Du bist gekränkt. Das ist, was du siehst. Weil du die Frage gestellt hast. Und ich weiß, es ist eine wichtige Frage. Ich verstehe, dass du deshalb sauer bist und dich gekränkt fühlst.«

»Ich bin nicht sauer.« Er war laut geworden, dachte Bob, aber er hatte es so satt, die ganze Zeit gesagt zu bekommen, wie er sich fühlte, sie tat das ständig.

Zoe seufzte. »Wie auch immer. Für mich war es ein Streit. Wir haben eine ganze Weile gesprochen, oder nicht? Und ich habe dir versucht zu erklären, warum ich nicht Ja sagen kann, nicht einfach so, sofort.«

Sie sah auf, sie blickte ihn jetzt an, in der Dunkelheit, er spürte es. »Ich habe dir gesagt warum. Ich habe versucht, es zu erklären. Ich habe eine Mail geschrieben und es noch einmal versucht. Ich habe Tage gebraucht für diese verdammte Mail. Um dir alles zu erklären. Ich habe mir solche Mühe gegeben. Ich dachte, ich darf es nicht falsch machen, ich muss es richtig machen. Damit ich dich nicht verliere. Und dann schreibst du nicht einmal zurück. Einfach kein Wort. Nichts. Keine Antwort. Deshalb glaube ich zum Beispiel, dass du mich nicht *siehst*. Du verstehst nicht, was ich mir wünsche. Wovor ich mich fürchte. Du weißt nicht, wie einsam ich mich manchmal fühle. Wie ausgeschlossen aus deinem Leben, deinen Entscheidungen. Und dagegen hilft kein Ring an einem Finger. Der schützt nicht vor Einsamkeit. Aber das verstehst du nicht. Du verstehst es einfach nicht. Aber das ist, warum ich nicht einfach Ja sagen konnte. Ich brauche Antworten.«

»Aber wovor fürchtest du dich?« Warum denn immer Angst, dachte Bob, wovor, das verstand er wirklich nicht, und er dachte an die Antwort-Mail in seinem Entwürfe-Ordner, die er dann doch nicht abgeschickt hatte, weil ihm alles sinnlos erschienen war und der Brief zu weinerlich und zu verärgert zugleich, weil es einfach nicht richtig geklungen hatte, was da stand, nicht ausdrückte, was er fühlte. Und er dachte an die Mail an diesen einen Professor, die er immer noch nicht abgeschickt hatte. Er verlor Zeit. Die ganze Zeit verlor er Zeit, dachte er.

»Wenn ich zum Beispiel jetzt schwanger wäre. Was wäre dann?«

»Bist du?« Bob begann augenblicklich zu schwitzen, suchte ihre Augen. Er wusste, sie sah ihn an. Sie schwieg und sah ihn an. Er fragte nochmals, lauter: »Bist du schwanger?«

»Nein. Bin ich nicht.«

Wenigstens das jetzt nicht, dachte Bob. Das hätte ihm gerade noch gefehlt. Und er spürte, wie er erleichtert war. Er hörte Zoe weitersprechen: »Aber wenn ich es wäre ... würdest du dann zurückkommen nach Holland oder nicht? Wäre ich allein? Würdest du ausflippen wie eben?«

»Ich bin nicht ausgeflippt«, unterbrach Bob sie. Warum musste sie ihm denn wirklich die ganze Zeit sagen, wie es ihm ging, woher wollte sie das wissen.

»Doch, bist du.«

»Nein, bin ich nicht.«

»Egal«, fuhr sie fort, »aber wenn ich es wäre, würdest du dir dann einen Job suchen, um dein Kind und mich finanziell zu unterstützen oder würdest du trotzdem irgendwohin nach Südamerika ziehen oder nach Australien, deiner Karriere wegen. Das ist nämlich die Botschaft, die ich von dir die ganze Zeit bekomme: Deine Arbeit kommt zuerst. Immer. Und ich verstehe das ja, weil ich selber auch so bin. Und ich verstehe auch, dass es nur ungefähr zehn Universitäten auf diesem Planeten gibt, die für dich infrage kommen.«

»Drei«, unterbrach sie Bob wieder. »Maximal. Aber eigentlich will ich nur zu einer, nach Kanada. Nach Südamerika oder Australien will ich ganz sicher nicht.«

»Wunderbar – nur drei Orte, die für dich infrage kommen! Und nur eine einzige Universität, an die du wirklich willst, perfekt!« Bob konnte Zoes Gesichtsausdruck nicht erkennen, aber er sah sie gestikulieren. Aufgebracht, dachte er, sie klang auch so, das war Zoe-Wut, und er hörte sie weitersprechen: »Und was mache ich dann dort in Kanada? Mich um die Kinder kümmern? Ich hasse, wie ich klinge. Ich weiß, Paare streiten die ganze Zeit wegen genau solchen Entscheidungen, und ich wollte nie so werden. Aber ich frage mich wirklich, warum wir heiraten sollen, wenn wir sowieso nicht zusammen sein werden und keine Familie haben werden. Oder werden wir?« Sie hielt einen Moment inne, fuhr dann fort: »Siehst du, ich weiß das nicht, weil wir darüber nicht gesprochen haben. Wir haben über so vieles nicht gesprochen. Es schien alles so einfach, als du noch deinen Job hattest und wir in derselben Stadt gelebt haben. Aber dann ist alles plötzlich auseinandergebrochen. Zumindest war es für mich so. Und ich habe *uns* überhaupt nicht mehr gespürt. Ich muss uns spüren können.«

»Dazu musst du an das, was wir sind, glauben. Damit fängt es an. Man muss an das glauben, was man will, was man sich wünscht«, sagte Bob. Er suchte wieder ihre Augen. Aber sie sah ihn nicht an. »Das ist viel wichtiger, als zu klären zu versuchen, wo wir leben oder wie wir leben werden. Für mich. Das alles können wir klären, wenn es zu klären ist. Wir werden das schaffen. Wenn wir wollen. Weil wir uns lieben. Ich werde da sein, wo du bist. Vielleicht nicht immer, aber ich werde da sein. Weil ich da sein will.«

»Aber das stimmt nicht. Du bist nicht da. Du bist gegangen. *Ich* bin gekommen. *Ich* bin nach Griechenland geflogen. *Du* bist einfach verschwunden. Ganz plötzlich. Zuerst geistig, nachdem dein Vater gestorben ist und du den Job nicht bekommen hast, und dann physisch. Du bist einfach abgehauen.«

»Aber ich bin auch in einer Extremsituation. Ja, mein Vater ist gestorben. Und ja, ich habe den Job, von dem ich mir absolut sicher war, ihn zu kriegen, nicht bekommen. Danke, dass du mich daran erinnerst. Mein ganzes Leben ist innerhalb eines Monat fast vollständig zerbrochen. Das stimmt. Weißt du, wie sich das anfühlt? Hast du dir einmal versucht vorzustellen, wie sich das anfühlt, mit all deiner Empathie? Nur eine Sekunde? Das einzige intakte Ding in meinem Leben waren wir.«

Jetzt sah sie ihn an. Er spürte das, trotz der Dunkelheit, er fühlte ihren Blick. »Aber dann ist auch das kaputtgegangen«, fuhr er fort. »Und warum? Weil ich dir nicht sagen kann, wo ich leben werde? Glaub mir, ich wünschte wirklich, ich könnte dir sagen, wo ich in einem halben Jahr sein werde. Ich wünsche mir nichts mehr, als möglichst schnell eine Stelle zu finden, an einem Ort, an dem Menschen sind, die das Gleiche glauben wie ich. Das war in Holland ja nicht einmal der Fall. Und ich sehe das erst jetzt so richtig klar. Ich war die ganze Zeit am falschen Ort, in einer vollkommen falschen Umgebung.« Und zwar deinetwegen, dachte er. Und dass er beginne zu glauben, dass sein Vater recht hatte, in allem, dass er ein Loser sei, ein vollkommener Versager, der es nicht mehr auf die Reihe kriegen würde, seine Karriere in den Sand gesetzt habe, falsche Entscheidungen getroffen habe, auch wegen ihr, um bei ihr zu sein. Er sagte es nicht. Stattdessen sagte er: »Jedenfalls tut es mir leid, dass ich dir nicht sagen kann, wo ich in einem halben Jahr sein werde. Glaub mir, das kotzt mich selber total an. Ich möchte nichts mehr, als in Ruhe arbeiten. In der richtigen Umgebung. Ich kann jetzt keinen Fehler mehr machen. Ich stehe mit dem Rücken zur Wand, verstehst du. Ich bin so unter Druck wie nie. Die Leute fallen nach dem Doktor reihenweise aus dem System, finden keine Stelle mehr. Ich kann nicht einer von denen sein.« Er schlug mit einer Hand in das Kissen. »Ich habe mich schon, bevor du Nein gesagt hast, richtig mies gefühlt. Und dann lässt du mich auch noch im Stich.«

Er hatte seinen Blick jetzt Richtung Fenster gerichtet und dachte, dass er nicht mehr weitersprechen wollte, er wollte jetzt hinausgehen an die frische Luft, sofort, und zum Mond hinauf sehen. Aber dann blieb er doch sitzen und begann, seine Schläfe zu massieren, und er hörte Zoe neben sich sagen: »Aber warum schließt du mich so aus aus allem? Wann immer etwas Schlimmes geschieht, verschwindest du in dir. Schweigst. Du redest nicht mit mir. Du rufst an, um mir zu sagen, du wirst in zwei Tagen nach Griechenland fliegen – du weißt nicht, für wie lange. Einfach so sagst du das zu mir. Verstehst du? Deshalb sage ich, dass du mich ausschließt aus deinen Entscheidungen. Du redest nicht mit mir.«

Er dachte: Er erinnerte sie daran, dass sein Vater gestorben war und er seinen Job nicht bekommen hatte, denn es war *sein* Job gewesen, es war klar, dass er ihn bekommen sollte, und was tat sie daraufhin? Sie kritisierte ihn. Auch sie. Kritisierte ihn. Hörte nicht auf damit. Er war jetzt wirklich wütend. »Ich weiß nicht, was ich falsch gemacht habe, dass alle mich die ganze Zeit kritisieren. Und zwar wirklich die ganze Zeit.« Er sah seinen Vater wieder vor sich, im Auto sitzen, davonfahren, er sah den Professor ihm die Hand geben, zum letzten Mal. Er sah seine Mutter mit ihm streiten. »Ich habe wirklich gedacht, du bist auf meiner Seite. Du bist der eine Mensch auf der Welt, der auf meiner Seite ist.« Er suchte ihre Augen wieder, fand sie nicht, sie blickte nach unten. »Aber offenbar habe ich mich getäuscht. Du bist nicht mehr auf meiner Seite. Ich habe versucht, mich die letzten Wochen irgendwie über Wasser zu halten, nicht unterzugehen trotz all dem Negativen, das passiert ist. Ich habe versucht, stattdessen einen riesigen Schritt in eine Zukunft zu machen, mit dir. Aber du wolltest nicht. Du hast mich abgewiesen. Du glaubst gar nicht an uns.«

Und jetzt stand er doch auf, aber er spürte Zoes Hand an seinem Arm, fest spürte er sie ihn zurückhalten, ihn zu sich ziehen. Und er ließ es zu und er hörte sie flüstern: »Doch, ich glaube an uns. Sonst wäre ich nicht hergeflogen.« Und sie sagte, dass es ihr leidtäte, dass sie ihn nicht kritisieren wolle, dass sie ja verstehe, dass es eine schwierige Zeit sei für ihn, sie verstehe das, und dass sie ihn liebe. Dass sie deshalb hier sei. Und dass es doch darum ging. Um nichts sonst. Und dass alles gut werden würde. Es würde alles gut werden.

Und sie umarmte ihn und wieder war da ihr Geruch. Und ihr Körper, vage in der Dunkelheit, ihr warmer Körper, dicht an seinem, und ihr Atem und ihr Herz und unter seinen Fingern ihre Haut. Bob atmete tief ein und spürte wieder das Chaos in ihm selbst, er wusste, sie würde morgen zurückfliegen und nichts war gelöst, nichts geklärt, alles Chaos, in ihm alles Chaos, und dann spürte er ihre Hände ihm das T-Shirt über den Kopf ziehen und ihre Hände über seinen nackten Rücken streichen und ihre Lippen an seinem Hals.

Montag, 25. Mai 2015

Marlene stand im Wohnzimmer vor der Terrasse, das Telefon am Ohr. Sie müsse es verstehen, es läge am Deutsch, es liege nicht daran, dass er Ausländer sei, Migrant, es liege am Deutsch. Er bräuchte dringend Leute, aber eben, sie müssten die Sprache sprechen, wenigstens ein bisschen.

Jetzt fiel ihr wirklich keine Firma mehr ein, bei der sie noch um eine Stelle fragen konnte, für Mojtaba. Sie ließ sich auf das Sofa fallen, spürte die Enttäuschung. Es war immer das gleiche. Aussichtslos. War das frustrierend. Und warum war Mojtaba im Schreiben beim Test wieder durchgefallen. Lesen, Sprechen, Hören hatte er diesmal bestanden, nur den Teil mit dem Schreiben nicht. Sie sah ihn vor sich mit dem Stift in der Hand. Den hatte sie ihm mitgebracht. Er selber besaß gar keinen, dort in ihrem Zimmer gab es nichts zu schreiben, weder Bleistift noch Papier. »Alles Handy schreiben«, hatte er gesagt und gelacht, »oder reden in Handy«, und ihr gezeigt, wie das funktionierte. Wie sollte er also schreiben lernen. Wie war das für ein erwachsenes Gehirn, erst lernen zu müssen zu schreiben. Und wie brachte sie ihn dazu zu üben.

Marlene sah in den Garten hinaus. Das Gras war jetzt schon so hoch. Was sich die Nachbarn denken mussten. Und schon wieder war da diese schwarze Katze. Ständig war jetzt diese Katze in ihrem Garten. Sie wusste nicht, woher sie kam, wem sie gehörte. Hermann wäre längst hinaus auf die Terrasse gesprungen, um sie zu verjagen, der Vögel wegen. Und sie saß nur hier auf dem Sofa und sah in das Grasgrün und das Wolkengrau.

Und wer schnitt dieses Jahr die Sträucher. Und kümmerte sich um die Johannisbeeren. Die Marillen. Die Nüsse. Sie würde doch Munir fragen. Was sollten die Nachbarn schon sagen. Sie würden sie schon nicht anzeigen deswegen. Konnte doch sein, dass er als Freund ihr half. Musste niemand wissen, dass sie ihm dafür auch Geld gab. Wo er doch sonst nichts tun durfte, überhaupt nichts, weil er negativ bekommen hatte. Nur warten. Das durfte er. Zuerst auf die erste Anhörung. Dann auf den Bescheid. Jetzt auf die zweite Anhörung. Immer warten. Warten, dachte Marlene, wie sie selbst ja auch. Dass jemand anrief. Jemand Hilfe brauchte. Jemand kam. Warten auf Godot, dachte Marlene. Und dann drehte sie sich um, nahm das Telefon, schrieb an ihre Tochter, fragte, ob sie glaube, dass es zu riskant sei, Munir im Garten arbeiten zu lassen, wegen der Nazi-Nachbarn.

Im Eck lief stumm der Fernseher, neben dem Sofa standen die Schachteln aus dem Keller. Immerhin standen sie jetzt schon hier, nicht mehr im Keller, dachte Marlene. Nur angerührt hatte sie sie noch nicht.

Aber jetzt griff sie nach der ersten Schachtel und fischte einen Packen Briefe ihrer Mutter heraus. Sie ging sie durch, sah Briefe an den Bruder in New York. Briefe an den anderen Bruder in Deutschland. Briefe von vor dem Krieg. Briefe von während dem Krieg. Briefe von nach dem Krieg. Briefe an den frisch vermählten Gatten an die Front. Und später in das Lager, in dem er einsaß, während Dodo geboren worden war. Sie nahm einen heraus, las: *Mein liebes Tonele!* So hatte sie ihn später nie genannt. Sofort steckte sie ihn zurück in das Kuvert. Sie war noch nicht bereit dafür. Da war zu viel Vergangenheit darin, viel zu lebendig und zu unerreichbar fern.

Sie legte den Deckel wieder auf die Schachtel, sah auf die Uhr. Noch eine Stunde bis zur ersten Nachrichtensendung. Sie ging in die Küche. Warten auf Godot, dachte Marlene noch einmal.

Und was damit tun, mit all diesen Briefen dieser jungen Frau von damals, die dann ihre Mutter gewesen war? Die mitten im Krieg als Vollwaise von Deutschland hierhergekommen war, ganz allein. Und mit den Briefen der Brüder, der eine nach Amerika ausgewandert, rechtzeitig, der andere doch wieder nach Deutschland heimgekehrt, und beide am D-Day verwundet, in feindlichen Uniformen. Und mit den Liebesbriefen ihres Vaters – was damit tun? Und mit ihren eigenen? Und den paar von Hermann? Die gab es ja auch, irgendwo in einer Schachtel in ihrem Zimmer gab es die. So wie die vielen Super-8-Filme, die digitalisiert werden müssten. Hatte sie noch nicht geschafft zu tun. Und wozu auch, sie selber konnte sie nicht ansehen, sie würde sterben, wenn sie ihn wieder sähe und sich selber, jung.

Freitag, 5. Juni 2015

Filippa saß an ihrem kleinen Tisch in der Küche, vor ihr eine Tasse Kräutertee. Sie war hundemüde. Aber wenigstens war es der letzte Blocktermin gewesen in diesem Semester. Bis auf Weiteres brauchte sie an keinem Freitag mehr mit der allerersten Maschine von Paris losfliegen, um dann an ihrer alten Uni ihr Seminar zu halten und danach sofort wieder zum Flughafen zurückzusprinten und hierherzufliegen … Ein bisschen stolz war sie ja schon auf sich, dass sie das auch noch schaffte – neben ihrer vollen Unterrichtsstelle hier in Paris und den Korrekturaufträgen und der Habilitation, die sie schrieb. Oder eben nicht schrieb, denn etwas blieb ja doch auf der Strecke und das war ihr eigenes Projekt, ganz klar. Sie sah auf ihre To-do-Liste. Die Klausuren hier am Institut, die jetzt anstanden, waren die letzte Hürde vor dem Sommer … Und dann musste sie unbedingt ihre Arbeit weiterschreiben, aufholen, was sie während des Semesters nicht geschafft hatte.

Sie klappte ihren Laptop auf, öffnete die Mailbox. Fast zwanzig neue Nachrichten, sah sie, und alle zum selben Betreff. Etwas musste da heute noch vorgefallen sein am Institut, nachdem sie zum Flughafen aufgebrochen war, vielleicht wegen dieses Diversity-Management-Workshops, über den sie in der Teeküche diskutiert hatten. So viele Mails von Institutskollegen in ihrer Mailbox, und alle über den Institutsverteiler geschickt. Sie begann zu lesen: *Kollegin, ich muss mich jetzt doch noch einmal schriftlich an Sie wenden. Denn das geht doch nicht. Was Sie da heute an unserem Institut gesagt haben.* Was war denn das für eine Mail, dachte sie, ohne Anrede. *Ich habe diese Aussagen als einen Vorschlaghammer gegen die gute Diskussionskultur und das kollegiale Miteinander am Institut empfunden und hoffe, dass wir diesen Weg nicht weitergehen,* las sie weiter. Und dann: *Liebe Filippa, ich habe Sie bisher als aufgeschlossene, weltoffene Kollegin …* und Filippa spürte etwas Heißes sie durchzucken und wie ihr Herz ansprang. Und sie las weiter: *Es ist weltfremd zu behaupten, die sexuelle Orientierung soll am Arbeitsplatz keine Rolle spielen, denn das tut sie ständig. Man gratuliert zu Hochzeiten oder zur Geburt eines Kindes, das ist gelebte Realität, Tag für Tag. Ebenso ist es aber Realität, dass queere Mitarbeitende sehr häufig nicht gefeiert werden, weil eine Verpartnerung gar nicht oder nur still und heimlich bekannt gegeben wird – weil Heteronormativität einer echten Diversität nach wie vor im Wege steht. Und deshalb ist dieser Workshop in meinen Augen unerlässlich.*

Sie haben selbst von Realitätsnähe gesprochen – die eigene, selbst erlebte Realität zu äußern, auch (vor allem?) im wissenschaftlichen Kontext, ist kein Übergriff, sondern ein Recht. Sich für die Realitäten anderer Menschen zu öffnen, ist vor allem in unserem Fach nicht nur ein Recht, sondern eine Selbstverständlichkeit. Es gehört wohl zu unseren Aufgaben als Lehrende, die Studierenden auf dem Weg zur Wahrnehmung dieses Rechts zu unterstützen und ihnen die Vielfalt der Realitätserfahrungen aufzuzeigen. Genau dazu ist dieser Diversitätsworkshop da. Mit kollegialen Grüßen, Michael

Hilfe, dachte Filippa. Sie hielt ihr Gesicht mit beiden Händen, dachte: Hilfe. Das war furchtbar. Und dieses Schreiben hatte er an alle Institutsadressen gesendet. An alle. Sie konnte sich dort nie wieder blicken lassen. Aber warum?

Sie starrte auf den Bildschirm. Ihr Herz pochte schnell. Sie verstand nichts. Sie hatte doch nur gesagt, dass das ein sensibles Thema sei, gerade für Anfang Zwanzigjährige. Und sie sah die Szene wieder vor sich. Dass sie es wichtiger fände, wenn es einen Schreibworkshop gäbe am Institut, hatte sie gesagt, dass sie das für realitätsnäher hielte, denn da würden ihr und nicht nur ihr, und sie hörte Isabell ihr beipflichten, gravierende Mängel auffallen in den Seminararbeiten. Das habe für sie ganz unmittelbar mit dem Fach zu tun, das sei ein Problem in allen Professionen, in denen die Studierenden später arbeiten würden, das sei eine, wenn nicht die Hauptqualifikation von Germanistinnen und Germanisten. Sie meine da nicht nur die Orthografie, hatte sie gesagt, sondern viel mehr die Probleme, die es unter den Studierenden gebe, komplexere Zusammenhänge in korrektem Deutsch zu verschriftlichen, Verbindungen herzustellen kausaler Art und Wichtiges von weniger Wichtigem zu unterscheiden und dies in sprachlichen Hierarchiegefügen auszudrücken und so weiter.

Und jetzt hatte dieser Arsch diese E-Mail geschickt. An alle. Und offenbar hatten ungefähr zwanzig Leute darauf reagiert. Sie klickte die Mail weg und öffnete die nächste. Der Name der Absenderin sagte ihr gar nichts, die Mail war kurz, sie wolle sich an die vorige Mail anschließen und plädiere für eine offene Diskussionskultur am Institut, die sich auch vor heiklen Themen nicht scheue, stand da. Und dass dieser Workshop, der ja nur dank Michaels großem persönlichem Engagement zustandekommen könne, in ihren Augen notwendig sei.

Die dritte Mail, die Filippa öffnete, sagte Ähnliches. Und als sie sie wegklickte, sah sie, dass inzwischen noch eine weitere Mail eingegangen war. Das war jetzt eindeutig zu viel für sie, dachte sie, das war furchtbar, das war eine Katastrophe. Sie starrte auf die fettgedruckten schwarzen Zeilen der noch ungelesenen Mails. Bestimmt noch fünfzehn. Sie konnte keine weitere mehr öffnen. Was hatte sie getan. Was hatte sie da heute angerichtet. Ohne es zu wissen. Ohne es zu wollen.

Sie sank in ihren Sessel zurück, blieb so, starrte den Bildschirm an. Sie versuchte sich zu erinnern, ganz genau zu erinnern. Die Diskussion war angeregt gewesen, ja, aber niemals hätte sie gedacht, dass daraus so etwas resultieren könnte. Und ihr Vorschlag eines Schreibworkshops war nicht einmal wahrgenommen worden. Und nur darum war es ihr doch gegangen, das – wenn sich schon die Gelegenheit bot – ein Mal anzubringen, die Geringschätzung der Schriftlichkeit selbst an einer Universität, das tat doch weh.

Sie war geliefert. Immer wieder dieser Satz in ihrem Kopf.

Dann kam wieder eine neue Mail herein. Sie war geliefert. Sie war tot. An diesem Institut war sie jetzt tot. Und sie wollte sich dort habilitieren.

Sie spürte, wie Tränen in ihr aufstiegen, und panisch griff sie nach dem Telefon. Anuk, bitte nimm ab, dachte sie, bitte, ich muss jetzt reden …

Und Anuk nahm ab, aber dann konnte Filippa kaum reden, sie wollte es ihm erklären, aber ihr Englisch … Sie hörte Anuk immer wieder fragen, was denn los sei, ob etwas mit ihrer Mutter sei, wo sie sei, ob sie okay sei. Und dann hatte er verstanden, und Filippa sah, dass noch eine weitere Mail eingegangen war, sagte: »And it does not stop. I cannot read them. I just can't.«

Was, wenn es keine einzige Mail gab, die auf ihrer Seite war? Ja, was wäre denn dann, fragte sich Filippa, würde sie sich ins Bett legen und einfach nie wieder aufstehen? Oder mit Anlauf aus dem Fenster springen vor Scham?

Sie hörte, wie Anuk auf sie einredete, sie zu beruhigen versuchte. So wie er das verstünde, sei es ganz und gar absurd und lächerlich und unprofessionell, es sei eine Frechheit, das über den Verteiler zu schicken, sagte er, und sie solle sich jetzt nicht verrückt machen, versuchen, Wort für Wort zu rekonstruieren, was sie genau gesagt hatte, denn sie wisse ja, das habe keinen Sinn, jede Erinnerung verändere sich mit dem Erinnern. Sie solle das Missverständnis klarstellen, aber erst darüber schlafen, nicht im Affekt reagieren. Das sei wichtig. Jetzt einfach weggehen vom Computer. Das Gerät zuklappen und sich entfernen. Jetzt.

Filippa blieb reglos vor dem Bildschirm sitzen.

Er sagte, es tue ihm so leid, dass er das jetzt nicht lesen könne, an ihrer Stelle, weil er kein Deutsch verstand. Aber dass sie die Mails morgen zusammen lesen könnten, wenn sie herkäme, es sei besser, sie läsen sie gemeinsam. Ob sie herkäme morgen.

Filippa schwieg. Sie las eine weitere Mail. *Liebe Filippa, auch ich schließe mich Michael an. Denn Schweigen heißt Zustimmung. Freundlicher Gruß, Bianca.*

Blöde Kuh, dachte Filippa. Und dann sagte sie zu Anuk: »Can you come? To Paris? I know it's my turn to travel but can you come anyway? Please?«

Anuk sagte, ja, er könne kommen, er käme so bald er könne. Und Filippa schwieg und starrte auf den Bildschirm und sie hörte Anuk fragen: »Are you okay?«

Filippa las die nächste Mail. Von Karl. Eine lange Mail. In der es aber gar nicht mehr um etwas ging, das sie gesagt hatte. Es war eine sehr allgemeine Darlegung der Genderproblematik. Meine Güte. Sie hörte auf zu lesen. »Alles gut«, sagte sie zu Anuk. »I'll be alright.« Und sie dachte: Ich möchte sterben, jetzt, im Boden versinken und sterben.

»Call me any time. You hear me?« Und dann sagte er noch, sie solle sich bitte nicht zu sehr selbst verdammen, er wisse, sie würde damit sofort beginnen, wenn sie aufgehört hatten zu sprechen. Und dass das falsch sei. Dass sie wunderbar sei, so wie sie sei, und dass in einer Woche schon keiner mehr darüber reden würde. Dass es nicht so wichtig sei, wie sie jetzt glaube, sagte er. »Always see the bigger picture. Keep your distance«, sagte er.

Kurz spürte Filippa, wie sie deshalb wütend war auf ihn, als sie dann aufgelegt hatten. Weil er schon wieder so ruhig war, so überlegt. Aber er hatte ja recht. Trotzdem wäre es jetzt gut, ihren Vater anrufen zu können, dachte sie dann. Er würde sich sagenhaft aufregen, mit ihr. Wo war er.

Als ob sie homophob wäre oder heteronormativ, nur weil sie anzweifelte, dass das Sprechen über die sexuelle Orientierung am Arbeitsplatz nicht unbedingt sein müsse, dass etwas anderes vielleicht wichtiger sei als das – *vielleicht*. Hatte sie nicht *vielleicht* gesagt? Wie hatte sie gesagt? Sie war sich nicht mehr sicher. Sie wusste, sie hatte dabei an einen Jungen gedacht, in ihrem Kurs, von dem sie glaubte, dass er homosexuell war. Ein sehr stiller Junge. Ihr bester Student in diesem Semester. Würde er über Sexualität sprechen wollen mit seinen Kommilitonen, mit einer Lehrperson? Über seine sexuelle Orientierung womöglich? Oder wäre ihm das unangenehm? Wäre das nicht für jeden introvertierten Menschen eine Zumutung, dieses Privateste des Privaten zu *teilen*, das war das Zauberwort, es öffentlich oder zumindest halböffentlich zu machen? Natürlich *musste* er diese Veranstaltung nicht besuchen. Aber er musste sich dazu *verhalten*, wenn es das Angebot gab, denn es sagte ihm: Wir sprechen darüber, wir finden, wir *sollten* darüber sprechen, alle sollten darüber sprechen, wie überhaupt alle über alles sprechen sollten, die ganze Zeit, dachte Filippa. Das hatte sie gedacht. Wie ihr dieser Zeige- und Teilezwang schon auf die Nerven ging. Immer alles teilen. Sharing is caring – was sonst sprach auch aus Michaels Zeilen, der seine Gedanken gleich mit dem gesamten Institut geteilt hatte. Nur wie es ihr damit ging, war ihm scheißegal gewesen, dachte Filippa. Sie spürte Blut am linken Daumen, führte ihn zum Mund, sog daran. Hatte sie sich wieder einmal ihre Finger ruiniert mit ihrem nervösen Herumgezupfe. Heute war wirklich nicht ihr Tag.

Später eine Kurznachricht von Isabell: Sie fände es eine Frechheit, was Michael da losgetreten habe. Sie schrieben ein paar Mal hin und her und Filippa spürte, wie sie ruhig wurde dabei. Isabell erinnerte einen etwas anderen Wortlaut des Gesprächs als sie.

Aber so hatte sie das doch nicht gesagt, dachte Filippa, als sie auf dem Bett lag. Und die Deadline für den Korrekturauftrag, den sie heute Abend hatte erledigen wollen, lief in weniger als 24 Stunden aus. Sie hatte noch nicht einmal angefangen. Sie sollte jetzt noch anfangen. Sie konnte jetzt nicht anfangen. Sie konnte nur daliegen. Daliegen und zusehen, wie das letzte Licht vom Himmel schwand.

Was genau hatte sie gesagt, Satz für Satz. Sie versuchte sich zu konzentrieren. Wie war es gewesen?

Und dann der Gedanke: Und wen kümmerte das noch. Egal, was sie jetzt schriebe, Michael hatte zuerst geschrieben, sie war in der schwächeren Position, musste sich verteidigen. Und sie griff wieder zu ihrem Smartphone und las noch eine Mail. *Das Leitbild des Instituts nennt das Ziel der »integrierte[n] Organisations- und Personalentwicklung unter besonderer Betonung des interkulturellen Diversitätsmanagements und des Gender Mainstreamings«. Die im Entwicklungsplan 2020 beschriebenen Forschungsschwerpunkte nennen ausdrücklich die Beschäftigung mit »historischen und aktuellen Prozessen, die der Überbrückung von Wissensgrenzen dienen. Dazu zählen zielgruppenspezifischer, medialer Text-, Kommunikations- und Wissenstransfer sowie Diversitätsmanagement und Projektmanagement.*« Als ob sie dagegen etwas hätte. Oder: gesagt hätte.

Und dann weinte sie. Sie weinte lautlos.

Und das alles nur, weil sie sich breitschlagen hatte lassen von ihrer Kollegin, noch schnell einen Tee mit ihr zu trinken, endlich, sie hatten es so oft verschoben. Obwohl sie gewusst hatte, dass sie es dann wieder sehr eilig haben würde, rechtzeitig zum Flughafen zu kommen. Das hatte sie davon.

Dann vibrierte das Telefon. Sie griff danach, aber es war nur Bob, der ihr geschrieben hatte. Er schrieb, ihm passe die Woche ab dem 6. Juli für den Notartermin. Da sei er dann auch recht flexibel. Nur nicht vor zehn Uhr. Ob sie das bitte der Mutter weitersagen könne.

Natürlich, sie war ja seine Sekretärin, was sonst, dachte Filippa. Sie legte das Smartphone weg. Man musste ihr nur sagen: Mach das bitte, und sie machte das. So wie heute. Obwohl sie gar keine Lust dazu gehabt hatte. Ihr war nicht zu helfen.

Kein Einziger hatte sie verteidigt. Isabell war dazu auch zu feig gewesen.

Einfach nicht mehr aufwachen, dachte Filippa, als sie das Licht ausmachte. Einfach nur noch schlafen. Lasst mich nur noch schlafen.

Samstag, 6. Juni 2015

Nach §1 Abs 1 AktG ist die Aktiengesellschaft ist eine Gesellschaft mit eigenen Rechtspersönlichkeit, damit ist die eine Trägerin der Rechte, Pflichten, Vermögen ist und klagen und verklagt werden kann. Auch gegenüber der Aktionär ist die Gesellschaft eine eigenständige Rechtssubjekt. Eine Rechtsbeziehung zwischen Gesellschaft und Aktionär werden durch Erwerb der Aktien begründet.

Filippa lag mit dem Laptop im Bett und las die erste Seite der Abschlussarbeit, die sie korrigieren sollte. Ein Stundenplättchen fiel geräuschvoll nach vorn, es war sieben Uhr, sie war kaum munter, und wen wunderte das, dachte sie, wenn sie nachts alle paar Stunden jeweils immer noch eine Mail lesen hatte müssen. Damit die fettgedruckte schwarze Negativlawine kleiner wurde in ihrer Mailbox. Damit sie es hinter sich hatte. Oder: Weil sie nicht glauben konnte, dass keiner schrieb, was das für eine absurde Diskussion sei. Aber das hatte niemand geschrieben. Es war furchtbar. Eine Katastrophe. Und ja, es war sehr kränkend, dachte Filippa, ja, das war es auch.

Und das, dachte Filippa dann, als ihre Gedanken zu der Bachelorarbeit zurückkehrten, die sie am Bildschirm hatte, das hier war wohl von Google Translation übersetzt. Wenigstens waren es nur 20 Seiten, aber sie würde für eine Seite ewig brauchen, wenn es in dieser Qualität weiterging. Sie las: *Unter Leitung der Vorstand strebt die Gesellschaft nach Bestand des Unternehmen und eine dauerhafte Rentabilität, es ist auch die Verpflichtung der Vorstand.* Nein, das war eindeutig – der Text war unkorrigierbar, das hatte keinen Sinn. Aber sie hätte das gleich melden müssen. Wieder ein Fehler. Weil sie sich das File nicht rechtzeitig angesehen hatte. Weil sie diese Korrekturarbeit im Grunde hasste, dachte Filippa, weil ihr das wehtat, diese Geringschätzung von Schriftlichkeit, die ihr in diesen Zeilen schon wieder entgegensprang. Der Autor oder die Autorin, der Name war Chinesisch und Filippa konnte ihn nicht deuten, beherrschte die deutsche Sprache nicht. Und stand trotzdem vor dem akademischen Abschluss an einer deutschen Hochschule. Sie schrieb schnell eine entsprechende Mail an die Support-Adresse der Onlinekorrekturplattform.

Ein paar Minuten später öffnete sie die Antwort, las, sie sei unassigned und dass sie darauf achten sollte, so etwas künftig früher zu melden. Wie sie gedacht hatte, dachte Filippa, aber das war ihr jetzt auch egal. Whatever, dachte sie, 70,48 Euro Bruttolohn dafür wäre sowieso ein Hohn gewesen.

Sie klappte den Laptop zu und warf sich ihre Jacke über, sie musste raus hier, an die Luft, sich ablenken.

Als sie zum Jardin du Luxembourg kam, kramte sie in ihrer Tasche und stellte fest: Sie hatte kein Buch dabei. Was machte sie denn jetzt. Nur im Park zu sitzen war ausgeschlossen, sie brauchte Ablenkung. Sie las den Straßennamen, las Rue de Vaugirard und zog ihr Smartphone aus der Tasche. Nur schnell nachsehen, wo sie sich befand, dachte sie, aber ja nicht in die Inbox schauen. Sie blieb stehen und ließ sich orten, sah sich um. Ihr Blick fiel auf etwas rechts von ihr an der Wand. Sie las *mètre étalon*. Sie stand direkt vor einem der Urmeter aus Marmor, die nach Beschluss des Nationalkonvents 1796 in Paris angebracht worden waren, sagte ihr eine Hinweistafel. Und sie ließ ihr Smartphone wieder in die Tasche zurückgleiten, sobald sie es in der Hand hielt, war der Drang, in die Inbox zu sehen, fast unaushaltbar. Und sie hatte sich vorgenommen, keine weiteren Mails mehr zu lesen.

Sie las weiter, was auf der Hinweistafel stand. Und sie erinnerte sich: Auch das war die Revolution gewesen, das Metermaß. Sie hatte das gelesen – dass die Bevölkerung lernen sollte, mit dem neuen Maß umzugehen, deshalb wurden solche Marmormeter an Wänden platziert. Sie hatte das gelesen und vergessen, und jetzt erinnerte sie sich. 16 solcher Urmeter hatte es gegeben, nur zwei davon hingen immer noch und nur dieser hier noch an seinem ursprünglichen Ort.

Das Metermaß, auch das Relikt einer Revolution, dachte Filippa, als sie weiterging. Und sie sagte sich: Denk daran, denk an deine Arbeit, nicht an die Mails.

Und dann stand sie im Louvre. Und sie ging einfach los, dachte: Lass dich treiben, und landete in der ägyptischen Abteilung vor einer Vitrine mit den Göttern der Magie, mit Héka und dem ibisköpfigen Thot und einer sitzenden Isis, die ihren Sohn Horus stillte. Die Statue einer stillenden Mutter konnte sie jetzt gar nicht brauchen, dachte Filippa und wandte sich sofort wieder ab, beschleunigte ihren Schritt, dachte, diese uralte ägyptische Kunst interessierte sie ja überhaupt nicht, es würde sie viel mehr interessieren, zu sehen, ob noch weitere Mails hinzugekommen waren. Aber sie würde standhaft bleiben, sich beweisen, dass sie das konnte. Und sie fragte sich, wie viele Minuten sie den Griff zum Smartphone jetzt noch unterdrücken können würde, als sie an einer Vitrine vorbeikam, in der Fische ausgestellt waren, sieben Stück nebeneinander, Fische aus Stein. *Palette en forme de poisson* las sie, *grauwacke, 3600–3200 av. J.-C.*

Und etwas an diesen grauen Fischabbildern ließ Filippa innehalten. Sie sahen alle ähnlich aus und ihr Blick fixierte jenes, mit dem die Reihe rechts begann. Hätte sie es auf einem Flohmarkt gesehen, nie im Leben wäre sie darauf gekommen, dass es – wie alt war da gestanden? – fast viertausend Jahre vor Christi Geburt entstanden war. Es hätte auch erst zehn Jahre alt sein können, dachte Filippa, oder eine Woche. Es sah nicht aus wie aus einer anderen Zeit. Und sechstausend Jahre früher – das war definitiv eine andere Zeit. Wie lange wäre die Menschenreihe, begonnen bei jenem Menschen, jenem namenlosen Künstler, der diesen Fisch geschaffen hatte, bis zu einem seiner Nachfahren hier und heute? Wieder das Bild der Boarding-Schlange in Filippas Kopf. Und was war die Welt vor sechstausend Jahren? Sie hatte keine Ahnung. Sie konnte es nicht wissen. Selbst mit allen diesen Exponaten und mit allem Wissen über diese Zeit, sie konnte es nicht wissen.

Aber dieser Fisch, dachte sie, sprach zu ihr. Dieser Fisch war schön. Nichts Großartiges war an ihm, nichts, das proklamierte: Ich bin Kunst. Im Gegenteil, er war sehr simpel: die Form auf das Notwendigste reduziert, der Umriss klar und einfach und nicht perfekt symmetrisch, das Material, der Stein, fast roh belassen, so wie er eben war. Nur ein paar feine Linien waren eingeritzt am Rand als Flossen, und das Gesicht war ein schmaler Spalt als Mund sowie ein weißer aufgeklebter – konnte das sein, dachte Filippa – Stein als Auge. Mehr war da nicht. Abbild Fisch, geduldig, gütig, grau die

Blicke hier erwidernd. Es rührte sie. Wie es da in der Vitrine ruhte, auf einem dünnen Stab, und nichts wollte und nichts tat, als da zu sein für all die Blicke, die es streiften, und all die Gedanken derer, die hier innehielten. Wie es zeigte, dass das immer schon im Menschen war: Auch *so* zu sein, dachte Filippa, friedlich sich in Arbeit zu versenken, um etwas Schönes zu erschaffen. Das gab es auch in dieser Welt. Menschen, die ihre Zeit dem widmeten: dem Versuch Schönheit hervorzubringen, die sich der Zeit entgegenstellte. Anstatt E-Mails zu schreiben.

Und Filippa spürte den Impuls, den Fisch zu berühren. Aber sie hob nicht einmal die Hand an die Vitrine. Und sie holte auch nicht ihre Leica hervor. Sechstausend Jahre Differenz hinter dem Glas, was sollte da ein Foto, dachte sie.

Als sie ihr Smartphone dann vibrieren spürte und herauszog, stand sie mitten in der Französischen Malerei. Anuk gab die Ankunftszeit durch. Und natürlich öffnete sie jetzt ihren Posteingang, sie konnte einfach nicht mehr anders. Sie sah: keine weiteren neuen Nachrichten. Immerhin, dachte sie, immerhin. Und sie spürte, wie sie müde war von der schlaflosen Nacht und dem vielen Denken, und sie setzte sich auf eine der Sitzbänke, die in der Mitte des Saales standen. Bevor Anuk kam, wollte sie ihre Mail, ihre überaus eloquente, differenzierte, nüchtern-ruhige, aber nicht gleichgültig-kalte Antwortmail, die sie die ganze Zeit beim Herumgehen im Kopf geschrieben hatte, als Entwurf ins Smartphone tippen.

Als eine Gruppe in den Raum kam, hob sie mechanisch den Blick. Vor ihr junge Menschen, fast alle mit Smartphones in Augenhöhe, über Kopf und auf sie selbst gerichtet, vor dem riesigen düsteren Bild, das da hing. Eine weibliche Stimme erklärte auf Englisch: »Théodore Géricault. The Raft of the Medusa. Géricault decided to represent the vain hope of the shipwrecked sailors: the rescue boat is visible on the horizon – but sails away without seeing them.«

Er habe sich damit nicht dafür entschieden, die Tragödie in vollen Zügen darzustellen, die sich in der Folge ereignet habe, fuhr die erklärende Stimme fort. Und als sie die Frau das sagen hörte, war in Filippas Kopf sofort die Stimme des Jungen aus dem Senegal, der in der Reportage gesprochen hatte, die sie vor ein paar Wochen im Fernsehen gesehen hatte, zusammen mit ihrer Mutter: »Du hast keine Ahnung, wie seetauglich das Schiff ist, und wenn du an Bord gehst, du weißt, du musst ganz allein um dein Überleben kämpfen, man begreift das nur, wenn man es selbst erlebt«, so in etwa hatte der Junge gesagt. »Und wenn es Probleme gibt an Bord, wenn die einen den anderen die Plätze streitig machen oder die Nahrung knapp wird, steigen die Aggressionen.«

Auf dem Floß sei Kannibalismus ausgebrochen, hörte sie die Frau auf Englisch erklären, und von den knapp 150 Menschen seien nach 13 Tagen nur noch zehn gerettet worden. Und wieder die Stimme des Jungen in Filippas Kopf: Auf die Frage des Journalisten in der Reportage, ob es stimme, dass auf einem Boot Muslime Christen über Bord geworfen hätten, hatte er gesagt, dass es wohl nicht um die Religion gegangen sei, sondern um das nackte Überleben. Und dann sein Blick in die Kamera …

Das nackte Überleben. Die Gruppe zog weiter und Filippa steckte ihr Smartphone ein, stand auf, um den Text neben dem Gemälde zu lesen. 1819 war es gezeigt worden. Vor 196 Jahren. Auch schon eine Weile her. Von wegen linearer Fortschritt. Und dann plötzlich Scham in ihr. Sie war ja selber nur noch in das eigene Smartphone vertieft, nur mit sich beschäftigt, seit gestern allemal. Und etwas in ihr veränderte sich dann. Physisch ging es ihr doch gut, dachte sie, sie musste um kein Überleben kämpfen, anders als andere, heute, so viele andere.

Und wie absurd, dachte sie dann, dass da immer noch stand: Christi Geburt. Dass dieses Ereignis das globale Zeitmaß bestimmte, nach wie vor. Da hatten sich die Revolutionäre nicht dauerhaft durchsetzen können, dachte Filippa, während sie weiter in den nächsten Saal ging, obwohl Fabre d'Églantine sich so schöne Monatsnamen ausgedacht hatte. Da hatten sie keine Chance gehabt gegen den Christenclub. Und so war jetzt – Filippa zückte das Smartphone und öffnete Wikipedia – nicht der Monat Prairial, der Wiesenmonat, wie im Revolutionskalender. All seine Mühe umsonst, dachte Filippa, und Fabre natürlich getötet, guillotiniert.

Während sie am Bahnhof auf Anuk wartete, las sie die letzten ungelesenen E-Mails. *Warum diese Äußerung homophob wirkt? Nun, das Problem ist, wenn Menschen sagen, man solle Privates bei der Arbeit außen vor lassen, vergessen sie oft, dass das nur schwer möglich ist und oft auch ganz unbewusst geteilt wird.*

Auch nichts Neues mehr, dachte Filippa, und spürte, wie es ihr dennoch einen Stich gab, noch einmal zu lesen, dass es homophob gewesen sei, was sie gesagt habe.

Zwei Mails waren noch ungelesen, eine davon von ihrem Doktorvater. Vor der scheute sie sich besonders. Sie blickte auf und sah Soldaten in einer Fünfergruppe an ihr vorübergehen. So war das jetzt hier. Paris 2015. Männer mit Gewehren in den Händen auf Patrouille. Zur Sicherheit aller.

Sie rief ihre Mutter an. Sich Trost abholen, dachte sie, wie ein kleines Mädchen. Aber das war ihr jetzt egal, Mutter blieb Mutter, ein Leben lang.

Und Marlene nahm ab und Filippa berichtete und sie hörte die Empörung der Mutter und sie spürte, wie ihr das guttat. Und als ihre Mutter sie fragte, wie lange sie noch in Paris bleiben musste, ob sie nicht den Sommer über nach Hause kommen wolle, für ein paar Wochen, sie könne ihr helfen mit den Flüchtlingen, eine Wohnung aufzutreiben, eine Arbeit zu finden, Möbel zusammenzubetteln, oder das Haus weiter zu entrümpeln, es sei so viel zu tun hier, dachte Filippa, ja, warum eigentlich nicht, vielleicht wäre das gut, dort zu sein, *zu Hause* zu sein.

»Komm heim, Pippa, für den Sommer«, sagte Marlene noch einmal zu ihrer Tochter, »Anuk kann auch kommen. Das Haus ist groß genug.«

Warum nicht, dachte Filippa beim Auflegen und spürte, dass sie das freute, die Aussicht auf einen Sommer wie früher, beinahe wie früher, wie ihr das vielleicht half, die letzten Wochen des Semesters noch zu überstehen.

Und dann öffnete sie schnell, bevor Anuks Zug einfahren würde, noch die Mail ihres Doktorvaters. Sie las: *Sehr geehrte Kolleginnen und Kollegen, ich persönlich finde die Heftigkeit der Reaktionen angesichts der hohen fachlichen und kommunikativen Kompetenzen der Diskussionsteilnehmenden unbefriedigend hinsichtlich eines sachlichen Eingehens auf die konkreten Kritikpunkte. Ich habe die Äußerung der Kollegin, wie sie hier wiedergegeben wurde, eher als das Ziehen persönlicher Grenzen hinsichtlich ihrer Privat- und Intimsphäre verstanden, die aus ihrer Sicht heute zunehmend und ganz selbstverständlich überschritten werden, wodurch sie sich an ihrem Arbeitsplatz zunehmend bedrängt und frustriert fühlt. Ich würde es fein finden, wenn dieses mutige und sehr persönliche Statement in den Reaktionen mehr Würdigung erfahren würde. Persönlich habe ich es jedenfalls keineswegs als generellen Angriff und Ausdruck von Geringschätzung für das Thema Diversität und Toleranz empfunden – wie aus vielen Reaktionen zu schließen wäre –, sondern vielmehr als (vielleicht etwas zu emotional formulierte) Frage nach dem richtigen Maß bei der Vermittlung dieser Thematik im Unterricht und Berufsalltag … Just my three cents …*

Anuks Zug wurde angekündigt, und Filippa spürte, wie sie sich freute, wie sie das sofort Anuk erzählen wollte. Er hatte sie verteidigt. Einer hatte sie verteidigt, sie war nicht ganz allein.

Und schnell las sie dann noch die allerletzte ungelesene Mail. Sie war sehr kurz, nur ein Satz stand auf dem Display, getippt in Großbuchstaben: *KÖNNTE MICH BITTE JEMAND AUS DEM VERTEILER LÖSCHEN, DANKE.*

Freitag, 19. Juni 2015

Bob las die E-Mail, als er im Flughafen von Chania auf sein Gepäck wartete. Da war sie, die Stelle. Das Warten vorbei. Er hatte gewusst, es würde so sein, er hatte es gewusst. Es war immer so gewesen, es würde immer so sein, er war einfach gut, er war einfach besser, besser als gut. Arrogant natürlich, sehr arrogant, das zu denken, aber die Mail sagte genau das. Schwarz auf weiß stand es da.

Er machte sich auf den Weg zu seinem Auto, das er hier vor den Radtouren irgendwo abgestellt hatte, und er wusste, er sah aus wie ein Idiot, nicht nur, weil er im Moment nicht mehr ganz genau wusste, wo sein Auto stand und kreuz und quer über den Parkplatz lief, sondern weil er einfach vor sich hin strahlte, und es war ihm vollkommen egal.

Nur dass das Angebot leider von der falschen Universität kam, dachte er, als er seinen alten Jimny dann gefunden hatte und die Fahrertür aufriss. Da war nichts zu machen, es war einfach die falsche Universität, für ihn, für seine Arbeit. Aber immerhin hatte er die Option, das hieß, er war wieder im Spiel, und das war, was zählte, das war, was ihn jetzt freute, dachte Bob, es war die Bestätigung, für ihn, für seine Arbeit.

Was war das plötzlich für ein anderes Gefühl. Das letzte halbe Jahr war wirklich fürchterlich gewesen.

Er schrieb an Schwester und Mutter, dass der 8. Juli okay sei. Es passte ihm zwar nicht, so bald schon wieder von hier fortfliegen zu müssen, aber darüber wollte er sich heute nicht ärgern, jetzt war er erst einmal hier. Wie das guttat, wieder hier zu sein, diese Luft zu atmen, und jetzt in Richtung Süden zu fahren, nach Sfakia. Nach Hause, dachte er, so fühlte sich das an.

Später lief er hinunter zu dem kleinen Örtchen, das direkt am Meer lag. Den Papagei, der dort in einem der Hotelfoyers wohnte, begrüßen, dachte Bob, und im Supermarkt gleich noch einkaufen. Und dann würde er ja sehen, wie das Seniorenradfahren der letzten Wochen seine Form beeinflusst hatte, wenn er den Steilhang zurück hinauflief. Und morgen würde er wieder mit seinem richtigen Training hier beginnen, sonst brauchte er Ende September in Berlin gar nicht anzutreten.

Er blickte auf seine GPS-Uhr und lief dann los. Südhang, keine Bäume, volle Sonne, es war heiß und es war herrlich, wieder hier zu laufen. Er mochte gar nicht daran denken, dass er sehr bald vielleicht schon nicht mehr hier sein würde, nicht mehr hier sein sollte, vernünftigerweise. Wenn er die Lücke im Lebenslauf nicht zu groß werden lassen wollte, dann sollte, musste er die Stelle annehmen. Wobei, was musste er schon – außer sterben.

Als er den kleinen Supermarkt betrat, dachte er: Heute war wirklich alles anders. Statt des netten weißhaarigen Alten, der ihm einmal Zitronenmarmelade geschenkt hatte, von seiner Enkelin gemacht, saß an der Kasse jetzt eine junge Frau. Eine ziemlich hübsche junge Frau, dachte Bob, die dort saß und las.

Er holte die Milch und stellte sie vor ihr auf den Tisch. Sie sah auf.

»You sure you want to buy this?«

»How do you know I don't speak Greek?«

Sie lächelte. »Because you cannot read what it says on the packaging.«

Warum denn das, dachte Bob, und er sah sie auf ein Wort auf der Verpackung zeigen. Er sah *βουτυρόγαλα* und hörte sie sagen. »See, this means voutyrógala. Butter milk. Do you want butter milk?«

»Absolutely not.«

»I'll bring you a regular one.« Und sie ging an ihm vorbei zum Kühlregal.

Jetzt dachte sie, er sei ein Idiot, dachte Bob, ein Analphabet. Aber was konnte er machen, wenn es hier die Milch nicht gab, die er sonst immer kaufte. »So you work here now?«, fragte Bob.

»During summer, yes. Every year. I study in Athens.«

»Are you the granddaughter? Who cooks marmalade?«

Sie nickte, er lobte die Marmelade, bezahlte und dann fiel ihm nichts ein, was er noch sagen konnte. Und sie sagte auch nichts. Er sagte, sie sähen sich dann ja sicher bald wieder hier. Sie nickte und griff wieder zu dem Buch, in dem sie zuvor schon gelesen hatte. Er sagte ihr noch seinen Namen und verabschiedete sich nochmals. Und als er draußen den Rucksack sehr fest um seine Brust zurrte, dachte er: Komisches Mädchen. Beinahe unfreundlich. Selbst ihren Namen hatte er ihr aus der Nase ziehen müssen – Kiki. Und er lief los, die vier Kilometer und 700 Höhenmeter hinauf ins andere Dorf.

Als er abends dann seine Nudeln aß, las er online Zeitung. Er las *Stowaway death of man who died with a single pound in his pocket.* Der Artikel bezog sich auf einen aus Afrika stammenden Menschen, der 2012 gestorben war, als blinder Passagier im Fahrwerk einer Maschine, und dessen Identität lange ungeklärt geblieben war. Er klickte zurück zu dem anderen Artikel, über den er auf diesen gestoßen war. Gestern war ein anderer aus Afrika stammender Mensch höchstwahrscheinlich beim Anflug auf Heathrow auf ein Dach gefallen und gestorben, hieß es darin, wieder ein anderer befände sich in critical condition, habe den Zwölfstundenflug von Johannesburg trotz eisiger Temperaturen aber überlebt.

In der Taskleiste seines Computers stand *19. Juni*. Gestern war der 18. Juni gewesen. Bob schaufelte die letzten zwei Nudelgabeln in seinen Mund und dachte daran, wie er von Johannesburg nach Frankfurt geflogen war. An dem Tag, an dem sein Vater gestorben war. Als er es noch nicht gewusst hatte, den ganzen Tag noch nicht gewusst hatte und die Nacht danach auch noch nicht. Das war auch ein 18. gewesen, der 18. November 2014. Er schob den leeren Teller fort, griff nach der Wasserflasche.

18. November – 18. Juni, Frankfurt – London. So ähnlich die Parameter und der Unterschied doch einer auf Leben und Tod, nur wegen Pass und Geld. Und was war das schon – nichts als bedrucktes Papier, zwei von Menschentieren erfundene künstliche Mittel der Unterscheidung, der Auszeichnung. Humaninnovationen, dachte Bob, zwei der allerglorreichsten. Wie angreifbar und schwach sie waren, im Vergleich zu all dem, was die Natur vorgab als *konstant* und *unbeugsam*. Es brauchte nur ein Feuer oder einen Stromausfall und schon waren sie nicht mehr. Wahrscheinlich verachtete er sie deshalb so, dachte Bob dann, auch weil sie so manipulierbar waren. Die Natur war das nicht.

Er trank die Flasche leer. Er dachte: Leibniz, The Principle of Sufficient Reason – not satisfied. Da lobte er sich die Geier, die er manchmal an den Hängen der Steilküste in der Luft ihre Kreise ziehen sah, und die Ziegen und die Schafe hier. Nichts war so bedrohlich wie das Menschentier.

Sonntag, 5. Juli 2015

Als er zur Abzweigung in der Schlucht kam, sah Bob in dem steilen Hang, den er gleich hinauflaufen würde, eine Gestalt, schwarz und pink, sich zügig nach oben bewegen. Das erste Mal, dass da ein Mensch war außer ihm, um diese Zeit, dachte Bob, und er lief schneller, er wollte wissen, wer das war, wer ihn hier störte auf seiner Morgenrunde. Aber er hatte Mühe, aufzuholen, die Gestalt bewegte sich sehr flink. So wie sie lief, lief kein Mann und auch kein Mädchen, das nur dünn bleiben wollte, so lief eine Athletin.

Oben am Plateau dann sah er sie weiter vorne stehen und auf das Meer blicken, dort, wo er sonst immer stand, allein. Er sah, wie ihr Brustkorb sich senkte und hob, dachte: Immerhin, war sie doch ganz schön außer Atem jetzt. Und er versuchte, selber seinen Atem zu beruhigen, an ihr laut schnaufend vorbeihecheln wollte er auf keinen Fall. Er lief langsam weiter, sah wieder zu ihr hin. Sie sah schön aus, wie sie da stand, apart, wie ein Reh, dachte Bob. Und dann hörte er seinen Namen und sah: Das war ja Kiki, die da stand – an seinem Platz, in seiner Schlucht.

Er stellte sich neben sie, sie sagte, sie laufe oft hier im Sommer, bevor sie im Supermarkt beginne, wegen der Stille, der Schlucht, der Sonne. Und dann hörte sie Bob sagen »Ílios«, und »beautiful« und sie blickten beide zum Horizont, zur Sonne hin.

Er überlegte, ob er sagen sollte, was es für ein Blödsinn war, zu dem, was sie jetzt sahen, sunrise zu sagen, wo man doch spüren konnte, wenn man sich nur darauf einließ, dass es der Planet war, auf dem sie standen, der sich um die eigene Achse drehte und sich exakt jetzt und exakt hier eben wieder der Sonne zuwandte. Aber dann ließ er es bleiben. Es war besser, sich nicht sofort als Nerd zu outen, dachte er. Und es war auch gut, einfach zu schweigen, zu zweit zu schweigen und nur zu schauen, wie die Welt ihre Farben bekam, und wie sie warm wurde im Licht der Sonne, das war gut.

Und nach einer Weile sagte Kiki, sie müsse los. Sie drehte sich zu ihm, sagte: »See you around«, und lief davon.

Sie lief wirklich gut, dachte Bob, als er ihr nachsah, sie lief apart. Und dann setzte auch er sich wieder in Bewegung, in die andere Richtung, zurück hinunter in die Schlucht. Er hatte ihr gar nicht gesagt, dass er den ganzen Sommer über nicht hier sein würde. Aber warum hätte er ihr das auch sagen sollen.

Seltsames Mädchen, dachte er wieder, als er schon unten in der Schlucht war und begann hinaufzulaufen, in Richtung seines Dorfes, vorbei an ein paar Ziegen und begleitet von Bienensummen, sie redete kaum. Sie hatte ihn nichts gefragt, schon wieder nicht.

Abends die Taverne brechend voll, Manousos unentwegt beschäftigt, hatte keine Zeit für ein Bier zu zweit, bevor Bob wieder abreisen würde. Und er spürte, wie er lieber hier bliebe bei den Menschen, die jetzt aufgeregt aufeinander einredeten und wahrscheinlich kommentierten, was im Fernseher lief, der heute eingeschaltet war, ausnahmsweise, sah Bob. Er spürte, wie er nicht schon wieder weg wollte von hier – obwohl er die Menschen nicht verstand. Oder: Weil er sie nicht verstand, dachte er dann.

Vangelis klopfte ihm auf die Schulter. Ob er wisse, dass das Land, sein Land, Elláda, heute Geschichte geschrieben habe. Ob er wisse, was das Nein bedeute, das das griechische Volk heute per Referendum der Eurogruppe, der EU, lautstark zurückgeschmettert habe. Gequält hätten sie sein Land, gedemütigt und ausgeraubt – und das auf perfide Weise, indem sie vorgaben, helfen zu wollen, als noble Angehörige derselben *Gemeinschaft*, dieser edlen großen europäischen *Familie*. Aber jetzt, jetzt sei endlich das griechische Volk aufgestanden und habe dazu Nein gesagt.

Soll der von der Europäischen Kommission, der Europäischen Zentralbank und dem Internationalen Währungsfonds der Eurogruppe am 25. Juni vorgelegte Entwurf einer Vereinbarung, der aus zwei Teilen besteht, welche einen einheitlichen Vorschlag darstellen, angenommen werden? Ochi – nein, er soll es nicht.

Vielleicht gäbe es doch noch Hoffnung, sagte Vangelis. Und er erhob sein Glas und sagte etwas auf Griechisch, und das Einzige, was Bob zu verstehen glaubte, war etwas, das wie »Demokratie« klang, und alle erhoben ihre Gläser und riefen und tranken. Und Bob dachte, eigentlich wollte er wirklich lieber hier bleiben, bei den Neinsagern. Stattdessen sollte er schon wieder mit Touristen die immer gleiche Radtour fahren und zuerst nach Hause, ins Elternhaus. Was war Zuhause, sein Zuhause.

Sonntag, 12. Juli 2015

»Man hört ihn kaum«, sagte Marlene.

»Nur, wenn er steckenbleibt. Wenden muss. Dann schon«, sagte Filippa und sah vor sich im Geist wieder das Bild von gestern, als sie das Ding gekauft hatten zu dritt: ein Stück Kunstrasen vor dem Laden, ein Pappschaf darauf und der Rasenmähroboter, der auf dem winzigen plastikgrünen Fleck unaufhörlich hin und her fuhr. Sie lächelte.

Marlene, Filippa und Bob standen auf der Terrasse und blickten in den Garten. Es hatte 29 Grad Celsius, die Sonne schien und es war still am Rand der Stadt. Dann wurde der Motor auf einmal lauter, der Roboter drückte gegen einen Rosenstock und kam nicht weiter, mühte sich vergeblich ab. Bob fluchte, als er die Stufen hinunter in den Garten ging. Wahrscheinlich brauche es doch eine Begrenzung dort vor den Rosen, hörte er seine Mutter rufen, der Verkäufer habe ja gesagt …

Blödes Ding, dachte Bob, was für ein stupides Gerät, weit war es wirklich noch nicht her mit der Künstlichen Intelligenz, als der Roboter dann wieder mühelos auf der ebenen Grasfläche davonrollte. Warum überhaupt den Rasen mähen, wozu, dachte Bob und rief zur Terrasse hoch: »Nächstes Mal kaufen wir ein Schaf stattdessen.«

»Munir hätte es ja machen können. Der hätte es gern gemacht. Aber die Nachbarn …«, sagte Marlene. Sie wartete, bis ihr Sohn wieder neben ihr stand, und fuhr dann leiser fort: »Neulich hab ich sie in der Stadt beim Bäcker getroffen. Die Genfer Flüchtlingskonvention sei das Problem. Hat sie nicht direkt zu mir gesagt, ich habe es nur nebenbei aufgeschnappt. Sonst hätte ich etwas darauf erwidert. Aber so stehen die Dinge hier.« Und sie deutete mit dem Kopf zum Nachbarhaus.

»Und so hast du nichts gesagt?«, fragte Bob.

»Nein. Ich hab ihr einen Blick zugeworfen. Damit sie weiß: Ich habe sie gehört.«

»Man kann trotzdem etwas sagen«, sagte Bob.

»Sagst du immer etwas, wenn du so etwas mithörst? Irgendwo? Im Zug, im Flieger?«, fragte Filippa.

»Ich höre nichts mit. Ich habe Kopfhörer. Und bin mit Denken beschäftigt. Aber wenn doch, dann ja. Wenn ich Unsinn höre, der auf Unwahrheiten beruht und für den es keinerlei faktischen Beweis gibt, und ich weiß das und kann es begründen, dann ja, natürlich«, antwortete Bob, »selbst wenn es der eigene Onkel ist. Wie wir wissen.«

Marlene lächelte. Er schien gutgelaunt, der Sohn, seit er hier war, ganz anders als zuletzt. »Die hohe Kunst der Diplomatie«, sagte sie dann und dachte, wie gern sie ihrem Sohn jetzt über das Haar striche, und sie blickte wieder zum Rasenmähroboter. Er hatte ja recht. Es war ihr auf der Zunge gelegen, etwas zu sagen, stattdessen hatte das den Ausschlag gegeben, es nicht zu wagen, Munir den Rasen mähen zu lassen gegen ein Taschengeld, sondern dieses teure Ding anzuschaffen, das sich jetzt weiter durch das Gras fraß.

Dann von drinnen Schubert, elektronisch, Marlenes Smartphone klingelte. Sie ging hinein und Bob murmelte zu seiner Schwester: »Furchtbar, dieses Leben hier. Schau dir das an: nichts als Zäune und Rasensprinkler und fette SUVs.«

»Die westliche Glücksvision«, sagte Filippa, »die neue Shopping Mall ist auch bald fertig, direkt vor die Altstadt hingebaut.« Und sie dachte an ihren Exfreund Matthias, daran, dass sie das Haus, das hier irgendwo stehen musste am Stadtrand, hätte wahrscheinlich mit ihm bauen können. Aber das wäre nicht ihr Leben gewesen, sie hatte weggehen müssen, so kompliziert und anstrengend ihr Leben heute war, hier zu bleiben war einfach keine Option gewesen.

Dann trat Marlene zurück auf die Terrasse und sagte: Eine Wohnung, Mojtaba und Kamran hätten eine Wohnung, und die Schwester und deren Mann könnten dort auch einziehen. Alle unter einem Dach, endlich sei das gelöst. Innerhalb einer Woche Arbeit und Wohnung. Nach fünfzig vergeblichen Versuchen, eine Wohnung für sie aufzutreiben, nach den vielen Telefonaten, bei denen sie immer das Gleiche gehört hatte – Migranten nein, unmöglich, an die würde nicht vermietet, schon gar nicht ohne Arbeit –, hatte sie jetzt eine Wohnung für sie gefunden. Durch reinen Zufall. Weil sie ihrer Kollegin, die sie am Friedhof getroffen hatte, von der Misere erzählt hatte. Und jetzt habe eine Freundin der Schwester der Kollegin angerufen, sie vermiete an die Flüchtlinge, im Nachbarort, das hieß, Kamran brauchte sie dann zwar erst recht als Fußball-Taxi, aber das würde sie schon hinkriegen.

»Und Arbeit hat sein Bruder auch?«, fragte Filippa.

»Ja, die hat er selber gefunden, über einen Freund, der dort schon arbeitet. Er wird Putzmann. Da braucht er kein Deutsch. Zum Kloputzen braucht er kein Deutsch.«

Sie schwiegen wieder, sahen dem Rasenmähroboter zu, wie er vor der Birke stoppte, die Richtung wechselte, sich weiterfraß.

»Ich bin so froh, dass jetzt endlich alles geregelt ist mit dem Erbe«, sagte Marlene dann, »das Geld müsstet ihr bald auf dem Konto haben. Was ihr damit macht, ist eure Sache, geht mich nichts an. Aber alles, was das Haus angeht und das Inventar, das müssen wir besprechen. Weil jetzt allen alles gehört. Sonst gibt es Streit.« Sie sah zu Bob.

»Aber das kleine Reiseding, das ich genommen hab, ist so gut wie nichts wert im Gegensatz zu der Kamera, die sie genommen hat«, sagte Bob dann in Filippas Richtung.

»Die Leica ist auch keine von den ganz alten. Von denen weiß ich ja, dass sie wertvoll sind.«

»Jede Leica aus Dads Sammlung ist mehr wert als dieses kleine Reiseteleskop. Wenn es eine Leica ist. Ich glaube das ja nicht. Es gibt keine blauen oder blaugrauen Leicas.«

»Doch, gibt es. Ich kann doch lesen.« Und Filippa dachte: Hoffentlich habe ich sie tatsächlich in Paris in der Wohnung vergessen und nicht verloren. Im Moment hatte sie keine Ahnung, wo die Kamera sein könnte, das war die Wahrheit.

Jetzt streiten sie schon wieder, dachte Marlene und sagte: »Teleskop und Kamera lassen wir einfach unter den Tisch fallen. Punkt. Ich habe nämlich auch etwas genommen. Und dann hat einfach jeder einen Gegenstand, der ihm etwas bedeutet, den er gut gebrauchen kann, als Geschenk bekommen.«

»Was hast denn du genommen?«, fragte Filippa.

»Eines der Rennräder, ein älteres, für Samim, als Geschenk. Weil er den Sprachtest so gut bestanden hat. Er hat jetzt schon A2«, sagte Marlene. Und sie sah ihren Sohn losstürmen in Richtung der Garage und hörte ihn noch rufen: »Doch nicht das Colnago, oder?«

Sie hörte ihn nochmals etwas rufen und ging ihm nach. Was hatte er denn jetzt schon wieder.

Bob scannte die Wände der Garage mit seinem Blick. Er dachte: Wenigstens nicht das Colnago, das hing noch da. Welches fehlte dann? Er brauchte einen Moment. Dann fiel ihm ein: Es musste das Bianchi sein. Auch schade, dachte Bob. Er hörte seine Mutter und seine Schwester kommen und sagte: »Das geht nicht, dass hier einfach Dinge genommen und fortgegeben werden.« Er begann, nach der Luftpumpe zu suchen.

»Aber du hast doch damit angefangen«, sagte Filippa.

»Aber ich habe etwas genommen, mit dem keiner von euch etwas anfangen kann und das nicht einmal fünfhundert Euro wert ist. Du hast etwas genommen, was viel mehr wert ist.«

»Weißt du doch gar nicht, wenn du nicht weißt, welche Kamera es ist«, sagte Filippa und dachte: Wenn ihr bloß einfiele, wo diese verdammte Kamera sein könnte, sie würde sie doch nicht im Flieger … Und sie hörte ihre Mutter fragen, was denn das Rad wert gewesen sein mochte, das sie verschenkt hatte, und was überhaupt die ganzen Fahrräder hier wert wären.

Bob sagte, dass er nicht wisse, in welchem Zustand das Bianchi gewesen sei, aber auf achthundert bis tausend schätze er es schon. Das Teuerste sei das hier, er deutete auf ein schwarzes Rennrad an der Wand, das Pinarello Dogma, das habe sich der Vater doch erst letztes Jahr gekauft, das sei nagelneu und sicher noch zehntausend Euro wert. Das hier, er deutete mit dem Kopf auf das Colnago, dessen Hinterrad er dabei war aufzupumpen, habe dagegen nur noch Liebhaberwert. Aber eben, den habe es. Das sei ja eigentlich sein Rad gewesen, früher. Nachdem sich der Vater das Bianchi gekauft hatte. Da sei er mit dem hier gefahren, das würde sie ja wohl noch wissen, sagte er in Richtung seiner Mutter, und schob das Fahrrad dann aus der Garage hinaus in die Einfahrt.

Und Marlene versuchte sich zu erinnern und erinnerte sich dunkel, sah den Sohn, sah Hermann, sah sie streiten. Sie sah sie eigentlich vor allem streiten miteinander, dachte Marlene, ab einem gewissen Alter. Zuvor ein Herz und eine Seele …

»Dann sagen wir: Das Fahrrad gehört jetzt dir«, sagte sie dann. Die drei standen jetzt in der Einfahrt. Bob schwang sich in den Sattel, testete die Bremsen, fuhr eine Runde mit dem Rad.

»Und mit dem gesamten restlichen Inventar machen wir es so, wie wir gesagt haben. Ihr meldet ab jetzt alles mir, wenn ihr etwas mitnehmen wollt und ich vermerke es in der Inventarliste als verliehen«, sagte Marlene. »So wolltet ihr es doch haben – kommunistisch.«

»So ist es am gerechtesten«, sagte Filippa. Sie saß auf der Vortreppe und sah zu Boden. »Und wenn jemand wirklich einzelne Gegenstände nur für sich allein haben will, kann er sie den anderen ja abkaufen.« Sie sah ihre Mutter an.

Marlene schüttelte den Kopf. »Und wenn die nicht einverstanden sind? Was dann? Es hat schon einen Grund, warum der Kommunismus gescheitert ist.«

»Dann braucht es eben Kriterien, die alle nachvollziehen können, die entscheiden, ob jemand das Ding für sich allein bekommt oder nicht. Notwendigkeit zum Beispiel«, sagte

Filippa und sah wieder zu Boden. »So ist es jedenfalls am gerechtesten. Und Gerechtigkeit ist wichtig.«

»Ach, Pippa, was ist denn schon gerecht.« Marlene zuckte die Schultern, »andere erben überhaupt nichts. Oder nur Krieg.« Sie sah ihre Tochter an. Sie machte sich zu viele Sorgen, ihre Tochter, um alles, dachte sie. Aber das durfte sie nicht wundern. Sie hatten die Kinder vollkommen falsch erzogen mit ihren hehren Idealen, ganz verkehrt für diese Welt.

Und während sie zurückging in den Garten, sah sie Pippa vor sich, als Mädchen, sah sie Briefe schreiben für Amnesty International, an der Wand John Lennon und Mahatma Gandhi. Sie war schon damals die Weltretterin gewesen, ihre Pippa. Wenn sie gewusst hätte, dass in ihr so eine Kümmererin steckte, hätte sie sie nicht Filippa getauft, die Pferde- und Menschenfreundin … Vielleicht hätte sie sie zu einem Reitstall schicken sollen als Kind, damit es wenigstens nur bei der Pferdefreundin bliebe, nicht die grenzenlose Menschenfreundin aus ihr würde, die sie heute war. Und Bob dagegen war so ganz anders, musste sich selber retten vor der Welt, sich seine eigene bauen, dachte sie dann. Zu der hatte kaum jemand Zutritt, sie jedenfalls nicht, aber die hatte auch nur wenig mit anderen Menschen zu tun. Von klein auf war das bei ihm so gewesen … Es stimmte schon: Man konnte die Kinder ganz gleich erziehen und sie gerieten doch völlig verschieden, die Macht der Gene …

Und dann hörte Marlene ihren Sohn rufen, dass er jetzt Rad fahren ginge. Um den Roboter müsse sie sich nicht mehr kümmern, der mache jetzt alles allein.

Und Marlene dachte: Und auf einmal fährt der Sohn jetzt wieder Fahrrad. Jahrelang nie, hier zu Hause, mit dem Vater, nie mehr, und jetzt plötzlich …

Und Bob dachte, als er losfuhr, an Zoe und an ihr regenbogenweißes Rad. Das Rad hier war auch weiß, aber es war deckend weiß, was für ein Unterschied. Ihres schillerte ja tatsächlich weißbunt im Sonnenlicht. Aber sein altes Colnago wäre perfekt gewesen für das flache Holland. Warum hatte er daran nie gedacht: in Holland Rad zu fahren. Wo alle Rad fuhren. Da hatte er begonnen, exzessiv zu laufen.

Und Filippa saß allein auf der Treppe vor dem Haus. Sie dachte an November. Es gab keine Gerechtigkeit, da hatte ihre Mutter recht. Und sie spürte, wie sie schon wieder traurig war. Sie stellte die Luftpumpe zurück in die Garage, schloss das Tor.

Abends saß Filippa auf dem Balkon. Die Luft war angenehm, die Hitze fort. Die Berge in der Ferne schon ganz dunkel, die Sonne hinter ihnen ein schwaches zartrotes Leuchten, der Himmel darüber ultramarin. Es war die blaue Stunde. Die mochte sie sehr. Die Grillen zirpten laut auf der Wiese, die zwischen Haus und Gasthof lag, in dem sie im November zuletzt war. Damals hatte sie das Haus gesucht mit ihrem Blick, erinnerte sie sich, und jetzt sah sie von hier dorthin, sah sich wieder dort am Fluss, den Bruder neben sich und dann die Mutter. Wenn sie an Traurigkeit dachte, dann kam jetzt sehr oft dieses Bild: Das scheinbar schwarze schnelle Wasser, in das sie damals sah, das bisschen Silbermond darin und das Laternenlicht und in ihm Wellen, richtungslos.

Die Grillen laut wie selten heute, dachte Filippa, und alles fühlte sich wie früher an. Hier zu sitzen, wie vor fünfzehn, zwanzig Jahren, als sie auch hier gesessen war, immer zu dieser Stunde auf dieser Bank, die jetzt wie damals so schön warm war, Julihitze in sich trug. Und in der Luft Sommergeruch, später Holunder, der Strauch im Garten blühte immer noch.

Bob trat aus seinem Zimmer, streckte sich, fühlte die Radkilometer wohlig in den Muskeln. Er sah seine Schwester auf der Bank sitzen. Ein bisschen traurig sah sie aus, dachte er, wieder einmal, und er setzte sich zu ihr, stupste sie sanft mit seiner Schulter an. »Wie geht es dir?«

Filippa zuckte die Schultern. »Schlecht«, sagte sie dann.

»Warum, Flippa?«

Sie zuckte wieder die Schultern. »Vielleicht weil ich kein Delfin bin. Obwohl du mich so nennst. Hör endlich auf damit.« Sie spürte plötzlich Wut in sich auf diesen Namen, auf all die Namen, die man ihr gab, Pippa, Flip, Flippa, Flippita … Warum taufte sie jeder, wie es ihm passte?

»Aber der Flipper aus der Fernsehserie war ein hyperintelligentes Tier. Ein Superstar. Delfine sind mindestens so intelligent wie Menschen. Sie sind echte Individuen, sie sind hervorragende Analytiker und können lange intensiv und anhaltend leiden. Du siehst die Parallelen?«

»Okay, dann bin ich traurig, *weil* ich ein Delfin bin. Und ich in dieser Gesellschaft fremd bin, mich die anderen nicht verstehen.«

»Welcome to my world.« Bob lachte kurz. Er zupfte am Lack des Fensterladens neben sich herum, der an einer Stelle abblätterte. »Wegen dieser E-Mail-Geschichte neulich, oder?«

Filippa nickte. »Nicht nur deshalb, aber schon auch deshalb. Ich meine, warum will ich denn nicht über Diversity-Management reden an der Uni so wie die anderen? Warum muss ich denn widersprechen und stattdessen einen Schreibworkshop vorschlagen? Bin ich zu leistungsfixiert?«

»Aber es hat doch gar keiner auf deinen Vorschlag Bezug genommen.«

»Nein, und das ärgert mich im Nachhinein am allermeisten: Dass ich am Ende nur kurz geschrieben habe, dass ich es bedauerlich fände, dass dieser Teil des Gesprächs gar nicht in die Diskussion aufgenommen wurde, der gezeigt hätte, dass ich natürlich nicht per se etwas gegen Diversity-Management habe, aber dass ich etwas anderes zu stärken vielleicht mindestens genauso wichtig fände – nämlich die Fähigkeit im schriftlichen Ausdruck, die immer weiter abnimmt, worin sich ja im Grunde alle einig seien. Dass ich aber natürlich wisse, dass das eine im Prinzip nicht mit dem anderen vergleichbar sei. Das heißt, ich habe mich am Ende selber entschuldigt, implizit. Und das ärgert mich.«

Bob hörte auf, am Lack herumzuzupfen und streckte seine Beine aus, verschränkte die Hände im Nacken, dachte: Schöner Himmel.

»Vielleicht ist mein Problem wirklich, dass ich ein Delfin bin unter Menschen«, fuhr Filippa fort. »Die Menschen nehmen keine Rücksicht auf so jemanden, auf sein Anderssein, sein Introvertiertsein, sein Delfinsein eben. Obwohl sie sich diversity groß auf die Fahnen schreiben. Verstehst du? Das ist für mich das Absurde daran: Es wird so viel von diversity gesprochen, aber bei der Art und Weise der Durchsetzung von diversity gibt es nicht so viel Diversität. Da gibt es offenbar genau nur eine einzige Best Practice und die heißt: Wir müssen über alles öffentlich reden. Auch über das Allerprivateste – wie die eigene sexuelle Orientierung. Ich meine, was soll denn Diversity Management überhaupt bedeuten? Wörtlich übersetzt heißt das: die Handhabung von Vielfalt. Und die beginnt doch damit, den anderen sein zu lassen, so wie er ist. Oder nicht? Und deshalb verstehe ich es nicht, dass man mich so angreift. Ich finde das nicht fair. Das ist für mich jedenfalls keine Best Practice in Diversity Management.«

»Vielleicht musst du nach Japan ziehen«, sagte Bob und dachte, er würde sicher gut schlafen heute. »Es gibt da eine Insel, auf der die Fischer Delfine zu Mitbürgern erklärt haben, ihnen die gleichen Rechte einräumen wie den Menschentieren. Weil sie eben mindestens genauso intelligent sind wie wir. Und genauso verletzlich. Weil sie genauso intensiv empfinden. Und sich Namen geben und um Tote trauern und so weiter.«

Filippa sah ihn an. Offenbar ging es ihm wirklich wieder gut. So gesprächig hatte sie ihn lange nicht erlebt. Und Vaters Tod hatte er einfach weggesteckt, ohne größere Krise. Konnte das sein, fragte sich Filippa.

Und dann dachte sie: Jetzt war er dran, er hatte sich gerade selber überführt. Und sie fragte ihn, ob er das alles wisse, weil seine Freundin Zoologin sei und zu Delfinen forsche oder ob er die dunkle Materie an den Nagel gehängt habe, weil er plötzlich, inspiriert von ihrem Kosenamen, über Nacht eine neue Obsession für Meeressäugetiere entwickelt habe.

Bob schwieg einen Moment und dann sagte er, dass man dunkle Materie nicht an einen Nagel hängen könne. Filippa antwortete, dass er nicht ablenken solle vom Thema. Bob sagte, dass *sie* doch abgelenkt habe vom Thema. Und dann sagte er, dass es wichtig sei, präzise zu sein – weil die Gesellschaft nämlich *nicht* präzise sei, deshalb käme es ja überhaupt zu solchen Kränkungen wie der, die sie selber erlebt hatte, oder auch der, die er erlebt hatte, als am Arbeitsmarkt diskriminierter Mann.

Das Problem mit dieser Diversitätsmanagement-Best-Practice sei seiner Meinung nach, dass sie viel zu ungenau operiere. Sie laufe paradoxerweise echter Diversität sogar zuwider. Denn diese Diversitätsmanagementvorkämpfer und Quotenregler sähen eine so komplexe Entität wie ein menschliches Individuum einfach nicht als etwas Komplexes-Ganzes – obwohl der Begriff Individuum von seiner Herkunft her genau das sagte, nämlich dass es *unteilbar* war. Aber immer würde das versucht, würden nur einige wenige bestimmte Merkmale, wie etwa Geschlechtlichkeit, Herkunft oder Hautfarbe, herausgepickt, während andere kaum gesehen würden, wie zum Beispiel ihr ruhiges, introvertiertes Delfintemperament – also all das, was ein Individuum tatsächlich erst *einzigartig* mache, anstatt es nur als Teil einer Gruppe auszuweisen. Und er glaube, die Gesellschaft sei da einfach auf dem Holzweg, denn letztlich würde man einem Individuum so nie gerecht, man erfasse nicht sein Wesen als Singularität.

In der Kosmologie sei das Problem jedenfalls genau so eine Stilfrage: Die Leute versuchten immer noch, den alten Newton-Stil auf den gesamten Kosmos anzuwenden. Dabei beruhe der Newton-Stil auf Simplifizierung, Fragmentierung und Idealisierung, man wisse das. Und deshalb würde er dem hyperkomplexen *alles* umfassenden *Einzelfall*, der der Kosmos nun einmal war, niemals gerecht. Aber viele Leute ignorierten das nach wie vor und täten so, als sei dieser etablierte Newton-Stil schon das Beste, was wir zu denken im Stande wären, als gäbe es gar keine andere Möglichkeit zu denken. »Weil die meisten einfach zu schwach sind, sich einzugestehen, dass wir im Grunde immer noch sehr wenig wissen, trotz allen Fortschritts«, sagte Bob, »sie halten das einfach nicht aus, wenn etwas *größer* ist als sie. Und deshalb reden sie sich selber groß und tun so, als hätten sie eine Best Practice. Dabei kann es die vielleicht in Wahrheit gar nie geben, sondern nur als Utopie. Und als solche ist sie essentiell. Ich habe viel darüber nachgedacht in der letzten Zeit, also über diese Stilfrage.«

Bob und Filippa schwiegen. Er hatte recht, dachte Filippa, mit dem, was er da sagte, zur Leibnizschen besten aller Welten führte diese Best Practice sicher nicht.

Er klopfte ihr auf den Oberschenkel, sagte: »Aber wenn dich ein System aussortiert, weil es zum Beispiel glaubt, dass du als weißer Mann das Erbe deiner Väter einfach auszubaden hast, dann musst du eben selber anderswo ein neues, eigenes Alternativsystem etablieren versuchen. Vielleicht landen wir wirklich beide noch in Japan, auf dieser Insel.«

Filippa dachte: Das war jetzt eins zu eins gewesen so wie früher bei Papa, alles – Gestik, Wortwahl, Tonfall – eins zu eins wie er. Sie nickte, sah ihn an, spürte, wie er ihr auf die Schulter klopfte.

»Und ist jetzt diese Zoe deine Freundin oder nicht?«, fragte Filippa dann.

Bob lachte, schüttelte den Kopf und schwieg. Er sah nach vorne, in den Himmel. Das letzte Rot war fort, die Welt ein reines dunkles Blau.

Filippa sah Bob an und dann wieder nach vorn. Er würde sie jetzt einfach niederschweigen, der kleine Bruder, sie wusste das genau. Wenn er nichts sagen wollte, dann sagte er ganz einfach nichts. Weil er das konnte – einfach schweigen. Er konnte das. Aber sie war sich sicher jetzt, dass er nicht so allein war, dass es eine Freundin gab und dass das wahrscheinlich diese Zoe war.

»Und warum geht es dir neuerdings so gut?«, fragte sie dann nach einer Weile, »obwohl man dich so ungerecht das Vatererbe ausbaden lässt und die Welt am falschen Stil krepiert. Sag mir wenigstens das.«

»Weil ich eine E-Mail bekommen habe aus Kanada. Von dem Professor, bei dem ich mich habilitieren möchte. Er hat geschrieben, ich solle mich bewerben, für das kommende Studienjahr sei es zu spät, aber im Jahr darauf seien wieder Plätze frei. Er hat sehr freundlich geschrieben.« Und sofort war da wieder das Triumphgefühl in ihm, wenn er daran dachte, als er die Mail gelesen hatte. Und dann fügte er hinzu: »Und ich habe ein Stellenangebot.«

Dann war ja wirklich wieder alles bestens bei ihrem Bruder, dachte Filippa, während es bei ihr kontinuierlich bergab zu gehen schien. Sie schwieg. Sie hörte Bob fragen: »Und was ist das andere, weshalb du depressiv bist?«

»Nicht depressiv – traurig«, sagte Filippa und dachte: Soll ich es ihm jetzt wirklich sagen? Er will doch selber keine Kinder. Und er weiß sicher nichts darauf zu sagen. Aber egal, warum denn nicht, und sie sagte: »Weil ich nicht schwanger werde.«

Und Marlene stand direkt unter den beiden, im Erdgeschoß, in der offenen Terrassentür, und dachte: Ich habe nicht absichtlich mitgehört, ich wollte nur die Türe schließen, ich habe nicht gewusst, dass sie dort sitzen, beide. Erst als sie zu sprechen begonnen haben, da habe ich es gewusst. Und dann musste ich einfach zuhören, ich musste.

Ich muss es ihnen ja nicht sagen, vor allem Bob nicht, dachte sie, als sie sich abwandte, die Türe offen stehen ließ. Sie ging in die Küche. Und sie fühlte, wie ihr ein Stein vom Herzen fiel. Der Bub ist gerettet. Er hat wieder eine Stelle. Hermann, dein Sohn hat eine Stelle. War das eine Erleichterung, dachte sie, während sie sich ein Glas Wein einschenkte.

Blieb ihre Tochter, dachte sie im nächsten Augenblick, und seufzte. Kaum stand der eine wieder auf solidem Grund, drohte die andere zu sinken. Sie stand mit ihrem Glas am Küchenfenster, sah nach draußen, sah in die Einfahrt, sah das geparkte weiße Auto im Abenddämmerdunkel und nahm einen Schluck Wein. Sie hatte es geahnt, so blass und dürr und down, wie Pippa all die Monate gewesen war. Ihr armes Mädchen.

Und was konnte sie tun. Immer diese Frage: Was kann ich tun? Und immer das Gefühl: Wenig, wenig bis nichts. Keine Macht, keine Kontrolle, immer nur die Sorge. Um die anderen. Die Sorge. Um ein Kind. Sie nahm noch einen großen Schluck. Und warum stand sie so oft hier, an diesem Fenster, und sah dorthin, genau dorthin, zu dieser Stelle.

Freitag, 7. August 2015

Filippa saß auf der roten Schaukel, die im Nussbaum hing. Der Himmel tiefblau, im Westen rosarot, die Luft noch tageswarm-bewegt und in ihr der Schall zirpender Grillen. Sie zirpen wie verrückt, dachte Filippa. Sie sah zum Haus. Jetzt war der Keller leer, so leer, wie sie ihn nicht erinnerte. Und die Kiste mit den schönsten Kinderkleidern, handgestrickt, selbstgenäht, stand jetzt in ihrem Zimmer. Die hatte sie wieder eingepackt, heute, beim Recyclinghof. Als ob es Pech brächte, sie wegzugeben, als ob das hieße, sie habe keine Hoffnung mehr.

Dann schwenkte sie den Blick in Richtung Westen, hin zum Licht. Jetzt war der Holunder endgültig verblüht. Und hinter ihm und hinter der Wiese, die an den Garten anschloss, und hinter dem Gasthof, der an die Wiese anschloss, lag die Kaserne. Und in der Kaserne waren jetzt Flüchtlinge, dachte sie, neue Nachbarn, heute dort eingezogen. Und sofort Mitleid und das Gefühl von Ohnmacht, wie immer wenn sie an diese Menschen dachte, die hier gestrandet waren, nicht ersoffen waren auf ihrer Flucht wie so viele andere. Deren Leid war größer als das ihre, ihr Problem ein Luxusproblem, so sagte man zu Recht dazu. Und sie wusste das, aber es half ihr nicht, jetzt gerade, jetzt half es ihr nicht, ihre Traurigkeit blieb unverändert. Auch wenn da Kinder waren, dort in der Kaserne, Kinder ohne Mütter, Kinder ohne Väter, Kinder ohne Sprache für den fremden Ort.

Und sie stieß sich vom Boden ab, schaukelte ein wenig hin und her. Und als die Schaukel wieder ganz in Ruhe war, drehte sie sich um die eigene Achse ein. Und in ihrem Kopf Sommer vor fast dreißig Jahren: Sie als kleines Mädchen mit zwei Zöpfen, im Wald. In einer Hand ein Kännchen voller Schwarzbeeren, die ihr so schmeckten, die Hände bläulich von den Beeren. Es gab ein Foto, das sie so zeigte, es hing im Stiegenhaus an der Wand. Bob und die Mutter erinnerte sie nicht, sah nur den Vater vor sich, schweigsam, und sich, als Squaw auf Nahrungssuche, dem Häuptling auf den Fersen. Sie war klein, die Bäume sehr, sehr groß, der Vater auch. Es war ein stummes Bild in dunklem Grün und Violett, und es war leicht und warm. Sie zog die Füße an und für Sekunden wirbelte ihr Körper um sich selbst.

Und dann erhob sie sich und ging zurück zum Haus. Und in ihrem Kopf die Erinnerung an das letzte Mal, als sie im Wald war mit dem Vater. Das wusste sie noch gut. Es war nicht lange her. Nicht mehr als drei, vier Sommer war das her. Ein Zufall, als sie zu Hause gewesen war, während der Ferien. Der Vater hatte sie spontan gefragt, ob sie ihn begleiten wolle zum Beerensammeln. Und dann war es gewesen wie früher. Sie hatten kaum gesprochen miteinander. Sie hatten kaum sprechen müssen miteinander.

◆

In Paris das Geräusch von einem Stundenplättchen, das in Filippas Küche fiel. Die blaue Leica lag zwischen Kissen auf dem Sofa, der Schreibtisch stand verwaist, die Luft war ruhig, und es war nichts als deren unsichtbare Regung in dem Raum. Und in ihrer Métrostation stand frisch gesprayt ein neuer Satz an jener weißen Wand: *All ~~human~~ beings are born free and equal in dignity and rights,* und der Strich, der durch das Wörtchen *human* ging, war sauber und gerade ausgeführt.

Montag, 24. August 2015

Filippa lag im Bett in Anuks Armen. Sie spürte das Silikon der Empfängnishilfe gegen die Innenwand der Scheide drücken, sie dachte: Unangenehm, dieser Fremdkörper so tief in ihr, sie musste sich erst noch daran gewöhnen.

»Don't be sad, Flip«, hörte sie Anuk sagen, »don't be too sad. It's your birthday. And you're not forty. There is still time.« Filippa schwieg. Vierzig war sie noch nicht, das stimmte schon, aber 35, der zweite Fruchtbarkeitsknick – jetzt war er geschehen. Sie hatte noch drei Chancen. Wenn sie mit 35 Mutter werden wollte, hatte sie nur noch drei Chancen. Und bei dem Gedanken sofort Tränen. Sie hielt sie nicht zurück. Sie weinte lautlos, ruhig. Sie fühlte Anuks Arm, fühlte, wie sein Druck ein wenig zunahm, wie sie besser spürte, wie er sie hielt, wie sie gehalten war von ihm. Auch wenn es schwer sei, das zu sehen, hörte sie ihn sagen, etwas Positives sei doch auch geschehen in diesen letzten Wochen, immerhin ihr Zyklus sei jetzt regelmäßiger.

Und mein Progesteronspiegel? Und dein Spermiogramm?, dachte Filippa, not so good news. Aber vielleicht war es ja heute geschehen, geschah es jetzt gerade in ihrem Körper, dachte sie dann. *Es lebte nichts, wenn es nicht hoffte.* Sois positive, Madame. Immerhin war Anuk da. Immerhin, sie war geliebt von einem Mann, den sie liebte. Und war das nicht genug, die Liebe eines Mannes. Warum jetzt immer diese Sehnsucht nach dem Kind?

Sie spürte Anuks Körper atmen hinter sich. »Bear? You tired?«, fragte sie.

»Mhm«, kam zurück, »very tired.«

Sie wollte jetzt aber noch nicht schlafen. Sie wollte noch ein bisschen seine Stimme hören. Sie fragte: »Am I crazy if I am still thinking about the e-mail thing?«

Sie hörte ein Räuspern hinter sich, dann: »No.«

»Am I crazy if I am still thinking about Papa's death?«

»No, you are not«, sagte Anuk. Es sei nicht krank, es sei zutiefst menschlich. Sie hörte ihn gähnen. Das habe er ihr ja schon oft gesagt und er würde es ihr immer wieder sagen, fuhr er dann fort, so arbeite ganz einfach ihr Gehirn: Es dächte an vergangene Geschehnisse, um die Zukunft besser vorherzusehen und mit ihr umzugehen. Evolutionär sei das der Zweck von Erinnerung. Wenn sie also an den Tod des Vaters dachte, immer wieder, dann hieß das, ihr Gehirn bereite sich damit auf etwas vor, was in der Zukunft vor ihm lag.

Filippa spürte, wie sie ruhig war jetzt. Das machte seine Stimme, sie zu hören wirkte immer.

Also bereite sich ihr Gehirn damit auf weitere Verluste vor, auf weitere Tode geliebter Menschen, sagte Filippa dann.

Ja, sagte Anuk, er glaube, das könne man so sagen, aber wahrscheinlich nicht nur darauf.

Worauf noch, fragte Filippa.

»Say it yourself«, hörte sie Anuk hinter sich sagen, leise.

»My own death.«

Ja, sagte Anuk, es bereite sich so auch auf den eigenen Tod vor.

Und auf den Tod an sich, sagte Filippa, auf das Faktum der Sterblichkeit alles Lebendigen.

Ja, sagte Anuk.

Sie schwiegen und Filippa spürte, wie sie weinen wollte und wie sie wütend war, verzweifelt wütend war, weil es genau so war, sein würde, die Tode kämen und sie konnte nichts dagegen tun, absolut nichts konnte sie dagegen tun. Und sie spürte Anuk atmen hinter sich, sog den Duft seiner Hand ein, die nah an ihrer Nase lag.

Es täte weh, daran zu denken, sagte Filippa dann, es mache sie so traurig. Aber etwas daran sei vielleicht auch gut. Sie glaube, sie verstehe erst seit dem Tod des Vaters ansatzweise, was er und seine Familie durchgemacht hatten mit ihrer Kriegs- und Fluchtbiografie, und warum er nicht schlafen konnte ohne Licht.

»You do?«, hörte sie Anuk fragen, leise.

»I think I do.«

Sie schälte sich vorsichtig aus seiner Umarmung und streifte sich ihr Schlafshirt über. Und dann lagen sie wieder so wie vorher und schwiegen und Filippa lauschte auf Anuks Atem, ob er schon eingeschlafen war. Und sie spürte die eigene Müdigkeit und immer noch diese blöde Empfängnishilfe in ihrem Körper.

Vielleicht sei das wirklich das Kernproblem der Welt, sagte Filippa dann: dass in Europa oder allgemeiner in den sogenannten am höchsten entwickelten Ländern, die die Weltordnung bestimmten, keiner mehr den Tod wirklich gut kannte, jedenfalls viele Menschen viele Jahre ihres Lebens zunächst nicht. Man wisse einfach nicht mehr, was Verlust wirklich bedeute. Man könne nicht verlieren. Man sei nicht mehr geübt darin, sähe gar nicht mehr, dass das jeder können musste, dachte stattdessen, man könne das auslagern an andere, am besten ganz weit fort, in ferne Erdregionen, so ähnlich wie Unternehmen heute Arbeit auslagerten, um Kosten einzusparen. Vielleicht sei deshalb so viel nicht notwendiges Leid in dieser Welt. Sie gähnte.

Und dann schwiegen sie und Filippa spürte, wie sie gleich einschlafen würde, und dachte, dass es schön war, jetzt hier so einzuschlafen in seinen Armen, sie hatten das so selten, als sie noch einmal Anuks Stimme hörte hinter sich, sehr leise: Sie solle nicht falsch verstehen, was er jetzt sage. Er fände es wunderbar, dass sie sich über solche Dinge den Kopf zerbräche und dass sie so durchlässig sei für alles, was von außen auf sie zukäme, für die ganze Welt, für alles Fremde. Er wisse schon, sie würde jetzt gleich sagen: Als Philosophin sei genau das ihre Aufgabe, sie müsse ihr eigenes Empfinden mit dem der anderen verschränken, weil die Philosophie versuchte, Wahrheiten zu finden, die für alle gelten konnten, nicht nur für sie individuell.

Filippa nickte und Anuk sprach weiter: Und es sei wirklich wunderbar, dass sie das mache, dass sie das aushalte. Aber manchmal sei es doch sehr schwer mitanzusehen. Denn es mache sie verletzlich. Es sei, als liefe sie vollkommen hautlos durch die Welt. Und manchmal denke er, sie sollte ein stärkerer Advokat sein für *ihr eigenes* well-being, für ihr eigenes Selbst. »Because I want you to be happy, Flip.« Er küsste ihren Nacken. »Sometimes I really wish other people would not have so much power over you. Especially if they are complete jerks.«

Er sagte das wegen diesem Michael, sie wusste es genau, dachte Filippa, und sie sah sich wieder selber im Louvre stehen, vor dem grauen Fisch. Ein bisschen hatte der Fisch sie damals wirklich gerettet. Und das Bild von Géricault dann auch.

Sie könne einfach nichts dagegen tun, dass es so sei, sagte sie dann, dass andere so viel Macht hätten über sie. Sie wisse, sie müsse lernen, sich besser abzugrenzen. Aber es gelänge ihr einfach nicht.

»I know«, hörte sie Anuk flüstern, »I know.« Sie spürte, wie er sie fester hielt.

Und gleich darauf hörte sie seinen Atem sich ändern. Er war eingeschlafen. Und sie dachte: Vielleicht brauche ich die anderen einfach mehr als du. Oder auch mehr als mein Bruder. Vielleicht mehr als jeder Mann. Vielleicht haben die anderen deshalb diese Macht über mich. Das hast du doch neulich selbst gesagt: Das weibliche Gehirn sei fundamental anders als das männliche, es sähe den anderen anders, könne ihn so gut *lesen.*

Manchmal hasste sie es wirklich, Frau zu sein, dachte Filippa weiter. Sie hörte Anuks ruhigen Atem hinter sich. Als Mann hätte sie diesen Fortpflanzungsdruck jetzt nicht, keine biologische Uhr, die tickte. Es war so ungerecht, alles, einfach ungerecht. Und schon wieder spürte sie Tränen kommen, was war denn los mit ihr, sie konnte doch nicht ständig weinen. Sie atmete einmal tief ein und sagte sich: Vielleicht hatte es ja heute geklappt, sois positive, Madame. Jetzt bist du wirklich 35.

Dienstag, 25. August 2015

Marlene sah Pippa vom Küchenfenster aus in der Einfahrt hinter dem Auto, in der Hocke, über den Asphalt gebeugt. Sie hatte ihr den Rücken zugewandt. Was machte sie denn da?

Sie eilte zur Tür und in ihrem Kopf November und das Herz sofort schnell. »Was machst du denn da, Pippa?«, rief Marlene ihrer Tochter zu. Der Regen hatte aufgehört, aber mit den Hausschuhen wollte sie trotzdem nicht in die Einfahrt gehen. Filippa reagierte nicht, und zwei Augenblicke später ging sie doch zu ihr hin.

»Ist irgendetwas? Mit dem Auto? Hat Anuk etwas bemerkt?« Sie stand jetzt neben ihrer Tochter, sah sie mit einem dünnen Ästchen hantieren.

»Das Auto ist okay. Wir waren spät dran. Aber er hat den Flieger noch erwischt. Ich rette einen Regenwurm«, hörte sie ihre Tochter sagen. »Er wird sterben, wenn es jetzt auftrocknet, auf dem Asphalt. Er schafft es nie zur Hecke. Das ist zu weit.« Und sie manövrierte den Ast mit Regenwurm behutsam Richtung Lärche, ließ ihn auf die Erde gleiten, kam zurück, sah dabei die Mutter an. Marlene schüttelte den Kopf.

»Lass doch die Natur.«

»Asphalt ist nicht Natur. ›Wer auch nur ein einziges Leben rettet, rettet die ganze Welt‹«, sagte Filippa und bückte sich. »Man könnte auch umgekehrt sagen: Wer auch nur ein einziges Leben tötet, tötet die ganze Welt.«

Oje, dachte Marlene, und sagte: »Komm ins Haus. Ich koche Kaffee. Du wirst schon Mama werden. Dodo kommt auch gleich vorbei.«

Filippa trug den nächsten Regenwurm zur Hecke.

»Bei mir hat es auch gedauert. Bei Bob.«

Filippa sah sie an. »Heute vor neun Monaten war das Begräbnis«, sagte sie zu ihrer Mutter. Und Marlene dachte: Armes Mädchen, sie ist wirklich ganz aus dem Tritt.

In der Luft der Geruch des Regens, die Tochter bückte sich erneut und Marlene spürte, wie ihre Füße nass waren in den Schuhen und wie sie hier nicht stehen mochte, ausgerechnet hier.

Filippa murmelte, sie käme in ein paar Minuten, und als sich Marlene umdrehte, hörte sie die Tochter rufen: »Wie lang hat es gedauert? Bei Bob?« Und Marlene drehte sich noch einmal um und sagte: »Zwei Jahre? Sicher zwei Jahre.«

Viel Hoffnung machte ihr das nicht, dachte Filippa, aber wenigstens wusste die Mutter jetzt davon, sie spürte, wie sie das erleichterte, dass sie jetzt davon wusste, und dass sie es ihr nicht einmal selber hatte sagen müssen. Sie schob den nächsten Wurm behutsam auf den Ast.

Und Marlene sah ihr noch einen Moment lang zu dabei, dann drehte sie sich um. Sie konnte da nicht hinsehen.

Sie ging die Vortreppe hinauf, zog die durchnässten Schuhe aus und ließ die Eingangstüre offen hinter sich.

»Und du bist wirklich okay, jetzt wieder so allein?« Filippa saß neben ihrer Mutter im Auto.

»Jaja«, sagte Marlene, »keine Sorge. Um mich brauchst du dich wirklich nicht zu sorgen. Es war ein Luxus, dich den ganzen Sommer über hier zu haben. Fast wie in alten Zeiten. Und der Keller ist jetzt auch leer, das war so eine Last.« Sie beschleunigte, als sie das Ortsschild passierten, fuhr dann fort: »Nur was wir mit dem Dachboden machen sollen, weiß ich noch nicht. Doch Franz fragen, ob er die Unterlagen brauchen kann? Wobei, das wäre absurd: Zuerst schleppen wir alles vom Institut hierher und dann bringen wir es wieder zurück. Aber ich kann sie ja auch nicht wegwerfen.« Und nach einer Pause setzte Marlene hinzu: »Oder?«

Filippa zögerte. »Ich weiß nicht«, sagte sie dann. »Frag Franz. Wenn du das übers Herz bringst. Trotz seiner karierten Hemden.« Und sie dachte: Warum konnte das alles denn nicht einfach dort im Dachboden bleiben?

»Schau, dass du ordentlich isst und schläfst und nicht so viel arbeitest«, hörte sie ihre Mutter sagen. »Du kannst das Korrigieren doch jetzt sein lassen. Eine volle Stelle an der Uni ist ja wohl genug Arbeit. Und dann ist das Geld wenigstens für etwas gut, das dein Vater und ich für euch gespart haben. Das ist ja gar nicht wenig, was ihr da jetzt bekommen habt.«

Daran hatte sie auch schon gedacht. *Unnötige Stressoren tilgen* – das stand dreifach unterstrichen in ihrem Tagebuch. Sie konnte diese Arbeit sein lassen, das stimmte, sie musste das jetzt nicht mehr tun, sie hatte Geld. Plötzlich hatte sie Geld. Sie konnte sich jetzt voll und ganz auf ihren Unterricht konzentrieren und an ihrer Habilitation schreiben. Das war doch ihr Ziel gewesen: Die Habilitation fertiggestellt zu haben, bevor der Vertrag in Paris ausgelaufen war. Das, und schwanger zu werden. »Vielleicht kaufe ich mir ein Klavier«, sagte sie dann zu ihrer Mutter, »ich weiß zwar nicht, wo ich das noch unterbringen soll in meiner Wohnung, aber ich glaube, es wäre gut für mich, wieder regelmäßig zu spielen.«

Dass sie das unbedingt machen solle, sagte Marlene, es sei so schön gewesen, sie wieder spielen zu hören in diesem Sommer. »Für solche Dinge muss Zeit sein, Pippa«, hörte sie die Mutter weiter sagen, »man lebt nur einmal. Lass dir das von mir gesagt sein. Du weißt nie, was kommt. Du hast es nicht in der Hand. Fast nichts hast du in der Hand. Du merkst das erst mit dem Alter. Mit dem Alter immer mehr.«

Dann war sie jetzt schon ziemlich alt, dachte Filippa, als ihre Mutter das Auto vor dem Bahnhof parkte.

Als sie am Bahnsteig standen, fragte Marlene ihre Tochter: »Hat Bob zu dir gesagt, wie lange er noch vorhat, dort unten auf seiner Insel zu sitzen? Ich meine, er hat doch jetzt diese Stelle. Hat er zu dir etwas gesagt?«

»Nein, hat er nicht«, sagte Filippa, »nur dass er in der Woche, in der du Geburtstag hast, noch eine Tour fahren muss, deshalb nicht kommen kann, das weiß ich.« Und sie dachte, wie sie das hasste, die eigene Mutter anzulügen. Aber was blieb ihr auch übrig. Sie konnte nicht ausplaudern, was sie wusste von ihrem Bruder, sie hatte ihm ihr Wort gegeben. Und sie wollte auch nicht mehr Doppelagentin sein, sie wollte diese Rolle nicht mehr spielen. Madame war jetzt 35, und es war Zeit für Änderungen. Wenn Bob nicht wollte, dass die Mutter davon wusste, dass es diese Stelle gab, und wenn die Mutter umgekehrt dem Sohn nicht sagen konnte, dass sie dank des Zufalls von der Stelle wusste, dann war es eben so.

»Und du bist wirklich okay?«, fragte Filippa dann ihre Mutter noch einmal. Sie sah nicht gut aus heute. Jetzt zu fahren, fiel ihr schwer, dachte Filippa, sie freute sich zwar auf Paris, auf ihr Leben dort, die kleine Wohnung unterm Dach, aber sie spürte auch die Angst, diese vertraute Angst, die mit jedem neuen Semester wiederkam: die Unterrichts- und Auftrittsangst, die Vorbereitungsversagensangst … Und seit Neuestem war da jetzt auch: die Angst vor den Kollegen … Sie hatte es die ganze letzte Woche schon gespürt: Sie fühlte sich noch nicht bereit für das Semester, der Sommer war zu schnell vergangen.

»Sicher bin ich okay«, sagte Marlene, »ich habe ja die Flüchtlinge. Da ist mehr als genug zu tun, jeden Tag.«

Sie weiß, dass ich weiß, dass sie lügt, dachte Filippa, aber was soll sie sonst auch sagen.

Und als der Zug dann einfuhr, sagte Marlene noch, laut, um gegen das Geräusch des Zuges anzukommen: Und sie solle ab jetzt wirklich besser nach England fliegen, Umwelt hin oder her, sie fände das sicherer, die Kontrollen seien strenger. Sie solle nicht mehr mit dem Zug fahren, bitte. Sie solle überhaupt nicht ständig durch die Gegend fahren, sondern zur Ruhe kommen, sich entspannen. Und sie solle nicht ständig an die anderen denken, sondern zuerst an sich. Sie müsse wissen, was *sie* wolle und es sich dann holen. So sei das in dieser Welt, niemand nehme Rücksicht. Sie habe auch einmal etwas anderes geglaubt, aber das sei lange her.

Und Filippa dachte: Das sagt sie, weil sie weiß, dass ich jetzt dorthin fahren muss, an das Shitstorm-Institut, wegen dieser einen blöden Unterschrift. Und dann stieg sie ein und winkte der Mutter noch einmal zu und dachte: Arme Mama, wahrscheinlich sorgt sie sich die ganze Zeit, dass mir etwas zustoßen könnte, weil wieder ein Anschlag passiert ist. Und das war ja auch nicht einmal Mutterhysterie, in Vaters Wort, das war durchaus verständlich, wenn man bedachte, dass in dem Thalys-Zug vor zehn Tagen ein nächstes, zweites Attentat in diesem Jahr just in der Region, in der sie lebte, nur mit viel Mut und Glück verhindert worden war.

Und als der Zug dann losfuhr, dachte Filippa: Trotzdem – die Wahrscheinlichkeit blieb doch gering, dass ausgerechnet ihr etwas zustoßen würde. Und sie hatte ohnehin nicht vor, wieder so viel zu reisen wie im letzten Semester. Dieses Semester würde sie alles anders machen. Sie würde ihre Sommerrituale beibehalten und wirklich jeden Abend an der eigenen Arbeit schreiben. Und sie würde schwanger werden, sie musste nur fest daran glauben, es täglich visualisieren. Sie durfte nicht enttäuscht sein, dass es trotz des ekelhaften Silikondings wieder nicht geklappt hatte, obwohl sie so lange geübt hatte, es perfekt in ihrer Scheide zu platzieren. Als Nächstes würden sie das Fertilitätsgleitgel ausprobieren. Die Postings dazu in den Foren klangen gut. Und wenn es immer noch nicht klappte bis Ende des Jahres, dann würde sie ihre Skrupel eben überwinden und sich Hormone spritzen, um sich künstlich zu holen, was sie wollte. Denn sie wusste ja, was sie wollte: Sie wollte ein Kind. Und sie kramte in ihrer Tasche nach der Broschüre, zog sie heraus. Das Cover ganz in pastell gehalten, in Rosa und in Blau, mit einem weißen Comicstorch, der lächelnd sagte: *Wir machen Mamas und Papas.*

♦

Und Marlene dachte, als sie dann im Auto saß: Wieder allein. Niemand mehr da, für den sie mitkochen musste, der Klavier spielte, während sie draußen nach den Rosen sah, der heimlich die Schokolade aufaß, sodass man gleich wieder neue kaufen musste. Wieder allein. Wie früher nach den Ferien war das. Nur dass jetzt nichts mehr begann für sie, kein neues Schuljahr, zum zweiten Mal schon nicht. Ein Jahr in Pension. Und fast ebenso lang Witwe.

Sie stand bei der Ampel, blinkte nach rechts und dann, als sie losfuhr, bog sie doch links ab. Ich kann jetzt nicht nach Hause, dachte Marlene, ich halte das nicht aus. In den Supermarkt musste sie zwar leider nicht und am Friedhof war sie mit Pippa schon gewesen, aber in die Trafik könnte sie noch fahren, eine Zeitschrift kaufen, oder nach Sporttrikots für Kamran suchen, warum denn nicht. Und ihr fiel ein, dass sie noch bei der Krankenversicherungsanstalt anrufen musste, klären, warum Kamrans Schwester, seit ihr Mann Arbeit hatte, nicht mehr krankenversichert war. Und bei der Hotline anrufen wegen der Rundfunkgebühren … das hatte sie gestern auch nicht mehr gemacht.

Und sie sah Kamrans Schwester vor sich sitzen in der neuen Wohnung – reine Nordlage, kein Sonnenstrahl, dafür sehr teuer, aber sie waren trotzdem froh, weil sie für sie ein eigenes Bad bedeutete und eine eigene Küche. Und deshalb waren sie froh, dachte Marlene, die Perspektive fällt das Urteil, die von ganz unten kamen, waren eben über wenig froh. Aber ihrem Blick nach hatte sie die Schwester gestern nicht verstanden. Wie sollte man den Zweck von Rundfunkgebühren aber auch erklären, in möglichst einfachen Worten, und unter welchen Umständen man davon wieder befreit werden konnte, dachte Marlene dann. All die Formulare und verschiedenen Behörden und all die Regeln und die Ausnahmen von Regeln, all die einheitlichen Standards und die feinen Unterschiede, die es in dem bürokratischen System gab, in dem sie hier gelandet waren – wie sollte das ein Mädchen aus Afghanistan mit vier Jahren Schulbildung verstehen? Aber: »Wir schaffen das«, dachte Marlene dann, sie hörte diesen Satz die deutsche Kanzlerin im Fernsehen sagen. Wir schaffen das, sagte Marlene stumm vor sich hin. Und ich schaffe das auch, dachte sie dann.

Beim nächsten Kreisverkehr fuhr sie einmal die ganze Runde, bog wieder in die Straße ein, von der sie soeben gekommen war. Sie würde jetzt doch gleich nach Hause fahren, in die Stille, es hinter sich bringen. Denn es half ja nichts.

Sie sah sich im Rückspiegel kurz in die Augen, sah dann wieder auf die Straße, dachte: Wir schaffen das. Das marode Griechenland wird von Flüchtlingen überrannt, Ungarn baut einen Zaun, die Zustände im Erstaufnahmezentrum in Traiskirchen verheerend und vor ein paar Tagen 71 Flüchtlinge tot, erstickt in einem Kühltransporter, gefunden neben der Autobahn, mitten in Europa, in ihrem Land. Aber wir schaffen das, dachte Marlene noch einmal. Und ich schaffe es auch, sagte sie dann halblaut zu sich selbst, sah sich im Rückspiegel noch einmal kurz in die Augen. Irgendwie schaffen wir das schon.

Immerhin hatte sie die Flüchtlinge als eine *Aufgabe*. Absurd, das so zu denken, aber so war es doch. Was würde sie denn sonst jetzt immer tun? Läse sie all die Briefe ihrer Ahnen in den Schachteln, die sie ins Tochterzimmer verfrachtet hatte, um sie nicht mehr zu sehen? Und tränke sie jeden Tag zu viel Wein, weil das nicht auszuhalten war – all diese Vergangenheit und nichts mehr, das vor ihr lag, außer der eigene Tod und bis dahin Tage, die einander glichen, aufgefüllt mit irgendeiner Tätigkeit, um nicht zu sehr zu spüren, wie nutzlos sie jetzt war und wie nah das eigene Ende.

Marlene fuhr aus der Stadt hinaus, in Richtung ihres Hauses. Der Keller leergeräumt, dank Pippas Hilfe, alleine hätte sie das nie gekonnt. Jetzt musste es weitergehen mit ihrem Zimmer. Schweren Herzens, aber es musste sein, jemand musste es ja einmal tun und warum sollte sie das Pippa überlassen. Und sie dachte wieder an den Container in dem Roman, in dem der Enkel alles wegschmiss, was er fand an Erinnerungen in dem geerbten Haus. Nein, es war schon besser so – dass sie jetzt selber aussortierte, selber entschied, welche paar Dinge sie den Kindern hinterlassen wollte, als *Erbstück*, so sagte man dazu.

♦

Filippa saß am Gate und dachte, was für ein gemeiner Idiot. Da startete man mit den besten Vorsätzen ins Semester und dann das, sofort, am ersten Tag. Sie sah sich wieder vor dem Aufzug stehen, vorhin, am Institut, hörte Michael sie freundlich grüßen – fake friendly dachte Filippa jetzt –, hörte ihn fragen, wie es ginge in Paris, wie sie vorankäme mit ihrer Arbeit. Sie sah sich nach ihm in den Aufzug steigen, hörte sich ihm antworten – brav antworten, dachte sie jetzt, was sonst. Hörte ihn dann sagen, schon im Foyer der Universität, als sie sich schon verabschiedet hatten voneinander: Ach ja … – als ob ihm das ganz zufällig in dem Moment noch eingefallen wäre –, ob sie schon wisse, dass die Externen in der letzten Konferenz noch vor dem Sommer Thema gewesen seien, weil das Budget einfach zu knapp sei für diese Art der Lehre. Aber vielleicht sei sie davon ja nicht betroffen, wenn noch niemand mit ihr geredet hatte.

Das hatte er gesagt und dann war er gegangen, und sie auch, in die entgegengesetzte Richtung, obwohl sie damit einen Umweg gehen hatte müssen. Typisch sie, dachte Filippa. Und ihr Herz schlug jetzt immer noch schnell, und immer noch gelang kein tiefer Atemzug.

Sie hatte sich das so oft vorgestellt. Was sie diesem Michael sagen würde, wenn sie ihm begegnete. Und jetzt war sie ihm begegnet und nichts hatte sie gesagt. Nichts. Was war sie nur für eine dumme Gans. Sofort bei seinem Anblick das Herz in Aufruhr, und sie unfähig, klar zu denken, ihr Kopf wie leergefegt, nur der Gedanke: Jetzt ist die Gelegenheit, jetzt sag die Sätze, die du geübt hast.

Nichts hatte sie gesagt. Sie war so eine dumme Gans.

Sie zwang sich aufzuhören, mit ihrem Daumen am Zeigefinger herumzukratzen, sah zur Boardingschlange. So langsam könnte sie auch aufstehen, dachte sie.

Kein Wort hatte dieser Michael verloren über Juni, nichts gesagt zu der Mail, die sie ihm geschrieben hatte. Sie war bis heute unbeantwortet. Warum brachte sie den Mund nicht auf im entscheidenden Moment?

Und wieder sah sie die Szene vor sich, während sie ihren Boardingpass scannen ließ, und jetzt, jetzt fielen ihr die Sätze ein, die sie hätte sagen sollen in dem Moment. Es war immer das Gleiche mit ihr: Im Vorhinein, im Nachhinein, da waren sie alle da, die guten Sätze. Und in der Situation: stumm wie ein Fisch.

Donnerstag, 10. September 2015

»Was hast du?«, fragte Bob. Zoe sah nach unten, in ihren Becher, sie saßen am Flughafen und er sollte langsam los, zur Sicherheitskontrolle. Und jetzt weinte sie vielleicht und er hatte keine Ahnung, warum. Er nahm ihre Hand. Sie ließ es geschehen, aber da war kein Gegendruck, er spürte: Ihre Hand erwiderte die Geste nicht.

Aber er konnte sich nichts vorwerfen, dachte Bob, diesmal nicht. Sie hatte beanstandet, dass er über seine Entscheidungen mit ihr nicht sprach, jetzt hatte er mit ihr zuvor gesprochen, und es schien wieder nicht zu passen.

Zoe sah auf und er sah sie lächeln, während sie sich über die Augen wischte. Sie sagte, sie sei nur traurig, weil er schon wieder abreise. »Immerhin weiß ich jetzt, dass du kein Deutscher wirst. Sondern vorerst weiterhin Grieche bleibst«, sagte sie dann.

»Du bist doch sauer, dass ich die Stelle nicht genommen habe, oder?«, sagte Bob. »Sag es doch, wenn es so ist. Aber diesmal habe ich dich in die Entscheidung eingebunden. Ich habe mit dir geredet. Bevor ich abgesagt habe. Ich habe dich nicht ausgeklammert.«

Zoe sah ihn an. Er konnte den Blick nicht deuten. Er hatte etwas Spöttisches, für ihn, er mochte diesen Blick nicht. Er sagte noch einmal: »Ich habe mit dir gesprochen, bevor ich abgelehnt habe.«

»Ja, das hast du«, sagte Zoe und sah ihn wieder so an. Und dann lächelte sie plötzlich, stand auf und sagte, sie sollten langsam gehen. Und Bob dachte: Die Tage waren so schön gewesen und jetzt diese Verabschiedung … zerstörte alles. Und er wusste nicht einmal wirklich, was jetzt schon wieder los war. Er hatte doch mit ihr geredet.

Er griff wieder nach ihrer Hand, spürte wieder: Sie ließ es nur geschehen. Und als sie sich dann endgültig trennen mussten, umarmte er sie lang, sagte, er käme ja bald, sehr bald wieder, und es würde alles gut werden, er würde eine exzellente Bewerbung nach Kanada schicken und dann würden sie ihn dort nehmen, sie solle einfach mit Kanada rechnen, er würde das schon hinkriegen, und er liebe sie. Dann riss er sich los, dachte: Und wenn ich es nicht schaffe, wenn sie mich dort nicht nehmen, was dann … Und er spürte Druck auf seiner Brust. Er durfte daran nicht denken, keine Sekunde daran denken.

Und als er in der Schlange stand, blickte er sich noch einmal um. Und er sah Zoe fortgehen. Er sah den zarten Zoe-Körper sich von ihm entfernen, und plötzlich dachte er: Was, wenn sie ihn längst aufgegeben hatte? Wenn nicht einmal sie mehr an ihn glaubte? Er sah sie weiter von ihm fortgehen. Sie blieb nicht stehen, drehte sich nicht um wie sonst, ging einfach weiter. Er spürte einen Stich. Und er sah weiter in ihre Richtung und dachte: Dreh dich um, bitte, Zoe, dreh dich um. Wenn du dich jetzt nicht umdrehst …

Und dann drehte sie sich um und er legte die rechte Hand auf sein Herz und sah sie das Gleiche tun. Und einen Moment lang standen sie beide so, standen sie still inmitten der Bewegung an dem Ort.

Samstag, 19. September 2015

Marlene kniete auf dem Boden vor den Regalen, zog Aktenordner und Hefte heraus, blätterte sie durch, sah ihre Handschrift in verblichener Tinte, farbige Überschriften fein säuberlich unterstrichen – ihre Unterrichtsvorbereitungen von vierzig Jahren Schuldienst. Sogar Matrizenvorlagen waren noch dabei und sie rochen noch ein wenig – nach einer längst vergangenen Zeit, dachte Marlene. Pippa hatte den Spiritusgeruch geliebt als Kind, und das Geräusch beim Abziehen der Matrizen, erinnerte sie sich.

Sie stand auf, spürte dabei ihr linkes Knie, sah auf das Chaos vor ihr auf dem Boden, ging in den Flur, um einen großen Sack zu holen. Das musste alles weg jetzt. Auch wenn es ihr schwerfiel. Das brauchte niemand mehr. Und sie kniete sich wieder hin und begann die Papiere aus den Ordnern zu nehmen und in den Sack zu stopfen.

Neu, hatte Samim heute gesagt, als er vorhin nach der Gartenarbeit mit seinem Bruder im Wohnzimmer gesessen war, erinnerte sich Marlene, er würde alles neu kaufen, wenn er Geld hätte. Einen großen Fernseher, einen viel größeren als ihren hier, und ein doppelt so großes Sofa wie jenes, das hier stand. Das sei das Erste, was er kaufen würde, wenn er dann Geld hätte und eine Wohnung. *Wenn ich positiv bekommen ha-*

be … so fingen die Sätze häufig an bei ihm. Sie ließen sie so lange warten, dachte Marlene, viel zu lange zog sich die Ungewissheit hin für sie, ob sie hier bleiben durften oder nicht. Und woher die beiden gewusst hatten, dass heute ihr Geburtstag war, dachte sie dann, das war ihr schleierhaft. Von Dodo wahrscheinlich, fiel ihr ein, sie hatte sie ja abgeholt im Heim.

Der erste Sack war voll. Und er war ziemlich schwer, stellte Marlene fest, als sie ihn anhob. Sie hielt noch einmal inne. Sollte sie das jetzt wirklich tun, fragte sie sich. 40 Jahre ihres Lebens im Altpapier entsorgen. Hermann, was sagst du? Nichts natürlich, dachte sie dann, denn du bist nicht mehr da, niemand ist mehr da.

Nein, das musste alles fort, und es war gut, jetzt damit zu beginnen, auch wenn sie niemals fertig werden würde heute. Sie musste ja schon bald los, zum Flughafen. Aber einen Anfang konnte sie machen. Und sie hob den Sack an, trug ihn aus dem Haus.

Was genau an einem Geburtstag gefeiert würde, hatte Samim heute wissen wollen, fiel ihr dann wieder ein, in seiner Heimat gäbe es so eine Feier nicht. Und sie hatte darauf nicht viel zu sagen gewusst, dachte Marlene, als sie den Sack in den Kofferraum des Wagens stellte. Man feierte sich selbst, dass man am Leben war und seine Einzigartigkeit, bekam dafür Geschenke von den anderen, hatte sie gesagt. Warum eigentlich, fragte sich Marlene jetzt. Aber genauer hatten es die beiden gar nicht wissen wollen. Dass man Geschenke bekam einmal im Jahr, ganz einfach weil man existierte, das hatte ihnen sehr gefallen, das passte gut in ihr Bild vom Westen, dachte Marlene. Das waren *die westlichen Werte* für sie, die beide Selbstmordattentäter hätten werden sollen. *Ich* wurde großgeschrieben hier, jedenfalls bei den Engländern, hatte Samim heute auch gesagt. Deshalb lerne er am liebsten Englisch. Marlene musste lächeln, als sie daran dachte.

Sie stand mitten im Zimmer, sah sich wieder um, sah die Kleidungsstücke auf dem Sessel. Vielleicht hatte Samim recht und es brauchte etwas Neues hier, neue Möbel für ihr Arbeitszimmer. Wenn sie es schaffte, zwei der Regale vollständig leer zu räumen, wäre Platz für einen Schrank. Oder sie gab den Boykott des Schlafzimmers doch wieder auf. Sie wusste, dass sie es könnte, inzwischen könnte sie das.

Sie ging die Treppe hinauf, sah dabei links auf das Geländer. Rechts die Fotos an der Wand wollte sie auch endlich abnehmen, dachte sie. Und: Wie oft habe ich das schon gedacht und nicht getan. Weil sie dann alle noch einmal ansehen musste, wenn sie sie abnahm. Und wegen Pippa, wegen ihrer Reaktion. Und weil jemand dann die Wand neu malen müsste, sonst sähe sie jedes Mal die Umrisse fehlender Erinnerungen dort. Aber dafür Geld ausgeben wollte sie auch nicht, solange sie nicht wusste, was sein sollte mit dem Haus.

Was sagst du, Hermann, was soll sein mit diesem Haus, fragte sie ihren toten Mann dann stumm, als sie im Türrahmen zum Schlafzimmer stand. Es ist mir fremd geworden. Hier zu stehen fiel ihr jetzt nicht mehr schwer, der Anblick hatte seinen Schrecken eingebüßt, die Macht der Wiederholung, dachte Marlene. Auch Kleidung zu holen – längst kein Problem mehr.

Und dann dachte sie an *die erste Zeit*. In der sie ständig Kleidung gekauft hatte, immer wieder eine Kleinigkeit. Einfach alles neu gekauft, ohne darüber nachzudenken. Nur weil sie dieses Zimmer nicht betreten hatte können. Kaum eine Erinnerung, die sie besaß, an diese ersten Wochen. Nur das, das Kaufen neuer Kleidung, erinnerte sie schon.

Aber hier schlafen mochte sie auch jetzt nicht, dachte sie, als sie das Bett besah. Nicht mehr mein Zimmer, dachte sie. Wer Hermanns Bettwäsche gefaltet hatte, wusste sie bis heute nicht. Ihr Bettzeug hatte Dodo ihr damals gebracht. Ein tiefer, schwerer Atemzug bei dem Gedanken. Zehn Monate und ein Tag – die Dauer dieser neuen Zeit.

Sie riss sich los, sah auf die Uhr. In zehn Minuten würde der Zwetschgenkuchen fertig sein. Und dann musste sie losfahren, zum Flughafen. Für eine Nacht hierherzufliegen, nur weil sie heute Geburtstag hatte, das war verrückt von ihrer Tochter. Das hatte sie Pippa auch gesagt – so käme sie nie an ihre Ziele, sie sei zu rücksichtsvoll. Aber schön war es doch, sie heute noch zu sehen, dachte Marlene. Und: Sie würde neue Möbel kaufen, für ihr Zimmer im Erdgeschoß. Gleich übermorgen würde sie das tun.

Und dann klingelte ihr Smartphone. Ihr Sohn rief an. Tatsächlich, dachte Marlene, als sie abnahm, immerhin den Geburtstag seiner Mutter vergisst er nicht.

Freitag, 23. Oktober 2015

Bob stand hinter Zoe, hielt sie umarmt. Er hörte den Wind laut am Ohr. Er war kälter als gedacht und böig hier oben. Neben ihnen stand Manousos, neben ihm eine Vierergruppe von Touristen und über ihnen, hoch am Himmel, blässlich weiß der Mond. Die Welt wirklich wie ohne Farben, hier am höchsten Punkt der Weißen Berge, tatsächlich ein wenig so wie auf dem Mond, Manousos hatte recht, dachte Bob. Schroff und nackt ragten rings um ihn die Gipfel auf, in Dolinen zwischen ihnen Kies und Schotter, loses Gestein, und kein Anzeichen von Leben weit und breit, bis auf ein paar kleine, zähe stachelige Blümchen.

Rings um sie, weit unter ihnen, lag überall das Meer. Und vor ihnen erschien am Himmel jetzt das erste Rot. Bob spürte Zoes Körper atmen in seinen Armen. Nicht blinzeln, möglichst nicht blinzeln, trotz des Windes, dachte er, diesmal wollte er es sehen, er wollte den einen Moment sehen, wenn sich die Erde der Sonne so sehr zuneigte, dass hier, an diesem Punkt im Raum, ein Tag begann.

Er war müde und er war froh, jetzt hier zu sein. Warum man das nicht täglich tat, überall auf dieser Welt: innehalten mit dem Heimatplaneten Erde, wenn er sich dem Fixstern Sonne, der ihn belebte und ihm seine Farben gab, entgegenneigte, ihn zu begrüßen. Vielleicht lag es ganz einfach daran, dass es jeden Tag geschah, dachte Bob. Wiederholung höhlte, wenn sie zu oft geschah, einfach Bedeutung aus, wahrscheinlich war es das. Aber nicht für ihn, dachte er weiter, er staunte immer wieder, wenn er das sah, und je mehr er wusste über den Kosmos, umso mehr. Mit welcher Verlässlichkeit dieses Ereignis sich vollzog, wieder und wieder und wieder und wieder, periodisch, immer gleich und neu. Was das für eine Präzision war, dachte Bob, so etwas gelang nur der Natur. Nichts, was zwischen Menschen war, war so wie das, nichts war so erhaben, groß und schön wie diese Verbindung zwischen dem Planeten Erde und dem Sonnenstern.

Er legte sein Kinn auf Zoes Kopf ab, roch ihr Haar. Sie hatte für ihn die perfekte Größe, und den perfekten Körper hatte sie auch. Er sah sie nach ihrer Kamera kramen, wollte ihr sagen: Lass es sein, schau lieber hin, steh still mit mir. Aber er ließ es bleiben, wer war er, ihr zu sagen, was sie tun sollte oder nicht.

Und dann war die Sonne sichtbar, das erste Licht des Tages angekommen. Und wieder hätte er nicht sagen können: jetzt. Jetzt, haargenau jetzt, war das geschehen.

Später beim Abstieg dachte Bob: Dass sie noch hier gewesen waren miteinander, diese Erinnerung zu haben, das war gut.

Mittwoch, 28. Oktober 2015

Bob und Zoe saßen in der Taverne an ihrem Tisch im Eck, vor der Indianerfigur. Vor ihnen standen zwei Orangenkuchenschnitten, zwei Tassen Malotíra und ein Fläschchen Raki. Der Gastraum war so gut wie leer, nur der Stammtisch war besetzt. Kerberos lag vor der Theke, und er bellte, als die Tür sich öffnete, Vangelis mit Kiki erschien.

Was macht die denn hier, dachte Bob, und hörte Vangelis Zoe begrüßen und ihr Kiki vorstellen, er sagte Evridiki, hörte Bob, und dass sie Manousos' Cousine sei. Und Kiki grüßte sie, grüßte auch ihn, und verschwand dann gleich in Richtung Küche.

Wo sie so lang geblieben sei, fragte Vangelis Zoe dann und setzte sich zu ihnen, er habe sie vermisst. Es sei einiges geschehen, seit sie hier war. Schlimme Dinge – Europa sei zum Beispiel inzwischen endgültig tot.

Was war er doch für ein gnadenloser Selbstinszenierer, dachte Bob, wahrscheinlich stand Vangelis wirklich total auf Zoe, er war sonst ja gar nicht so.

Der 6. Juli 2015, hörte Bob Vangelis weitersprechen, sei der Todestag Europas. An dem Tag sei in jenem Land, in dem Europa einst geboren worden war und das die Demokratie erfunden hatte, ein demokratischer Volksbeschluss einfach negiert worden – der Wille von über 60 Prozent der Griechinnen und Griechen. »Europe is dead, my friends«, sagte Vangelis, und er schenkte sich Raki ein, trank das Glas in einem Zug leer.

Bob hörte ihn Zoe fragen, ob sie Ananke kannte. Sie schüttelte den Kopf, und dann schüttelte Vangelis den Kopf, erhob sich mit einem Seufzen und ging zu dem Bücherregal an der Wand. Er zog ein Buch heraus, blätterte kurz und legte es dann vor sie auf den Tisch. Er könne nicht vorlesen, sagte Bob, er verstünde doch kein Griechisch.

Warum er es nicht endlich lerne, wenn er hier sei, hörte Bob Vangelis fragen. Er sah ihn wieder den Kopf schütteln, dann wandte er sich Zoe zu. Ananke sei Chronos' Schwester. Ob sie Chronos kannte, hörte er Vangelis Zoe fragen. Den Gott der Zeit, natürlich, sagte Bob.

Vangelis nickte und dann wandte er sich wieder Zoe zu. Er sprach die ganze Zeit nur mit ihr, dachte Bob. »See, his sister is Goddess of necessity. Ananke. Fate«, erklärte er ihr. Aber nicht das kleine, das individuelle Schicksal eines jeden Wesens sei damit gemeint. Dafür hätten sie Klotho, Láchesis und Atropos, die Moirai, Anankes Töchter. Ananke aber sei viel mächtiger. Ihr Name bedeute auch Kraft. »The birth of Chronos and Ananke marks the end of chaos and the beginning of cosmos. They appear at once. For a reason. Your friend should know this«, hörte Bob ihn zu Zoe sagen, »he is researching Chronos. There is no sense in Chronos without Ananke.«

»So what about Ananke?«, fragte Bob.

»She will punish us«, sagte Vangelis und er sah schon wieder zu Zoe, er ignorierte ihn vollkommen, dachte Bob, »or worse: She will die. And then her brother Chronos will die as well. From grief. And then: game over. Everything over.«

Vangelis schenkte sich wieder Raki ein und trank. Götter zu vergessen, bedeute immer Unheil, zumal diese. Und Ananke hätten so gut wie alle vergessen. Jeder sehe nur noch sich, sich allein. Die Deutschen sähen nur sich, der ganze reiche Norden sähe nur sich, der arme Süden sei ihm egal. Niemand sehe mehr Zusammenhänge, Verbindungen, wenn er sie nicht sehen wollte. Er könnte ihnen das am Beispiel der Schulden Griechenlands und der EU genau erklären, aber er wolle sie damit nicht langweilen.

Der Punkt sei, es sei nicht nur egoistisch, nur an sich zu denken, sondern eben auch dumm. Man sähe in der Natur ja Millionen Beispiele, wie eins mit dem anderen zusammenhinge. Aber offenbar seien die Menschen zu wenig in der Natur oder sie seien alle blind, jedenfalls sähe niemand mehr *das große Ganze*, für das die Griechen das schöne Wort Kosmos erfunden hatten, in dem alle Schicksale in Chronos und Ananke miteinander verwoben waren, geschwisterlich.

Und Bob dachte: Unglaublich, mir sagt er, er verstünde nicht, wie man sich für den Mond und die Sterne interessieren könne, für etwas, was so weit von uns entfernt sei, und jetzt schimpft er selbst darüber, dass keiner mehr die kosmologischen Zusammenhänge sieht.

Gerade Europa müsste das wissen, hörte er Vangelis weitersprechen. Er war richtig in Fahrt, wegen Zoe, dachte Bob, er selber schien heute für ihn wirklich Luft zu sein. Denn Europa habe es einmal besser gewusst, sagte Vangelis. Aber Europa habe alles vergessen, sogar den eigenen Namen, seine Bedeutung. Und das dürfe nicht passieren. Er zum Beispiel wüsste sehr genau, was sein Name bedeute. »What do you think? What does my name mean? You know it?«

Bob wollte gerade antworten, als er Vangelis schon wieder weitersprechen hörte: Evangelos bedeute, wie sie sicher wüssten, *gute Nachricht* oder *frohe Botschaft*. »Very good name«, sagte er und lachte, »don't you think? For me?«

Und jetzt musste Bob auch lachen und Zoe versicherte ihm, dass seine Eltern sehr weise Leute gewesen sein müssten.

»So now. What does *Europe* mean? You know?«

Bob zuckte die Schultern. Er sagte, er wisse nur, es sei der Name einer Prinzessin, die Zeus in der Gestalt eines Stiers verführt habe.

Das sei richtig, sagte Vangelis, und natürlich sei das hier passiert, auf Kreta, alles Wichtige geschehe hier. Kreta sei der erste Erdteil gewesen, der Europa genannt wurde. Und das Wort – Europa – bestünde aus zwei Teilen: aus eurýs und aus óps.

Er rief etwas in Richtung Manousos und der rief dann von der Theke auf Englisch zurück, dass das eine wide hieße und das andere eye oder sight und Europa also in etwa to see wide bedeute. Und er käme gleich und brächte mehr Raki für alle oder Bier oder was auch sonst sie haben wollten. Und dann rief er: »Áfise tin ísychi. Eínai to teleftaío vrády tis!«

Vangelis schüttelte den Kopf, sagte, sie sollten nicht auf Manousos hören. Und dann fuhr er fort, und deshalb sei Europa für ihn tot. Es habe vergessen, was sein Name bedeute, es sei nicht nur kurzsichtig, sondern blind. Sie sollten sich ansehen, was Europa in diesem Jahr getan habe und immer weiter tue – mit den Flüchtlingen aus Syrien, dem Irak, Afghanistan. Sie sollten sich ansehen, wie die anderen EU-Staaten ihre Bruderstaaten Griechenland und Italien einfach im Stich ließen. Aber immer wieder von einer europäischen *Familie* sprächen. Ein Hohn sei das. Griechenland sei pleite, wie solle es da Flüchtlinge versorgen.

Er pausierte und sah Zoe an, und dann nickte er mehrfach und sprach weiter: In Griechenland habe es Hoffnung gegeben. Bis zum Referendum. Aber die Regierung habe das Volk betrogen, genau so wie jede Regierung zuvor. Nur der Finanzminister sei ein Demokrat. Er sei sofort zurückgetreten. Als die Regierung beschlossen hatte, den Volkswillen zu negieren. Er sei der einzige wahre Politiker, den es hier gäbe, der Rest seien korrupte kapitalistische Manager. Ob sie den Unterschied zwischen einem Politiker und einem Manager kannten, fragte er dann.

Jetzt sah er ausnahmsweise einmal ihn an, dachte Bob. Er schüttelte den Kopf. Du wirst es mir aber sicher gleich sagen, dachte er.

Ein Politiker, sagte Vangelis, habe eine Vision, er sehe weiter – *Vision* habe ja mit *sehen* zu tun. Ein Politiker hätte eine Idee von Begriffen wie Gerechtigkeit oder Freiheit oder

Würde, diesen Begriffen, die in den Verfassungen der Staaten stünden. Ein Manager dagegen könne mit diesen Begriffen nichts anfangen, er müsse sich auch gar nicht für sie interessieren, weil seine Aufgabe nur sei, Prozesse abzuwickeln. Ihn interessiere nur, wie etwas gehandhabt werden solle – das stecke ja auch im Wort –, *manus* meine *Hand* auf Lateinisch. Und deshalb sähe die Welt heute eben so aus, wie sie aussähe – weil Manager die Staaten dieser Welt regierten, die allesamt kapitalistisch funktionierten. Natürlich sei das verheerend für Ananke.

Vangelis zündete sich eine Zigarette an und sagte: »I tell you, we will be punished. If Ananke dies, Chronos will die and then we will all die.« Die Götter würden in dem Fall wohl keinen Unterschied machen können zwischen denen, die diese Politik zu verantworten hatten, und denen, die sie ablehnten.

Er schenkte sich noch einmal Raki ein, trank das Glas wieder leer, ging zu dem Bücherregal und zog ein Buch heraus, gab es Bob in die Hand und sagte, er solle das lesen, da ginge es um Namen und Begriffe. Und sie müssten ihn jetzt entschuldigen, er müsse versuchen, die vier dort drüben davon zu überzeugen, ihn bei der Gründung einer politischen Liste zu unterstützen. Er wolle für das Amt des Bürgermeisters kandidieren bei den nächsten Wahlen, auch wenn er seit dem negierten Referendum keine große Hoffnung mehr hatte in die Demokratie.

Bob versuchte den Titel des Buches zu entziffern. Zwei Wörter standen auf dem Umschlag, in griechischen Buchstaben. Er buchstabierte sich das erste: Pi, las er, dann Lambda, Alpha, Tau, Omega, Ny – Platon musste das heißen. Wenigstens die griechischen Buchstaben kannte er schon als Mathematiker, dachte er. Das zweite begann mit Kappa, dann kam Rho, dann ein Alpha, wieder ein Tau, dann ein Ypsilon, ein Lambda … Er spürte Zoes Kopf sich an seine Schulter schmiegen, hörte sie gähnen, beugte sich zu ihr, hörte sie murmeln: »Schon ein komischer Kauz, der alte Mann.«

Bob legte das Buch fort, streichelte ihr über den Kopf und dachte: Vielleicht musste es doch nicht sein. Vielleicht würde doch noch alles gut werden mit ihnen beiden. Und dann sah er sie in seinem Kopf wieder miteinander streiten, sah Zoe weinen, sah ihre verständnislosen Augen. So oft Streit und Tränen, dachte er, und schon so lange. »Komm, wir gehen, du bist müde«, sagte er.

Als sie dann im Hof vor Bobs Wohnung standen, hörte Bob Zoe sagen, der Sternenhimmel würde ihr zu Hause fehlen. Und dass sie nicht heimfliegen wolle morgen. Er umarmte sie von hinten und sie blieben eine Weile so. Bob fühlte etwas Schweres tief in ihm. Und dann sagte er leise, direkt an ihrem Ohr: »Danke, dass du das Streulicht fortnimmst für mich.«

Und er spürte sich etwas verändern an Zoes Körper, augenblicklich. Sie löste sich aus der Umarmung, Bob ließ es geschehen und während sie vor ihm die Treppe zu seiner Wohnung hinaufging, hörte er sie sagen, was das für ein Kompliment sein sollte, wenn es denn als eines gedacht gewesen war: Sie nehme ihm das Licht weg. Dann sei ja alles dunkel.

Und Bob stand im Hof, sah ihr nach, dachte: Streulicht, Zoe, Streulicht habe ich gesagt, störendes Streulicht, das all jene Sterne schluckt, die nicht so hell leuchten. Manchmal sieht man im Dunklen mehr, Zoe. Mit dir sehe ich *mehr*, Zoe, sehe Verborgenes, das habe ich dir damit gesagt. Aber du verstehst das nicht. Du verstehst mich nicht. Du verstehst mich einfach nicht.

♦

Und in der Métro in Paris standen jetzt zwei weitere Schriftzüge an der weißen Wand: *Κρατύλος* war zu lesen und darunter: *Χρόνος* + *Ἀνάγκη*.

Donnerstag, 29. Oktober 2015

Du musst es jetzt sagen, dachte Bob. Er stand mit Zoe vor den Rolltreppen, die nach oben zur Sicherheitskontrolle führten. Weiter konnte er sie nicht begleiten. Er musste es jetzt wirklich sagen. Wenn er es sagen wollte, diesmal, dann jetzt. Er sagte: »Vielleicht sollten wir es diesmal anders machen. Die nächsten Wochen nichts voneinander hören. Sehen, wie das ist für uns.«

Zoe sah ihn an, fragte, ob das jetzt sein Ernst sei. Bob sah eine alte Frau hinter Zoe sich abmühen mit ihrem Gepäck. Ob er jetzt, hier, am Flughafen, Schluss mache mit ihr, hörte er die Zoe-Stimme fragen.

Er sah sie an, sagte, sie hätten schon im Januar Schluss gemacht, das wisse sie doch wohl. Und seither würden sie im Grunde jedes Mal, wenn sie sich sähen, mindestens ein Mal Schluss machen miteinander – streiten, Schluss machen, sich wieder versöhnen, dann wieder streiten. Er sei müde davon. Und sie doch auch, habe sie neulich selber gesagt. Er könne einfach nicht mehr.

Er sah sie ihren Kopf schütteln, sah sie zur Seite sehen. Er fühlte, wie sich etwas in ihm verkrampfte. Warum sagte sie nichts. Die nächsten Wochen müsse er sich jedenfalls auf seine Arbeit konzentrieren, uneingeschränkt auf seine Arbeit konzentrieren, Mitte November sei die Bewerbung fällig und dann müsse er noch das eine Paper dringend überarbeiten. Und deshalb habe er gedacht, sei es vielleicht gut, wenn sie das versuchen würden – einander die nächsten Wochen in Ruhe zu lassen, buchstäblich. Von diesen nächsten Wochen hinge sein Leben ab.

Er sah sie nicken, hörte sie sagen: Gut, wenn er es so wolle, dann sei es so, sie würde sich von sich aus nicht mehr bei ihm melden, gar nicht mehr. *Er* müsse sich melden, wenn er das wolle, wann auch immer. Aber sie könne nicht garantieren, dass sie dann noch mit ihm sein wolle. Für sie sei ihre Beziehung damit beendet. Und sie liebe ihn, hörte er sie sagen, das solle er wissen, sie liebe ihn.

Er sah, wie sie ihn ansah, als sie das sagte, er sah ihre Augen. Er wollte ihr Gesicht berühren mit seiner Hand, er wollte sie herziehen zu sich, er wollte sie umarmen. Er dachte: Das darfst du jetzt nicht tun, du darfst sie nicht umarmen. »Ich liebe dich auch«, sagte Bob.

Und dann sah er wieder diesen Blick. Spöttisch, dachte er, sah sie ihn jetzt an. Sie verstand ihn nicht. Und er spürte, wie er jetzt unbedingt die Hand ausstrecken wollte nach ihr, ihr beweisen wollte: Doch, ja, es stimmt, ich liebe dich. Er spürte, wie er ihren Körper spüren wollte nah an seinem, wie er machen wollte, dass sie aufhörte zu weinen. Aber er durfte nicht. Er musste sich jetzt selber schützen.

Und dann ging sie. Ohne ein weiteres Wort ging sie zur Rolltreppe, schnell. Und Bob stand da und sah ihr nach. Er sagte sich: Jetzt geh du auch, geh jetzt, bring dich in Sicherheit, und dreh dich ja nicht um, keinesfalls drehst du dich um.

Und als sie verschwunden war, ging er auch, ging Schritt für Schritt hinaus ins Freie.

Als er draußen dann in seinem Wagen saß, war ihm sehr elend. Und er dachte, dass sie jetzt weinen würde, seinetwegen. Er sah sie am Gate sitzen und weinen und er war schuld daran, er ganz allein war schuld daran.

Und zugleich spürte er auch Erleichterung. Jetzt war das endlich ganz vorbei, das schmerzhafte Hin und Her vorüber. Er konnte ihr ja doch nicht geben, wonach sie sich sehnte. Und sie verstand ihn nicht. Nein, es war unausweichlich gewesen. Und jetzt war er in Sicherheit. Nichts mehr stand jetzt zwischen ihm und seiner Arbeit. Das Atmen fiel ihm schwer.

Montag, 2. November 2015

Mum verzeiht es dir nie, wenn du zum Jahrestag nicht kommst. Allerheiligen ist eine Sache, der Jahrestag etwas anderes. Ich fliege her, obwohl ich am selben Tag noch ein Proseminar halten muss. Also kannst du auch herfliegen, Arbeit hin oder her. Bitte komm.

Das würde selbst ihr Bruder wohl verstehen, dachte Filippa, setzte ihr Delphin-Symbol dazu und drückte auf Senden. Sie nahm einen Schluck Kaffee, lehnte sich zurück, sah durch die Fensterwand nach draußen auf das Flugfeld. Jetzt war er wieder völlig abgetaucht, ihr Bruder, dachte Filippa, so wie im ersten Halbjahr. Einfach unerreichbar. Während sie wie eine Blöde durch die Gegend flog, wegen Allerheiligen nach Hause kam, obwohl sie es sich zeitlich überhaupt nicht leisten konnte. Und ihr CO_2-Fußabdruck eine riesengroße Schande war, da halfen auch keine Klimakompensationsspenden. Genauso wie es letztlich nicht half, wenn sie versuchte, zu kompensieren, was ihr Bruder nicht tat. Denn sie war nicht er. Manchmal war Familie wirklich anstrengend.

Dafür war ihr Bruder konsequent. Ein wenig davon könnte sie sich abschauen von ihm, dachte sie dann, als sie das trockene Flughafen-Croissant zu essen begann. Er machte das eben nicht – an einem Wochenende hin- und herfliegen, nur damit die Mutter nicht allein am Grab stehen musste, und dafür wieder keine Zeile an der eigenen Arbeit schreiben. Und sicher hätte er auch nicht diesen Frühflug gebucht wie sie, nur weil er um fünfzig Euro billiger gewesen war, weil er dafür den ganzen Tag dann müde wäre und wieder nicht gut in die Arbeit käme. Und sehr wahrscheinlich hätte er an ihrer Stelle auch nicht wieder einen Korrekturauftrag angenommen, um die Reisekosten abdecken zu können. Aber sie … sie machte das. Und hasste sich dann wieder dafür.

Sie stopfte den letzten Bissen Croissant in den Mund und wischte sich die Finger sauber. Wenigstens war die Masterarbeit diesmal ganz interessant und sprachlich auch nicht unterirdisch. Ihr war das selber gar nicht präsent gewesen, dass sich Familie tatsächlich vom *famulus* ableitete, dem Diener. Und wie eng der Familienbegriff etymologisch auch mit dem geteilten Raum zu tun hatte, dem Haus, in dem man lebte. Jetzt verstand sie endlich auch die eine Zeile aus dem *Actus Tragicus: Bestelle dein Haus, denn du wirst sterben und nicht lebendig bleiben.* Das Haus, das war die Familie oder umgekehrt: Familie waren all jene, die im selben Haus lebten wie man selbst … und dieser Familie sollte man eben *dienen*, für die sollte man arbeiten, solange man konnte, existierte, so wie man einen Acker *bestellte* … Deshalb mochte sie diese Korrekturarbeit an sich ja auch, dachte Filippa dann und suchte in der Musikbibliothek das Lied, man lernte einfach viel dabei.

Und dann hatte sie die Bachkantate im Ohr und dachte: Ob sie selber nach diesem Satz lebte … Sie brach jede *Deadline*, die sie sich setzte für ihre eigene Arbeit. Sie nahm das Wort einfach nicht ernst, dachte Filippa, nicht in Bezug auf sich, auf ihre eigene Arbeit. Es war schon wirklich ein Kreuz mit ihr, so genau zu wissen, was man anders machen *sollte* – und es dann jedes Mal wieder nicht zu tun …

Zwei Reihen weiter drehte sich ein kleiner Junge in ihre Richtung. Sein Blick schiere Verzweiflung, sah Filippa, und er weinte. Dann drehte er den Kopf wieder zu dem Mann, auf dessen Schoß er saß, der auf ihn einredete. Ein sehr, sehr hübscher kleiner Junge war das, dachte Filippa, und sie spürte einen Stich.

Sie trank den letzten Schluck Kaffee aus ihrem Thermobecher. Sie sah, das Gate war jetzt geöffnet, und die paar Fluggäste erhoben sich. Das war der Vorteil eines kleinen Flughafens am Morgen: keine Boardingschlange.

Sie stand auf und ihr fiel ein, dass sie vergessen hatte, ihrer Mutter zu zeigen, wie man mehrere Seiten so einscannte, dass sie als ein einziges Dokument gespeichert wurden. Sie seufzte. Es war einfach zu viel in ihrem Kopf, es half nicht einmal mehr, wenn sie sich die Dinge aufschrieb, die sie unbedingt erledigen musste. Und dann hörte sie über die Bachmusik aus den Kopfhörern hinweg den Kleinen brüllen: »Je n'aime pas prendre l'avion, Papa.« Filippa sah ihn weinen. Immer wieder schrie das der Junge unter Tränen, schrie »pas l'avion«. Er wollte nicht in den Flieger, er hatte Angst. Der Vater trug ihn jetzt auf dem Arm, sprach weiter auf ihn ein.

Filippa suchte die Augen des Kleinen, dachte: Vielleicht lässt er sich ablenken. Aber er sah nicht zu ihr hin, er brüllte weiter, weinte weiter. Und dann verschwanden sie am Gate nach draußen auf das Flugfeld, Richtung Flieger. Und sie dachte: Du Armer. Du willst nicht, dass geschieht, was geschieht, aber du kannst es nicht ändern. Du bist zu schwach dafür. Du bist ein Kind. Aber mir geht es auch so. Obwohl ich schon lang erwachsen bin, für mich selbst verantwortlich. Ich sollte dieses Gefühl nicht haben, dass etwas über meinen Kopf hinweg geschieht, dass ich in Wahrheit nicht tun *will*, was ich tue. Aber das ist, was ich oft fühle. Und ich schreie nicht einmal laut so wie du jetzt und ich weine auch nicht öffentlich. Ich erfülle alles immer nur brav weiter, obwohl ich weiß, dass etwas daran falsch ist, fundamental falsch, für mich.

Und dann war sie auch draußen in der kühlen Novembermorgenluft und in ihrem Ohr *Es ist der alte Bund: Mensch, du musst sterben,* mitten im Flughafenlärm, und Filippa ging auf die Maschine zu und suchte mit den Augen den kleinen Jungen von vorhin.

Dienstag, 3. November 2015

Bob saß am Strand. Er hörte das Meerwasser dumpf an den Felsen schlagen, immer wieder, hörte die Kieselsteine sich wiegen in den Wellen. Er sah zum Horizont, sah das, was seine Augen ihm als Linie zeigten, an der einander farblose Meerwassermoleküle und durchsichtige Luftmoleküle trafen, die ihm dank Lichtwellen und deren Absorption und Streuung in der Atmosphäre meerblau und himmelblau erschienen.

Flippa verstand ihn auch nicht, dachte Bob. Niemand verstand ihn. Am ehesten vielleicht die Ziegen hier in der Schlucht. Oder das Pferd oben, das zur Taverne gehörte, dem er manchmal heimlich Äpfel fütterte. Er konnte jetzt nicht zu einem Jahrestagsessen erscheinen. Das war unmöglich, er durfte keinen Tag verlieren. Warum verstand seine Schwester das denn nicht und erklärte es der Mutter. Sie war doch selber Wissenschaftlerin. Es hing sein Leben von diesen Wochen ab, er musste dieses Paper unbedingt noch publizieren … Und von Zoe auch kein Wort, schon eine Woche lang kein Wort. Sie hielt sich daran. So wie er. Er hatte es ja so gewollt.

Er sah hinüber zum anderen Ende des Strandes, hinauf zur Bar. Sie lag jetzt wieder so verlassen da wie damals, als er hier zum ersten Mal gewesen war. Und auch der Strand war wieder kahl.

Bob spürte den Druck auf seiner Brust, spürte, wie er traurig war. Weil es jetzt wieder war wie letzten Februar, bei seiner zweiten Ankunft hier, dachte Bob. Als er so ganz allein gewesen war und neu hier, noch nicht vertraut mit dieser Landschaft und den Tieren und auch Manousos und Vangelis für ihn noch beinahe Fremde waren.

Der Himmel freundlich, nur ein paar weiße Wolken manchmal, ansonsten blau. Er sah aufs Meer, fixierte einen Punkt darin, sah die ständige Bewegung auf der Stelle. Er dachte: Aber jetzt hast du ein Ziel, das ist der Unterschied. Die nächsten Wochen wirst du dich nur darauf konzentrieren. Du wirst nichts anderes mehr tun als arbeiten. Nichts außer täglich laufen gehen, das schon, und abends in die Sterne schauen und essen und trinken und schlafen. Du wirst nicht an Zoe denken und an keine andere Frau, dieses Leben liegt jetzt hinter dir. Das hast du dir geschworen. Nichts wird mehr zwischen dir und deinem Werk stehen.

Und du wirst auch nicht an deinen Vater denken und auch möglichst nicht an deine Mutter, an niemanden wirst du denken, der an dir gezweifelt hat. Du wirst nicht daran denken, was alles schiefgegangen ist in diesem Jahr. Du wirst nicht an Berlin denken, an die demütigende Niederlage dort. Niemand kann eine Bestzeit laufen, wenn er zuvor mit seiner Freundin streitet und ständig das Gefühl hat, alle zweifeln nur an ihm. Niemand. Vergiss den Tag einfach, vergiss das ganze Jahr. Und nächstes Jahr um diese Zeit wirst du längst in Kanada sein, und du wirst dir sagen: Das hast du gut gemacht, 2015 war ein wirklich toughes Jahr, aber du hast durchgehalten, du hast es ganz allein geschafft.

Wie er den Druck spürte, die ganze Zeit diesen Druck auf seiner Brust, das ganze Jahr über war er schon angespannt, bis zum Zerreißen angespannt. Das ist so anstrengend, sagte er sich. Und jetzt stehst du ganz alleine … Aber das war richtig so, es war die einzige Option gewesen.

Wenn er hier saß, auf dem Marmorfelsen, dann konnte er das tragen, dachte Bob, wenn er durch die Schlucht lief, dann war er okay, selbst wenn er nicht okay war, weil er so oft kaum Luft bekam und ihm schlecht war, wenn sich wieder einmal ganz plötzlich der Gedanke in sein Bewusstsein schob: Es ist ja alles längst entschieden, du bist gescheitert, aus dir wird nichts mehr werden. Etwas hier trug ihn dann, hob ihn empor.

Der Blick aufs Meer würde ihm fehlen, dachte Bob – wenn er dann in Kanada sein würde. Und das Geräusch der Brandung. Und die Schlucht am allermeisten. Den Ort hier zu verlassen, würde sehr, sehr schwer.

Und dann kletterte er von seinem Felsen und rannte los in Richtung Schlucht, in schnellem Tempo, ohne sich noch einmal umzusehen. Auch nächstes Jahr gab es Marathons zu laufen. Und da würde er seine Bestzeit unterbieten. Berlin – das war mein Tiefpunkt, dachte Bob, und jetzt geht es bergauf, nur noch bergauf. Und er beschleunigte noch einmal, er musste heim jetzt, an den Schreibtisch, er hatte viel zu tun.

Samstag, 14. November 2015

Ich fliege am 18. nicht. Es ist viel schlimmer als nach Charlie Hebdo. Mum sagt, wir holen es Weihnachten nach. Schreckliche Welt.

Als Bob Flippas Nachricht las, hörte er im Hof ein Auto hupen. So schnell änderten sich Pläne, Hauptsache, ihm machte man es mal für mal zum Vorwurf, dass er keine machen wollte, dachte er, als er zum Fenster ging.

Einer der Pickups der Taverne stand in der Einfahrt. Kiki stand daneben, hob etwas aus dem Wagen und kam dann auf seine Wohnung zu. Bob fühlte die Stoppel an seinem Kinn, fuhr sich über den Kopf, sah in Richtung Küche. Das sah nicht gut aus, beides nicht, weder die Wohnung noch sein Gesicht, aber da war jetzt nichts zu machen, so war das eben, wenn gearbeitet wurde. Er öffnete die Tür.

Sie brächte Kuchen von ihrer Tante, und Briam. Und Zitronenmarmelade. Vangelis schicke Honig, sagte Kiki und drückte ihm einen Plastiksack in die Hand.

»Why?«

»Because you never came. They say you haven't been around for weeks.«

Aber das war doch nicht so lange her, dass er mit Zoe in der Taverne gewesen war, dachte Bob. Begannen sie jetzt hier auch auf Familie zu machen? Er sah in den Sack. Bis auf das fetttriefende Gemüse war alles sehr willkommen.

Er bedankte sich und dachte, dass es wirklich blöd war, dass er sie jetzt nicht hereinbitten konnte. Aber er musste ja heute auch noch laufen gehen.

Er hörte Kiki sagen, er könne ja wieder einmal vorbeikommen mit seiner Freundin, Manousos würde sich freuen und Vangelis sowieso, wie er sich denken könne, er brauche jemanden zum Reden.

Er nickte und sagte: »She's not my girlfriend.« Aber er würde in der Taverne vorbeikommen, er müsse nur noch etwas fertigrechnen, ein Paper abgeben.

Kiki sagte, dann wolle sie nicht länger stören, verabschiedete sich und wandte sich zum Gehen. Bob rief ihr nach, warum sie eigentlich noch hier sei, er habe gedacht, sie studiere in Athen. Sie sei fertig, rief sie zu ihm hoch und habe es nicht eilig, Mathematik oder Biologie in einer Schule zu unterrichten. Sie hoffe auf ein Stipendium für ihr Doktorat. Manousos habe ihr erzählt, er sei auch Mathematiker. Physiker und Mathematiker. Und dass er nach Kanada wolle. Sie drücke ihm dafür die Daumen.

Und dann winkte sie noch einmal, stieg ein und fuhr hupend aus dem Hof. Und Bob sah ihr nach und blieb noch stehen, bis er die Holzplanken der Brücke klirren hörte. Sanfter klang das, als wenn er selbst darüber fuhr, dachte er, als er die Wohnungstür dann schloss. Und: Vielleicht mochte sie ihn doch.

Und jetzt würde er laufen gehen, dann Orangenkuchen essen, dann weiterarbeiten. Aber zuerst noch Flippa anrufen, dachte er dann und setzte sich an seinen Computer. Da hatte er Mutter und Schwester im Frühling, um sie ein bisschen zu erschrecken, noch Fotos geschickt von den durchschossenen Verkehrszeichen und Mülleimern, die es hier überall gab, und dann wurde Paris in diesem Jahr plötzlich der europäische Terrorhotspot. Aber er hatte es den beiden damals schon gesagt: Nicht er lebe gefährlich, hier in den Outskirts Europas, auch wenn die Gewehrdichte vermutlich hoch sei. Die Leute schössen hier schon nicht mehr aufeinander, gefährlicher seien die großen Städte, weil einfach nicht genug Platz war dort, die meisten leben mussten wie Hennen in Legebatterien.

Und vielleicht würde er heute auch noch die Wohnung aufräumen, dachte er dann, als er seine Schwester anwählte, für den Fall, dass er noch einmal Besuch bekam.

Mittwoch, 18. November 2015

Marlene stand am Küchenfenster, hielt eine Tasse Tee. Sie hielt sie in beiden Händen, führte sie so zum Mund. Der Tee war heiß. Hier war sie gestanden vor exakt einem Jahr. Hier hatte sie ihn draußen stehen gesehen. Dann: ihn zusammenbrechen sehen.

Sie atmete tief ein. In den Händen die Wärme der Tasse, draußen strahlender Sonnenschein. Sie nahm noch einen Schluck.

Hermann, was soll ich tun, dachte Marlene. Hättest du das gewollt? Dass sie die Straße hier nach dir benennen? Sie blickte auf das Schreiben, das auf der Arbeitsplatte lag. Natürlich meinte es der Bürgermeister gut. Natürlich zeigte das die Hochachtung vor ihrem Mann, so wie es in dem Schreiben stand. Aber warum denn ausgerechnet ihre Straße?

Hermann, sei mir nicht böse, dass ich nicht euphorisch bin deshalb. Aber ich habe auch andere Sorgen im Moment. Was mache ich mit Pippa in Paris? Was mache ich, wenn ihr etwas zustößt, wenn ich sie auch noch verliere? Sie war in dem Theater, Hermann, sie kennt den Raum. Stell dir vor, sie wäre dort gewesen letzten Freitag …

Was würdest du jetzt sagen, fragte sie sich dann. Kämst du immer noch mit der Wahrscheinlichkeit? Paris ist jetzt eine Festung, die Bilder sind entsetzlich, über hunderttausend Polizisten dort, haben sie in den Nachrichten gesagt, wegen der Klimakonferenz. Sie haben Angst. Und ich auch. Ich schlafe wieder gar nicht mehr.

Sie trank ihren Tee. Sie sah nach draußen. Sie sah in der Einfahrt der Nachbarn einen Wagen parken. *Sicherheitstechnik und Alarmanlagen* stand darauf. Dann stimmte es also doch, dachte Marlene, die Nazi-Nachbarn waren ausgeraubt worden, von den Dämmerungseinbrechern, vor denen in den Regionalnachrichten neulich gewarnt worden war. Und jetzt rüsten sie auf, mit einer Alarmanlage und einem neuen Zaun. Und der glich einer Festungsmauer, anders konnte man dazu nicht sagen, dachte Marlene. Die Betonpfeiler gut zwei Meter hoch, das Holz so dicht gelattet, dass wirklich gar nichts mehr hindurchzusehen war. Aber das sollte ihr nur recht sein, dachte Marlene weiter, wenn sie sich so einzäunten, dann brauchte sie wenigstens keine Angst mehr zu haben, dass doch noch eine Anzeige kam, weil in ihrem Garten Flüchtlinge arbeiteten.

Und dann dachte sie: Siehst du, Hermann, so geht das Leben weiter. Ich stehe hier und denke das. Und du bist tot und kommst nicht wieder.

Sie sah zur Küchenuhr. Jetzt war es schon geschehen gewesen. Und bei dem Gedanken schlug ihr Herz schneller und das Atmen fiel ihr schwer. Und sie war wieder in dem Krankenwagen, saß wieder im Flur, sah wieder den Arzt vor sich.

Sie atmete tief ein, starrte hinaus. Jetzt bist du schon ein Jahr lang nicht mehr auf der Welt. Ein ganzes Jahr. Und ich weine heute gar nicht, sagte sie stumm zu ihrem toten Mann. Ich weine gar nicht mehr so oft. Aber ich habe viel geweint, sehr viel habe ich geweint in diesem Jahr.

Sie nahm noch einen Schluck Tee. Und jetzt war die Traurigkeit ein Teil von ihr und die meiste Zeit lebte sie ganz gut damit, wirklich wie mit einer Krankheit, dachte sie, die chronisch war.

Und ein Tag hatte so viel Bedeutung, wie man ihm eben gab, dachte sie dann, als sie die leere Tasse in die Spüle stellte und aus der Küche ging.

Sie setzte sich an ihren Schreibtisch. Zuerst würde sie die Dokumente für den Antrag der Familienzusammenführung scannen. Wenn alles gut ging, würde Kamran bald endlich seine Eltern wiedersehen und seinen zweiten Bruder und die kleine Schwester, die er noch gar nicht kannte. Und dann musste sie sich um Samim und Munir kümmern. Das ging ja gar nicht, dass sie jetzt einfach in ein Flüchtlingsheim verlegt werden sollten, das schon beinah auf dem Berg lag, so abgeschieden, dass kaum ein Bus dorthin fuhr, nach den Jahren, in denen sie sich hier in der Stadt eingewöhnt hatten. Sie würde das nicht zulassen. Sie ordnete die Dokumente, dachte: Gut, dass ich jetzt sowieso mit dem Bürgermeister reden muss wegen der Straßenumbenennung, dann kann ich ihn gleich auch darauf ansprechen. Da war es doch von Vorteil, dass sie in einer Kleinstadt lebte, dachte Marlene, und per Du war mit dem Bürgermeister.

Dann suchte sie nach dem Zettel, auf den sie sich Pippas Scananleitung aufgeschrieben hatte. Aber sie fand ihn natürlich nicht. Typisch, ärgerte sie sich, und sank zurück in ihren Sessel, sah nach draußen in den welken Strauch.

Ein Jahr ist um, Hermann, verstehst du das: ein ganzes Jahr. Und das Leben geht weiter. Es geht immer weiter. Und ich habe neue Möbel gekauft. Aber es hilft nichts, ich höre das Schweigen immer noch in diesem großen, leeren Haus. Ich höre, wie du nicht da bist, wie niemand da ist, wie du fehlst.

Sie sah eine Katze durch den Garten schleichen.

Ich werde mir auch noch ein neues Auto kaufen, Hermann. Einen VW Beetle. Ich weiß, dass du entsetzt wärst. Aber ich mag das große weiße Ding einfach nicht fahren. Du weißt, woran es mich erinnert. Also kaufe ich mir einen Beetle, hellblau, so wie mein erster VW Käfer war, der, mit dem wir damals zum ersten Mal gemeinsam im Urlaub waren.

Sie spürte Tränen kommen und öffnete das Scanprogramm auf dem Computer. Es ohne Anleitung versuchen, so schwer würde das schon nicht sein, dachte sie, einfach weitermachen, dann vergeht es wieder.

Ein paar Augenblicke später sank sie zurück in ihren Sessel. Es hatte keinen Sinn. Sie weinte, das Gesicht vergraben in den Händen. Der Bildschirm wurde dunkler und dann schwarz. Die Katze setzte sich auf die Terrasse in die Sonne.

Dann stand Marlene auf, ging in die Küche, riss einen Streifen Küchenrolle ab und schnäuzte sich, dachte dabei: Immer wenn ich denke, ich habe mich im Griff, ist es dann doch nicht so, und plötzlich ist da wieder kein Boden mehr unter mir und alles bricht von Neuem über mich herein. Wie lange noch. Warum.

♦

Filippa starrte auf den Bildschirm ihres Laptops. Sie sah die Data-Information-Knowledge-Wisdom-Pyramide, las die Abbildungsunterschrift. Sie scrollte zurück zum Inhaltsverzeichnis, überflog die Gliederung der Arbeit. Sie legte den Computer weg, ging zum Fenster. Sie war einfach zu unkonzentriert jetzt, sie konnte nicht korrigieren.

Sie sah hinaus in das Grau der Dächer von Paris, sah in der Ferne Sacré-Cœur. Wegen dieses Blickes hatte sie die Wohnung haben wollen damals, unbedingt. Obwohl es eine Kirche war. Weil es eine Kirche war.

Hätte ihr gestern vor einem Jahr jemand gesagt, dass sie in diesem Jahr so innige Bekanntschaft mit dem Tod schlösse, sie hätte es ihm nicht geglaubt. Und dann starb ihr Vater, plötzlich und unerwartet war er tot. Und dann im Januar das erste Attentat. Im August beinahe wieder eines. Und jetzt … Es war ganz anders als noch bei Charlie Hebdo. Die Angst über dem Ort war spürbar, die Stadt lag still und regungslos vor ihr, wirklich wie ausgestorben, dachte Filippa. Und dann: Man sollte einander nicht nur eine gute Gesundheit wünschen, sondern immer auch einen leichten Tod.

Sie nahm die Brille ab, rieb die Gläser am Pullunder ihres Vaters. Zweieinhalb Stunden Terror – ein Massaker mit Maschinengewehren und Handgranaten, dann Geiselnahmen – und das alles nicht einmal fünf Kilometer entfernt. Da war ihr Vater leichter gestorben. »Sofort tot«, hörte sie den Arzt der Mutter wieder sagen, was hieß *sofort*.

Filippa hob die Brille gegen das Licht, ließ sie dann sinken, sah ohne sie durchs Fenster. Sie sah weißliches Grau, in mehreren Schattierungen, weiter nichts. Sacré-Cœur verschwunden, ohne Brille unsichtbar für sie. Manchmal war es gut, so kurzsichtig zu sein, dachte sie, wenn sie nicht wollte, sah sie keine klaren Formen, sah nur etwas Farbe und mehr nicht.

Und ihr Vater jetzt ein Jahr lang tot, ein ganzes Jahr, dachte sie dann weiter, als sie die Brille wieder aufsetzte. Und sie wieder nicht schwanger, sie war sich sicher, ihre Stimmung war eindeutig.

Sie wandte sich ab, ging zum Klavier, sah den Notenstapel durch, der auf dem Instrument lag. Wie sie das nervte, diese Tage vor den Tagen, jeden Monat wieder. Es brauchte niemanden zu wundern, dass sie über Trauer schrieb, wenn sie Monat für Monat fühlte, was sie jetzt fühlte. Und vielleicht war das der einzige Zweck, weshalb sich die Natur das einfallen hatte lassen, denn für irgendetwas musste es doch gut sein oder nicht? Jedenfalls erinnerten sie diese Tage sehr verlässlich daran, wie sinnlos alles Tun im Grunde war, weil nichts zu halten war, alles zerrann, verging. Der Kreislauf von Werden und Vergehen eben, und sie durfte ihn monatlich an ihrem eigenen Körper spüren. Mit 35 Mutter zu werden – der Traum war tot.

Manchmal wollte sie wirklich nicht mehr weitermachen. Nur noch im Bett liegenbleiben und schlafen, das wollte sie, für immer schlafen. Sie wusste schon, das waren die Hormone, und das war Bataclan und das Datum heute, sie wusste das alles ja, aber was half es *im Moment*. Todtraurig sagte man. Das traf wohl zu, dachte Filippa, an mindestens fünf Tagen jeden Monat war sie das.

Sie hörte auf, durch die Klaviernoten zu blättern, ging zu ihrem Computer, öffnete die Musikbibliothek und scrollte durch die Titel.

Und wieder einer, der von Krieg sprach, dachte Filippa dann, »La France est en guerre«, das war der erste Satz des

Präsidenten gewesen, vorgestern in Versailles. Und sie dachte an den Dokumentarfilm, den sie neulich im Kino gesehen hatte. Sein Titel war genial, weil er die ganze Perfidie offenbarte, mit der der Krieg heute geführt wurde – *We come as friends*. Aber diesen Krieg hatte der Präsident nicht gemeint. Diesen Krieg verleugneten die Präsidenten alle.

Sie wählte das Album aus, das sie hören wollte, überlegte kurz, ob sie es zur Gänze hören wollte oder nur das eine Lied, das sie so oft gehört hatte in diesem Jahr. Sie dachte: Jetzt nur das eine Lied, wenn, dann hilft jetzt nur dieses eine Lied. Und als die Chorstimmen aus dem Computer drangen, kauerte sie sich vor ihr Fenster.

»Les barbares« hatte der Präsident die Attentäter genannt, wie der Innenminister nach Charlie Hebdo. Dann waren es so gut wie keine Menschen mehr, dann konnte man sie töten, im Krieg. So einfach war das: dort die Bösen, hier die Guten. Dabei waren manche dieser bösen Barbaren französischer als sie, dachte Filippa, dem Pass nach, das war ein Faktum. Aber Fakten zählten an sich nichts, es zählte nur die Mehrheitsmeinung. Das hatten die Revolutionäre 1789 einfach nicht bedacht – dass, wenn von 100 Menschen die Mehrheit der Meinung war, die Sonne drehe sich um die Erde, es trotzdem falsch blieb, kein Faktum war. Und natürlich war der Präsident dort in dem Prunksaal in Versailles vor allem eins gewesen: betroffen. Das hatte er ja auch gesagt – die Seele Frankreichs sei getroffen. Was war die Seele. Und was war Frankreich.

Filippa hörte der Musik zu und sah zur weißen Kirche. Une marche blanche, dachte sie dann, sie wusste nicht mehr, wo ihr der Begriff untergekommen war. Aber vielleicht wäre das etwas, anstatt von einem Krieg zu sprechen – ein großer Schweigemarsch quer durch die Stadt, so wie ein Trauerzug bei einem Begräbnis, nur ohne Sarg und ganz in Weiß, um die eigene Trauer zu zeigen über die Verhältnisse.

Und dann sah sie sich selber wieder heute exakt vor einem Jahr. Sah sich zum RER hinlaufen, wie eine Irre, um ja keine Minute zu verlieren. Daran musste sie jetzt immer wieder denken, wenn sie in der Métro war. Wie eilig sie es damals hatte. Obwohl es doch zu spät gewesen war.

Sie fühlte Tränen kommen, ließ es geschehen. The art of losing properly, wo konnte man die lernen heute? Und sie roch kurz am Pullunder ihres Vaters. Ein bisschen roch er noch nach ihm. Wie lange noch.

Und aus dem Computer dann von Neuem die Sätze dieser Thomas-Morley-Elegie: *Death hath deprived me of my dearest friend, / My dearest friend is dead and laid in grave, / In grave he rests until the world shall end / As end must all things have. / All things must have an end that Nature wrought, / Must unto dust be brought.*

♦

Und Bob saß an seinem Schreibtisch, starrte auf den Bildschirm, in seinem Kopf: er und der Vater, im Auto Richtung Flughafen, er schweigend, der Vater sich in Rage redend.

Nichts davon, was ich in diesem Jahr getan habe, hättest du verstanden, dachte Bob. Zu allem hättest du den Kopf geschüttelt. Und vielleicht hättest du recht gehabt damit, vielleicht ist wirklich alles längst entschieden und ich bin ein Versager, renne immer weiter einen Irrweg, den nur ich noch nicht erkennen kann. Ich weiß es nicht. Ich weiß nur, dass für mich alles richtig war, was ich getan habe, dass ich nicht anders hätte handeln können. Das weiß ich.

Er starrte weiter vor sich auf den Bildschirm. Gleich würde er auf Senden drücken. Aber wenn ich die Stelle kriege, dann wärst du stolz auf mich. Das wärst du, ich bin mir sicher. Ich glaube, dann wärst du wirklich stolz auf mich. Und wir würden nicht mehr streiten, weil ich dann auch viel ruhiger wäre.

Er drückte mit dem linken Mittelfinger auf das Touchpad. Der Bildschirm veränderte sich. Jetzt war die Bewerbung abgeschickt. Bob fühlte, wie er schwitzte.

Er stand auf, trat auf die Terrasse und atmete hörbar aus. Jetzt hieß es warten, dachte Bob, das hasste er, wenn er selber nichts mehr tun konnte. Aber das kriege ich jetzt auch noch hin, ich bin zäh, dachte er dann, das verdanke ich auch dir, dafür warst du der beste Trainer. Und das weiß ich auch.

Bob stand in der griechischen Novembersonne. Er sah Vögel in der Luft, vorne, wo das Plateau steil abfiel hin zur Küste. Jetzt war es wirklich vorbei. Er versuchte, tief einzuatmen. Aber wieder ging es nicht. Warum war da immer noch dieser Druck auf seiner Brust, jetzt, wo es überstanden war?

Vielleicht in ein paar Tagen, dachte Bob, vielleicht spüre ich es dann und kann wieder freier atmen, endlich wieder freier atmen, als er nach dem Laufshirt auf der Wäscheleine griff.

Mittwoch, 23. Dezember 2015

Filippa winkte ihrem Bruder. Er sah müde aus und mager und wirkte irgendwie gealtert. Aber vielleicht täuschte sie sich auch, dachte sie, als sie sah, wie er seine Arme aufriss, übertrieben weit.

Als sie vor dem hellblauen VW Beetle ihrer Mutter standen, fragte Bob, was das denn für ein Auto sei, und Filippa sagte, das sei nur eine der Novitäten, er würde sich noch wundern, wenn sie nach Hause kämen. Dann fuhr Filippa los und Bob begann, sämtliche Knöpfe in der Mittelkonsole durchzuprobieren, dachte, heute Morgen war es ihm so schwergefallen, sich loszureißen von Griechenland, aber jetzt war es doch schön, hier zu sein, seine Schwester endlich wieder einmal zu sehen. Filippa sagte, er solle aufhören mit dem Herumgedrücke, Bob machte weiter, Filippa sagte, er solle sich nie wieder aufregen, dass sie sei wie eine Fünfjährige, er selber sei maximal drei Jahre alt, in seiner Entwicklung schon in der ersten Trotzphase steckengeblieben. Bob lachte und schaltete das Radio ein, drückte den Sendersuchlauf, stellte die Lautstärke höher. Filippa rief: »Leiser«, und Bob fragte, ob sie wiederholen könne, was sie gesagt hatte, er habe sie leider nicht verstanden. Und Bob stellte die Lautstärke noch höher und Filippa schrie: »Du bist drei Jahre alt«, und dann kreischte sie ein Mal kurz sehr schrill auf. Und Bob lachte wieder und dachte: Es war wirklich gut, jetzt hier zu sein, es fühlte sich wie Urlaub an, und den hatte er sich wohl verdient.

Und dann hörte er den Song im Radio und deutete mit der Hand auf das Gerät, rief: »*Last Christmas*«, und sah seine Schwester an. Bob sah sie lachen, und Filippa dachte: Er ist manchmal wirklich wie ein Kind. Und sie dachte an früher, als sie klein waren, an die Kassetten mit den Weihnachtssongs, die sie zusammen aufgenommen hatten, daran, dass sie einander auch als Erwachsene noch jedes Jahr geschrieben hatten, wenn sie *Last Christmas* zum ersten Mal im Radio gehört hatten in der Weihnachtszeit. Wann hatten sie das aufgehört? Jedenfalls schien wenigstens ihr Bruder gut gelaunt zu sein, dachte Filippa dann, wenigstens einer. Und sie dachte an Anuk, an ihren Streit vor zwei Tagen. Sie hatten sich noch nicht wieder versöhnt.

Später saßen sie zu dritt in dem Gasthof am Fluss. Sie saßen in einer der kleineren Stuben, nicht in der großen, in der das Totenmahl gewesen war, vor über einem Jahr. Es schien so lange her zu sein, dachte Filippa, als ob das letzte Jahr mindestens drei Jahre lang gedauert hätte. Zugleich war ihr dieser

November innerlich noch immer sehr nah, wenn sie es zuließ, so wie jetzt.

Marlene musterte ihren Sohn. Sie fand, er sah schlecht aus. Angespannt und mager war er und irgendwie ein wenig überdreht. Er tat so, als sei alles gut, aber nichts war gut. Sie trank vom Wein. Zur Beruhigung, dachte sie.

Sie hörte ihren Sohn sagen, dass er das neue Auto gut fände, dass ihr der Käfer stünde. Und dass er auch den Saugroboter gut fände. Und die neuen Möbel in ihrem Zimmer.

»Sie sind gar nicht mehr so neu«, sagte Marlene.

»Nicht? Aber als ich letztes Mal hier war, hattest du sie noch nicht. Und das Auto auch nicht. Und den Roboter. Oder?«

Marlene sah ihren Sohn an. Wirklich: Er tat so, als sei alles gut. Sie nahm noch einen Schluck Wein, dann fragte sie: »Wann warst du denn das letzte Mal hier?«

Bob dachte: Was hatte sie denn jetzt, das weiß sie doch. Er sagte: »Im Sommer war das, weißt du doch. Wegen des Notartermins … Juli, Anfang Juli muss das gewesen sein.«

Marlene schwieg und Filippa dachte: Oje. Und sie hörte ihre Mutter sagen: »Genau. Vor einem halben Jahr war das. In einem halben Jahr geschieht so einiges.«

Bob senkte seinen Blick. Und Filippa dachte: Sie hätte es sich denken können. Aber sie würde sich nicht einmischen jetzt, nicht versuchen, abzuwiegeln, sie hatte sich vorgenommen, das nicht mehr zu tun.

»Aber das weiß man nicht, wenn man nie da ist. Nie anruft. Nicht mit seiner Mutter spricht«, hörte Filippa die Mutter fortfahren.

Marlene spürte, wie sie in Rage war, wie sich etwas in ihr nicht beruhigen konnte, seit der Sohn vorhin ins Haus spaziert war, direkt fröhlich, wirklich so, als sei alles in bester Ordnung.

Bob hob den Kopf und sah der Mutter in die Augen. »Ich habe den ganzen Sommer über gearbeitet. Das weißt du doch. Ich habe mich entschuldigt, dass ich zu deinem Geburtstag nicht kommen kann, weil ich arbeiten muss. Und zu Allerheiligen komme ich aus Prinzip nicht, ich bin kein Christ. Und jetzt bin ich ja da«, sagte Bob.

Der Kellner erschien und die Suppen wurden aufgetragen und sie schwiegen. Als er wieder fort war, sagte Filippa, dass sie richtig Hunger habe, und begann Suppe zu löffeln. Sie hörte die Mutter fragen: »Und was war am 18. November?«

»Da ist Flippa doch auch nicht gekommen wegen Bataclan. Es wurde doch alles auf jetzt vertagt oder nicht? Und jetzt bin ich ja da«, hörte Filippa Bob antworten. Jetzt klang er schon genervter, dachte sie.

Bob nahm seinen Löffel in die Hand, legte ihn dann wieder zurück, fuhr fort: »Ich habe im letzten halben Jahr so viel gearbeitet wie vielleicht noch nie zuvor – im Sommer wie ein Blöder, um Geld zu verdienen, und danach für mich, für meine Zukunft – jeden Tag, ohne Pause. Ich hätte beim besten Willen nicht kommen können. Die letzten Monate waren die schwierigsten in meinem gesamten bisherigen Leben, wirklich. Es war die Hölle. Und jetzt bin ich ja da.«

Marlene ließ den Löffel aus ihrer Hand fallen, Suppe schwappte über den Tellerrand. Und auch Filippa ließ ihren Löffel sinken, sie dachte: Wenigstens sind wir allein in dieser Stube. Und dann hörte sie die Mutter sagen – sehr laut, viel zu laut für hier, dachte sie: »Und was glaubst du, was die letzten Monate für mich waren?«

Marlene sah ihren Sohn an. Bob fixierte seinen Suppenteller. Er spürte etwas sich zusammenziehen in ihm, spürte etwas sich verhärten, tief in ihm, als er die Mutter weitersprechen hörte, laut, in Rage: »Was glaubst du, wie das ist für eine Mutter, wenn der Mann stirbt und der eigene Sohn einfach nicht mehr mit ihr redet? Wenn er Facebook verlässt, um sich nur ja nicht mit seiner Mutter befreunden zu müssen. Wenn er nie nach Hause kommt und nie anruft und nie fragt, ob er vielleicht helfen kann im Haus oder im Garten, obwohl er weiß, wie viele Obstbäume hier stehen und wie vollgeräumt allein der Keller ist? Wenn die Nachbarn fragen, was er eigentlich jetzt macht und sie – seine Mutter – nichts sagen kann, weil sie es nicht weiß? Wenn er sich nicht ein Mal an den Laptop seines Vaters setzt und auch den Freund des Vaters nie anruft und sich von ihm erklären lässt, worum es geht in dem Projekt? Wenn ihn das alles so offensichtlich nicht interessiert, die eigene Familie überhaupt nicht interessiert? Was glaubst du, wie das ist für eine Mutter – wenn der Sohn dann heimkommt und sagt: Die letzten Monate waren die Hölle für ihn?«

Filippa spürte, wie ihr Herz laut schlug, sie dachte: Furchtbar, und das ganze Lokal hört mit. Und dann sah sie, wie die Mutter zu weinen begann, mitten in der Gaststube. Und Filippa suchte nach einem Taschentuch, fand keines und reichte der Mutter ihre Serviette. Was sage ich jetzt, dachte sie, was sage ich jetzt, als sie ihre Mutter fragen hörte, leise, kaum zu verstehen unter den Tränen: »Warum redest du denn nicht mit mir?«

Und Bob starrte seine Mutter an und dachte: Aber was hat sie denn, was ist denn los? Ich rede doch. Oder rede ich nicht? Und er sah zu seiner Schwester, er wollte sie fragen, ob sie auch fand, dass er nicht redete, denn er fände das nicht, als er die Mutter weitersprechen hörte: »Du erzählst mir nichts. Ich weiß nichts von dir. Warum sitzt du immer noch in Griechenland? Du hast doch eine neue Stelle, schon im Juli hattest du die Stelle. Warum sagst du mir denn davon nichts?«

Bob sah zu seiner Schwester und dachte: Ich kille dich. Das darf nicht wahr sein. Du bist wirklich das Allerletzte. Er schüttelte den Kopf. Er sagte, er spräche nie wieder ein Wort mit ihr, in seinem ganzen Leben nicht. Und Filippa spürte ihr Herz, sie spürte, wie ihr übel war, sie sagte, sie schwöre, sie habe es nicht ausgeplaudert, diesmal nicht, sie schwöre es, die Mutter habe es zufällig mitangehört. Und Marlene nickte. Und Bob wandte seinen Blick von seiner Schwester ab, fixierte mit den Augen seinen Teller.

Er sagte: »Ich hab den Job nicht angenommen.«

Und Filippa dachte: Jetzt geht es erst richtig los. Und schon hörte sie die Mutter sich neuerlich in Rage reden: Was bitte los sei mit ihm, solle er ihr jetzt sagen, sofort und auf der Stelle, sagte sie. Ob er lieber Reiseleiter bliebe, ob er dafür seinen Doktortitel habe. Langsam glaube sie, sein Vater habe recht gehabt, er sabotiere seine Karriere absichtlich, aus welchem Grund auch immer, oder er verstünde den Ernst der Lage einfach nicht, weigere sich beharrlich, endlich erwachsen zu werden.

Und dann schwiegen alle drei. Marlene starrte auf ihren Sohn. Bobs Blick ging nach unten. Und Filippa starrte vor sich hin ins Leere, dachte: Ich hätte mich doch rechtzeitig einmischen sollen.

Bob sah auf, er sah seiner Mutter direkt in die Augen, sagte: »Ich bin erwachsen. Und das ist dein Problem. Ich bin nicht so, wie du mich haben willst.« Und deshalb gehe ich jetzt, dachte Bob, und er stand auf. Und Filippa sah, wie ihr Bruder nach seiner Jacke griff, und sah, wie er dann ging, ohne Eile. Und sie dachte, sie sollte ihm nachgehen, er tat ihr leid, sie wollte ihm nachgehen, mit ihm reden, ihm sagen, sie verstehe ihn, und ihm dann versuchen zu erklären, was die Mutter vielleicht sagen wolle, eigentlich. Aber dann sah sie, wie ihre Mutter wieder zu weinen begann, und Filippa dachte, sie konnte sie jetzt auch nicht allein hier sitzen lassen, sie tat ihr ja auch leid.

Und als dann irgendwann der Kellner kam, um die Suppen abzuservieren, sagte Filippa, sie bräuchten bitte noch einen Moment. Sie reichte ihrer Mutter eine Serviette vom Nebentisch. Marlene schnäuzte sich, atmete tief ein, schüttelte den Kopf. Sie sagte: »Ach, der Bub«, und sah dabei die Tochter an. Was hatte sie da falsch gemacht bei ihm …

Und Filippa sagte, sie ginge den Kellner suchen, um ihn zu bitten alles einzupacken, wenn das möglich wäre, es sei etwas Unvorhergesehenes passiert, sie müssten leider sofort gehen.

Donnerstag, 24. Dezember 2015

Filippa stand in der Küche. Sie wartete, bis der Kaffee kochte. Sie sah in die Einfahrt, sah die Sonne draußen scheinen, sah den neuen blauen Käfer vor der Lärche. Fremd sah er aus. Und das ganze Haus vorwurfsvoll schweigend, keine Spur von Mutter oder Bruder, obwohl sie selber schon spät aufgestanden war. Man konnte Streit spüren in einer Stille, dachte sie, das stimmte. Wie sie das hasste.

Dann hörte sie Schritte auf der Stiege und gleich darauf stand Bob neben ihr und nahm sich auch von dem Kaffee. Sie fragte ihn, wie es ihm gehe, und er antwortete, wie solle es ihm schon gehen nach so einem herzlichen Empfang. Aber neu sei es ja nicht, dass er es den Eltern nicht recht machen konnte. Es brauche nur niemanden zu wundern, wenn er immer weniger hier sei und kaum mehr etwas sage. Filippa nickte. Und dann sagte Bob, dass er gestern einfach nicht mehr hatte reden wollen, deshalb habe er die Tür nicht aufgemacht. Und Filippa nickte wieder. Und als Bob dann mit der Tasse Kaffee wieder nach oben gehen wollte, öffnete sich die Tür von Marlenes Zimmer.

Natürlich, dachte Bob, das tat sie absichtlich. Aber er würde jetzt trotzdem einfach gehen. Und er ging im Flur vorbei an seiner Mutter, sah auf die Tasse, die er trug. Und sofort hörte er von hinten ihre Stimme fragen: »Ergreifst du wieder die Flucht vor mir?«

Marlene sah, wie ihr Sohn kurz stehenblieb, den Kopf schüttelte, dann weiterging. Sie rief ihm nach: »Wenn man etwas gefragt wird, antwortet man.«

Jetzt drehte sich Bob um und ging ein paar Schritte auf seine Mutter zu. Und Filippa zuckte zusammen, als sie ihn dann brüllen hörte: »*Man* muss nur sterben. Das ist alles, was *man* muss.« Und nach einer kurzen Pause: »Ich habe das so satt. Was soll ich sagen: Ja, ich fliehe vor dir. Ich lüge nicht.«

So laut geworden war ihr Bruder schon sehr, sehr lange nicht mehr.

»Und warum gehst du dann?«

Bob atmete einmal tief ein und aus. »Weil du nicht mit mir reden willst.«

Marlene schüttelte den Kopf. »So ein Blödsinn.«

»Doch, so ist es. So war es auch mit Dad. Du willst nicht *mit mir reden*. Du willst, dass ich gewisse Dinge sage, die du hören willst. Dass ich das und das tue, weil du deinen Sohn so haben willst. Aber es tut mir leid, ich kann das nicht erfüllen. Vielleicht kann es dieser Samim, dem du das Fahrrad geschenkt hast, oder sein Bruder, der den Garten macht, oder gleich alle beide. Ich kann es nicht.«

Das tut ihr weh, dachte Filippa. Und er sieht sie nicht einmal an dabei, die ganze Zeit nicht, blickt stattdessen in das leere Wohnzimmer.

Und dann ging ihr Bruder hinauf in sein Zimmer und die Mutter rief ihm nach: »Frohe Weihnachten!« Und Filippa dachte: Gleich knallt die Tür.

Aber der Knall blieb aus, Bobs Tür schloss sich leise, und Filippa dachte: Das war jetzt richtig schlimm, so wie früher, wenn er mit Papa gestritten hat. Und das an Heiligabend. Und sie konnte nicht einmal mit Anuk reden jetzt. Wo sie hinsah, nur Konflikt … entsetzlich war das. Sie spürte kurz ihr Herz, ein schwaches Stechen links in ihrer Brust.

»Vielleicht hätte ich wirklich Samim und Munir einladen sollen für heute. Und Kamran und seine Geschwister auch gleich dazu. Die wären alle froh, wenn sie ihre Eltern endlich wiedersähen«, sagte Marlene dann zu ihrer Tochter. Sie setzte sich an den Tisch, auf Papas Platz, dachte Filippa, sie sah gar nicht gut aus. Wahrscheinlich hatte sie auch nicht geschlafen.

»Bin ich wirklich so schlimm?«, hörte sie die Mutter fragen.

»Natürlich nicht. Aber du kennst ihn doch. Je mehr Druck du ausübst, desto mehr weicht er zurück.«

»Aber wo übe ich denn Druck aus? Ich kann ja gar keinen Druck ausüben, er ist ja nie da.«

Filippa atmete tief ein, nahm einen großen Schluck Kaffee. Sie würde gleich noch welchen machen. Sie sollte nicht so viel Kaffee trinken, aber das hier war eine psychische Notsituation, sie brauchte jetzt Kaffee, dachte sie, und außerdem war es sowieso egal, es spielte keine Rolle, wie gesund sie sich ernährte, sie wurde ja doch nicht schwanger.

Natürlich übte die Mutter Druck aus, indirekt, alle Eltern übten Druck aus auf ihre Kinder, ob sie wollten oder nicht, aber sie würde ihrer Mutter das jetzt sicher nicht wieder versuchen zu erklären. »Ich glaube, Bob kann einfach nicht so gut reden – über sich und darüber, wie es ihm geht. Ich glaube das wirklich – dass er es nicht *kann*. Und er braucht es vielleicht nicht so sehr wie du oder ich, darüber zu reden. Und er ist auch schon 31.«

»Und dann kann man auf die eigene Familie pfeifen oder wie?«

Filippa befüllte die Mokkamaschine. Den Kaffee nicht zu stark andrücken, sagte sie sich, konzentrier dich auf den Kaffee.

»Aber das tut er doch gar nicht – seinem Empfinden nach, glaube ich jedenfalls. Und er versteht nicht, was genau er falsch macht bei dir. Wenn er zum Beispiel sagt, du sollst einen Roboter kaufen für den Garten, bist du sauer, weil er nicht selber kommt, um den Rasen zu mähen. Und das versteht er vielleicht einfach nicht. Dabei mochtest du den Roboter ja, sonst hättest du nicht gleich noch einen gekauft.«

Marlene dachte, das stimmte wohl. Der Tag, an dem sie den Staubsaugerroboter in Betrieb genommen hatte – sie, die alte Schachtel mit den zwei linken Händen –, war ein Sieg gewesen. Nie wieder würde sie diese stupide Arbeit tun … Und dann sagte sie: »Er war nicht ein Mal am Grab. Und den Computer hat er sich auch nie angesehen.« Sie sah ihre Tochter an.

Jetzt weint sie gleich wieder, dachte Filippa, das hatte sie sich schon gedacht, dass sie das kränkte. Sie selbst schmerzte es ja auch, dass es zwischen den beiden so gewesen war, bis zuletzt.

Die Mokkakanne begann zu fauchen.

»Es war eben schwierig zwischen ihnen«, sagte Filippa und zog die Kanne von der Herdplatte. »Aber das heißt nicht, dass er nicht trauert, glaube ich.« Sie sah zu ihrer Mutter.

Marlene schüttelte den Kopf. Sie stand auf, riss ein Blatt Küchenrolle ab und schnäuzte sich. Filippa goss den Kaffee in die zwei Tassen.

»Ich mache mir ja nur Sorgen um ihn. Dass er am Ende ganz alleine bleibt«, sagte Marlene dann.

»Vielleicht ist er ja glücklich so.«

»Ach komm. Jeder braucht doch *jemanden* und nicht nur Ziegen und den Mond. Wenigstens hat er dich, als Schwester. Aber dir erzählt er doch auch fast nichts, oder? Hat er jemanden, mit dem er spricht? Nicht einmal das weiß ich von ihm. Hat er irgendeinen Menschen dort unten, in seiner Einöde? Hat er eine Freundin? Ist das jetzt diese Zoe, stimmt das?«

Marlene sah ihre Tochter an. Und Filippa schüttelte den Kopf. Nein, das wusste sie nicht, und das war nicht einmal gelogen, dachte sie. Das war wirklich das allerschlimmste Weihnachten in ihrem ganzen bisherigen Leben, und es war noch nicht einmal Abend.

Bob lag in seinem Zimmer und dachte an die Taverne. Er dachte an Manousos' Mutter, wie sie den Gastraum mit Girlanden verunstaltete, und an Manousos' Vater und Vangelis, die währenddessen lautstark über irgendetwas stritten, und an Manousos und an Kiki, die Schach spielten miteinander. Er hätte doch einfach dort bleiben sollen. Manousos würde er gar nicht mehr sehen, sein Militärdienst begann in ein paar Tagen. »Know the enemy«, hatte er gesagt auf die Frage, warum er zum Militär ging. Und Kiki hatte den Kopf geschüttelt. Er musste unbedingt mit ihr reden, dachte Bob, möglichst bald. Irgendwie war sie erstaunlich, ganz anders als Zoe, obwohl sie auch Biologin war. Und er sah sie vor sich in der Taverne, hörte sie sagen, ja, von Cosmological Natural Selection habe sie schon gehört. Das hatte sie gesagt – dass ihr das gar nicht fremd sei, worüber er die ganze Zeit nachdachte in seinem Kopf. Und dann hatte sie Manousos ganz cool Schachmatt gesetzt. Und er musste lächeln, als er sie dabei vor sich sah.

Er wäre jetzt viel lieber dort. Wer fütterte jetzt das Pferd heimlich mit Äpfeln, das so oft einsam am Zaun stand? Bald würde er es nie wieder füttern können, dachte Bob dann, nie wieder mit ihm sprechen können. Und auch mit keinen Ziegen mehr. Und durch die Schlucht würde er auch nicht mehr laufen und nachts nicht mehr so viele Sterne sehen. Und sofort war ihm elend. Wie sollte er das aushalten? Zugleich war es undenkbar, was wäre, wenn aus Kanada nichts wurde, wenn sie ihn dort nicht haben wollten. Das Wasser stand ihm jetzt wirklich bis zum Hals, er wusste, er hatte hoch gepokert, er brauchte die Mutter nicht, um sich das in Erinnerung zu rufen, er dachte selber ständig daran, seit er nichts anderes mehr zu tun hatte, als zu warten.

Er drehte sich mit dem Gesicht zur Wand, sah auf die Formeln, die dort in seiner Kinderhandschrift standen. Oft war er so gelegen, stundenlang. Hatte gewartet. Darauf, dass er weg konnte von hier. Hatte sich ausgemalt, wie wunderbar dann alles wäre, anderswo, und wie einfach mit seinem Vater und mit der Mutter und überhaupt. Jetzt lag er wieder da. Aber bald würde er wieder auf dem Marmorfelsen sitzen mit dem Horizont vor sich und dem Wellenschlag in seinen Ohren. Und alles wäre wieder ein bisschen besser.

Abends dann stand Filippa in Bobs Zimmer und sagte: »Komm mit hinunter, bitte.« Sie sagte, sie verstünde ihn total, aber er könne vielleicht versuchen, die Mutter auch zu verstehen, sie sei einfach in Sorge um ihn, das sei alles, sie zeige so ihre Sorge um ihn.

Weil Weihnachten sei, sagte Bob, käme er jetzt mit, und er dachte: Und weil ich sonst bald verhungere. Aber wenn die Mutter wieder anfinge, ihn zu attackieren, sagte er, als er hinter Filippa die Treppe hinunterging, würde er endgültig auf Hikikomori machen bis zu seinem Flug. Und Filippa dachte: Das hat er absichtlich so laut gesagt, damit sie es auch hört.

Marlene sah zu ihrem Sohn, als die Kinder hereinkamen. Auf dem Tisch stand das Essen von gestern aus dem Gasthof, aufgewärmt. Sie fragte Bob, was er trinken wolle, sie hörte ihn sagen: »Wasser.« Marlene stellte ihm das Mineralwasser hin, berührte flüchtig seinen Arm und sagte: »Weihnachtsfriede.« Sie hörte ihn murmeln: »Schon gut.« Aber ihr Sohn sah sie nicht an dabei. Und Filippa saß daneben und dachte: Wirklich, das war das schlimmste Weihnachten von allen Weihnachten in ihrem bisherigen Leben. Sie griff nach ihrer Leica, die auf dem Vatersessel lag, legte sie auf die Ablage der Sitzbank hinter sich, dort war sie sicherer.

»Was macht denn diese Leica da?«, hörte sie Bob fragen.

»Das ist meine«, sagte Filippa, »siehst du: taubenblau und trotzdem eine echte Leica, hast du gerade selbst gesagt.«

»Offiziell ist die Farbe grau.«

»Echt?«

»Mhm.« Bob begann zu essen.

Filippa sah, wie er sie angrinste.

»Was hast du denn?«

»Nichts.«

»Aber du grinst so komisch. Er grinst komisch, oder?« Filippa sah zu ihrer Mutter. Marlene nickte, dachte: Ich verstehe überhaupt nichts mehr. Und Filippa griff nochmals nach der Kamera. »Ist irgendetwas falsch damit?« Sie sah ihren Bruder an, dann die Mutter, dann wieder Bob.

Bob grinste sie weiter an, kaute lange, schluckte dann, nahm einen Schluck Wasser. Und dann sagte er: »Nein. Außer dass das ein Vormodell einer limitierten Leica M-Serie ist, von der es weltweit wahrscheinlich nur noch so circa zehn Stück gibt. M2, Betriebskamera, grey paint. Ich glaube, Dad hat einmal nachgefragt, was sie in etwa wert ist.«

»Und?«, fragte Filippa.

»Wohl so circa 300.000 Euro war damals die Auskunft«, sagte Bob. Er hörte seine Schwester kreischen und seine Mutter rufen: »Leg sie hin, Pippa, leg die Kamera sofort hin!«

Und Filippa dachte: Hilfe, aber wohin soll ich sie jetzt legen? Sie stand auf, trug sie zum Sofatisch, sie hörte ihren Bruder lachen und die Mutter rufen: »Dreihunderttausend Euro, um Himmels Willen.« Und Bob lachte weiter und Marlene sagte, ihr sei das wirklich nicht bewusst gewesen, was da herumläge in ihrem Haus. Und was sei dann mit den anderen Kameras am Dachboden, wenn die auch so viel wert seien, dann lägen da ja … ja wie viele hunderttausend Euro lägen denn da die ganze Zeit herum in diesem Haus? Und Filippa entschuldigte sich, sagte, sie hätte wirklich gedacht, das Ding sei maximal eintausend Euro wert.

Bob lachte und schüttelte den Kopf und aß dann weiter. Dann sagte er, er habe ja immer gedacht, Geld sei etwas vom Absurdesten, was sich die Menschentiere hatten einfallen lassen, und diese Szene gerade eben sei der allerbeste Beweis dafür. Und kurz streifte Bobs Blick dann Marlenes Augen und sie dachte: Immerhin.

Dann aßen sie alle drei. Und irgendwann sagte Marlene: »Das war jetzt fast wie eine Bescherung.« Und Filippa bemühte sich, ihr nur ja recht enthusiastisch zuzustimmen, aber es half alles nichts, dachte die Tochter, die Atmosphäre blieb doch gedrückt. Sie sah zu der großen blütenweißen Kerze auf der Kommode, die dort brannte und so klein geworden war.

Dass es ihr jetzt doch leidtäte, dass sie ihren Kindern gefolgt war und jetzt kein Baum hier stand, sagte die Mutter dann, weil sie beide keine Christen mehr waren und keine Bäume morden wollten. Aber wenn sie auf die alten Traditionen pfiffen, sollten sie sich neue einfallen lassen. »Jedenfalls: Geschenke gibt es nächstes Jahr wieder«, fuhr Marlene fort, »darauf bestehe ich. Sonst ist einfach nicht Weihnachten.«

Bob saß neben Filippa auf einer Bank. Er sah nach vorn, auf das schneebedeckte Feld, sah einzelne Kristalle glitzern und schimmern im Sonnenlicht. Da war die Farbe wieder, dachte Bob, das Regenbogenweiß – all die verschiedenen bunten Farben in der Weißsumme aller Farben –, wenn man genau hinsah, es schaffte hinzusehen, das Licht war gleißend hell. Es war schon schön, was die Natur vermochte, und sehr erstaunlich, was sie zustande brachte – so viel Verschiedenes schien in ihr Platz zu haben, nebeneinander, dachte Bob, obwohl sie sich unentwegt wandelte. Warum war es nicht so unter seinesgleichen.

»Warum kann mich Mum nicht einfach so mögen, wie ich bin?«, sagte Bob dann zu seiner Schwester. »Ich meine, sie sagt doch oft, ich sei wie Dad. Und Dad mochte sie doch. Und was hat Dad gemacht? Gearbeitet. So wie ich auch. Und so wie sie selbst doch auch, über Jahrzehnte. Unsere Eltern haben doch beide vor allem das getan: wie besessen gearbeitet. Oder nicht?«

Filippa dachte: Aber ich möchte dieses Gespräch jetzt eigentlich nicht führen, ich habe eigene Probleme. Sie sagte: »Aber Papa hat schon auch den Rasen gemäht.«

Bob schüttelte den Kopf. Er befühlte sein rechtes Knie, streckte es vorsichtig durch, zog das Bein wieder an, spürte den Schmerz dabei. Das war typisch, dass es ihn ausgerechnet gestern hingelegt hatte beim Laufen, dachte er, eine Woche Zwangspause würde das auf jeden Fall bedeuten.

Er hörte seine Schwester sagen: »Du warst nie am Grab. Sagt sie. Und du hast Franz nie angerufen und nie versucht, das Passwort zu knacken. Ich glaube, das ist es eigentlich, was sie so kränkt.«

»Aber das ist doch vollkommen gestört – zu glauben, ich

wüsste Dads Passwort, nur weil ich seine Nase habe. Und ich verstehe nichts von dem, worum es geht in dem Projekt. Das ist nicht mein Ding. Physik ist nicht gleich Physik. Das muss sie doch wissen. Ich kann da nicht helfen, selbst wenn ich wollte.«

»Manchmal ist es vielleicht so, dass man etwas trotzdem versucht haben will. Auch wenn man weiß, es ist mit an Sicherheit grenzender Wahrscheinlichkeit unmöglich.« Filippa sah mit geschlossenen Augen nach vorne und spürte die Wintersonne auf ihrem Gesicht. Sie dachte an das Gespräch mit Anuk gestern. Sie hörte ihn sagen: Come live with me. Bevor sie die Invitroprozedur versuchten, sollten sie das versuchen, hatte er gesagt: zusammen leben, an einem Ort. Zur Ruhe kommen, gemeinsam. Warum hatte sie sich nicht gefreut darüber? Ein Teil von ihr hatte sich doch immer insgeheim gewünscht, dass er genau das einmal sagen würde, trotz ihres Paktes, einander niemals zu blockieren in ihren jeweiligen Karrieren. Aber sie hatte jetzt einfach keine Zeit, um darüber nachzudenken. Sie hatte so viele andere Dinge im Kopf, sie konnte jetzt sicherlich nicht mit ihm nach einer größeren Wohnung zu suchen beginnen, nur weil er sich das plötzlich einbildete. Das ging einfach nicht. Sie konnte nicht noch eine Front in ihrem Kopf aufmachen.

»Also hätte ich mich zum Idioten machen sollen und vor ihr am Computer irgendwelche Zeichenkombinationen eingeben? Das ist doch lächerlich«, hörte Filippa ihren Bruder weitersprechen. Dann hörte sie einen Vogel rufen. Sie sah in den Himmel, suchte ihn mit ihren Augen, fand ihn nicht. Sie dachte: Ein Vogel müsste man sein.

»Ich meine, ich tue doch wirklich nichts anderes als Dad. Dad war besessen von seiner Arbeit. Und ich glaube, das war wirklich das Positivste an ihm für mich – zu sehen, wie zäh er gekämpft hat an seinem Institut, über Jahre. Für das, was er durchsetzen wollte. Nicht wegen Ruhm und Ehre oder Geld, sondern der Sache wegen. Er war einfach sehr zäh. Zäh und beharrlich und besessen von seinen Ideen.«

»Ja, das war er«, sagte Filippa. Und sie dachte an den Arzt, dachte: Die Summe aller Aufregungen, es war die Summe aller Aufregungen, die zum Herzinfarkt führte. »Und dafür wird jetzt eine Straße nach ihm benannt«, sagte sie dann.

Bob schüttelte den Kopf. »Hätte ihm nichts bedeutet.«

Und dann schwiegen sie beide. Filippa nahm die Sonnenbrille ab, putzte sie, kniff die Augen fester zusammen, die Landschaft war so gleißend hell. Aber sie mochte das, sie mochte das sehr.

»Bei Dad kann ich ja noch nachvollziehen, was ihm nicht gepasst hat an mir«, sagte Bob, »es ging einfach gegen seine Überzeugungen. Ich habe infrage gestellt, woran er geglaubt hat. Und das hat ihm nicht gepasst. Aber wer einem selber beibringt, dass das, was zählt, das Argument ist, der muss auch damit rechnen, dass ein neues Argument sein altes Denksystem zu Fall bringt. Aber bei Mum … ich verstehe einfach nicht, was sie von mir will.«

Filippa dachte: Wenigstens spricht er jetzt einmal von ihm. »Ich habe nie verstanden, worüber du und Dad genau gestritten habt«, sagte sie.

»Na, um die Zeit. Er hat nicht geglaubt, dass die Zeit das Fundament ist. Aber ich *weiß*, dass sie es ist.«

Die Spitze des Eisbergs, dachte Filippa. Und sie hörte Bob weitersprechen: »Aber was ist es bei Mum? Was will sie von mir?«

»Ich glaube, sie macht sich einfach Sorgen.«

»Aber *warum*?«

»Vielleicht, weil du so viel allein bist und sie so wenig weiß von dir. Ich meine, sie ist deine *Mutter*. Mütter sorgen sich um ihre Kinder. Sie hat dich immerhin geboren. Weißt du, was das heißt – jemanden *gebären*?« Und sie dachte: Sie wusste es ja selber nicht.

Bob schüttelte den Kopf, stand auf, sagte: »Komm, wir gehen noch ein Stück.« Er spürte sein Knie die ersten paar Schritte, dann wurde es besser.

Filippa ging ihm hinterher und dachte: Ich hätte doch die alten Schneestiefel anziehen sollen. Aber wer konnte wissen, dass ihr lädierter Bruder unter einem Spaziergang das Gehen querfeldein verstand. Sie hörte ihn sagen: »Ich bin nicht allein dort unten. Ich bin in der Landschaft. Ich treffe viele Ziegen und manchmal sehe ich Adler. Ich höre das Meer, ich spüre die Sonne, den Wind – das ist ja alles *da*, mit mir da.«

»Sie kann sich vielleicht nicht vorstellen, dass jemand einfach gar keine Menschen braucht«, sagte Filippa und dachte: Ich mir auch nicht. Und du dir doch auch nicht, in Wahrheit, irgendwen hattest du doch immer, ein, zwei Drähte in die Welt der Menschen. Aber vielleicht hast du sie ja jetzt auch, und sagst es nur nicht.

Bob ging weiter querfeldein, das Knie war wirklich ärgerlich, dachte er. Vielleicht müsste seine Mutter die Landschaft dort unten ganz einfach einmal sehen, vielleicht verstand sie dann … aber sie ging ja nicht einmal hier im Wald spazieren, obwohl ihr die Luft guttun würde und all die Formen der Natur.

Filippa ging absichtlich langsam, dachte: Hetzen ließ sie sich ganz sicher nicht. Und dann dachte sie an Hyperion. Vielleicht hatte ihr Bruder auch recht mit seinem Rückzug vor den Menschen. Man blieb einander ja doch immer fremd, so viel man sprach. Und wieder dachte sie an Anuk. Sie konnte nicht sagen, weshalb sie so unruhig war, seit sie gesprochen hatten, aber sie war es, zweifellos. Etwas war da, was zuvor nicht da gewesen war in all ihren Gesprächen, etwas war dabei sich zu verändern zwischen ihnen.

Sie hörte ihren Bruder sagen: »Das Problem ist, dass Mum einfach sehr bestimmte Vorstellungen davon hat, wie ich zu sein habe. Und wenn ich anders bin, dann passt es ihr nicht. Aber sie darf diese Ansprüche nicht haben. Niemand darf solche Ansprüche haben an den anderen.«

Filippa blieb stehen. Sie holte ihr Smartphone hervor. Sie musste jetzt diese irre Landschaft fotografieren.

Bob sah ihr zu, sagte: »Sie müsste Leibniz lesen.«

Filippa lachte kurz und dachte: So würde das nichts werden, das Display spiegelte zu stark, sie musste blind fotografieren. Sie vermisste ihre Leica.

»Im Ernst: Es gibt bei ihm ja auch das Prinzip der Unterscheidbarkeit des Nichtidentischen: Alles, was nicht identisch ist, muss anders sein als alles andere. Verstehst du, was das heißt? Der Unterschied ist das Fundament jeder Entität. Sich voneinander zu unterscheiden ist notwendig und natürlich.«

»Ja, aber sie will ja nicht, dass du sie bist, dass du identisch bist mit ihr. Ich glaube, sie hat schon begriffen, dass du nicht mehr in ihrem Körper bist, sondern eine eigenständige Entität.« Filippa versuchte auf dem Display die Bilder anzusehen, aber es hatte keinen Sinn, sie konnte kaum etwas erkennen.

»Ich glaube, das hat sie nicht«, sagte Bob, »denn dann würde sie nicht erwarten, dass ich so sein soll, wie sie glaubt, dass ich sein soll. Wenn sie das wirklich verstanden hätte, dass ich *notwendigerweise* anders bin als sie, dann hätte sie gar keine Erwartungen mehr an mich.«

Filippa seufzte. »Bob, sie ist deine *Mutter*. Natürlich hat sie Erwartungen an dich. Jeder hat Erwartungen an den anderen, ob er will oder nicht.« Und welche waren ihre, dachte Filippa, welche hatte sie an Anuk, was wünschte sie sich.

Sie sah, wie Bob weiterging und ließ ihr Smartphone wieder in die Tasche sinken, folgte ihm.

»Aber man kann daraus nicht beliebig Ansprüche ableiten«, sagte Bob, »das geht einfach nicht zwischen zwei freien Individuen. Und das tut sie. Und ich habe davon wirklich die Nase voll.«

Filippa sagte: »Dann ist jede engere zwischenmenschliche Interaktion so gut wie unmöglich. Und jeder bleibt allein.«

Bob zuckte die Schultern. »Dann wird wenigstens niemand enttäuscht. Und auch nicht ständig kritisiert. Und vor allem verliert man keine Zeit mit sinnlosen Streitereien.«

»Und die Menschheit stirbt demnächst aus«, sagte Filippa, »wenn alle so denken wie du.«

»Das tut sie sowieso. Der Planet ist hin.«

Filippa schüttelte den Kopf. »Außerdem habe ich gesagt: nicht beliebig Ansprüche ableiten, und nicht: gar keine. Das ist ein Unterschied«, hörte sie ihren Bruder sagen. Sie blieb stehen, bückte sich, band ihren rechten Schuh noch einmal neu.

Bob stand neben ihr, dachte: Kümmerlich das bisschen Schnee um diese Jahreszeit auf dieser Höhe hier in den Alpen.

»Warst du eigentlich einmal verliebt?«, hörte er dann seine Schwester fragen. »Ich meine, so richtig. So wie Orpheus in Eurydike.« Filippa sah ihren Bruder an. Sie musste blinzeln wegen der Sonne. So verliebt, dachte sie, dass du verloren bist ohne den anderen, einfach verloren in der Welt. So verliebt, dachte Filippa weiter, dass du Kinder haben willst von ihm, ohne dass du weißt, woher der Wunsch eigentlich kommt. Du weißt nur, dass er da ist, einfach so, wie aus dem Nichts, und dass er auch nicht geht. Und wieder dachte Filippa an Anuk, an das Gespräch neulich.

Bob sagte: »Was soll die Frage jetzt. Klar war ich verliebt.« Er sah Zoe vor sich, sah sie den Kopf schütteln und weinen. Sie hatte Nein gesagt. Sie hatte wirklich Nein gesagt zu ihm. Aber klar war er verliebt gewesen, dachte er, und es hatte ihm wirklich kein Glück gebracht.

Die Geschwister gingen ein paar Schritte und dann blieb Filippa wieder stehen, band sich den linken Schuh. »Und trauerst du eigentlich? Um Papa?«, hörte Bob sie dann fragen. »Stellst du dir manchmal vor, wie er jetzt aussieht? Im Sarg, unter der Erde? Hast du einmal geweint wegen ihm?« *Um* ihn geweint, hatte sie sagen wollen.

»Die nächste bescheuerte Frage«, sagte Bob, »was soll das jetzt?« Und er dachte: Wenn sie wüsste, wie oft er sich gewünscht hatte zu weinen in diesem Jahr. Wenn sie wüsste, wie sich das anfühlte, es nicht zu können. Zu wollen und nicht zu können. Bob fragte zurück: »Hat mein Quasischwager jetzt eigentlich einen Nachkommen gezeugt oder noch immer nicht?«

Und Bob sah, wie sich seine Schwester augenblicklich abwandte und in die andere Richtung losmarschierte, wortlos. Und schon tat es ihm leid. Jetzt hatte er sie verärgert. Aber sie hatte mit den blöden Fragen angefangen.

Bob formte einen Schneeball, warf ihn nach ihr. Er traf Filippa auf den Rücken, aber sie blieb nicht stehen, schoss auch nicht zurück, Bob sah sie stattdessen nur noch schneller weitergehen. Und dann lief er ihr nach, spürte sein Knie dabei, aber das war ihm egal. Und als er sie eingeholt hatte, hörte er sie losschimpfen, sie würde jetzt zum Auto gehen, und zwar auf dem Gehweg, nicht mehr im Feld, ihre Füße seien schon ganz durchnässt. Und Bob sagte: »Okay«, und dachte: Jetzt hatte er wirklich Mist gebaut. Das hatte er nicht gewollt. Und dann gingen sie schweigend nebeneinander durch die gleißend helle Schneelandschaft im Sonnenlicht.

Als sie im Wagen saßen, steckte Bob den Zündschlüssel ins Schloss und ließ die Hand dann wieder sinken. Er sagte, es täte ihm leid für gerade eben, er sei manchmal ein Idiot. Und er fahre nicht, bevor sie nicht wieder gut wären miteinander.

Filippa sagte: »Alles gut. Fahr los.« Und Bob sagte: »Du musst es meinen. Nicht nur sagen.«

Filippa seufzte. Ihr Bruder nervte sie. Er sollte jetzt einfach losfahren. Und dann sah sie, wie er sie ansah. Ganz ernst auf einmal, dachte Filippa. Sie hörte ihren Bruder sagen: »Ich meine es ernst. Ich weiß, ich bin oft ein Ochse. Und ich kann nicht so gut reden über manches. Das heißt, ich brauche vielleicht einfach länger, bis ich etwas sagen kann. Bis ich weiß, wie etwas ist für mich. Ich verstehe mich oft selber nicht. Und es war wirklich eine toughe Zeit für mich, das ganze letzte Jahr. Aber für Mum natürlich auch, ich weiß. Und für dich auch.«

Filippa nickte. Auch das war typisch Bob, dachte sie, manchmal kippte etwas bei ihrem kleinen Bruder und dann war er für Momente ganz anders und man sah hinein in ihn. Sie sagte: »Schon gut, wirklich.« Und dann fügte sie hinzu: »Ich mag dich. Auch wenn du spinnst.«

Und sie sah ihren Bruder an, sie sah ihn lächeln und dann den Zündschlüssel herumdrehen, hörte ihn sagen: »Ich mag dich auch. Und du spinnst auch.«

»Ich spinne überhaupt nicht«, sagte Filippa.

»Oh doch, das tust du«, sagte Bob dann, als er das Auto aus der Parklücke manövrierte. »Du willst es allen recht machen. Und ich sage dir: Das geht nicht. Jemand bleibt dabei garantiert auf der Strecke.«

Und Filippa dachte, wie kam er jetzt darauf. Und die Geschwister schwiegen eine Weile, während sie im VW Beetle den Berg hinunterfuhren, fort aus dem Schnee. Irgendwann sagte Filippa: »Ich weiß nicht, ob ich es allen recht machen will. Ich will, dass alle glücklich sind. Das ist ein Unterschied. Und ich weiß, dass das naiv ist und kaum gehen wird. Aber ich muss trotzdem daran glauben. Ich muss glauben, dass es möglich ist, dass jeder so sein kann, wie er ist, und man trotzdem in Beziehung steht mit dem anderen, dass man beides zugleich ist: frei und gebunden – auch wenn das vielleicht paradox klingt. Sowohl-als-auch statt Entweder-oder. Das ist meine Leibniz-Utopie, das wäre für mich *die beste aller Welten*. Und an die muss ich glauben.« Sonst überlebe ich nicht, sagte sie im Kopf für sich still dazu.

Kurz kreuzte sich ihr Blick mit jenem ihres Bruders und sie sah ihn nicken. Und Filippa dachte, dass er sie vielleicht sogar wirklich verstand. Sie schwiegen wieder eine Weile und als sie dann schon im Tal den Fluss entlang fuhren, sagte Filippa: »Ich weiß, es ist deine Sache, wenn du nicht ans Grab gehst. Das muss sie akzeptieren. Aber es wird sie immer kränken. Und ihr müsst ja auch nicht die besten Freunde werden, aber ihr seid Familie. Man kann einander ab und zu die Parzival-Frage stellen, ein bisschen erzählen davon, was man macht, um den anderen zu zeigen: Man sieht ihn. Vielleicht wäre das möglich? Bitte.« Und nach einer kurzen Pause fuhr Filippa fort: »Ich möchte einfach, dass ihr euch vertragt. Ich halte Streit nicht so gut aus. Ich kann dann auch nicht arbeiten. Und du sagst doch immer, ich soll mich mehr auf meine Arbeit konzentrieren.« Und Filippa sah zu ihrem Bruder und sie sah ihn nicken und seine Augen waren ernst dabei, dachte Filippa. Und als er dann wieder nach vorn sah, hörte sie ihn sagen: »Aber Mum muss wirklich Leibniz lesen.«

Als sie nach Hause kamen, sagte Marlene, sie habe Tee gemacht, und Dodo habe Kekse vorbeigebracht. Filippa sah den Vaterlaptop auf dem Esstisch stehen und fragte: »War Franz auch da?«

Er sei vor zehn Minuten erst gegangen, sagte Marlene, habe den Computer zurückgebracht, gesagt, er habe jetzt aufgegeben, ein für allemal.

Das habe er ja schon zehnmal gesagt, hörte Filippa ihren Bruder sagen, und sie dachte: Jetzt ist *die* Gelegenheit, klapp den Laptop auf, bitte, er steht vor dir, klapp ihn auf und tippe irgendetwas in die Tastatur. Und dann ist alles wieder gut oder nicht alles, aber wenigstens irgendetwas.

»Ich weiß. Und dann will er auch nie gehen, er redet und redet … Als ob er immer wieder einen Vorwand sucht, um herzukommen«, sagte Marlene, »so kommt es mir vor.«

»Vielleicht steht er einfach auf dich.« Bob stopfte sich Kekse in die Sweatertaschen.

»Aber der ist doch verheiratet«, sagte Filippa.

»Nicht mehr«, sagte Marlene, »er ist geschieden, seit fünf, sechs Jahren schon.«

Sie hörte ihren Sohn sagen: »Könnte doch sein«, er sah sie an dabei und lächelte, und Marlene wollte ihn sofort umarmen, aber das durfte sie natürlich nicht, aber immerhin angesehen hatte er sie wieder. Und dann dachte sie: Konnte das wirklich sein, dass sie diesem Franz gefiel, dass ein Mann Notiz nahm von ihr? Es fiel ihr schwer zu glauben. Und es interessierte sie auch nicht, sie hatte andere Sorgen. Aber in einem anderen Leben würde sie sich jetzt geschmeichelt fühlen, sich freuen. Und etwas in ihr freute sich auch jetzt, stellte Marlene fest, etwas in ihr war da, was darauf reagierte.

2016

Mittwoch, 6. Januar 2016

Filippa schloss die Tür. Sie stellte ihre Tasche ab, zog Schuhe und Jacke aus, ließ sich in ihrem Zimmer auf die Schlafcouch fallen. Sie dachte: Nur noch hier liegen, für immer so liegen, das wollte sie.

Sie hätte sich erholen sollen über Weihnachten. Und jetzt war sie erledigter als zuvor. Warum ging ihr Streit auch immer so entsetzlich nah? Und warum mussten alle immer streiten? Und was war mit Anuk und ihr auf einmal los?

Die vergangenen Tage waren ihr absoluter Tiefpunkt gewesen. Der Monat war verloren – weil sie gestritten hatten. Und dann hatte er einfach nicht mehr mit ihr schlafen wollen. Und als er dann doch wollte, wollte sie nicht mehr. Weil er sie spüren hatte lassen, wie sie ihm ausgeliefert war. Und Filippa spürte wieder, wie sich das angefühlt hatte, das zu spüren, neben ihm zu liegen und zu spüren – wenn er nicht will, dann geschieht da nichts. Ihr Wille allein bewirkte nichts.

Das war ihr Leben, dachte sie. Sie war den anderen ausgeliefert. Weil sie sie brauchte. Und sie ihr nahegingen.

Sie lag da und wartete darauf zu weinen.

Später ging sie ins Bad, wusch sich lange das Gesicht, sah sich im Spiegel an. Sie dachte: Vaters Augen sahen sie an. Und in ihrem Kopf dann seine Sprachnachricht, die sie entdeckt hatte, ein halbes Jahr nach seinem Tod. Er bräuchte ihren Rat, so fing sie an … Ich brauche deinen, Papa. Was soll ich tun? Bitte sag es mir. Es geht mir nicht gut. Und ich weiß nicht mehr weiter. Ich bin so müde, so entsetzlich müde. Seit du tot bist, geht alles schief.

Und dann dachte sie: Wer sind diese Augen. Wer bist du. Wenn du versuchst, alle Bezogenheiten abzuziehen, was bleibt dann übrig? Wenn du versuchst, dich ganz allein zu denken, nicht als Tochter, Schwester, Freundin von, sondern nur dich, dich ganz allein, wer sieht dich dann jetzt an? Wer ist dieses Wesen, von dem die anderen sagen, dass es hautlos sei und auf der Strecke bliebe, wenn es weiter so viel Rücksicht nähme?

Dann griff sie nach ihrer Brille, ging in die Küche, stellte Nudelwasser auf den Herd. Und in ihrem Kopf das eine Hölderlin-Gedicht, immer, wenn sie nicht weiterwusste, kam ihr das in den Sinn. Sie dachte an die dritte Strophe. *Dies erfuhr ich*. So fing sie an. Und dann ging es weiter: *Denn nie, sterblichen Meistern gleich, / Habt ihr Himmlischen, ihr Alles-erhaltenden, / Daß ich wüßte, mit Vorsicht / Mich des ebenen Pfads geführt.*

So beschwerlich und schwierig wie ihr Weg sich anfühlte in diesem Jahr, gab es die Himmlischen am Ende doch, dachte Filippa.

Und draußen vor ihrem Fenster trieb eine Feder in der Luft und die Laternen unten in der Straße gingen an.

Donnerstag, 18. Februar 2016

Bob stand in der Schlucht. Es hatte keinen Sinn zu laufen. Er konnte nicht. Etwas war da nicht in Ordnung, etwas war falsch in ihm, dachte er, und er hatte keine Ahnung, was es war. Durch die Schlucht fliegen sollte er heute, an diesem Tag, stattdessen schnaufte er wie ein Achtzigjähriger schon nach dem ersten Steilhang.

Er hatte die Hände in die Hüften gestemmt, dachte: Konzentrier dich auf das, was dich jetzt und hier umgibt, damit du wieder ruhig wirst, das klappt doch immer. Schau die Pinie an, die dort drüben steht, schau, wie mächtig ihre Äste sind, wie leuchtend grün die Nadeln. Und schau die hohen Felswände zu beiden Seiten. Sie beschützen dich. Sie sagen: Hier kann dir nichts geschehen. Und hör die Stille in der Schlucht. Nur der Wind ist mit dir da, sonst nichts. Und fern die Glocke einer Ziege und die hörst du gern. Du weißt, da ist noch jemand, und ihr stört einander nicht.

Es ist doch alles gut, sagte sich Bob dann, jetzt ist doch alles gut, dir braucht nicht schlecht zu sein. Du hast es überstanden. Freu dich doch.

Vielleicht war das jetzt die Erschöpfung, dachte er dann. Er setzte sich auf einen großen Felsen, hörte auf seinen flachen Atem. Warum war ihm so elend? Er hatte nichts Falsches gegessen oder doch? Er hob den Kopf. Er hörte etwas Fremdes und im nächsten Moment sah er ihn schon: Da war ein Adler. Er flog direkt an ihm vorbei. Er hörte seinen Flügelschlag, sah sein Gefieder sich im Wind bewegen, hörte den nächsten Flügelschlag, dann noch einen und noch einen und dann – war der Adler wieder fort.

Hast du das gesehen, rief Bob stumm. Er sah dem Vogel nach, suchte den Himmel ab nach ihm. Ein Adler, das war wirklich ein Adler! Und er war direkt an ihm vorbeigeflogen! Was für ein Anblick! Hast du das gesehen? Hast du das auch gesehen?

Bob spürte Tränen kommen. Jetzt auf einmal waren sie da. Und er begann zu weinen und dachte: Papa, hast du das gesehen, hast du diese Eleganz gesehen, hast du gesehen, wie schnell der war und wie die Federn seiner Flügel sich bewegt haben im Wind!

Du hast es nicht gesehen, du bist nicht da, dachte er dann. Ich möchte dir das sagen, aber du bist nicht da, du bist einfach nicht da. Und Bob weinte heftiger, als er das dachte, du bist nicht da, dachte er wieder, einfach nicht mehr da.

Und dann wieder das letzte Vaterbild in seinem Kopf. Ich hätte mich umdrehen sollen, Papa. Ich weiß das jetzt. Aber ich kann es nicht mehr ändern. Sie haben mich in Kanada genommen. Was sagst du dazu? Ich kann es selber noch nicht glauben. Ich habe es wirklich geschafft.

Und das gerade eben, war das wirklich geschehen, dachte Bob dann wieder, war der Adler wirklich direkt an ihm vorbeigeflogen? Und er sah noch einmal in den Himmel, suchte ihn ab nach ihm, vergebens.

Und dann hörten die Tränen auf. Bob atmete tief durch, wischte sich mit dem T-Shirt über sein Gesicht. Er stand mitten in der Schlucht und dachte: Diesen Ort hier würde er sich für immer merken, er war jetzt eingebrannt in ihn.

Dann lief er los. Und es lief sich leichter jetzt, ihm war auch nicht mehr schlecht, dachte Bob, er hatte es geschafft.

Samstag, 21. Februar 2016

»Hier sind sie eingebrochen«, sagte Marlene. Sie stand mit Bob und Filippa im Wohnzimmer vor der Terrassentür. Am Boden lagen Bücher, das Porträt des Vaters auf der Kommode war nach vorn gekippt. »Der Polizist hat nur den Kopf geschüttelt. Keine Alarmanlage, nicht einmal ein elektrisches Tor, keine Gitter an den Fenstern, kein Sicherheitsschloss – das Haus sei eine Einladung zum Einbruch gewesen, hat er gesagt.« Sie schüttelte den Kopf. »Sie müssen das beobachtet haben – dass ich immer Freitagnachmittag länger fort bin. Da fahre ich mit Kamran zum Training. Wahrscheinlich haben sie genau gewusst, wie viel Zeit sie haben.«

Marlene ließ sich auf das Sofa fallen. »Zuerst sie und jetzt wir.« Sie deutete mit dem Kopf in Richtung des Nachbarhauses. »Und ich habe es geahnt, ich ahne immer alles. Ich habe den Schlüssel jetzt immer zweimal umgedreht, immer. Und das Türschloss im Keller habe ich ausgetauscht. Nur an die Terrasse habe ich nicht gedacht. Und eine Alarmanlage wollten wir alle nicht. So will man doch nicht leben – wie in einer Festung.« Aber es geht genau in diese Richtung hier im Ort und überall, dachte Marlene weiter.

»Und sag noch einmal: Was genau haben sie alles geklaut?«, fragte Bob dann.

»Den Fernseher«, sagte Marlene und zeigte auf die Lücke an der Wand.

Das machte gar nichts, dachte Bob.

»Meinen Computer und das Tablet«, fuhr die Mutter fort. »Und den gesamten Schmuck. Der war in meinem Zimmer – alles fort, auch die Sachen deiner Oma«, sagte Marlene zu Filippa, »alle Erbstücke verloren.«

»Dann die zwei Bilder hier im Wohnzimmer«, sagte Filippa.

»Ja, aber da haben sie sich getäuscht, die sind nichts wert.«

»Dafür haben sie die Stereoanlage stehenlassen«, sagte Bob.

»Die war ihnen sicher zu alt.«

»Und was haben sie im Bücherregal gesucht?«, fragte Filippa.

»Was sie gesucht haben, weiß ich nicht«, sagte Marlene. »Gefunden haben sie ein paar Goldmünzen.«

»Echt? Du hattest da heimlich ein Golddepot?«, fragte Bob.

Marlene nickte. »So eine Art Notgroschen.«

»Und was ist mit den Fahrrädern und Dads ganzem Zeug, mit den Teleskopen und den Leicas?«, fragte Bob.

»Die Leicas sind alle da. Das ist mir unbegreiflich, wie sie die haben übersehen können. Vielleicht ist ihnen die Zeit ausgegangen. Oder der Dachboden hat ihnen zu sehr nach Rumpelkammer ausgesehen. Jedenfalls steht dort so gut wie alles noch so, wie es vorher war.« Ironie des Schicksals, dachte Marlene, dass ausgerechnet dieser Raum unversehrt geblieben war. »Aber die Fahrräder habe ich vollkommen vergessen«, sagte sie dann. »Ich war noch gar nicht in der Garage.«

»Und Papas Laptop?«, fragte Filippa.

Marlene sah sie an. »Weg. Der stand hier. Seit ihn Franz zurückgebracht hat, ist er hier auf dem Sekretär gelegen.« Sie deutete hinter sich auf das Möbelstück, dessen Schubladen alle offen standen. »Jetzt ist er endgültig weg«, sagte sie noch einmal. Sie sah zu ihrem Sohn.

Er würde in die Garage gehen, nach den Fahrrädern sehen, sagte Bob und ging.

Marlene sah zu ihrer Tochter. »Ich werde ausziehen. Ich kann hier nicht mehr sein. Ich hätte das gleich tun sollen. Aber jetzt habe ich wirklich Angst.«

Filippa nickte.

»Vermieten oder verkaufen wir?«

Filippa blickte in den Garten, zuckte die Schultern. Und wieder geschah etwas, von dem sie nicht wollte, dass es geschah, dachte sie, und nichts konnte sie dagegen tun. »Wie sieht es oben aus?«, fragte sie dann.

»Komm mit. Schau es dir an. In euren Zimmern ist es nicht so schlimm, aber das Schlafzimmer sieht furchtbar aus.«

Dann standen sie zu zweit im Elternschlafzimmer, zwischen dem gesamten Schrankinhalt, der auf dem Boden lag, und Marlene sagte: »Hol mir doch bitte die Müllsackrolle, du weißt doch, wo die liegt.«

Filippa sah ihre Mutter an. Sie sah sie nicken, hörte sie sagen: »Einmal muss es sein, und jetzt kann ich, jetzt liegt schon alles auf dem Boden, wir räumen das nicht wieder ein.«

Während ihre Tochter dann nach unten ging, die Müllsäcke holen, stand Marlene mitten in ihrem Schlafzimmer und dachte: Jetzt stehe ich buchstäblich in den Trümmern meines alten Lebens. Und sofort kam der Schmerz zurück. Aber sie musste jetzt nach vorne schauen, sagte sie sich dann, und sie hatte ja längst angefangen, an einem neuen Leben zu bauen. Sie hatte ihre Flüchtlinge, sie hatte die Freiwilligengruppe, sie hatte ihre Schwester, sie war schon nicht zu sehr allein … Und sie hatte das Alleinsein ja auch gelernt in diesem Jahr.

Pippa kam wieder mit den Müllsäcken und Marlene kniete sich nieder, dachte: Und dein Knie lässt du jetzt wirklich anschauen, gleich nächste Woche. Und sie begann die Hemden ihres Mannes in einen Sack zu stopfen.

Nach einer Weile sagte Marlene: »Vielleicht ist es gut, dass es jetzt so gekommen ist. Dass mich das Schicksal so aus dem alten Leben wirft. Wer weiß, ob ich es aus eigenem Antrieb geschafft hätte, von hier fortzugehen.« Und dann fügte sie hinzu: »Du kommst ja auch nicht zurück im Sommer, oder?«

»Ich weiß nicht«, sagte Filippa. »Ich glaube, leider nicht.« Auch wenn ein Teil von mir genau das möchte, dachte sie, und sie fragte ihre Mutter: »Und wohin gehst du dann?«

»Wahrscheinlich ziehe ich in Dodos Nähe. Das ist das Logische. Und es ist ja nicht weit weg, ich kann mich weiter um meine Flüchtlinge hier kümmern.« Marlene überlegte, ob sie sagen sollte: Wenn du schwanger wärst, dann könnte ich vielleicht ja auch zu dir, dann könntest du mich brauchen. Aber sie sagte es nicht.

»Vielleicht kriege ich ja doch noch ein Kind«, hörte sie Pippa sagen. »Und nächstes Jahr wird hier die Professur neu ausgeschrieben, das weiß ich. Da werde ich mich bewerben. Ich muss nur rechtzeitig meine Arbeit fertigkriegen.«

»Dann verkaufen wir noch nicht?«

»Vielleicht vermieten wir zuerst.«

Filippa sah die Mutter lächeln, hörte sie sagen: »Vielleicht vermieten wir an Kamrans Familie. Die kommt in ein paar Wochen wirklich hierher. Das sind viele Leute, da hätte das Haus dann wieder Sinn.«

Sie sah die Tochter nicken. Sie sah entsetzlich traurig aus, dachte Marlene, ihr ging das auch sehr nah. Sie griff nach einem neuen Sack und faltete dann Hermanns Hosen. Und in ihr eine Erinnerung an ihn in dieser Hose, die sie jetzt in Händen hielt, und sie sagte sich: Nicht daran denken, lenk dich ab. Ja nicht daran denken, was du da gerade tust. Und dann sagte sie zu ihrer Tochter: »Bei Bob hat es wirklich lange gedauert. Aber dann war ich doch plötzlich schwanger.«

»Ich weiß«, sagte Filippa.

Dann auf einmal Musik von unten, ziemlich laut. Das war Joan Baez, die sang, dachte Marlene, das war ja ihre Lieblingsplatte, sie hatte sie jahrelang nicht mehr gehört.

Und gleich darauf stand Marlene im Wohnzimmer und sah ihren Sohn sie angrinsen. Über die Musik hinweg rief er, er habe gedacht, sie bräuchten jetzt Musik, zur allgemeinen Hebung der Moral. Sie mochte doch Joan Baez. Und Marlene nickte und fühlte, dass sie gleich weinen würde. Das war einfach alles doch ein bisschen viel. Sie hörte Bob über die Musik hinweg rufen, die Rennräder seien alle weg, und sie hätten ihn in Kanada genommen, im Mai flöge er hin. Und Joan Baez sang weiter und Marlene dachte: Bob war wirklich so wie er, so wie er jetzt dastand, wie er das sagte, dass er jetzt Musik auflegte – das alles hätte Hermann sein können, als er so jung war wie Bob jetzt. Das war ihr Lied gewesen.

Und sie sah zu ihrem Sohn, er stand mitten in dem Chaos und triumphierte. Und sie ging auf ihn zu, klopfte ihm zwei-, dreimal sachte auf den Unterarm, dachte: Sie selber würde schon auch noch in ein neues Leben finden, irgendwie.

Mittwoch, 18. Mai 2016

Das Problem ist, dass ich wirklich nicht weiß, was ich tun soll, wenn sie anrufen. Und ich weiß nicht, warum, aber mein Gefühl sagt mir, sie werden das tun, heute, morgen, irgendwann in diesen Tagen. Die Anhörung ist zwei Monate her, länger als acht Wochen braucht so ein Bescheid nicht.

Marlene zupfte ein welkes Blatt von einem Stiefmütterchen am Grab. Ihr war warm, es hatte vierundzwanzig Grad Celsius, keine Wolke stand am Himmel.

Ich weiß schon, du würdest sagen: Ich mit meinen Vorahnungen, mit meiner Intuition. Aber ich hatte schon so oft recht damit, sagte sie stumm zu ihrem toten Mann.

Die Kamran-Familie ist gerettet, sozusagen, die Eltern und die zwei anderen Kinder kommen nächste Woche. Aber was mache ich mit den anderen beiden, mit Samim und Munir? Ich kann sie doch nicht im Stich lassen. Du hättest Samim hören sollen bei seinem zweiten Interview. Marlene sah den Jungen wieder vor sich. Er hat gesagt: »Ich habe Blumen gegessen.« Das war nicht poetisch gemeint. Er hat wirklich Pflanzen gegessen, in Bulgarien, auf seinem Weg hierher. Sie sind sehr weit zu Fuß gegangen, beide, Munir auch. Samim kann inzwischen wirklich ganz gut Deutsch. Er hat das Interview ausschließlich auf Deutsch bestritten, um seinen Integrationswillen zu zeigen, Punkte zu sammeln bei der Richterin.

Aber diese Frau Richterin … ich weiß nicht, ich habe da kein gutes Gefühl, sie war nicht nett. Er soll sich zusammenreißen, hat sie zu Samim gesagt, als er begonnen hat zu weinen. Sie haben kurz unterbrochen. Und dann konnte er auch wieder weitersprechen. Mir hat er so leidgetan. So eine tiefe Wunde wieder aufreißen zu müssen, das tut einfach sehr, sehr weh. Man weiß das erst, wenn man eine hat.

Marlene hörte auf, die schwarze Graberde zu rechen, verpackte das Jätzeug in der Tasche. Eineinhalb Jahre ohne dich, dachte sie. Es kommt mir nicht so lange vor und zugleich ewig. Sie hielt kurz inne, zupfte dann noch ein welkes Blatt von einer Blume.

Also was mache ich, wenn sie anrufen? Wenn sie mich bitten, sie nach Frankreich zu bringen oder möglichst weit nach Westen, in diese Richtung? Ich weiß es wirklich nicht.

Munir hat mir oft gesagt, er geht nicht zurück nach Afghanistan. Er lässt sich nicht abschieben. Er bringt sich um. Oder er taucht unter. Aber das müsste schnell gehen. Wenn sie den Negativbescheid bekommen, dann kommt die Polizei meistens sehr bald, um sie zu holen, mitten in der Nacht oder im Morgengrauen. Und davor haben sie Angst. Und ich verstehe sie.

Marlene besah das Grab im Stehen. Die Blümchen hielten dieses Jahr eindeutig besser.

Als ich begonnen habe zu helfen, habe ich gedacht, ich lerne einfach ein bisschen Deutsch mit ihnen. Und jetzt … Hermann, manchmal verstehe ich wirklich die Welt nicht mehr. Dass es soweit hat kommen können … Zuerst fallen alle Grenzen und jetzt baut jeder wieder einen Zaun. Und nach der großen Revolte gegen Autorität und Establishment, schau dir an, wer jetzt politisch reüssiert … Hättest du dir das gedacht? Und was haben wir bewirkt? Nichts. Ein Leben lang haben wir die gewählt, die nicht regiert haben, bis heute. Wir waren immer die Opposition, auch im privaten, kleinen Kreis – ich in der Schule, du am Institut … und was hat es geholfen?

Pippa sagt immer: Sehr viel hat es geholfen, Lehrer seien wichtig. Es ginge um die Köpfe, um jeden einzelnen. Das sei die nachhaltigste Revolution. Ach, das Mädchen …

Marlene ging zu den Gießkannen. Das war auch neu, dass man für eine Gießkanne einen Euro Pfand einstecken musste. Früher konnte man sie einfach nehmen. Aber offenbar wurden sogar jetzt Gießkannen geklaut, auf einem Friedhof.

Ich hätte mir nicht gedacht, dass ich mir um Pippa einmal Sorgen machen würde. Ich weiß nicht, ob sie glücklich ist. Sie hat dafür nicht so ein Talent. Sie hat dein ungestümes Herz. Aber ich glaube, sie kann damit umgehen. Und sie ist zäh. Sie geht schon ihren Weg. Und vielleicht kommt sie ja nächstes Jahr zurück, kriegt hier die Professur. Dann wäre von den beiden Kindern sie die, die an deine Universität zurückkehrt, in einem anderen Fach. Ich glaube, das möchte sie. Sie hängt auch sehr am Haus. Sie hat fast alle deine Fotos mitgenommen. Das war noch schlimm, das Haus auszuräumen. Ich hänge doch sehr daran. Aber es ist besser so. Ich glaube, es ist besser so.

Die Gießkanne war leergegossen, und Marlene trug sie wieder zurück.

Und Bob ist Bob. Ich muss ihn einfach lassen. Aber ich glaube, es geht ihm jetzt besser. Er trägt immer noch seine durchlöcherten Pullover und rennt wie ein Irrer täglich stundenlang quer durch die Landschaft. Und Freundin wird er mir wohl niemals eine vorstellen. Er erzählt so wenig. Ich weiß so gut wie nichts von ihm.

Aber manchmal frage ich mich jetzt: Was weiß man eigentlich schon von sich selbst? Ich wollte nie allein sein. Und ich war auch nie allein. Solange ich denken kann, war ich niemals allein. Ich war immer mit dir. Zuerst mit meiner Familie und dann mit dir. Und jetzt bin ich allein, seit weit über einem Jahr. Und ich kenne mich oft selber nicht. Und wundere mich, wie ich das alles überlebt habe, vor allem die erste Zeit … Und sofort war das Gefühl von damals wieder da, sie sah sich hier stehen, vorletzten Winter, spürte wieder den freien Fall in diesen schwarzen Abgrund, spürte ihre Verzweiflung und die Angst. Damals hatte sie so viel geweint.

Marlene zündete eine neue Kerze an, stellte sie in die Grablaterne.

Ganz erholen werde ich mich natürlich nicht mehr, etwas ist da tot in mir und das wird bleiben. Und das habe ich sofort gewusst. Ich glaube, das war so schlimm zu spüren für mich – was da alles von mir mitgestorben ist mit dir, so viel Totes in mir selbst zu fühlen und zugleich doch lebendig zu sein, atmen und trinken und essen zu müssen.

Jetzt geht es – wenn ich nicht zu sehr daran erinnert werde. Ich bin froh, dass Pippa das alles mitgenommen hat – die Filme, die Fotos, die Briefe.

In manchen Momenten – aber die sind wirklich selten – glaube ich jetzt sogar zu verstehen, was eine *lustige Witwe* sein könnte. Wenn wirklich alles egal ist und du auf so gut wie nichts mehr hoffst, dann freust du dich auf einmal an ganz kleinen, absurden Dingen. Den VW Beetle mag ich zum Beispiel sehr. Und in der Stadt kennen mich jetzt alle, niemand sonst hat dieses Auto hier.

Eine alte Schachtel wie mich in so einem Auto hält man bei der Grenze doch nicht auf, oder? Dieses Gefühl von Alles-ist-egal ist auch gefährlich, das weiß ich schon. Es hat etwas von Übermut. Denn es stimmt ja nicht. Auch wenn es sich so anfühlt. *Alles* ist nie egal. Sonst hätte ich deinen Tod nicht überlebt. Aber man wird schon wagemutiger.

Ich glaube, ich müsste, wenn sie mich erwischen, für Fluchthilfe an die fünftausend Euro Strafe zahlen. Und wenn sie mir Schlepperei anzuhängen versuchen, wenn ihnen das gelänge, dann müsste ich zwei Jahre ins Gefängnis.

Du wärst wahrscheinlich entsetzt. Dass ich überhaupt daran denke. Aber du bist nicht mehr. Sonst wäre ja alles einfach. Ich würde es nicht tun. Weil ich dich nicht im Stich lassen könnte und ins Gefängnis wandern. Aber du bist nicht mehr. Und die Kinder brauchen mich auch nicht mehr. Und dann überlegt man eben solche Dinge. Weil die beiden Brüder mich tatsächlich brauchen. Und etwas in mir findet, das ist jetzt meine Chance – einmal im Leben doch etwas zu bewirken. Wobei ich auch nicht weiß, wie es dann weitergehen soll für sie in Frankreich, als illegale Migranten. Aber Afghanistan ist kein sicheres Rückkehrland. Hoffentlich bekommen sie positiv, dann muss ich nichts entscheiden.

Marlene nahm die Tasche mit dem Jätzeug und stand dann eine Weile noch einfach da. Du fehlst mir, Hermann, dachte sie, sah auf den Grabstein. Der schwarze Granitquader glänzte in der Sonne. Der Name ihres verstorbenen Mannes stand unterhalb der Namen seiner Eltern. Und darüber, auch in Gold, stand eingraviert *Unvergessen von den Deinen.*

Und dann spürte Marlene in der Tasche ihr Smartphone vibrieren. Sie zog es heraus und las im Display *Munir.* Und sie dachte: Siehst du, ich habe immer recht. Und sie fühlte, wie ihr Herz begann, laut zu schlagen, sie nahm den Anruf an und hörte Munir sprechen, er klang ganz aufgeregt. Und –

♦

Bob saß auf der Terrasse, sah auf sein Smartphone. Wie sein Vater zu erreichen sei, so fing die Mail an. Er versuche schon länger, Kontakt herzustellen, aber erfolglos. Er glaube, er habe endlich eine Lösung gefunden für das Problem, über das er damals bei der Tagung im Herbst 2014 mit ihm gesprochen hatte, schrieb dieser chinesische Student. Das würde die Mutter freuen, dachte Bob, und Franz sicher auch, wenn es da jemanden gab, der weiterdenken konnte, wobei sein Vater so plötzlich unterbrochen worden war, und er steckte das Gerät weg. Er würde ihm später in Ruhe schreiben, vielleicht konnte er ihm auch erklären, worum es dabei grundsätzlich eigentlich ging. Es interessierte ihn selber ja doch auch, dachte Bob. Er hörte die Holzplanken der Brücke scheppern. *Time is real,* dachte Bob, *so is the flow of time.* Er stand auf und er fühlte, wie ihm flau war im Magen. *Everything else emerges in time.* Er trat zum Fenster. *The future is open and yet to be made. We can change and influence it.* Gleich würde er sie hupen hören. *Imagination is essential.* Dann war es Zeit zu gehen.

Und dann saß er neben Kiki im Hilux und sie fuhren über die Brücke. Er hörte das Geräusch, er dachte: Zum letzten Mal, sah unter sich die Schlucht, dachte: Zum letzten Mal. Ihm fiel ein, dass er vergessen hatte, den blauen Container zu fotografieren, der mitten im Steilhang stand und wahrscheinlich als Stall diente, auf dem in großen weißen Lettern in Großbuchstaben BLUE stand. Jetzt war es zu spät dafür.

Sie fuhren durch das Dorf, vorbei an der Taverne und Kiki hupte, so wie alle immer hupten hier, und Bob sah Kerberos, hörte ihn bellen und er dachte wieder: Zum letzten Mal, und ihm war wirklich furchtbar schlecht jetzt, wenn das so weiterging, würde er ganz sicher in das Auto kotzen. Und dann waren sie aus dem Dorf hinaus und fuhren die Serpentinen hinunter in Richtung Meer und dann wieder hinauf, weg von der Küste, in Richtung Norden, zu dem Flughafen, von dem er inzwischen so oft weggeflogen war.

Er hörte Kiki fragen, ob er okay sei. Er sagte: »I don't know.«

Er sah, wie sie zu ihm sah, dann wieder auf die Straße blickte, er hörte sie sagen, Kanada sei sicher toll. Und sie beneide ihn darum.

Er fragte sie, ob sie schon etwas wisse, von ihren Stipendien. Vielleicht sei sie ja selber bald auch dort oder in Amerika.

Er hörte sie sagen, noch wisse sie nichts und sie mache sich auch keine großen Hoffnungen. Aber ja, vielleicht, mit etwas Glück …

Und Bob sagte, das wünsche er ihr sehr. Er sah wieder zum Fenster hinaus und in die Landschaft und er sagte sich: Reiß dich zusammen, es läuft doch alles, genau so wie du willst. Du hast die Stelle, es ist alles gut. Und ihm war schlecht und er wollte weinen, er wollte das Meer noch einmal sehen und seine Schlucht.

Er hörte Kiki fragen, ob er traurig sei, jetzt aufzubrechen, er sei so schweigsam. Als er dann nichts sagte, fuhr sie fort, sie würde ihre Abende in der Taverne vermissen. Sie habe wirklich gern mit ihm geredet.

Bob sagte, er mit ihr auch.

Er sah sie an, kurz kreuzten sich ihre Blicke. Sie mochte ihn, er war sich sicher, und er sah die Szene wieder vor sich. Sie waren auf der Terrasse der Taverne gesessen, er neben ihr, Vangelis gegenüber, und er war aufgestanden, um etwas von der Bar zu holen, und als er sich wieder gesetzt hatte, hatte er sich absichtlich so hingesetzt, dass sein Bein ihres ganz leicht berührte. Und sie hatte es geschehen lassen. Weil sie ihn mochte.

Ob er glaube, er käme jemals zurück hierher, hörte er Kiki neben sich fragen.

»Should I?«

Er sah sie lächeln. Das könne nur er selber wissen, sagte sie.

Und dann waren sie am Flughafen und stiegen aus. Bob spürte, wie sein Herz schnell klopfte. Er dachte: Als sei er eben einen Marathon gerannt. Er schwitzte auch so und ihm war immer noch ganz schlecht. Kiki öffnete die Heckklappe, ließ ihn seinen Rucksack nehmen. Er hörte sie sagen: »So this is Good-bye.«

Er fragte sie, ob sie ihn nicht vielleicht noch begleiten wolle, wenn er das Gepäck aufgegeben habe, hätte er ja auch noch Zeit. Sie könnten Kaffee zusammen trinken.

Kiki sagte, kurz käme sie noch mit hinein, aber dann müsse sie los.

Bob gab sein Gepäck am Check-in-Schalter auf und kam zurück zu ihr. Er sagte, vielleicht käme er ja bald wieder zurück, mit einer Million Forschungsgeldern in der Tasche und dann würde er eine Forschungskooperation initiieren, zwischen Kanada und Kreta.

Kiki lachte, sagte, er meine, so, wie Vardinogiannis aus Agios Ioannis, der nach Amerika ausgewandert war und mit dem Geld, das er dort verdient hatte, die Stahlträgerbrücke spendiert hatte, damit sein Heimatdorf endlich eine befahrbare Verbindung hätte zum kretischen Straßennetz.

Genau so, sagte Bob, und er sah sie an dabei, aber konnte ihren Blick nicht deuten. Er war ähnlich wie der spöttische Zoe-Blick, aber doch ganz anders. Hier hatte er das mit Zoe endgültig beendet, vor einem halben Jahr. Nein, er durfte Kiki jetzt nicht umarmen, auch wenn etwas in ihm wollte. Er hatte sich geschworen, es gäbe nur noch seine Arbeit. Er wollte niemanden mehr enttäuschen, wollte sich nicht mehr schuldig machen.

Er hörte Kiki sagen: »Well, you should not keep wanderers from wandering. So I'll leave you now.«

Und Bob dachte: Warum sagte sie ständig die perfekten Sätze? Sie ließ ihn jetzt tatsächlich einfach gehen. Genau so musste man es bei ihm machen. Kiki machte es ihm wirklich schwer. Er wollte ihr sagen: Aber ich will gar nicht mehr weiterwandern. Ich will nicht fort von hier. Ich glaube, das hier ist meine Heimat.

Er hörte Kiki sagen, sie sei nicht gut bei Abschieden. Sie würde jetzt gleich gehen. Er solle von sich hören lassen und sie wünsche ihm alles Gute. Er hörte sie sagen: »Jásou.«

Bob wünschte ihr auch alles Gute und dann wandten sie sich beide voneinander ab und Bob ging in Richtung der Rolltreppen. Und er spürte sein Herz noch schneller schlagen, und er dachte: Es war schon richtig so, es hätte keinen Sinn gehabt, er konnte sich emotional jetzt hier nicht weiter involvieren. Er würde in Kanada sein und sie hier, es wäre eine riesengroße Dummheit. Den gleichen Fehler sollte man nicht zweimal machen.

Und dann stand er bei den Rolltreppen in der Warteschlange und dachte: Fuck it, er ging doch sonst immer volles Risiko. Vielleicht sollte er sich jetzt doch nach ihr umdrehen, zu ihr hinlaufen, sie küssen. Er könnte sie einfach küssen. Etwas in ihm wollte genau das tun. Obwohl es Irrsinn wäre, das zu tun. Weil es Irrsinn wäre, das zu tun. Und er machte wieder einen Schritt nach vorne. Wenn er jetzt gleich die Rolltreppe bestieg, wäre es zu spät. Und vielleicht war sie ja längst weg. Zumindest umdrehen könnte er sich. Sonst würde er niemals wissen, ob sie nicht doch geblieben war, seinetwegen. Er machte wieder einen Schritt nach vorn. Vielleicht war sie ja doch stehengeblieben, weil sie nicht wollte, dass er ging, weil es ihr genauso schwerfiel wie ihm jetzt. Er würde es nicht wissen, wenn er sich jetzt nicht umdrehte. Und er machte wieder einen Schritt. Und gleich würde er hinauffahren und dann wäre es wirklich zu spät, für immer zu spät. Und –

♦

Filippa saß am Gate. Sie war jetzt schon so müde. Aber wann war sie das nicht. Und sie würde heute kaum schlafen können. Bis sie in der Unterkunft sein würde, wäre es wahrscheinlich drei oder vier Uhr nachts, und um acht wurde sie schon wieder abgeholt. Für gut 24 Stunden nach Kairo zu fliegen, für einen Vortrag an der Universität, was war das auch für eine Schnapsidee. Warum hatte sie das zugesagt.

Weil es gut war für das Vortragsverzeichnis, wichtig für ihr Netzwerk und weil sie, als die Anfrage hereingekommen war, Ja gesagt hatte, ohne wirklich zu überlegen: Wollte sie das überhaupt, war das zeitlich möglich, war es sinnvoll, dachte sie, als sie zur Anzeige am Gate sah. Bis zum Boarding war noch Zeit. Sie sah die anderen Menschen an, die mit ihr warteten. Alle sahen müde aus. Und keiner sprach. Wenigstens war es ruhig hier, spätabends am Flughafen.

Sie griff in ihre Jackentasche und zog ihr Smartphone heraus. Und dann hielt sie auch die Visitenkarte in der Hand, die ihr der Typ vorhin in dem Café gegeben hatte. Sie sah sie an. Wie lange war das her, dass sie einfach so angesprochen worden war von einem fremden Mann?

Sie steckte die Visitenkarte wieder ein, öffnete auf ihrem Smartphone den Ordner mit den Fotos. Sie sah sich das Foto an, das sie vorhin an ihrer Station aus der Métro geschossen hatte. Es war unscharf, aber es sah gar nicht schlecht aus – die weiße Wand diffus als Hintergrund und darin ein paar bunte Streifen, die Wörter unleserlich. Was dort in Rot stand, erinnerte sie noch klar: *Ceci n'est pas une révolution,* natürlich hatte sie sich das gemerkt. Und schräg in Orange das musste heißen *to think paradoxically*. Beim Rest war sie sich nicht mehr sicher. Sie öffnete das nächste Foto, das wollte sie ja eigentlich ansehen. Sie las die Annonce durch, die es zeigte. Sie hatte sie rein zufällig gesehen – weil sie die Super-8-Filme von der Digitalisierungsstelle abgeholt hatte, war sie heute in dem Gebäude gewesen, nur deshalb war sie dort vorbeigekommen. Und da hatte sie den Aushang an der Tür gesehen. Und dann war sie gleich hineingegangen und hatte gefragt.

So etwas tat sie ein Mal in zehn Jahren, dachte Filippa. Wenn sie etwas nicht war, dann: spontan.

Und drinnen hatte sie sofort gespürt: Das hier war eine andere Welt. Das waren auch Räume, die zur Universität gehörten, aber es waren kleine Kinder dort und es war Chaos und es war laut und sehr lebendig. Wenn sie sich bewerben wolle als Aushilfe für die Universitätskinderbetreuung, müsse sie morgen kommen, hatte die Frau zu ihr gesagt, danach sei es zu spät. Und sie hatte einfach Ja gesagt, sie würde morgen kommen, absagen konnte sie noch immer.

Anuk hatte sie davon dann nichts erzählt. Es war ja auch eine absurde Idee. Sie, Doktorin der Philosophie und knapp davor, ihre venia docendi zu erhalten, wollte plötzlich mit kleinen Kindern spielen, Aushilfskindergärtnerin sein. Niemand würde das verstehen.

Filippa dachte wieder an vorhin. Der Typ in dem Café hatte wirklich gemeint, wenn sie doch nicht nach Kairo fliegen wolle, solle sie einfach wiederkommen, er säße sicher noch die nächsten Stunden hier. Plötzlich waren da Chancen, dachte Filippa, an einem einzigen Tag waren da plötzlich gleich zwei Chancen. Theoretisch könnte sie jetzt innerhalb von vierundzwanzig Stunden ihr gesamtes Leben auf den Kopf stellen, einfach hinausspazieren aus ihm – sie könnte einen One-Night-Stand mit diesem Fremden haben und morgen Kindergartentante werden. Theoretisch wäre das möglich. Aber natürlich tat sie das nicht.

Filippa lehnte sich zurück. Ihr Bruder war jetzt gerade auch in der Luft. Es war schon ein lustiger Zufall, dass er heute von Kreta nach Kanada aufgebrochen war, und sie jetzt in ein, zwei Stunden über Kreta nach Ägypten flöge.

Und dann dachte sie daran, wie sie heute vor eineinhalb Jahren von hier losgeflogen war, wie sie geheult hatte im Flieger und sich gefragt hatte, wo denn ihr Bruder war, ob er auch gerade aus der Ferne heimflog so wie sie. Eineinhalb Jahre, auf den Tag genau.

Was war die Bilanz dieser Zeit, für sie? Ihre Habilitation hatte sie nicht abgeschlossen. Und schwanger war sie auch nicht. Die Beziehung zu Anuk war in der Krise, das Elternhaus als Ankerpunkt verloren, ebenso ihr altes Heimatinstitut. Sie würde sich dort nicht mehr habilitieren, sie würde das hier machen, in Paris – immerhin das war ihr gelungen, dachte Filippa, den Institutsverlust so zu reparieren. Aber immer noch machte sie nicht täglich Yoga oder ging laufen und das blöde Korrigieren hatte sie auch nicht aufgegeben. Dafür besaß sie jetzt wieder ein Klavier. Und immer noch flog sie wie eine Irre durch die Gegend, reiste ständig zwischen drei, vier Orten hin und her. Obwohl sie nicht mehr wollte. Aber sie änderte es nicht.

Sie ließ sich selbst im Stich. Sie enttäuschte sich immer wieder, um andere nicht zu enttäuschen. Weil sie sie brauchte. Sie war sich selbst nicht treu, war dem Ereignis vor eineinhalb Jahren im Grunde immer noch nicht treu. Sie war keine Trauerrevolutionärin. Kein Wunder, dass sie ihre Arbeit niemals fertigbrachte. Sie lebte selber nicht, was sie darin proklamierte.

Filippa sah über sich. Die Decke hier war gar nicht so hässlich und ungestaltet, dachte sie, ausnahmsweise. Ihr fielen fast die Augen zu. Sie war so müde, so unendlich müde. Was machte sie jetzt wirklich hier? Wozu um alles in der Welt flog sie jetzt auf einen anderen Kontinent, um morgen dort über Joseph Roth zu sprechen? Ausgerechnet über ihn, über dieses eine Buch. Sie war genau wie die Figur darin, wie dieser letzte brave Nachfahre, dachte Filippa dann, und alles andere als eine Revolutionärin, nur würde sie wohl nicht im Krieg erschossen werden so wie er. Aber glücklich würde sie so auch nicht werden, wenn sie so weitermachte wie bisher. Das Problem war nur, dass sie nicht wirklich wusste, wie sie denn glücklich werden sollte. Sie dachte so viel nach darüber und wusste es noch immer nicht. Und in Filippas Kopf dann Hölderlin, die vierte Strophe des Gedichts, das sie so oft auswendig vor sich hersprach. *Alles prüfe der Mensch, sagen die Himmlischen, / Daß er, kräftig genährt, danken für alles lern, / Und verstehe die Freiheit, / Aufzubrechen, wohin er will.* Darin lag der Schlüssel, dachte Filippa. Aber sie war zu müde jetzt zum Weiterdenken und das Boarding begann noch immer nicht, dann würde sie jetzt einfach beginnen, die alten Filme anzusehen. Sie spürte, wie sie Angst hatte davor, aber sie war auch neugierig.

Sie zog den Laptop aus der Tasche. Und sie öffnete den ersten Film und sah in matten Farben ein unscharfes Bild von damals. Sie sah die, die später ihre Mutter werden sollte, mit sehr langen glatten dunklen Haaren für den, der die Kamera hielt, einen Strand entlangspazieren, gemächlich wie eine Göttin, dachte Filippa. Und der, der dann ihr Vater werden sollte, stand neben einem blauen VW Käfer. Dann sah sie ihn durch griechische Ruinen gehen, mit einer Kamera in der Hand. Das war einmal das *Jetzt* gewesen. Sie verstand nicht, was das hieß. Dass sie in dem Moment, den sie jetzt sah, selber noch nicht gewesen war und gänzlich unklar war, dass es sie einmal geben würde. So viele Entscheidungen, die damals noch ungetroffen waren, die getroffen werden mussten, damit es sie hier heute gab. Und jede hätte anders ausfallen können und dann wäre sie heute nicht. Aber wie traf man Entscheidungen, dachte Filippa. Wie traf man sie *richtig*.

Sie öffnete den zweiten Film und sah sich selbst als kleines Mädchen mit dichtem Pony und sehr langen Haaren. Sie sah sich im Garten stehen vor dem Haus, so wie es damals war. Sie sah sich in die Kamera lächeln. Sie sah sich selbst auf einem Schiff, sie sah den Bruder neben sich und hinter ihr die Mutter, jünger als sie selbst jetzt war. Sie sah sich auf dem Arm des Vaters, sah, wie er mit heraufgeschlagener Hose vorsichtig durch einen Bach watete, sie trug. Dann sah sie sich an einem Wasser stehen und sah sich Schwäne füttern. Und wieder stand der Bruder neben ihr und hinter ihr die Mutter. Sie sah sich selbst als kleines Mädchen in die Kamera sehen und etwas sagen, zu dem, der sie hielt. Und dann sah sie sich lachen. Und sie begann zu weinen, als sie das sah. Das traf sie jetzt vollkommen unerwartet, dachte Filippa, was sie da sah. Das war sie selbst einmal gewesen, dieses kleine Mädchen, das da so fröhlich in die Kamera lachte, war sie selbst gewesen. Wo war nur dieses Mädchen hin. Wohin war es verschwunden.

Dann spürte sie Bewegung rund um sich, das Gate war offen, die Boardingschlange kurz, der Flug war schwach belegt. Filippa klappte ihren Laptop zu und wischte sich die Tränen aus den Augen, suchte nach Boarding- und nach Reisepass. Und immer wieder dachte sie: Wo war das Mädchen hin, das sie gewesen war. Das sie da gerade eben so lachen gesehen hatte. Und in ihrem Kopf dann plötzlich wieder der kleine Junge auf dem Arm des Vaters, den sie einmal an einem Flughafen hatte weinen sehen, der geschrien hatte, er wolle jetzt nicht in den Flieger. Sie auch nicht, dachte Filippa dann. Sie wollte jetzt auch nicht aufstehen und sich anstellen und in den Flieger gehen. Sie wollte wirklich nicht.

Sie könnte ja auch einfach hier bleiben, dachte sie dann, theoretisch war das möglich. Sie könnte zum Beispiel sagen, sie sei krank geworden oder sie habe den Flug verpasst, solche Dinge geschahen. Dann könnte sie morgen zu der Kinderbetreuungsstätte gehen und sich dort vorstellen. Und danach könnte sie zu Anuk fahren, ohne es ihm zuvor zu sagen. Sie könnte ihn vom Bahnhof aus anrufen, ihn fragen, wo er gerade sei und ob er Lust habe, sich jetzt mit ihr zu treffen. Früher hatten sie das manchmal so gemacht. Und dann würde sie Anuk sagen: Sie liebe ihn und sie müsse jetzt mit kleinen Kindern sein und sie könne nicht mehr so viel reisen und könne jetzt auch nicht nach England ziehen, vielleicht später, aber jetzt gerade nicht. Er müsse das verstehen, bitte. Und wieder hörte sie in ihrem Kopf den Jungen sagen »Je n'aime pas l'avion«. Und wieder sah sie sich als kleines Mädchen. Und dann dachte sie: Jetzt musst du wirklich aufstehen, es ist ja kaum noch jemand hier. Sie hörte, wie der Flug 804 der Egypt Air nach Kairo letztmalig aufgerufen wurde. Es war jetzt wirklich Zeit zu gehen. Und dann dachte sie: Du sagst jetzt schnell noch dein Gedicht auf und dann weißt du, was du tust. Dann wirst du es wissen. Und sie griff nach ihrer Tasche und sie sah sich selbst als kleines Mädchen und sie begann für sich im Kopf zu sprechen und –

Quellenangaben

Sämtliche Wetterangaben sind entsprechend der Datumsangaben den drei geografischen Räumen Tirol, Paris und Chora Sfákion auf www.timeanddate.de entnommen, wo auch die örtliche Sichtbarkeit von Sternbildern tagesgenau dokumentiert ist.

Wörtliche Zitate stammen aus: Friedrich Hölderlin: Gesammelte Werke. Hrsg. von Hans Jürgen Balmes. Frankfurt am Main: Fischer Taschenbuch Verlag 2008 sowie aus: Lee Smolin: Time Reborn. Boston, New York: Houghton Mifflin Harcourt 2013.

Weitere mediale Quellen, die im Text wörtlich zitiert wurden, sind in chronologischer Reihenfolge:

2014-12-31 Oesch's die Dritten: Ich schenk dir einen Jodler. URL: https://www.youtube.com/watch?v=ohlokbjKAuY (Abgerufen 03.05.2021, 10:58 UTC)

2015-01-06 Schwierige Herbergssuche – Asylantenheim Sunnbichl Weerberg. In: ORF Tirol Heute vom 06.01.2015. URL: https://www.youtube.com/watch?v=n2mNIjqFXPs (Abgerufen 03.05.2021, 10:59 UTC)

2015-01-07 Anschlag auf das Pariser Satiremagazin »Charlie Hebdo«. In: ARD Tagesschau vom 07.01.2015. URL: https://www.tagesschau.de/multimedia/sendung/ts-6227.html (Abgerufen 03.05.2021, 10:59 UTC)

2015-03-08 Definition »paradox«. In: Cambridge Dictionary. URL: https://dictionary.cambridge.org/de/worterbuch/englisch/paradox (Abgerufen 03.05.2021, 11:12 UTC)

2015-03-20 »Mob lyncht Frau in Kabul.« In: sueddeutsche.de, 20.03.2015. URL: https://www.sueddeutsche.de/panorama/afghanistan-mob-lyncht-frau-in-kabul-1.2402320 (Abgerufen 03.05.2021, 11:13 UTC)

2015-04-19 »Kurz vor dem Tod sprach Grass vom dritten großen Krieg.« In: welt.de, 14.04.2015. URL: https://www.welt.de/kultur/

article139520371/Kurz-vor-dem-Tod-sprach-Grass-vom-dritten-grossen-Krieg.html (Abgerufen 03.05.2021, 11:15 UTC)

ARD-Weltspiegel, 19.04.2015. URL: https://www.ardmediathek.de/daserste/video/weltspiegel/die-sendung-vom-19--april-2015/das-erste/Y3JpZDovL2Rhc2Vyc3RlL1dlbHRzcGllZ2VsLzE5MDQ1MjU3MTQ/ (Abgerufen 03.05.2021, 11:16 UTC)

2015-06-19 Haroon Siddique: »Stowaway death of man who died with a single pound in his pocket.« In: The Guardian, 19.06.2015, 11:36 BST. URL: https://www.theguardian.com/world/2015/jun/19/stowaway-death-jose-matada-british-airways-heathrow (Abgerufen 03.05.2021, 13:16 UTC)

Ben Quinn, Nadia Khomami and Griffin Shea in Johannesburg: »Flight stowaway in critical condition as police investigate links with fall victim.« In: The Guardian, 19.06.2015, 12:11 BST. URL: https://www.theguardian.com/uk-news/2015/jun/19/stowaway-fell-to-death-plane-london-shop-heathrow-richmond (Abgerufen 03.05.2021, 13:17 UTC)

2015-11-18 Assemblé Nationale, Vidéos. Congrès du Parlement à Versailles, 16.11.2015. URL: http://videos.assemblee-nationale.fr/video.3362756_5649edb9b211a.congres-du-parlement-a-versailles-16-novembre-2015 (Abgerufen 06.10.2021, 11:39 UTC)

Die Quelle der E-Mail-Zitate (2015-06-05) kann aus Gründen des Personen- und Datenschutzes nicht angeführt werden ebenso wie die Quelle des Korrekturauftrags (2015-06-06).

Die Farbe G773H Rainbow White ist namentlich nicht patentiert und wurde etwa als Lack für ein Liv Langma Advanced Damenrennrad von Liv Cycles verwendet. (Mailauskunft GIANT Support-Team Deutschland vom 30.09.2020)

Die griechischen Wörter und Sätze, die der Text als mündliche direkte oder indirekte Rede wiedergibt, sind in lateinischer Transkription wiedergegeben, um der Perspektive der wahrnehmenden Figuren, die keine Kenntnisse des Griechischen besitzen, möglichst nahezukommen. Schriftliche griechische Wörter sind im griechischen Alphabet abgedruckt.

Die vorangestellten Zitate lauten in deutscher Übersetzung:

»Wahre Philosophie ist keine abstrakte Übung. Seit jeher, seit Platon lehnt sie sich gegen die Ungerechtigkeit der Welt auf. Sie lehnt sich auf gegen das Elend der Welt und des menschlichen Lebens. Doch tut sie all dies in einer Bewegung, die stets die Rechte der Argumentation schützt und schließlich, in derselben Bewegung, mit der sie das Wahre des Glücks aus seinem Schein herauslöst, eine neue Logik vorschlägt.« (Alain Badiou, *Philosophie des wahren Glücks*)

»Wenn man die Zeit annimmt, bedeutet das, dass die Wirklichkeit nur aus dem besteht, was zu jedem Zeitpunkt wirklich ist. Das ist eine radikale Vorstellung, denn dadurch wird jede Art von zeitloser Existenz oder Wahrheit geleugnet – sei es im Bereich der Wissenschaft, der Moral, der Mathematik oder der Politik. All diese Dinge müssen begrifflich neu gefasst werden, um ihre Wahrheiten innerhalb der Zeit zu formulieren.« (Lee Smolin, *Im Universum der Zeit*)

Die Autorin dankt dem Bundeskanzleramt und dem Bundesministerium für Kunst, Kultur, öffentlichen Dienst und Sport der Republik Österreich, der LiterarMechana, der Robert-Bosch-Stiftung sowie dem Land Tirol für die Förderung dieser Arbeit.

Umschlag: & Co graphikdesign www.und-co.at
Satz: AD
Druck: Florjančič

ISBN 978-3-99059-106-2

www.droschl.com
Literaturverlag Droschl Stenggstraße 33 A-8043 Graz